CB021947

PRÊMIO
NOBEL
35
ANOS

Sua alteza real

COLEÇÃO THOMAS MANN

Coordenação

Marcus Vinicius Mazzari

A morte em Veneza e *Tonio Kröger*
Doutor Fausto
Os Buddenbrook
A montanha mágica
As cabeças trocadas
Confissões do impostor Felix Krull
O eleito
Contos
Sua alteza real

Thomas Mann

Sua alteza real

Tradução e posfácio
Luis S. Krausz

Grafia atualizada segundo o Acordo Ortográfico da Língua Portuguesa de 1990, que entrou em vigor no Brasil em 2009.

A tradução desta obra recebeu o apoio do Goethe-Institut, financiado pelo Ministério das Relações Exteriores da Alemanha

Título original
Königliche Hoheit

Capa e projeto gráfico
RAUL LOUREIRO
Imagens de capa
PELONMAKER/ SHUTTERSTOCK
Foto do autor
AGE FOTOSTOCK/ EASYPIX BRASIL
Preparação
DANIEL MARTINESCHEN
Revisão
CLARA DIAMENT
LUCIANE H. GOMIDE

Dados Internacionais de Catalogação na Publicação (CIP)
(Câmara Brasileira do Livro, SP, Brasil)

Mann, Thomas, 1875-1955.
Sua alteza real / Thomas Mann; tradução e posfácio Luis S. Krausz — 1ª ed. — São Paulo: Companhia das Letras, 2021.

Título original: Königliche Hoheit.
ISBN 978-65-5921-290-3

1. Romance alemão I. Título.

21-81310 CDD-833

Índice para catálogo sistemático:
1. Romances : Literatura alemã 833

Eliete Marques da Silva — Bibliotecária — CRB-8/9380

[2021]

EDITORA SCHWARCZ S.A.
Rua Bandeira Paulista, 702, cj. 32
04532-002 — São Paulo — SP
Telefone: (11) 3707-3500
www.companhiadasletras.com.br
www.blogdacompanhia.com.br
facebook.com/companhiadasletras
instagram.com/companhiadasletras
twitter.com/cialetras

SUMÁRIO

PRELÚDIO

Estamos na Albrechtstrasse, aquela artéria da capital que liga a Albrechtsplatz e o Velho Castelo à caserna dos Fuzileiros da Guarda. É o meio de um dia de semana, em alguma estação do ano qualquer. O tempo está razoavelmente bom, indiferente. Não chove, mas o céu tampouco está claro: apresenta uma coloração cinza-clara, esbranquiçada, uniforme, comum, sem nada de solene, e a rua está mergulhada numa luminosidade sóbria e obtusa, que impede qualquer mistério, qualquer atmosfera particular. Observa-se uma movimentação de intensidade mediana, sem muito barulho e sem multidões, que corresponde ao caráter não muito industrioso da cidade. Vagões de bondes deslizam de um lado para outro, algumas carroças passam, a população caminha pelas calçadas, para cá e para lá, uma gente sem cor, passantes, público, povo. Dois oficiais, com as mãos enfiadas nos bolsos diagonais de seus sobretudos cinzentos, caminham um em direção ao outro: um general e um tenente. O general vem do lado do castelo; o tenente, do lado da caserna. O tenente é um jovenzinho de barba macia, quase uma criança. Tem ombros estreitos, cabelos escuros e bochechas largas e ossudas, como as de muita gente daqui, olhos azuis, de expressão um pouco cansada, e um rosto de garoto, cuja expressão é amigável, porém fechada. O general, de cabelos brancos como a neve, alto e bem nutrido, é uma figura em tudo imponente. Suas sobrancelhas parecem feitas de algodão e seu bigode viceja sobre a boca e o queixo. Ele caminha com uma força vagarosa, o sabre tinindo sobre o asfalto enquanto o penacho oscila ao vento, e, a cada passo, as amplas lapelas vermelhas de seu sobretudo oscilam para cima e para baixo. E assim se aproximam um do outro. Será que isso poderá causar complicações? Impossível.

Qualquer um seria capaz de ver claramente o decurso natural de semelhante encontro. Trata-se, aqui, da relação entre velho e moço, comando e obediência, mérito antigo e tenro noviciado. Há, aqui, uma grande distância hierárquica, regras. Que a ordem natural impere! E, no entanto, o que ocorre em vez disso? Em vez disso, o que ocorre é o seguinte espetáculo surpreendente, constrangedor, encantador e equivocado: o general, ao ver o jovem tenente, modifica de forma estranha sua postura. Ele se encolhe e, efetivamente, fica menor. É como se atenuasse, com um só golpe, o esplendor de sua aparição; contém o tinir de seu sabre, enquanto uma expressão áspera e constrangida toma conta do rosto, e parece não saber ao certo para onde deve olhar, nem o que está tentando esconder ao olhar de lado, por debaixo de suas sobrancelhas de algodão, para o asfalto. Se observado de perto, o jovem tenente também revela certa intimidação que, curiosamente, parece mais bem dominada por certa graça e por certa disciplina do que no caso de seu grisalho superior hierárquico. A tensão da boca se transforma num sorriso, ao mesmo tempo modesto e bondoso, e seu olhar, por enquanto, contempla ao longe, atravessando o general com uma tranquilidade silenciosa e contida, que não parece demandar dele qualquer tipo de esforço. Agora, apenas três passos separam um do outro. E, em vez de cumprir com as demonstrações de respeito previstas no regulamento militar, o jovem tenente recua um pouco a cabeça e, simultaneamente, tira a mão direita — apenas a direita, algo que chama a atenção — do bolso do casaco e descreve com essa mão, calçada numa luva branca, um discreto movimento, protocolar e encorajador, apenas virando a palma para cima e abrindo os dedos. Mas o general, que aguardava por esse gesto com braços vacilantes, leva a mão ao quepe, desvia, faz uma espécie de reverência enquanto lhe dá lugar na calçada e saúda o tenente de baixo para cima, enrubescido, com olhos úmidos e obedientes. E então o tenente retribui a honra demonstrada por seu superior levando a mão ao quepe, enquanto uma cordialidade infantil move seu rosto por inteiro — e segue adiante.

Admirável! Uma aparição fantástica! Ele segue adiante. É visto, mas não enxerga ninguém. Vê o que está lá adiante, através das pessoas e por entre as pessoas, com um olhar que lembra o de uma mulher que tem consciência de estar sendo observada. Saúdam-no e ele saúda de volta, de maneira quase cordial, mas, ainda assim, distante. Aparentemente tem alguma dificuldade em caminhar. É como se não estivesse habituado a usar as próprias pernas, ou como se a atenção que todos lhe voltam obstruísse seus passos, que se tornam a tal ponto irregulares e hesitantes que, às vezes, parece mancar. Um policial se volta em sua direção e se coloca em posição de sentido. Uma mulher elegante, saindo de uma loja, faz-lhe uma reverência, dobrando os joelhos. Todos se viram para olhá-lo, apontam com a cabeça em sua direção, erguem as sobrancelhas e pronunciam, sussurrando, seu nome...

É Klaus Heinrich, o irmão mais jovem de Albrecht II e seu sucessor na linhagem do trono. Lá vai ele. Ainda é possível vê-lo. Conhecido e ainda assim estranho, ele avança em meio à gente, anda no meio da multidão e, mesmo assim, parece cercado pelo vazio. Afasta-se, solitário, e carrega, sobre os ombros estreitos, o fardo da sua alteza.

A INIBIÇÃO

Uma salva de tiros reverberou no instante em que, através dos diversos meios de comunicação dos tempos modernos, chegava à capital a notícia de que, no castelo de Grimmburg, a grã-duquesa Dorothea dera à luz, pela segunda vez, um príncipe. Foram setenta e dois os tiros que ecoaram sobre a cidade e sobre o campo, disparados pelos militares a partir do baluarte da cidadela. E logo a seguir os membros do Corpo de Bombeiros também dispararam tiros de festim dos canhões da cidade, de maneira a não ficarem atrás; mas entre um tiro e outro transcorreram intervalos prolongados, que pareceram muito engraçados à população.

Do alto de um morro coberto por densa vegetação, o castelo de Grimmburg dominava a pitoresca cidade de mesmo nome, cujos telhados, cinzentos e muito inclinados, se refletiam num canal do rio que passava por ali, e que distava meia hora de viagem de trem da capital, ao longo de uma ferrovia local, economicamente inviável. O orgulhoso castelo, lá no alto, fora construído em tempos sombrios pelo margrave Klaus Grimmbart, o fundador daquela dinastia principesca, e, desde então, tinha sido várias vezes reformado, renovado e aparelhado com as comodidades dos novos tempos, sendo sempre habitado e honrado de maneira especial por ser o berço da dinastia e a sede da casa senhorial. Pois havia uma lei da casa e da família estabelecendo que todos os descendentes diretos de Grimmbart, todos os filhos do casal que estivesse ocupando o trono, precisavam nascer ali. Essa tradição não poderia ser negligenciada. O país tinha conhecido soberanos esclarecidos e céticos que ridicularizavam esse costume, mas, não obstante, todos haviam se submetido a essa regra, dando de ombros. E agora já era tarde demais para afastar-se dela. Fosse a regra razoável e adequada aos tempos atuais ou não — por que romper, sem necessidade, com um costume honorável que se conservara, melhor ou pior, por tanto tempo? O povo acreditava que aquilo tivesse algum tipo de importância. Ao longo de quinze gerações, em duas ocasiões, causadas por contingências diversas, filhos de regentes tinham visto a luz em outros castelos: em ambos os casos, tiveram fins indignos e não naturais. Mas desde Heinrich, o Penitente, e Johann, o Violento, junto com suas adoráveis e orgulhosas irmãs, até Albrecht, o pai do arquiduque, e mesmo o próprio, Johann Albrecht III, todos os soberanos do país e todos os seus irmãos tinham vindo ao mundo aqui, e há seis anos Dorothea viera para cá para dar à luz seu primeiro filho, o arquiduque herdeiro...

O castelo dinástico era um lugar de refúgio, tão digno quanto pacífico. Durante o verão, era apreciado pelo frescor de seus cômodos e pelas amáveis sombras de seu entorno, e por isso chegavam a preferi-lo ao íngreme e adorável castelo de Hollerbrunn. A subida até seus limites, a partir da cidadezinha, dava-se por meio de uma ruela um tanto íngreme, calçada de pedras, que serpenteava entre casebres pobres e o parapeito da muralha, danificado por explosões em alguns pontos. Cruzavam-se, então, portões massivos, até alcançar a antiga estalagem junto à entrada do pátio da fortaleza, em cujo centro havia uma escultura em pedra de Klaus Grimmbart, seu construtor. Era um percurso pitoresco, ainda que não fosse agradável. Porém, um imponente parque cobria o dorso do morro sobre o qual se situava o castelo e conduzia, por caminhos confortáveis, às colinas suaves e cobertas de florestas, que ofereciam amplas oportunidades para passeios de charrete e caminhadas solitárias.

Quanto ao interior do castelo, ainda à época do início do reino de Johann Albrecht III tinha sido submetido a uma reforma completa — a um custo que gerara muitos comentários. A mobília dos cômodos fora complementada e renovada num estilo ao mesmo tempo cavalheiresco e aconchegante, os ladrilhos com brasões na Sala do Tribunal foram restaurados, imitando exatamente o mesmo desenho dos originais. O dourado dos arcos lavrados, que se sucediam numa multiplicidade de combinações, mostrava-se outra vez reluzente, e todos os cômodos receberam assoalhos de madeira. Tanto o Grande Salão de Banquetes quanto o Pequeno Salão de Banquetes tiveram suas paredes decoradas com grandes afrescos realizados pelas mãos de artista do professor Von Lindemann, um destacado acadêmico; eles representavam, com formas claras e diretas, distantes e impermeáveis à necessidade de agitação das escolas de pintura mais recentes, a história daquela casa dinástica. Nada faltava ali. Uma vez que já não era mais possível utilizar as antigas lareiras e nem as coloridas estufas do castelo, que se erguiam em forma de balcões arredondados, alçando-se em direção ao teto, foram instaladas até mesmo estufas a carvão, para a eventualidade de estadas hibernais.

Mas, no dia dos setenta e dois tiros de festim, já se estava na melhor estação do ano, o fim da primavera e o início do verão, no começo de junho, um dia depois de Pentecostes. Johann Albrecht, que logo ao amanhecer recebera por telégrafo a informação de que o trabalho de parto tivera início de madrugada, alcançou a estação de Grimmburg às oito horas da manhã a bordo do trem daquela ferrovia economicamente inviável, onde o receberam com votos de bênçãos três ou quatro personalidades oficiais, o prefeito, o juiz, o pastor e o médico da cidadezinha. Imediatamente seguiu, a bordo de uma carruagem, para o castelo. Do séquito do arquiduque faziam parte o ministro de Estado dr. barão Knobelsdorff e o ajudante de ordens do grão-duque e general da infantaria, o conde Schmettern. Um pouco mais tarde juntaram-se a ele no castelo dinástico mais dois ou três ministros, o pregador e presidente do Conselho Eclesiástico dom Wisliszenius, alguns senhores que ocupavam cargos de maior e de menor importância na corte, assim como um ajudante de ordens ainda jovem, o tenente Von Lichterloh. Muito embora o médico particular do arquiduque, dr. Eschrich, se encontrasse junto à parturiente, Johann Albrecht achou por bem convidar também o jovem médico da localidade, um certo dr. Sammet, que, como se não bastasse, era de ascendência judaica, a acompanhá-lo até o castelo. Sendo um homem simples, sério e trabalhador, que estava sempre muito ocupado e que não se imaginava digno de semelhante honra, o dr. Sammet repetiu algumas vezes, murmurando: "Com muito prazer... com muito prazer...", provocando assim algumas risadas.

A Câmara das Noivas servia de quarto de dormir à grã-duquesa. Era um cômodo em forma pentagonal, com paredes repletas de pinturas coloridas, que ficava no primeiro andar e de cuja janela imponente se descortinava uma vista ampla e resplandecente das montanhas, das florestas e das curvas do rio. A janela era ornada, em toda sua volta, por uma frisa repleta de retratos em forma de medalhão, retratos das noivas principescas que, em dias antigos, aqui tinham esperado por seus senhores. Ali estava deitada Dorothea. Uma tira larga e forte estava presa ao pé da sua cama e ela a segurava pela ponta, como uma criança que brinca de andar de carruagem, enquanto seu corpo bonito e opulento se esforçava. A dra. Gnadebusch, a parteira, uma mulher delicada e muito instruída, de mãos pequenas e suaves e cujos olhos castanhos emanavam um brilho misterioso através das lentes grossas dos óculos, encorajava a princesa, dizendo:

— Força, força, alteza real... Isso passa rápido... Isso é fácil... É a segunda vez... Isso não é nada... Relaxe: abra os joelhos... E mantenha o queixo sempre no peito...

Uma assistente, que, assim como ela, estava vestida de linho branco, também auxiliava e, durante as pausas, andava de um lado para outro, pisando com muito cuidado, carregando frascos e compressas. O médico, um homem sombrio, de barba preta e grisalha, cuja pálpebra esquerda parecia paralisada, vigiava o parto. Portava o avental de cirurgia sobre a farda de general médico. Às vezes, surgia no aposento para inteirar-se do andamento do parto a governanta-chefe de Dorothea, uma mulher em quem ela depositava toda confiança, a dama da corte Von Schulenburg-Tessen. Era uma mulher asmática e corpulenta, de aparência destacadamente pequeno-burguesa e conformista, mas que, nos bailes da corte, costumava desnudar porções enormes dos seios opulentos. Ela vinha, beijava a mão de sua senhora e retornava a um aposento afastado, onde algumas damas da corte magras conversavam com o oficial camareiro da grã-duquesa, um certo conde Windisch. O dr. Sammet, que ostentava o avental de linho sobre o fraque como se fosse a batina de um monge, permanecia junto à cômoda, numa postura modesta e atenta.

Johann Albrecht permanecia num aposento encimado por uma cúpula que convidava ao trabalho e à contemplação, separado da Câmara das Noivas pelo chamado Gabinete dos Penteados e por um corredor. Dava-se àquele cômodo o nome de biblioteca por causa dos muitos fólios manuscritos ali armazenados, reclinados em diagonal no interior de um armário massivo. O aposento fora mobiliado de maneira a servir de escritório. Vários globos enfeitavam nichos nas paredes. Através da janela em forma de arco, aberta, soprava o vento forte das montanhas. O grão-duque mandou servir o chá, e o camareiro Prahl trouxe ele mesmo os pratos, xícaras e bules que agora, no entanto, permaneciam esquecidos sobre a escrivaninha enquanto Johann Albrecht caminhava de um lado para outro pelo aposento, num estado de espírito inquieto, desagradável e tenso. Seus passos, acompanhados pelos estalos incessantes de suas botas de couro envernizado, eram ouvidos pelo entediado ajudante de ordens Von Lichterloh no corredor quase vazio.

O ministro, o general ajudante de ordens, o pregador da corte e os funcionários da corte, nove ou dez senhores ao todo, aguardavam nos aposentos destinados aos hóspedes, num setor elevado do térreo. Marchavam pelo Grande Salão de Banquetes e pelo Pequeno Salão de Banquetes nos quais, em meio aos afrescos de Lindemann, arranjos de bandeiras e de armas ornavam as paredes. Eles se recostavam nos pilares cilíndricos que se alçavam para acima deles, transformando-se em arcos coloridos. Postados diante das janelas estreitas que alcançavam o teto, miravam o rio e a cidadezinha lá embaixo através das pequenas vidraças emolduradas por uma estrutura de chumbo. Acomodavam-se nos bancos de pedra que contornavam as paredes ou em cadeiras diante das lareiras, cujos frontões góticos eram sustentados por homenzinhos feitos de pedra, ridiculamente pequenos, e encurvados, que faziam caretas e que pareciam pairar no ar. O dia claro fazia reluzirem os galões das fardas, as condecorações sobre os enchimentos de algodão dos paletós e as amplas faixas douradas das calças dos dignitários.

A conversação não fluía bem. O tempo todo, chapéus de três pontas e mãos brancas enluvadas surgiam diante de bocas que se abriam de maneira convulsiva. Quase todos os senhores tinham lágrimas nos olhos. Muitos deles não haviam tido tempo de tomar o café da manhã. Alguns tentavam distrair-se examinando, detida e temerosamente, os instrumentos cirúrgicos e o balão esférico de clorofórmio, encapado em couro, que o general médico Eschrich deixara ali, pronto para qualquer eventualidade. Depois que o marechal Von Bühl zu Bühl, um homem forte, de gestos caudalosos, com um topete castanho, um pincenê de aros de ouro e unhas compridas e amareladas, tinha contado várias histórias, balbuciadas com seu jeito arrebatado, acomodou-se numa poltrona, onde passou a fazer uso do dom singular que possuía de dormir com os olhos abertos, de modo que perdia completamente a consciência do tempo e do espaço ao mesmo tempo que mantinha uma postura impecável e o olhar imóvel, evitando assim qualquer tipo de ofensa à dignidade do local em que se encontrava.

O dr. Von Schröder, ministro das Finanças e da Agricultura, tivera, naquele dia, uma conversa com o ministro de Estado dr. Knobelsdorff, ministro do Interior, do Exterior e da Casa Grão-Ducal. Foi uma conversa sobre temas variados, que começara com a apreciação artística, passando às questões financeiras e econômicas, e, em seguida, tratava, com certo menosprezo, de um alto funcionário da corte. Por fim, falou-se também de pessoas que ocupavam posições mais elevadas na corte. A conversa tinha começado no instante em que os senhores se encontravam diante de uma das pinturas do Grande Salão de Banquetes, com as mãos que seguravam o chapéu às costas, e ambos pensavam mais do que diziam. O ministro das Finanças falou:

— E isto? O que é isto? O que se passa aí? Sua excelência está sempre tão bem informado...

— Superficialmente, trata-se de um retrato da investidura de dois jovens príncipes da Casa Grão-Ducal, realizada pelo seu avô, o Imperador Romano. Sua excelência vê aí os dois jovens ajoelhados prestando, em meio a uma grande cerimônia, o juramento sobre a espada do Imperador.

— Que beleza incomum! Que cores! Brilhante! E que cachos dourados encantadores têm esses príncipes! E o Imperador... é o Imperador exatamente tal qual está descrito nos livros! Sim, esse Lindemann realmente merece todas as distinções que lhe foram concedidas.

— Certamente. As que lhe foram concedidas, ele as merece.

O dr. Von Schröder, um homem alto e de barba branca que usava delicados óculos de ouro sobre o nariz pálido, com uma pequena barriga saliente que começava logo abaixo do estômago e uma nuca estufada que transbordava do colarinho alto e bordado do seu fraque, fitava o quadro sem afastar os olhos dele, com um certo ar de dúvida e movido por uma aparente desconfiança que o tomava em determinados momentos da conversa com o barão. Esse Knobelsdorf, protegido que ocupava um posto tão elevado na hierarquia da corte, era sempre tão ambíguo... Às vezes, um sarcasmo impalpável parecia pairar em torno de seus pronunciamentos e de suas respostas. Era um homem muito viajado, que conhecia o mundo e era instruído em tantos assuntos, interessado de forma livre e estranha. Ainda assim, era um homem correto... O sr. Von Schröder não sabia bem o que pensar a seu respeito. Mesmo que suas opiniões acerca de muitos temas coincidissem com as dele, era impossível concordar com ele em todos os aspectos. Tudo o que ele dizia parecia estar sempre envolto por uma reserva secreta e, em seus julgamentos, ele expressava, invariavelmente, uma tolerância inquietante, de tal maneira que nunca ficava claro se ela significava justiça ou desprezo. O mais suspeito de tudo, porém, era seu sorriso, um sorriso que se manifestava nos olhos mas não na boca, um sorriso que às vezes parecia surgir como resultado de uma série de rugas em forma de raios, dispostas junto aos cantos externos dos olhos, ou que talvez, ao contrário, tivesse provocado o surgimento dessas rugas com o passar do tempo... O barão Knobelsdorf era mais jovem do que o ministro das Finanças, um homem que, à época, estava na flor da idade, muito embora sua barba bem aparada e a cabeleira lisa repartida ao meio já começassem a se tornar grisalhas — aliás, era atarracado, tinha o pescoço curto e se sentia visivelmente oprimido pelo colarinho de seu traje oficial, coberto de galões até a borda. Por um instante, deixou o sr. Von Schröder entregue à própria perplexidade e então prosseguiu:

— Mas, talvez, fosse do interesse de uma administração judiciosa das finanças da corte que o famoso artista se desse mais por satisfeito com condecorações e com títulos... para falar mais claro, quanto terá custado essa pintura?

O sr. Von Schröder reanimou-se. O desejo e a esperança de se entender com o barão e até mesmo de chegar a estabelecer certa intimidade e até mesmo alguma unanimidade com ele o entusiasmavam.

— É exatamente o que eu penso! — disse ele, voltando-se, para então prosseguir em sua marcha pelos salões. — Sua excelência acaba de tirar as palavras da minha boca. Quanto terá sido pago por essa "hipoteca"? E o que dizer sobre o restante desse esplendor de cores aqui nas paredes? Pois, em suma, a reforma do castelo custou um milhão, há seis anos.

— No mínimo!

— Um milhão, exatamente! E essa conta foi verificada e aprovada pelo marechal da corte Von Bühl zu Bühl, que agora se entrega, ali no fundo, à sua agradável catalepsia. A conta foi também verificada, aprovada e liquidada pelo diretor das finanças da corte, conde Trümmerhauff...

— Liquidada ou transformada em dívida.

— Das duas uma!... Vou lhe dizer, essa soma foi onerada a uma conta e exigida a um caixa, a um caixa...

— Em uma palavra: o caixa da administração patrimonial do grão-duque.

— Sua excelência sabe tão bem quanto eu o que ele quer dizer com isso. Não, isso me faz gelar... eu lhe juro que não sou um covarde nem um hipocondríaco, mas meu coração gela ao imaginar que, diante das atuais circunstâncias, alguém não se importe em gastar um milhão — para quê? Para nada, por um gosto sem sentido, pela reforma de um castelo dinástico no qual é preciso que nasçam os herdeiros...

O sr. Von Knoblesdorff riu:

— Sim, meu Deus, o romantismo é um luxo, e um luxo caro! Excelência, eu concordo com sua opinião, evidentemente. Mas o senhor precisa levar em consideração que toda a atual precariedade nas finanças do grão--duque em meio a este luxo romântico tem lá sua razão de ser. O mal tem sua origem no fato de os grão-duques serem gente do campo. Sua fortuna consiste em terras e seus rendimentos provêm dos lucros obtidos pela agricultura. Hoje em dia... eles ainda não foram capazes de se decidir a se tornarem industriais e financistas. Com lamentável teimosia, conduzem a vida por certos conceitos ideológicos fundamentais obsoletos, como, por exemplo, os conceitos de fidelidade e de dignidade. As propriedades do grão--duque são garantidas somente pela fidelidade de seus comissários. A venda de terras, ainda que em condições vantajosas, é impossível. Hipotecá-las para obter créditos para a melhoria da agricultura lhes parece inadmissível. A administração se vê impedida de aproveitar livremente conjunturas comerciais — por causa da dignidade. Perdão! Não há nenhuma novidade no que estou lhe contando. Gente como eles, que faz questão de preservar a própria dignidade, não pode e não vai competir com a liberalidade e com o sentido irrestrito de iniciativa de homens de negócios menos teimosos e menos idealistas. Portanto, o que significa um milhão a mais ou a menos diante deste luxo negativo, o que significa esse milhão que foi sacrificado por uma tolice sem significado, para usar as mesmas palavras de sua excelência? Se ao menos, com esse gasto, o grão-duque se desse por satisfeito! Mas a esse gasto somam-se os que decorrem da manutenção de uma corte num padrão de dignidade sofrível. É preciso manter os castelos e seus parques, Hollerbrunn, Monbrillant, Jägerpreis, não é verdade? E Eremitage, Delphinenort, Fasanerie e todos os outros... e já ia me esquecendo do castelo de Segenhaus e das ruínas de Haderstein... para não falar do Velho Castelo... todos estão mal conservados, em péssimo estado, mas trata-se de um patrimônio... E é preciso também sustentar o Teatro da Corte, a galeria, a biblioteca. Há centenas de aposentadorias a pagar — mesmo que não haja uma obrigação jurídica, e sim questões de fidelidade e de dignidade. E lembre-se de como foi nobre e generoso o grão-duque quando das últimas enchentes... mas, afinal, o que é que estou lhe dizendo aqui!

— Com isso que vossa excelência está dizendo — disse o ministro das Finanças —, vossa excelência imagina opor-se às minhas ideias, mas, na verdade, somos da mesma opinião, meu caro barão — ao dizer essas palavras, o sr. Von Schröder colocou a mão sobre o coração —, pois entrego-me à certeza de que, no que diz respeito à minha opinião, à minha leal opinião, não existe nenhum tipo de desacordo entre vossa excelência e eu. Não é possível que o rei cometa injustiças... o soberano está acima de qualquer crítica. Mas uma dívida... oh... trata-se de uma palavra ambígua!... existe uma dívida e, portanto, existe culpa, e eu a empurro, sem hesitar, para o conde Trümmerhauff. Os antigos titulares do posto enganavam seus soberanos no que dizia respeito à situação material da corte porque isso estava em conformidade com o espírito de seu tempo, e isso é perdoável. Mas a conduta do conde Trümmerhauff já não é mais justificável. Como diretor das finanças da corte, teria sido sua obrigação dar um basta na negligência vigente. Teria sido sua obrigação informar sua alteza real, ainda hoje, e sem qualquer tipo de restrição...

O sr. Von Knobelsdorff sorriu, erguendo as sobrancelhas.

— É mesmo? — disse ele. — Então vossa excelência acredita que o conde tenha sido nomeado especificamente com esse fim? E eu, eu imagino o justificável espanto desse nobre quando o senhor lhe apresentar seu próprio entendimento da situação. Não, não... Excelência, o senhor não deveria se iludir com relação ao fato de que essa nomeação corresponde a uma expressão bem refletida da vontade de sua alteza real, algo que a referida pessoa teria que ser a primeira a levar em consideração. Essa indicação não significou apenas um "não sei de nada" mas, também, um "não quero saber de nada". É possível ser uma personalidade exclusivamente decorativa e, ainda assim, ser capaz de compreender isso... aliás... sinceramente... todos nós compreendemos isso. E para todos nós vale, afinal das contas, uma única circunstância atenuante: a de que não existe, no mundo, nenhum príncipe para quem falar das suas dívidas possa ser uma coisa mais fatal do que para sua alteza real. Há no ser do nosso soberano algo que o torna incapaz de falar de mesquinharias desse tipo...

— Verdade! Realmente, verdade! — disse o sr. Von Schröder. Ele suspirou e acariciou, pensativo, o penacho de cisne do seu chapéu. Os dois senhores permaneciam sentados, voltados em diagonal um para o outro, num nicho espaçoso e com o assoalho elevado, junto a uma janela, que dava para um terraço estreito de pedra, coberto, uma espécie de galeria da qual era possível avistar a cidadezinha através de arcos pontiagudos. O sr. Von Schröder disse novamente:

— O senhor está me respondendo, barão, o senhor parece estar me contradizendo, e suas palavras são, na verdade, mais céticas e mais amargas do que as minhas próprias.

O sr. Von Knobelsdorff calou-se, fazendo um gesto vago e resignado.

— Pode ser — disse o ministro das Finanças, assentindo com um ar grave enquanto fitava seu chapéu. — Pode ser que vossa excelência tenha razão. Talvez nós todos sejamos culpados, nós e nossos predecessores. Quantas coisas não deveriam ter sido evitadas! Veja, senhor barão, há dez anos apresentou-se uma oportunidade para sanar as finanças da corte ou, ao menos, para melhorá-las, se assim preferir. Essa oportunidade foi perdida. Nós estamos nos entendendo, estamos de acordo. Naquela época, estava nas mãos do grão-duque, homem encantador que é, arranjar a situação por meio de um casamento que, de um ponto de vista sensato, poderia ser denominado excelente. Em vez disso... deixando agora de lado minhas impressões pessoais... mas não vou me esquecer nunca da cara de lamentação com a qual se falava, em todo o país, do valor do dote...

— A grã-duquesa — disse o sr. Von Knobelsdorff enquanto as rugas nos cantos dos olhos praticamente desapareciam — é uma das mulheres mais lindas que já vi.

— Uma resposta que está expressa no rosto de vossa excelência. Uma resposta estética. Uma resposta que se sustentaria até mesmo se a escolha de sua alteza real tivesse recaído, assim como aconteceu com seu irmão Lambert, sobre uma das dançarinas do balé da corte...

— Quanto a isso, não haveria perigo. O gosto do senhor é difícil de agradar, como ele já nos demonstrou amplamente. Suas exigências sempre constituíram um contraponto àquela falta de discernimento que o príncipe Lambert manifestou durante toda a vida. Ele se decidiu tardiamente pelo casamento. As esperanças por descendentes diretos já tinham sido quase abandonadas. Todos estavam mais ou menos conformados em ver no príncipe Lambert, que concordamos tratar-se de um incapaz, o sucessor do trono. E então, poucas semanas depois de sua coroação, Johann Albrecht ficou conhecendo a princesa Dorothea e declarou: esta ou nenhuma! E assim o grão-ducado ganhou uma mãe. Vossa excelência mencionou as expressões suspeitas vistas quando se deu a conhecer o valor do dote. Mas o senhor não mencionou o júbilo que também imperou nesse momento. Uma princesa pobre, sem dúvida. Mas a beleza, uma beleza dessas, também é capaz de trazer a felicidade, não? Foi inesquecível sua ascensão ao trono! Todos passaram a amá-la no instante em que seu primeiro sorriso pairou sobre a multidão que a acompanhava. Vossa excelência há de permitir que eu confesse minha crença no idealismo do povo. O povo quer o melhor para si, quer o mais elevado, quer seu sonho, quer ver-se representado por seus soberanos, que devem expressar algo como a própria alma — e não a carteira. Há outras pessoas capazes de representar a carteira...

— Não há. Entre nós, não há.

— Um fato que é, por si só, lamentável. Mas o principal é que Dorothea nos concedeu um sucessor ao trono...

— Que os céus possam nele desenvolver algum sentido para as cifras!

— De acordo...

Neste ponto terminou a conversa entre os dois ministros. Foi interrompida pelo ajudante de ordens tenente Von Lichterloh, que veio anunciar um parto bem-sucedido. Uma agitação tomou conta do Pequeno Salão de Banquetes, no qual de repente todos os senhores se encontraram. Uma das grandes portas lavradas foi completamente aberta e o ajudante de ordens se postou na sala. Com o rosto enrubescido, os olhos azuis de soldado e uma barba lanosa e espetada, com galões prateados no colarinho, emocionado e um pouco fora de si, como um homem subitamente redimido de um tédio mortal por uma boa notícia, deixou de lado regras e as formalidades, com graça e tomado pela emoção do extraordinário momento. Fez uma saudação engraçada ao erguer, com os cotovelos abertos, a empunhadura de sua espada até quase a altura do peito, e anunciar com um zumbido:

— Cumpre-me anunciar: um príncipe!

— *A la bonne heure*,* disse o ajudante de ordens general conde Schmettern.

— Que satisfação! Que satisfação! Uma grande satisfação! — disse o marechal da corte Von Bühl zu Bühl, balbuciando, como era seu costume. Ele tinha retornado imediatamente à consciência.

O presidente do conselho eclesiástico dom Wislizenus, um homem de faces lisas, elegante, filho de um general e que, graças à sua distinção pessoal, ascendera à dignidade do cargo ainda relativamente jovem, de cujo paletó de seda preta pendia uma condecoração, juntou as mãos abaixo do peito e declarou, com voz sonora:

— Que Deus abençoe sua alteza grão-ducal!

— Senhor tenente — disse o sr. Von Knobelsdorff, sorrindo —, o senhor está esquecendo que com suas constatações o senhor está interferindo em meus direitos e em minhas obrigações. Antes de eu investigar a situação com a máxima cautela, há uma pergunta que permanece em aberto: trata-se de um príncipe ou de uma princesa?

Todos riram ao ouvir essas palavras, e o sr. Von Lichterloh respondeu:

— Às suas ordens, excelência! Tenho também a honra de pedir a vossa excelência, obedecendo a ordens superiores...

* "Em boa hora". (N. T.)

Esse diálogo referia-se a uma das atribuições do ministro do Estado como funcionário da corte grão-ducal, atribuição esta que o designava para a função de verificar, com os próprios olhos, o sexo do filho do grão-duque e registrá-lo nos livros. O sr. Von Knobelsdorff desincumbiu-se dessa formalidade no chamado Gabinete dos Penteados, onde o recém-nascido tinha sido banhado, mas permaneceu ali por mais tempo do que ele mesmo esperava, olhando com desconfiança e retido por uma observação incômoda a respeito da qual manteve o mais estrito silêncio diante de todos, exceto da parteira.

A dra. Gnadenbusch despiu a criança e seus olhos, que emanavam um brilho misterioso por trás das lentes grossas dos óculos, voltavam-se ora para o ministro de Estado, ora para a criaturinha cor de cobre que tentava agarrar alguma coisa com sua mão — com sua única mão — como se quisesse perguntar:

— Está certo?

Estava certo. O sr. Von Knobelsdorff estava satisfeito e a sábia mulher voltou a envolver a criança em seus panos. Mas, mesmo depois disso, ela continuou olhando, alternadamente, para o príncipe e para o barão, até que tivesse conduzido os olhos deste para o lugar que queria. As ruguinhas nos cantos dos olhos do barão desapareceram, ele juntou as sobrancelhas, examinou, comparou, tocou, examinou o caso por dois ou três minutos. Por fim, indagou:

— O grão-duque já viu isso?

— Não, excelência.

— Quando o grão-duque vir isso — disse o sr. Von Knobelsdorff —, diga a ele que isso ainda vai crescer.

E aos senhores que se encontravam no assoalho elevado do térreo anunciou:

— Um príncipe saudável!

Mas, dez ou quinze minutos depois dele, o grão-duque fez a desagradável descoberta. Era inevitável. Seguiu-se uma cena curta e extraordinariamente desagradável para o general médico Eschrich, mas que levou o dr. Sammet de Grimmburg a uma conversação com o grão-duque que fez aumentar em muito a consideração que o soberano tinha por ele, e que foi bastante útil na carreira futura do médico. Isso tudo se deu conforme está resumido a seguir.

Nos primeiros instantes depois do parto, Johann Albrecht retornara à biblioteca e, em seguida, passara alguns minutos ao lado do leito da parturiente, de mãos dadas com a esposa. Em seguida, dirigiu-se ao

Gabinete dos Penteados, onde o recém-nascido permanecia deitado, semioculto por uma cortina de seda azul, num berço alto, com ornamentos dourados, e sentou-se numa poltrona que lhe foi rapidamente trazida, ao lado do pequeno filho. Mas, enquanto permanecia sentado e observava a criança que dormia, aconteceu de perceber aquilo que os outros ainda desejavam manter longe de seus olhos. Puxou um pouco mais o cobertor, seu rosto se tornou sombrio, e então fez tudo o que o sr. Von Knobelsdorff tinha feito antes dele: olhou, em sequência, para a dra. Gnadebusch e para a enfermeira, que emudeceram, lançou um olhar para a porta entreaberta que dava para a Câmara das Noivas e voltou, com um andar inquieto, para a biblioteca.

Ali imediatamente soou a sineta decorada com uma águia que estava sobre a mesa e avisou ao sr. Von Lichterloh, que entrou tinindo suas esporas, num tom muito breve e frio:

— Quero ver o sr. Eschrich.

Quando o grão-duque se enfurecia com alguém do seu entorno, costumava privar, por um instante, essa pessoa de todos os títulos e de todas as dignidades, deixando-lhe somente o nome, nu e cru.

O ajudante de ordens tornou a tinir suas esporas e se retirou. Johann Albrecht deu alguns passos, que rangeram impetuosamente no aposento, e em seguida, quando ouviu que o sr. Von Lichterloh já estava conduzindo o convocado à antessala, colocou-se junto à escrivaninha, em posição de audiência.

Ali imóvel, com a cabeça voltada para o lado num meio perfil, afastando, com a mão esquerda apoiada com firmeza no quadril, o paletó de cetim do colete branco, parecia idêntico àquele retrato feito pelas mãos habilidosas do professor Von Lindemann, que fazia par com o retrato de Dorothea no palácio grão-ducal, na Sala dos Doze Meses, ao lado do grande espelho, acima da lareira, e do qual incontáveis cópias, fotografias e cartões-postais ilustrados eram conhecidos do público. A única diferença era que, naquele quadro, Johann Albrecht parecia ter a estatura de um herói, enquanto, na realidade, sua estatura mal chegava a ser mediana. A testa era alta por causa da calvície, e, sob as sobrancelhas cinzentas, os olhos azuis miravam ao longe, opacos, com um orgulho cansado. Os ossos largos de sua face pareciam um pouco elevados demais, como era característico do seu povo. Sua barba era cinzenta, nas bochechas e no queixo, e seus bigodes, de pontas viradas, eram quase brancos. Dos lados estufados do nariz atarracado mas de inclinação nobre desciam até a barba em linha reta duas rugas extraordinariamente profundas. No decote de seu colete de piquê reluzia a fita amarelo-limão de sua Ordem da Constância. Na casa do botão o arquiduque portava um pequeno buquê de cravos.

O general médico Eschrich entrou, fazendo uma reverência profunda. Tinha tirado o jaleco de cirurgião. Sua pálpebra paralisada parecia pender, ainda mais pesada do que de costume, sobre o globo ocular. Passava uma impressão sombria e infeliz.

O grão-duque, com a mão esquerda apoiada no quadril, atirou a cabeça para trás, estendeu a mão direita e se pôs a movimentá-la de um lado para outro no ar, com gestos curtos e impacientes.

— Estou à espera de uma explicação, de uma justificativa, senhor general médico — disse ele, com uma voz trêmula e nervosa. — O senhor terá a bondade de me explicar o que se passa com o braço da criança?

O médico levantou um pouco os braços, num gesto de impotência e inocência, e disse:

— Com vossa permissão, alteza real... um acaso infeliz. Circunstâncias desfavoráveis durante a gravidez de sua alteza real...

— Mas que palavras são estas! — O grão-duque estava tão irritado que sequer desejava uma justificativa, e impedia o médico de se justificar. — Note, meu senhor, que estou fora de mim. Um acaso infeliz! Sua função era a de evitar acasos infelizes...

O general médico permaneceu em posição de meia reverência e, com uma voz contida e o rosto voltado para o assoalho, disse:

— Com a vossa permissão, peço licença para lembrar que a responsabilidade não é só minha. O conselheiro Grasanger também examinou sua alteza real — e ele é uma autoridade em ginecologia... Mas, num caso como este, a responsabilidade não pode ser imputada a ninguém...

— A ninguém... Ah! Permito-me responsabilizá-lo... O senhor me deve satisfação... O senhor acompanhou a gravidez, o senhor conduziu o parto. Eu me fiei nos conhecimentos que correspondem à posição que o senhor ocupa, senhor general médico, confiei na sua experiência. Estou profundamente decepcionado, profundamente decepcionado. Eis o resultado da sua grande consciência profissional: uma criança aleijada ingressando na vida...

— Vossa alteza real teria a misericórdia de considerar...

— Eu considerei e pesei. E o peso que encontrei foi leve demais. Agradeço!

O general médico Eschrich se afastou, recuando, curvando-se. Na antessala, balançou os ombros, com as faces muito rubras. O grão-duque voltou a andar de um lado para outro pela biblioteca, gemendo em sua nobre fúria, inadequado, ignorante e insensato em sua solidão. Mas, seja porque pretendia ofender o médico ainda mais, seja porque estava arrependido por ter se privado de qualquer tipo de explicação — passados dez minutos, aconteceu o inesperado: o grão-duque mandou o sr. Von Lichterloh convocar o dr. Sammet à Biblioteca para ter com ele.

Quando o doutor foi informado disso, disse outra vez:

— Com muito prazer... com muito prazer...

E até empalideceu um pouco, mas portou-se com distinção. Muito embora não conhecesse bem as formalidades da corte, tendo feito a reverência antes da hora adequada, enquanto ainda estava no umbral da porta, de tal forma que o ajudante de ordens ficou impedido de fechá-la e foi obrigado a lhe pedir para adentrar o aposento, passado esse episódio, conduziu-se de maneira livre e agradável, respondendo satisfatoriamente a todas as perguntas que lhe foram dirigidas, apesar do hábito de começar as frases de forma incômoda, com alguns ruídos preliminares hesitantes, e de introduzir, com frequência, como que para enfatizar de maneira simplória o que estava dizendo, um "sim" entre suas palavras. Usava o cabelo loiro-escuro cortado à escovinha e o bigode pendia de maneira despreocupada. O queixo e as bochechas tinham sido cuidadosamente barbeados e por isso ostentavam alguns pequenos ferimentos. Mantinha a cabeça ligeiramente inclinada para o lado, e os olhos cinzentos expressavam esperteza, diligência e delicadeza. O nariz, que desabava achatado sobre o bigode, denunciava sua origem. A gola do fraque tinha uma forração preta e suas botas lustrosas, um estilo interiorano. Com uma mão junto à corrente de prata do relógio de bolso, mantinha o cotovelo junto ao torso. Sua aparência irradiava correção e objetividade, e despertava confiança.

O grão-duque lhe falava com nobreza incomum, um pouco como um professor que acaba de repreender um mau aluno e se volta com delicadeza repentina para outro.

— Senhor doutor, mandei chamá-lo... Quero que o senhor me informe sobre essa anomalia no corpo do príncipe recém-nascido... Suponho que ela não tenha escapado à sua atenção... Encontro-me diante de um enigma... Um enigma extraordinariamente doloroso... Em uma palavra, gostaria de ouvir sua opinião. — E o grão-duque, mudando um pouco de posição, concluiu suas palavras fazendo um gesto muito elegante com a mão, por meio do qual passava a palavra ao doutor.

O dr. Sammet olhou para ele de maneira atenta e silenciosa, aguardando a finalização de todos os gestos do grão-duque. Disse, então:

— Sim. Trata-se de um caso que não ocorre com muita frequência, mas que conhecemos bem. É um típico caso de atrofia...

— Desculpe-me... atrofia?

— Perdão, alteza real. Eu quero dizer má-formação. Sim.

— Certíssimo. Má-formação. Isso corresponde ao que vi. A mão esquerda é malformada. Mas isso é algo inaudito! Não consigo compreender! Nunca algo assim ocorreu em minha família. Nos últimos tempos tem-se falado muito sobre hereditariedade...

O doutor mais uma vez se pôs a observar, com atenção e em silêncio, aquele senhor distante e dominador ao qual só recentemente chegara a notícia de que agora se falava de hereditariedade. Ele respondeu, apenas:

— Perdão, alteza real, mas neste caso sequer se pode falar em hereditariedade.

— Ah! De fato, não! — disse o grão-duque, um tanto irônico. — Para mim é uma satisfação saber disso. Mas, neste caso, o senhor poderia ter a gentileza de me dizer do que se trata?

— Com muito prazer, alteza real. Essa má-formação tem uma causa puramente mecânica. Sim, ela foi provocada por uma inibição mecânica durante o desenvolvimento do embrião. Esse tipo de má-formação costuma ser chamado de deformação por inibição, sim.

O grão-duque ouviu, com um asco temeroso, aquelas palavras. Evidentemente temia os efeitos de cada uma delas sobre sua sensibilidade. Juntou as sobrancelhas, franzindo a testa, permanecendo boquiaberto, de modo que as rugas de sua face, que desabavam na barba, pareciam tornar-se ainda mais fundas. Ele repetiu:

— Deformação por inibição... mas como é possível... não há dúvidas de que todos os cuidados foram tomados...

— Deformações por inibição — respondeu o dr. Sammet — podem surgir de diversas maneiras. Mas, em nosso caso, podemos dizer, com boa dose de certeza... que, neste caso, a culpa recai sobre a bolsa amniótica.

— Por favor... "bolsa amniótica"...

— É a bolsa que envolve o embrião, alteza real. Sim. E, sob determinadas circunstâncias, a separação entre o embrião e essa membrana pode sofrer atrasos, pode ocorrer com maior lentidão, de maneira a provocar a formação de fios e de fitas entre os dois... fios amnióticos, conforme os denominamos, sim. E esses fios podem se tornar perigosos, há casos em que envolvem membros inteiros da criança, podendo, por exemplo, impedir por completo os caminhos vitais de uma mão e até mesmo amputá-la. Sim.

— Meu Deus... amputar. Então ainda temos que dar graças por não ter acontecido uma amputação da mão?

— Isso poderia ter acontecido. Sim. Mas o que aconteceu foi só uma constrição e, consequentemente, uma atrofia.

— E não era possível perceber isso, prever isso, evitar isso?

— Não, alteza real. De maneira nenhuma. Não há dúvida de que ninguém tem culpa quanto a isso. Inibições como essa acontecem completamente às escuras. Não temos como identificá-las ou controlá-las. Sim.

— E essa má-formação é incurável? A mão vai ficar deformada?

O dr. Sammet hesitou, olhando para o grão-duque com um ar bondoso.

— Uma recuperação completa não vai acontecer, isso não — disse ele, cauteloso. — Mas a mão deformada vai se desenvolver de forma relativa, vai se desenvolver um pouco, sim, isso, de qualquer maneira...

— Ele poderá usá-la? Ela lhe será útil? Por exemplo... para segurar as rédeas ou para fazer os movimentos que se faz com as mãos?

— Útil? Um pouco... Talvez não muito. E, além disso, ele tem a mão direita, que é perfeitamente saudável.

— Mas a deformação será muito evidente? — perguntou o grão-duque, olhando, com um ar inquiridor e preocupado, para o rosto do dr. Sammet... — Será muito evidente? O senhor acha que vai prejudicar muito a aparência dele?

— Há muita gente — respondeu o dr. Sammet mudando de assunto — que vive e trabalha a despeito de severas deficiências. Sim.

O grão-duque se virou e pôs-se a caminhar pelo aposento. Respeitosamente, o dr. Sammet lhe deu espaço, recuando em direção à porta. Por fim, o grão-duque se colocou outra vez junto à escrivaninha e disse:

— Estou informado, então, senhor doutor. Agradeço-lhe pelas explicações. O senhor sabe do que está falando, isso está claro. Por que o senhor vive em Grimmburg? Por que não pratica sua medicina na capital?

— Ainda sou jovem, alteza real, e antes de me dedicar a alguma especialidade médica na capital gostaria de passar alguns anos tratando todos os tipos de casos, para adquirir experiência. E, para isso, uma cidadezinha interiorana como Grimmburg oferece as melhores oportunidades. Sim.

— Muito sério. Muito respeitável. E a qual especialidade médica o senhor pretende dedicar-se no futuro?

— Às doenças infantis, alteza real. Pretendo me tornar pediatra. Sim.

— O senhor é judeu? — perguntou o grão-duque, lançando a cabeça para trás e cerrando os olhos...

— Sim, alteza real.

— Ah. O senhor ainda poderia me responder a uma pergunta... alguma vez, em seu caminho profissional, o senhor sentiu que sua origem era uma barreira, uma desvantagem na concorrência profissional? Pergunto em minha capacidade de soberano que preza sobretudo a validade incondicional e particular, e não apenas legal, do princípio paritário.

— Todos no grão-ducado — respondeu o dr. Sammet — têm o direito de trabalhar. — Mas, então, começando com um tom lamentoso, emitindo alguns sons preliminares hesitantes, ao mesmo tempo que fazia gestos desajeitados e apaixonados com os cotovelos, como se fossem asas curtas, acrescentou, com uma voz abafada, ansiosa e contida: — Se o senhor me permite fazer uma observação, não há nenhum princípio igualitário que seja capaz de impedir a manutenção de exceções e de excepcionalidades na vida social, que se distinguem das leis civis, seja num sentido elevado, seja num sentido abjeto. O indivíduo faria bem em não se perguntar sobre o caráter de sua excepcionalidade, e sim em reconhecer a importância dessa excepcionalidade e em transformá-la numa obrigação, num dever extraordinário. Uma pessoa não estará em situação de desvantagem em relação à maioria comum, à maioria acomodada, e sim em situação de vantagem em relação a ela, desde que veja, em sua excepcionalidade, um motivo a mais para alcançar feitos incomuns. Sim. Sim — repetiu o dr. Sammet. Era a resposta que ele reforçava ao repetir o "sim" duas vezes.

— Bem... nada mal, isso, pelo menos, me parece digno de nota — disse o grão-duque, considerando o que ouvira.

As palavras do dr. Sammet pareciam conter alguma coisa que ele conhecia bem, mas também algo que era excepcional. Ele dispensou o jovem, dizendo:

— Caro doutor, meu tempo é limitado. Eu lhe agradeço por esta conversação, que me deixou muito satisfeito — exceto pelo motivo que a desencadeou. Tenho o prazer de condecorá-lo com a Cruz Coroada de Albert de Terceira Classe. Vou me lembrar do senhor. Muito obrigado.

Assim foi o diálogo do médico de Grimmburg com o grão-duque. Logo a seguir, Johann Albrecht deixou o castelo e voltou ao seu palácio a bordo de um trem especial, sobretudo porque queria se mostrar à população festivamente animada, mas também para conceder várias audiências no castelo, na cidade. Ficou decidido que, ao anoitecer, retornaria ao castelo dinástico, em Grimmburg, ali permanecendo pelas semanas subsequentes.

Todos os senhores que tinham vindo a Grimmburg por ocasião do parto, e que não vinham da terra natal da grã-duquesa, foram levados, também, a bordo daquele mesmo trem especial da ferrovia local economicamente inviável, e alguns deles viajaram na companhia imediata do monarca. Mas o grão-duque fez o percurso do castelo até a estação ferroviária a sós com o ministro de Estado Von Knobelsdorff, a bordo de uma carruagem aberta, um daqueles veículos da corte pintados de marrom, cujas portas eram ornamentadas com pequenas coroas douradas. O penacho sobre o chapéu do auxiliar de caça, que ia sentado à boleia, oscilava ao vento estival. Johann Albrecht se manteve sério e silencioso durante todo o trajeto, mostrando-se deprimido e mal-humorado. Muito embora o sr. Von Knobelsdorff soubesse que, mesmo em seus relacionamentos mais íntimos, o grão-duque suportava mal o fato de as pessoas lhe dirigirem a palavra sem que tivessem sido indagadas ou solicitadas, ele, por fim, ousou interromper o silêncio.

— Vossa alteza real — disse ele, em tom suplicante — parece levar muito a sério a pequena anomalia que foi encontrada no corpo do príncipe... e no entanto acredito que, no dia de hoje, as causas para a alegria e para a gratidão orgulhosa a superem em muito...

— Ah, caro Knobelsdorff — respondeu Johann Albrecht, irritado e com uma voz quase chorosa —, o senhor há de considerar meu desconforto, o senhor não há de esperar de mim que me ponha a gorjear como um pássaro. Não vejo nenhum motivo para isso. A grã-duquesa está passando bem — certamente. E a criança é um menino — ótimo. Mas, então, ele nasce com uma atrofia, uma deformação causada por uma inibição no crescimento, que foi provocada por fios amnióticos. Ninguém é culpado por isso, trata-se de um acidente. Mas os acidentes pelos quais ninguém tem culpa são os que são verdadeiramente terríveis, e a imagem de um príncipe deve despertar, em seu povo, outras emoções que não a compaixão. O grão-duque herdeiro tem uma saúde frágil e estamos sempre temendo por sua vida. Só por milagre sobreviveu a uma inflamação na pleura, há dois anos, e não será por muito menos do que um milagre que ele alcançará a maturidade. Agora, os céus me concedem um segundo filho — ele parece saudável, mas vem ao mundo com uma só mão. A outra está deformada, é inútil, é uma anomalia que ele precisa esconder. Que peso! Que impedimento! Por toda a vida terá que manter a cabeça erguida, como se não houvesse nada. E, em algum momento, teremos que informar a todos sobre esse problema, para que não fique chocante demais no momento de sua primeira aparição pública. Um príncipe maneta...

— Maneta — disse o sr. Von Knobelsdorff. — Será que vossa alteza real deveria repetir, deliberadamente, essa expressão?

— Deliberadamente?

— Então, não é isso?... Pois o príncipe tem duas mãos, só que uma delas é deformada, de modo que, se quisermos, poderemos dizer que se trata de um príncipe maneta.

— E então?

— E então parece que lhe seria quase desejável que o portador desse pequeno defeito fosse aquele que nasceu para herdar a coroa, e não o segundo filho de vossa alteza.

— O que o senhor está querendo dizer?

— Vossa alteza real vai rir de mim, mas estou me lembrando da cigana.

— Da cigana? Eu sou um homem paciente, caro barão! Mas...

— Da cigana — perdão — que há cem anos predisse o nascimento de um príncipe da casa real de vossa alteza, de um príncipe maneta — assim diz a história — e que vinculou uma promessa formulada de maneira estranha à aparição desse príncipe.

O grão-duque se virou no banco traseiro da carruagem e olhou, silencioso, nos olhos do sr. Von Knobelsdorff, em cujos cantos externos brincavam as rugas em forma de raios.

— Muito interessante! — disse ele então, voltando a aprumar-se.

— As profecias — continuou o sr. Von Knobelsdorff — costumam realizar-se através da constelação de determinadas circunstâncias que, com um pouco de boa vontade, podem ser compreendidas como sendo a elas correspondentes. E isso se torna muito mais fácil por meio de uma compreensão um pouco generosa de todas as profecias verdadeiras. "Maneta" é um termo que corresponde ao bom estilo oracular. Na realidade, o que temos aqui é um caso moderado de atrofia. Mas, com isso, já é como se a profecia tivesse se realizado, pois quem me impede, e quem impede o povo, de tomar a alusão pelo todo e de considerar que, com isso, realiza-se também toda a parte condicional da profecia? O povo certamente fará isso e, ao mais tardar, quando o restante, isto é, quando a profecia em si mesma se concretizar, o povo interpretará os acontecimentos de modo a ver neles a realização de tudo o que está escrito.

O povo se porta sempre dessa forma. Para mim, porém, nada disso é evidente. O príncipe é o segundo filho. Ele não vai ascender ao trono e o significado do destino não está claro. Mas o príncipe maneta está aí — e, portanto, cabe a ele nos trazer tudo o que for capaz de trazer.

O grão-duque se calou em seu íntimo transpassado por divagações dinásticas.

— Knobelsdorff, não quero me indispor com o senhor. O senhor deseja me consolar e até que está se saindo bem em seu propósito. Mas, agora, nossas atenções estão sendo exigidas por outros assuntos...

O ar vibrava com os gritos distantes de muitas vozes. O povo de Grimmburg apinhava-se, junto à estação, atrás dos cordões de isolamento. Funcionários da corte aguardavam a chegada das carruagens, isolados, diante do povo. Via-se o prefeito erguendo a cartola, enxugando o suor da testa com um lenço amarrotado enquanto mantinha diante dos olhos um papelzinho cujo conteúdo se empenhava em memorizar. No rosto de Johann Albrecht surgiu a expressão com a qual ouviria o discurso simples e com a qual responderia, com brevidade e benevolência:

— Meu caro senhor prefeito...

Bandeiras tremulavam sobre a cidadezinha enquanto os sinos badalavam.

Todos os sinos da capital badalavam. E, ao anoitecer, a cidade se cobriu de luzes, sem qualquer pedido por parte do magistrado: uma grande iluminação espontânea em todos os bairros da cidade.

O PAÍS

O país media oito mil quilômetros quadrados e tinha uma população de um milhão de habitantes.

Um país lindo, calmo e silencioso. As copas de suas árvores sussurravam, imersas em sonhos; suas plantações se espalhavam e frutificavam, sempre bem cuidadas; seu comércio era pouco desenvolvido, quase escasso.

Havia olarias no país e algumas minas de sal e de prata eram exploradas — e isso era quase tudo. Podia-se também falar de uma indústria do turismo, mas seria exagero dizer que ela florescesse. As fontes de águas medicinais alcalinas, que jorravam da terra nas cercanias da capital e que constituíam o ponto fulcral de agradáveis estabelecimentos de banhos, faziam da capital uma espécie de estação de águas. Mas, embora os banhos fossem frequentados havia muito tempo, desde o fim da Idade Média, sua fama aos poucos se perdera, ofuscada pela de outros lugares. A mais rica de suas fontes, denominada Ditlinde, cujas águas continham uma quantidade incomum de sais de lítio, só tinha começado a ser explorada sob o reino de Johann Albrecht III. Mas faltava um espírito empreendedor suficientemente agressivo para levar essas águas a serem honradas pelo grande mundo. Cerca de cem mil garrafas dessa água eram exportadas a cada ano — ou talvez menos do que isso. E não eram muitos os estrangeiros que vinham até ali para bebê-la, diretamente na fonte...

Durante o ano inteiro se falava, no Conselho Nacional, sobre os resultados financeiros "pouco" vantajosos do sistema de transporte ferroviário, e o que se queria dizer com isso era que os trens locais não geravam lucros e que as ferrovias de longa distância tampouco geravam qualquer resultado positivo — eram fatos perturbadores, porém inalteráveis e já profundamente enraizados, cuja causa o ministro dos Transportes voltava sempre a atribuir, por meio de discursos eloquentes, às circunstâncias comerciais e econômicas do país, assim como à insuficiência de seus estoques de carvão. Críticos mesquinhos sempre acrescentavam a tais explicações algumas palavras a respeito da desorganização dos órgãos responsáveis pela administração dos meios de transporte estatais. Mas não era o espírito de contradição e negação o que predominava no Conselho Nacional: o que imperava entre os representantes do povo era, isso sim, uma lealdade sempre fiel e sempre livre de astúcias.

Portanto, os rendimentos proporcionados pela ferrovia estavam longe de ocupar o primeiro lugar na lista de receitas provenientes da atividade econômica do país. Esse posto era ocupado, havia muito tempo, nesse país de florestas e campos férteis, pela renda oriunda da agricultura. Justificar o fato de que esta também tivesse caído, e mesmo se reduzido em proporções assustadoras, era mais difícil, ainda que houvesse motivos de sobra para semelhante declínio.

O povo amava suas florestas. Era um povo loiro e atarracado, de olhos azuis e pensativos, e com os ossos da face largos e um pouco elevados demais, um tipo de gente sensata e íntegra, saudável e avessa a mudanças. Um povo que se apegava às florestas de seu país com a força da alma. As florestas viviam em suas canções. As florestas eram o lar e a origem da inspiração de seus artistas. As florestas eram, como seria de esperar, o objeto da gratidão popular — e não só no que dizia respeito aos dons do espírito e da alma por ela concedidos. Dela, os pobres recolhiam madeira para acender os fogões, e ela os presenteava graciosamente. Estes andavam encurvados e catavam todos os tipos de frutas silvestres e de cogumelos entre seus galhos e, com isso, ganhavam algum dinheiro. Mas não só. O povo compreendia que a floresta tinha uma influência decisivamente positiva sobre a saúde do país e sobre suas condições meteorológicas, e sabia que, sem as esplêndidas florestas que cercavam a capital, o Parque das Fontes, lá fora, jamais se encheria de visitantes estrangeiros que pagavam para visitá-lo. Resumindo, se esse povo não era muito diligente e não era muito adiantado, cabia-lhe compreender que a floresta representava a maior virtude e era o patrimônio hereditário mais fértil do país, em todos os sentidos.

E, ainda assim, havia anos e havia gerações em que se cometiam pecados e sacrilégios contra a floresta. Os administradores florestais do grão-ducado não tinham como se defender das mais graves acusações. Faltava a esses funcionários a compreensão política de que a floresta era um patrimônio público inalienável, que precisava ser conservada e mantida para que pudesse ser útil não só à geração atual, mas também às gerações futuras, e que essa floresta haveria de se vingar caso fosse explorada de forma míope e desmedida, ignorando o futuro em favor do presente.

Isso tinha acontecido e continuava a acontecer. Em primeiro lugar, grandes extensões de solo florestal haviam se esgotado por terem sido privadas, de modo constante e exagerado, de seu próprio adubo. Isso se repetira tantas vezes que, em certos lugares, não só as folhas mortas recém-caídas dos pinheiros e das outras árvores, mas também a maior parte das folhagens de anos anteriores já tinham sido retiradas, em parte como forragem e em parte como húmus, e entregues à agricultura. Havia muitas áreas florestais que tinham sido privadas de toda sua terra fértil e outras que ficaram deformadas em consequência da retirada excessiva de folhas mortas. Esse fenômeno ocorria tanto nas florestas do Estado quanto nas pertencentes a diferentes comunidades.

Se medidas como essa tivessem sido tomadas para aliviar uma situação momentânea de carestia na agricultura, ainda haveria como desculpá-las. Mas, ainda que não faltassem vozes advertindo quanto aos riscos e ao perigo de se utilizar a folhagem morta das florestas para sustentar a agricultura, o comércio dessa forragem prosseguia sem nenhum motivo especial, mas por razões puramente financeiras, como se dizia, ou seja, por razões que, analisadas à luz do dia, tinham como único propósito ganhar dinheiro. Pois era justamente dinheiro o que faltava. No entanto, para obter algum dinheiro, avançava-se incessantemente sobre o capital, até que chegou o dia em que se compreendeu com temor que uma insuspeitada desvalorização desse capital já estava ocorrendo.

O povo era formado de camponeses e imaginava que ser moderno significava ter ambições erradas, artificiais e exageradas, e que era preciso ostentar um espírito comercial irresponsável. Um emblema disso era a pecuária leiteira... convém dizer algo a esse respeito. Os relatórios anuais dos médicos públicos continham queixas. Falava-se de retrocessos na situação alimentar e, portanto, no desenvolvimento da população rural. Como era possível? Os criadores de gado andavam obcecados com a ideia de transformar todo o leite disponível em dinheiro. A profissionalização da indústria de laticínios e o desenvolvimento e a rentabilidade da produção levavam os pecuaristas a relegar a um plano secundário as necessidades de suas próprias famílias. Os alimentos nutritivos, feitos à base de leite, tornavam-se mais e mais raros no campo, sendo, cada vez mais, substituídos pelo leite magro, pobre em nutrientes, e por sucedâneos de pouco valor, por gorduras vegetais e, infelizmente, também por bebidas alcoólicas. Os críticos mais severos já falavam em subnutrição e até mesmo num enfraquecimento corporal e ético da população rural. Os fatos foram expostos ao Conselho e o governo prometeu examinar o assunto com seriedade e cuidado.

Era evidente, porém, que o governo estava tomado por um espírito semelhante ao dos equivocados pecuaristas. Nas florestas do Estado não havia fim para a extração excessiva de madeira. Não havia como recuperar os danos causados e o resultado era a redução progressiva do patrimônio público. Extrair madeira dessa forma talvez tivesse sido necessário em determinadas ocasiões em que as florestas foram atingidas por pragas. Porém, com frequência essas extrações tinham sido feitas única e exclusivamente por causa dos motivos fiscais já mencionados, e, em vez de empregar os recursos obtidos com a madeira para a aquisição de novos terrenos para reflorestamento, ou em vez de reflorestar o quanto antes as terras cujas árvores tinham sido derrubadas — isto é, resumindo, em vez de repor os danos que tinham sido causados ao capital das florestas do Estado e de repor de alguma maneira esse capital —, o dinheiro obtido dessa forma tinha sido, repetidas vezes, utilizado para cobrir despesas correntes e para a amortização de dívidas, pois parecia certo que uma redução no déficit das finanças públicas seria desejável. Os críticos mais severos insistiam que não se podiam empregar receitas extraordinárias para alimentar o caixa destinado às despesas comuns.

Quem não tivesse interesse em dourar a pílula seria obrigado a dizer que as finanças do Estado estavam arruinadas. A dívida nacional chegava aos seiscentos milhões — um fardo que era suportado com paciência e com espírito de sacrifício, mas também com suspiros íntimos. Pois esse fardo, que por si só já era pesado demais, era triplicado pelos juros e pelas condições de amortização impostas pelos credores a um país com uma nota de crédito já combalida, cujos títulos estavam muito mal cotados no mercado internacional e que, no mundo das finanças internacionais, já estava a ponto de ser considerado "desinteressante".

Não era possível vislumbrar um termo para aquela sequência de períodos financeiros ruins. A era dos déficits parecia não ter começo nem fim. E uma administração desastrada, na qual a frequente mudança de pessoal não gerava nenhum tipo de melhora, via na tomada de novos empréstimos a única solução possível para os males que já se faziam perceber. O ministro das Finanças Von Schröder, de cuja retidão de caráter e de cujos propósitos nobres não se pode duvidar, recebeu pessoalmente do grão-duque um título de nobreza por ter sido capaz de obter, sob as mais difíceis circunstâncias, um novo empréstimo, a juros altíssimos. Ele estava empenhado, de todo coração, numa melhoria na situação financeira do Estado. Mas, como não lhe restava nenhum outro recurso a não ser contrair novas dívidas para pagar as antigas, seu procedimento se revelou apenas uma ilusão bem-intencionada, porém cara. Pois ao comprar e vender títulos da dívida pública, pagava-se mais caro do que era possível obter pela revenda, registrando-se com isso prejuízos milionários.

Era como se esse povo não fosse capaz de criar em seu meio um financista medianamente capacitado. Práticas incorretas e maquiagens tornaram-se comuns. Na preparação do orçamento, já não era mais possível distinguir claramente as despesas ordinárias das despesas extraordinárias do Estado. Itens do quadro de despesas ordinárias eram incluídos entre as despesas extraordinárias e, dessa maneira, as pessoas enganavam a si mesmas e ao mundo à sua volta a respeito da verdadeira situação. Assim, empréstimos supostamente tomados para fins extraordinários eram utilizados para cobrir o déficit do orçamento corrente... Por algum tempo, o titular do cargo de ministro das Finanças tinha sido o antigo tesoureiro da corte.

O dr. Krippenreuther, que tomou as rédeas do ministério perto do fim do reinado de Johann Albrecht III, era aquele ministro que, estando convicto, assim como o sr. Von Schröder, da necessidade de uma redução drástica do endividamento, conseguiu que o Parlamento aprovasse uma última e extrema elevação da carga tributária. Mas o país, por natureza incapaz de pagar impostos, já se encontrava no limite de suas capacidades e o resultado foi que Krippenreuther acabou detestado por todos. Tudo o que conseguiu fazer foi passar uma parte do patrimônio de uma mão à outra, o que além disso acabou gerando prejuízos, pois por meio de um aumento da carga tributária a economia nacional ficou sujeita a uma pressão ainda mais pesada e ainda mais imediata do que aquela gerada pela redução das dívidas nacionais...

De onde, então, viria a ajuda, a salvação? Tudo levava a crer que era necessário um milagre — e, enquanto isso não acontecesse, seria preciso a mais implacável parcimônia. O povo era fiel e amava seu monarca como a si mesmo, permeado que era pela nobreza da ideia monárquica, e via nela um pensamento divino. Mas as restrições econômicas eram opressivas e evidentes demais. As florestas devastadas e deformadas falavam, até mesmo aos mais ignorantes, numa língua lamentável. E assim pôde acontecer que, no Parlamento, repetidas vezes fossem propostas urgentes reduções nos rendimentos destinados ao soberano e nos apanágios destinados a seus familiares.

Os rendimentos do monarca alcançavam a cifra de meio milhão de marcos, enquanto os proventos gerados pelas terras que permaneciam como propriedade da coroa chegavam a setecentos e cinquenta mil marcos. Isso era tudo. E a corte estava endividada — e talvez conhecesse o montante dessa dívida o conde Trümmerhauff, um senhor de boa aparência, mas totalmente inepto para lidar com assuntos comerciais, que ocupava o cargo de diretor das finanças grão-ducais. Johann Albrecht não sabia, ou pelo menos parecia não saber, e assim seguia exatamente o exemplo de seus antepassados, que raramente tinham considerado suas finanças dignas de mais do que uma atenção momentânea.

À disposição reverente do povo correspondia um extraordinário sentimento de superioridade por parte do monarca, que às vezes se manifestava de maneira excessiva e exagerada. Esse sentimento de superioridade se tornava visível por meio da tendência ao perdularismo e à ostentação irresponsável do monarca. Um dos nobres nascidos em Grimmburg escolhera para si, especificamente, o epíteto "O Opulento" — na verdade, quase todos o mereceriam. Assim, o endividamento da corte era um endividamento histórico e tradicional, que remontava àquela época na qual todos os empréstimos ainda eram assuntos estritamente particulares dos soberanos, quando Johann, o Violento, penhorara a liberdade de seus súditos mais destacados em troca de um empréstimo.

Essa época já tinha passado e Johann Albrecht III, cujos instintos correspondiam aos de um legítimo nativo de Grimmburg, lamentavelmente já não mais se encontrava numa situação que lhe permitisse dar-lhes livre curso. Seus antepassados tinham acabado com o patrimônio da família, que agora equivalia a zero ou a não muito mais do que zero, desperdiçado que fora com a construção de palácios com nomes franceses e com colunatas barrocas de mármore, com parques repletos de lagos e fontes, com pompas e todo tipo de ostentação dourada. Era preciso fazer contas e, contrariamente às inclinações do grão-duque, e mesmo sem sua interferência, a vida na corte terminou por se tornar um pouco mais modesta.

Falava-se na corte, em tom comovido, sobre o modo como a princesa Katharina, irmã do grão-duque, conduzia sua vida. Ela havia sido casada com o descendente de uma mulher da casa real do país vizinho, enviuvara, e então voltara a viver na capital do reino do irmão, com seus filhos ruivos, no antigo palácio grão-ducal da Albrechtstrasse, cujo portal era vigiado o dia inteiro por um gigantesco porteiro em traje de fanfarra, enfeitado com uma cinta de munição a tiracolo, e em cujo interior se vivia com tanta parcimônia...

Sobre o príncipe Lambert, irmão do grão-duque, pouco se falava. Suas relações com os irmãos, que não o perdoavam por seu mau casamento, estavam estremecidas e ele mal aparecia na corte. Vivia em seu palacete no Jardim Municipal com a esposa, que, em seu tempo, apresentara seus passos de dança no palco do Teatro da Corte e que era conhecida pelo título de Dama de Rohrdorf, nome de uma das propriedades do príncipe. As dívidas eram visíveis no rosto do esbelto esportista e habitué dos teatros. Tinha se desfeito de sua aparência nobre, apresentava-se como cidadão comum e pouco se importava com a fama de pobreza que pairava sobre sua vida doméstica.

Porém, até mesmo no Velho Castelo haviam sido feitas mudanças. Tais restrições eram comentadas na cidade e no interior, quase sempre num tom emocionado e doloroso, pois no fundo o povo desejava ver-se representado de maneira orgulhosa e esplêndida. Por medida de economia, diversos cargos da corte tinham sido reduzidos a um só e já fazia muitos anos que o sr. Von Bühl zu Bühl exercia as funções de supervisor da administração financeira e pessoal da corte, supervisor do protocolo da corte e supervisor da administração doméstica da corte. Demissões consideráveis tinham atingido o corpo de funcionários e serviçais, como os forrageiros, os assistentes de caça, os cavalariços, os cozinheiros, os confeiteiros, os camareiros e os lacaios. E o tamanho das cocheiras fora reduzido ao mínimo... E de que adiantara tudo isso? O desprezo do grão-duque pelo dinheiro se revoltava contra essas restrições em acessos súbitos. Enquanto o que era servido aos convidados nas festividades da corte chegava ao ponto da máxima austeridade admissível; enquanto a ceia servida às quintas-feiras sobre as toalhas de veludo vermelho postas sobre as mesinhas douradas após o término dos concertos no Salão de Mármore agora consistia, semana após semana, apenas em rosbife servido com *sauce bernaise* e sorvete; enquanto à mesa cotidiana do grão-duque, sempre repleta de velas de cera, comia-se como à mesa da família de um funcionário público mediano, ele não se importava em dissipar seus rendimentos de um ano inteiro para restaurar o castelo de Grimmburg.

Enquanto isso, todavia, seus outros castelos decaíam. O sr. Von Bühl simplesmente não dispunha de meios para impedir que a negligência os atingisse. E, em muitos casos, isso era uma grande pena. Aqueles castelos, situados nas redondezas da capital e no campo, refúgios graciosos e opulentos, aninhados em meio às belezas da natureza, cujos nomes vaidosos aludiam ao sossego, à solidão, ao prazer, à distração e à despreocupação, ou designavam uma flor ou uma joia, eram lugares de passeio para os moradores da capital e para estrangeiros e, por meio da cobrança de ingressos, geravam recursos que às vezes — mas nem sempre — eram empregados em sua manutenção. Entretanto, isso praticamente não acontecia com aqueles castelos que se encontravam nas proximidades imediatas da capital. Ali estava o pequeno castelo Eremitage, construído em estilo Empire, situado às margens dos subúrbios ao norte da capital, tão silencioso e gracioso e, ao mesmo tempo, tão austero, há tanto tempo desabitado e esquecido que mirava sobre um laguinho entupido de lodo em meio a seu parque abandonado, tomado pelo crescimento desordenado de suas plantas, adjacente ao Jardim Municipal. E havia o castelo Delphinenort, a apenas quinze minutos de caminhada de lá, na parte norte do Jardim Municipal que, no passado, pertencera inteiramente à coroa e que refletia seu abandono num gigantesco espelho d'água quadrado. Ambos se encontravam num estado lamentável. Causava dor a todos os amantes da beleza arquitetônica ver que o castelo Delphinenort, essa nobre construção em estilo barroco tardio, com a distinta colunata de seu portal, as janelas altas, divididas em pequenas vidraças com molduras brancas, os arcos em pedra decorados com desenhos de folhas, os bustos romanos acomodados em nichos, as escadarias esplêndidas e todos os seus encantos estivesse entregue, aparentemente para sempre, ao abandono. E quando, de modo inesperado, em consequência de circunstâncias imprevistas e mesmo imprevisíveis, esse castelo teve sua honra e juventude restauradas, um sentimento de satisfação generalizada despertou nesses mesmos círculos... Aliás, do castelo Delphinenort era possível alcançar, em quinze ou vinte minutos de caminhada, o Jardim das Fontes, situado um pouco a nordeste da cidade e ligado a seu centro por uma linha de bonde direta.

Só três castelos permaneciam em uso pela família grão-ducal. O primeiro, Hollerbrunn, situava-se além da cordilheira que cercava a cidade e servia como residência de verão, com sua sequência de edifícios brancos cobertos por telhados chineses. Construído às margens de um rio, era fresco e agradável, famoso pelos canteiros de lilases em seu parque. O segundo, Jägerpreis, era um pavilhão de caça todo recoberto de hera em meio às florestas do oeste. E o terceiro era o castelo da cidade, chamado de "velho", muito embora não houvesse nenhum novo.

Era chamado assim não em comparação com outro, mas simplesmente por ser realmente velho. Os críticos achavam mais urgente restaurá-lo a fazer o mesmo com o castelo de Grimmburg. Uma atmosfera rota e decadente havia se alastrado pelo interior dos aposentos destinados à representação e à permanência da família real, para não falar daqueles muitos aposentos desabitados e sem uso situados nas partes mais antigas daquela edificação complexa, nos quais não havia nada além de fezes de moscas e cegueira. Já havia algum tempo que o ingresso do público fora proibido — medida tomada em consideração ao estado calamitoso do castelo. Mas as pessoas que, por um motivo ou outro, defrontavam-se com aquele estado de coisas, como fornecedores e serviçais, admitiam que várias peças do orgulhoso e imponente mobiliário já tinham sido tomadas pelos musgos.

Junto com a igreja da corte, o castelo formava um complexo desordenado e incompreensível de torres, galerias e portais, meio fortaleza, meio construção majestosa. Diferentes eras tinham deixado nele suas influências, e uma grande parte do todo estava arruinada, deteriorada pelas intempéries, danificada a ponto de quase desabar. O castelo estava situado acima da região ocidental da cidade, ao fim de um aclive muito íngreme, e era alcançado, daquele lado, por meio de escadarias sustentadas por hastes de ferro enferrujadas e quebradiças. Mas o colossal portal principal, vigiado por leões agachados, voltava-se para a Albrechtsplatz, e em seu topo, estavam gravadas em pedra, já quase ilegíveis, as palavras orgulhosas e devotadas: "*Turris fortissima nomen Domini*".* Aqui ficava um posto de vigia, aqui era feita a Troca da Guarda, aqui rufavam os tambores, aqui começavam as paradas, aqui se refugiavam os moleques de rua...

Havia três pátios internos no Velho Castelo em cujos cantos se erguiam elegantes torres com escadarias e cujos telhados de basalto estavam repletos de ervas daninhas. Mas no centro de um desses pátios ficava a roseira — que estava, desde sempre, em meio a um canteiro, ainda que não houvesse nenhum outro jardim ali. Era uma roseira

* "O nome de Deus é uma fortaleza inabalável" — citação dos Provérbios da Bíblia Hebraica (Prov. 18,10) e, ao mesmo tempo, uma alusão à canção eclesiástica de Lutero *Eine feste Burg ist unser Gott* e, com isso, mais uma menção ao caráter protestante do grão-ducado aqui descrito. (N. T.)

como muitas outras, e um vigia do castelo cuidava dela. Dormia sob a neve, recebia a chuva e os raios de sol e, quando era chegado o tempo, dava rosas. Eram rosas de uma beleza extraordinária, de formas nobres, com pétalas aveludadas, de um tom escuro de vermelho; eram um prazer para os olhos e uma verdadeira obra de arte da natureza. Mas essas rosas possuíam uma característica rara e assustadora: não exalavam perfume! Isto é, exalavam um odor, mas por motivos desconhecidos não se tratava de um odor de rosas, mas sim de *mofo*: um odor suave, porém evidente, de mofo. Isso era sabido por todos e até mesmo constava dos guias de viagem, e os estrangeiros entravam no pátio do castelo para confirmarem o fato com o próprio nariz. Havia também um dito popular segundo o qual estava escrito em algum lugar que, algum dia, num dia de alegrias e de felicidade geral, as flores da roseira começariam a exalar perfume da forma mais natural e adorável.

Aliás, era compreensível e inevitável que aquela estranha roseira excitasse a imaginação popular. O mesmo acontecia com a chamada Câmara das Corujas do Velho Castelo, um aposento frequentado por espíritos, situado num lugar totalmente inofensivo, perto dos Belos Aposentos e do Salão dos Cavaleiros, lá onde os senhores da corte costumavam se reunir para audiências e, portanto, numa parte relativamente nova da edificação. Mas, segundo se dizia, tratava-se de um lugar sinistro, pois às vezes ouviam-se ali barulhos e ruídos que não eram percebidos fora do aposento e cuja origem ninguém era capaz de descobrir. Juravam que vinham de fantasmas, e muitos alegavam que esses barulhos e ruídos eram ouvidos principalmente antes de acontecimentos importantes e decisivos para a família grão-ducal — um rumor nunca comprovado que, é evidente, não deveria ser levado mais a sério do que tantos outros produtos da imaginação popular, como, por exemplo, certa profecia sombria, transmitida há mais de um século, e que poderia ser mencionada nessas circunstâncias. Essa profecia provinha de uma velha cigana e dizia que, por meio de um príncipe maneta, uma grande sorte recairia sobre o país.

— Ele dará — dissera essa velha desgrenhada — ao país com uma só mão mais do que os outros não foram capazes de dar com duas. — Assim ficou registrada essa profecia e assim era lembrada, de tempos em tempos.

Mas em torno do Velho Castelo estava situada a capital, formada pela cidade velha e pela cidade nova, com seus edifícios públicos e monumentos, suas fontes e jardins, suas ruas e praças que levavam os nomes de príncipes, artistas, estadistas de mérito e cidadãos destacados. As duas metades em que se dividia a capital eram muito diferentes uma da outra, separadas por um rio que contornava numa grande curva a extremidade sul do Jardim Municipal, era cruzado por várias pontes e depois se perdia em meio às montanhas que o cercavam... Na cidade havia uma universidade, mas a instituição de ensino superior não era muito frequentada e ali imperavam sabedorias sossegadas e um pouco antiquadas. Somente o professor de matemática, o conselheiro Klinghammer, gozava de renome significativo no mundo das ciências... O Teatro da Corte, ainda que seu orçamento fosse magro, mantinha-se num nível decente... Havia uma pequena vida musical, literária e artística... Estrangeiros em certo número, interessados em participar da vida comedida e da vida cultural da cidade, visitavam-na, dentre os quais se contavam doentes ricos vivendo, em caráter permanente, nos palacetes em torno do Jardim das Fontes e que eram honrados pelo Estado e pela população por contribuírem com o fisco.

Assim era a cidade; assim era o país. Assim era a situação.

O SAPATEIRO HINNERKE

A primeira aparição pública do segundo filho do grão-duque aconteceu no dia de seu batismo. Essa solenidade provocou grande comoção em todo o país, como sempre ocorria com qualquer acontecimento no âmbito da família real. A cerimônia foi realizada na igreja da corte, depois de semanas de discussões e de leituras a respeito de seu transcurso, e foi conduzida pelo presidente do conselho superior eclesiástico dom Wislizenius, com toda pompa e de forma pública, já que, por ordens do soberano, haviam sido despachados convites do escritório da administração superior da corte a representantes provindos de todas as classes sociais.

O sr. Von Bühl zu Bühl, conhecedor e organizador dos rituais da corte que sempre empenhava em suas atividades o máximo cuidado e a máxima exatidão, supervisionou, trajando sua farda completa e com a ajuda de dois mestres de cerimônias, toda a complexa solenidade: desde a reunião dos convidados nos chamados "Belos Aposentos" até a procissão solene em meio à qual, conduzidos por pajens e por camareiros, dirigiram-se à igreja passando pelas escadarias construídas por Heinrich, o Opulento, e por uma passagem coberta; desde a entrada do público em geral até a dos mais altos dignitários; desde a acomodação dos convidados em seus lugares designados até o zelo para com todos os detalhes rituais durante a realização da cerimônia religiosa, assim como a sequência e a organização hierárquica dos cumprimentos que se seguiram imediatamente após o término do serviço religioso... Ele respirava exausto, oscilava, erguia seu cajado, sorria de maneira apaixonada e fazia reverências, recuando.

A igreja da corte fora decorada com plantas e tapeçarias. Além dos representantes da nobreza da corte e do país, e do corpo de funcionários mais e menos graduados do Estado, os assentos foram ocupados também por comerciantes, agricultores e simples artesãos, todos tomados por sentimentos elevados. Porém, à frente, em torno do altar, acomodados em poltronas forradas de veludo vermelho dispostas em semicírculo, estavam os parentes do infante e altezas estrangeiras como padrinhos, além de representantes fiéis daqueles que não tinham vindo pessoalmente. Seis anos antes, no batizado do grão-duque herdeiro, a solenidade não fora mais brilhante do que aquela. Pois, considerando-se a fragilidade de Albrecht, a idade avançada do grão-duque e a falta de sucessores na linhagem hereditária de Grimmburg, a pessoa do segundo príncipe logo passou a ser considerada uma garantia importante para o futuro da dinastia… O pequeno Albrecht não participou da cerimônia, pois se encontrava acamado por uma enfermidade que, conforme as explicações do general médico Eschrich, era de natureza nervosa.

Dom Wislizenus proferiu um sermão cujo tema era um trecho das escrituras especialmente escolhido pelo grão-duque em pessoa. O *Mensageiro*, um jornal tagarela da capital, descrevera, com riqueza de detalhes, como o grão-duque retirara pessoalmente da pouco frequentada biblioteca a enorme Bíblia do castelo, cujas capas se mantinham fechadas por meio de travas metálicas, fechara-se em seu gabinete e, depois de procurar por mais de uma hora, finalmente elegera uma passagem, copiando-a com seu lápis de bolso numa folha de papel, assinando "Johann Albrecht" e enviando-a ao pregador da corte. Em seu sermão, dom Wislizenus deu ao trecho escolhido pelo soberano um tratamento por assim dizer temático e musical. Revirou-o para cá e para lá, apresentou-o a partir de diferentes pontos de vista e o esgotou em todos os sentidos. Leu-o com voz sussurrante e também com toda a força do seu peito, e, se no início de sua apresentação artística o trecho foi pronunciado em voz baixa e reflexiva, como um tema incorpóreo, quase etéreo, ao final, quando foi apresentado pela última vez à multidão, surgiu vivo, ricamente instrumentado e interpretado de maneira abrangente e profunda. Em seguida, procedeu ao ato do batismo propriamente dito, realizado por completo, visível a todos, com ênfase em cada um de seus detalhes.

Nesse dia, portanto, o príncipe desempenhou pela primeira vez em sua vida um papel na corte, e o fato de ele ser o centro dos acontecimentos ficou logo evidente por ter sido o último a subir ao palco, distante de todos. Surgiu vagarosamente, precedido pelo sr. Von Bühl, nos braços da governanta chefe do palácio, dama Von

Schulenburg-Tressen, e atraiu sobre si todos os olhares. Dormia, envolto em rendas, laços e sedas brancas. Uma de suas mãos estava casualmente coberta. Alegrou, comoveu e agradou a todos de maneira extraordinária. Sendo o centro do acontecimento e de todas as atenções, portou-se tranquilamente, sem fazer exigências, a tudo suportando com naturalidade. Seu mérito estava no fato de não incomodar, não interferir, não oferecer resistência, mas sim, decerto por sua confiança inata, entregar-se silenciosamente às solenidades e às formalidades que imperavam à sua volta, que o conduziam e que, ainda hoje, o preservavam de qualquer tensão...

Por várias vezes, em momentos determinados da cerimônia, foram trocados os braços sobre os quais ele repousava. Com uma reverência, a dama Von Schulenberg o passou à tia Katharina, que tinha no rosto uma expressão austera, vestia um traje de seda recentemente reformado de cor lilás, e cuja cabeleira era adornada com as joias da coroa. Quando chegou o momento apropriado, ela o pousou solenemente nos braços de Dorothea, a mãe, alta e linda, que, por alguns instantes, ofereceu a criança às bênçãos com um sorriso em seus lábios orgulhosos e adoráveis e, em seguida, passou adiante. Uma prima o segurou por alguns minutos, uma menina de onze ou doze anos de idade, de cabelos loiros e cacheados, de pernas finas como hastes, com os bracinhos nus arrepiados e uma larga fita de seda vermelha presa na cintura, que contrastava com seu vestido branco, num laço colossal às suas costas. Seu rostinho anguloso se voltava, temeroso, para o mestre de cerimônias...

O príncipe despertou por um momento, mas as chamas das velas do altar e uma coluna colorida de poeira iluminada pelo sol o ofuscaram, de modo que voltou a cerrar os olhos. E, como não houvesse pensamentos em sua cabeça, apenas sonhos delicados e desprovidos de conteúdo, e como naquele instante não sentisse nenhum tipo de dor, voltou imediatamente a adormecer.

Enquanto dormia, recebeu uma série de nomes, mas os dois mais importantes eram: Klaus Heinrich.

E continuava a dormir em seu bercinho de armação dourada com cortinas de seda azul enquanto o banquete em sua honra era servido à sua família, no Salão de Mármore, e aos demais convidados, na Sala dos Cavaleiros.

Os jornais falavam de sua primeira aparição pública, descreviam sua aparência e seus trajes, confirmavam que tinha se portado de forma realmente principesca e exaltavam, por meio de palavras, a impressão comovente e nobre causada por sua aparição. E, depois disso, o público pouco ouviu falar a seu respeito — e ele pouco ouviu falar a respeito do público.

Ele ainda não sabia nada, ainda não compreendia nada, ainda não tinha a mais remota noção a respeito das dificuldades, dos perigos e dos rigores da vida que lhe seria destinada. Suas manifestações vitais em nada aludiam a qualquer tipo de sentimento de oposição à multidão. Seu pequeno ser era irresponsável, sua vida era um sonho conduzido de forma cuidadosa a partir de fora e que se desenrolava num palco pouco iluminado; e esse palco era povoado por um número excessivo de figuras coloridas, algumas das quais eram imóveis, outras agiam, algumas surgiam momentaneamente, outras tardavam a desaparecer.

Dentre as que demoravam, os pais eram figuras distantes, bastante distantes e não muito nítidas. Eles eram seus pais, sobre isso não havia dúvida, e eram nobres e amigáveis. Quando se aproximavam, parecia que todo o resto do mundo recuava para os lados, formando uma alameda de respeito através da qual caminhavam em sua direção para manifestar um instante de ternura... As figuras que lhe eram mais próximas e cujos contornos via com maior clareza eram duas mulheres que usavam toucas e aventais brancos, duas criaturas inteiramente boas, puras e amorosas, que cuidavam de seu corpo de todas as maneiras e se incomodavam muito com seu choro... Outro que participava de forma íntima de sua vida era Albrecht, seu irmão, mas ele era sério, distante e estava muito à frente dele, em todos os sentidos.

Quando Klaus Heinrich tinha dois anos, um novo nascimento aconteceu em Grimmburg: uma princesa veio ao mundo. Foram-lhe destinadas trinta e seis salvas, porque era do sexo feminino, e no batismo foi chamada de Ditlinde. Era a irmã de Klaus Heinrich e seu nascimento foi uma sorte para ele. No início, era estranhamente pequena e frágil, mas logo se tornou igual a ele, alcançou-o e passou a acompanhá-lo o dia inteiro. Ele vivia com ela. Com ela, olhava, experimentava, compreendia. Junto a ela, percebia o mundo inteiro.

Era um mundo cheio de experiências que convinham a uma disposição de espírito reflexiva. Durante o inverno, viviam no Velho Castelo. Durante o verão, viviam em Hollerbrunn, às margens do rio, em meio ao frescor e ao perfume dos canteiros de lilases que floresciam em torno de estátuas brancas. No caminho para lá, ou nas outras ocasiões em que papai e mamãe os levavam em uma das carruagens pintadas de marrom, cujas portas eram decoradas com pequenas coroas douradas, os outros se punham em pé, gritavam e saudavam, pois papai era o senhor e o soberano do país e, portanto, eles mesmos eram um príncipe e uma princesa — evidentemente semelhantes aos príncipes e às princesas que figuravam nas histórias francesas que a madame da Suíça lhes lia. Isso merecia atenção, e sem dúvida era algo excepcional. Quando outras crianças ouviam aquelas histórias, com certeza olhavam para os príncipes dos quais nelas se falava com grande distanciamento, como quem olha para criaturas de estatura superior, cuja casta representa uma glorificação e uma transfiguração da realidade, criaturas que, quando se lida com elas, sem dúvida desencadeiam uma melhoria dos pensamentos e uma elevação acima da vida cotidiana. Mas Klaus Heinrich e Ditlinde contemplavam aquelas figuras como quem contempla seus semelhantes, com um despreocupado sentimento de igualdade, respiravam o mesmo ar que elas, moravam num palácio assim como elas, sentiam-se irmanados com elas e não se erguiam em direção a um lugar que se encontrava acima de sua própria realidade quando ouviam aquelas histórias, com as quais se identificavam. Viviam então permanentemente naquelas mesmas alturas às quais os outros apenas ascendiam quando ouviam contos de fadas? Se lhe tivessem formulado semelhante pergunta, madame da Suíça não teria sido capaz de negá-lo, tendo em vista as circunstâncias em que viviam.

Madame da Suíça era a viúva de um pastor calvinista que ficava à disposição de ambos, enquanto cada um deles ainda tinha a seu dispor duas camareiras especialmente designadas para tal. Madame era uma figura toda em preto e branco: sua touquinha era branca e seu vestido era preto, o rosto era branco, com uma verruga preta numa das faces, e o cabelo, liso e metálico, ia do preto ao branco. Era uma pessoa muito precisa e que se indignava com facilidade. Erguia o olhar para o alto e para Deus e juntava as mãos em prece diante de situações que, embora não envolvessem nenhum tipo de perigo, eram ainda assim inadmissíveis. Mas o instrumento pedagógico mais silencioso e severo de que dispunha, e que era aplicado em casos sérios, era "olhar com tristeza" para as crianças... Isso significava que tinham se esquecido de quem eram. A partir de determinado dia, em obediência às instruções que lhe haviam sido transmitidas, ela passou a chamar Klaus Heinrich e Ditlinde de "alteza grão-ducal" e a indignar-se com ainda maior facilidade...

Ainda assim, Albrecht chamava-se "alteza real". Os filhos de tia Katharina não pertenciam ao ramo masculino da família, como ficou claro, e, portanto, tinham menos importância do que eles. Mas Albrecht era o sucessor do trono e o herdeiro do grão-ducado, o que combinava com o fato de ele ser tão pálido e distante, e de estar tão frequentemente acamado. Trajava jaquetas austríacas, dotadas de bolsos com abas e de uma cauda. Sua cabeça, alongada para trás, tinha as têmporas estreitas, e o rosto era comprido e inteligente. Ainda na primeira infância tivera que enfrentar uma doença terrível em decorrência da qual, segundo o diagnóstico do general médico Eschrich, seu coração "migrara, temporariamente, para o lado direito". Seja como for, encarara a morte face a face e isso com certeza reforçou em muito a dignidade tímida que lhe era característica. Sua aparência era muitíssimo reservada, seu temperamento, frio por causa da timidez, e seu caráter, orgulhoso em razão de sua falta de encanto natural. Ciciava ligeiramente ao falar e enrubescia por causa disso, pois costumava manter a si mesmo sob a mais estrita vigilância. Suas omoplatas eram um pouco assimétricas. Um de seus olhos sofria de fraqueza e por isso, ao fazer as lições, ele se socorria com óculos, que contribuíam para lhe dar um ar velho e inteligente... A todo tempo o preceptor de Albrecht, o dr. Veit, um homem com barba longa cor de barro, bochechas descarnadas e olhos pálidos, arregalados de maneira artificial, permanecia à sua esquerda. O dr. Veit estava sempre vestido de preto, enquanto um livro, entre cujas páginas ele enfiava seu dedo indicador, repousava sobre sua coxa.

Klaus Heinrich se sentia desprezado por Albrecht e compreendia que a causa desse desprezo não estava apenas na diferença de idade que existia entre ambos. Ele mesmo era sensível e propenso ao choro, assim era sua natureza. Chorava quando o "olhavam com tristeza" ou quando acontecia de bater, acidentalmente, com a testa num dos cantos da mesa de jogos com tanta força que o sangue escorria, e então se lamentava em voz alta, com pena da própria testa. Mas Albrecht vira a morte com os próprios olhos e não chorava nunca. Ele apenas empurrava um pouco para cima seu lábio inferior, curto e arredondado, e sugava levemente o lábio superior. Isso era tudo. Ele era nobre. Em todas as questões que diziam respeito ao comme il faut, madame da Suíça sempre se referia expressamente a ele como exemplo. Ele jamais teria entabulado uma conversação com aquelas figuras ornamentais, trajadas com uniformes esplêndidos, que faziam parte do castelo mas que não eram verdadeiramente homens ou seres humanos, e sim lacaios — algo que Klaus Heinrich às vezes fazia, em momentos em que não estivesse sendo vigiado. Pois Albrecht não era curioso. Seus olhos miravam solitários, sem o desejo de deixar que o mundo neles penetrasse. Klaus Heinrich, ao contrário, conversava com os lacaios movido por esse desejo e por uma vontade ardente, ainda que talvez perigosa e inadequada, de deixar seu coração ser tocado por tudo o que havia além das fronteiras. Mas os lacaios, os velhos e os jovens, junto às portas e ao longo dos corredores e nos aposentos de passagem, com suas polainas cor de areia e seus fraques marrons em cujos galões dourado-avermelhados se repetia várias vezes aquela mesma coroa presente nas portas das carruagens — firmavam os joelhos enquanto Klaus Heinrich lhes falava, pousavam as mãos gordas sobre as costuras de suas grossas calças de veludo, reclinavam-se um pouco em direção a ele, de modo que os cordões do paletó balançavam um pouco, pendendo dos ombros, e respondiam com palavras vazias, convenientes, nas quais o mais importante era sempre o título "alteza grão-ducal" e que eram sempre acompanhadas de um sorriso e de uma expressão compassiva e protetora, como se quisessem dizer:

— Ah! Você! Puro e fino!...

Às vezes, quando isso era possível, e quando ele já tinha idade suficiente para tanto, Klaus Heinrich empreendia expedições a regiões desabitadas do castelo junto com sua irmã Ditlinde.

Àquela época, ele tinha aulas com o conselheiro Dröge, reitor das escolas municipais, que fora designado para o cargo de primeiro preceptor. O conselheiro Dröge era um homem de natureza objetiva. Seu indicador, enrugado, de pele seca e enfeitado com um anel de ouro sem pedra, acompanhava as linhas impressas enquanto Klaus Heinrich lia, e não prosseguia antes que a palavra onde repousava tivesse sido lida. Vinha vestido com um paletó comprido e um colete branco, com a fita de uma condecoração de ordem inferior enfiada na casa do botão, calçando botas largas, muito lustrosas, cujos canos tinham cor de couro natural. Usava uma barba cinzenta de forma cônica, e tufos de pelos cinzentos brotavam das orelhas grandes e achatadas. Seu cabelo castanho, minuciosamente repartido, era escovado em direção às têmporas de maneira a formar pontas voltadas para cima, de tal modo que se podia ver bem a pele amarelada e seca do crânio, porosa como um tecido fino de linho. Mas, atrás e dos lados, brotavam, sob a densa cabeleira castanha, fios cinzentos e delgados. Ele inclinava ligeiramente a cabeça para o lacaio que lhe abria a porta ao adentrar o aposento escolar forrado de lambris no qual Klaus Heinrich o aguardava. Diante de Klaus Heinrich fazia uma reverência — não logo ao entrar nem de maneira casual, mas expressamente e com decisão, colocando-se diante do nobre aluno e esperando que este lhe estendesse a mão. Klaus Heinrich então a estendia, e o fato de, tanto na saudação quanto na despedida, fazer exatamente como vira seu pai fazer ao estender a mão aos senhores que aguardavam por esse gesto, de maneira elegante, simpática e harmoniosa — isso lhe parecia mais importante e mais significativo do que todas as lições que se encontravam entre um momento e o outro.

À medida que se multiplicavam as idas e vindas do conselheiro Dröge, Klaus Heinrich aprendia, de modo imperceptível, todo tipo de coisa útil, sentia-se, ao contrário de suas expectativas e de suas intenções, perfeitamente à vontade nas disciplinas de leitura, escrita e aritmética e era capaz de enumerar, quase sem lacunas, os nomes de todas as localidades do grão-ducado. Mas, como foi dito, não era bem isso o que lhe parecia ser necessário e importante. Às vezes, quando se distraía durante a aula, o conselheiro o advertia, apontando para seu elevado ofício.

— Seu elevado ofício o obriga... — dizia, ou então: — O senhor deve a seu elevado ofício...

Que ofício era esse e no que consistia seu estatuto elevado? Por que os lacaios diziam, sorrindo: "Ah! Você! Puro e fino!"? E por que madame ficava tão indignada quando ele se desviava só um pouco em suas palavras e atitudes? Ele olhava para os rostos que se encontravam à sua volta e, às vezes, quando observava fixamente por algum tempo, obrigando seu olhar a penetrar no ser interior que há por trás das aparências, sentia brotar em si mesmo uma noção do que era, para ele, a realidade.

Ele se encontrava num dos chamados Belos Aposentos, a Sala de Prata, na qual, como sabia, seu pai, o grão-duque, costumava realizar recepções solenes. Em algum momento, entrara sozinho naquele aposento vazio. Agora, ele o observava.

Era inverno, fazia frio, e seus sapatinhos se refletiam no assoalho claro, reluzente como vidro e repartido em grandes quadrados por meio de molduras amareladas, que se estendia à sua frente como uma superfície de gelo. O forro do teto, decorado com arabescos, era tão alto que o grande lustre de prata em forma de coroa e com muitos braços repletos de velas brancas tinha sido afixado na ponta de uma haste de metal muito longa, para assim ficar pairando a meia altura. Abaixo do forro do teto multiplicavam-se retângulos com molduras de prata que continham pinturas em cores suaves. As paredes, igualmente emolduradas com prata, eram revestidas de uma seda branca na qual se viam, aqui e ali, rasgos e manchas amareladas. Uma espécie de baldaquim monumental, que repousava sobre duas sólidas colunas de prata e cuja parte anterior era decorada com uma guirlanda de prata duplamente pregueada, em meio à qual o retrato de uma antepassada morta, com o rosto coberto de pó de arroz, olhava para baixo, e envolta numa pele de arminho, separava a lareira do restante do aposento. Poltronas amplas, prateadas, revestidas de seda branca e rota, rodeavam o lugar destinado ao fogo, agora frio. Nas paredes laterais, uma diante da outra, alçavam-se gigantescos espelhos emoldurados em prata, cuja superfície de vidro era maculada por pontos cegos e cujos pesados suportes de mármore sustentavam, igualmente, candelabros. Cada um deles suportava dois candelabros à direita e dois à esquerda; os candelabros mais baixos ficavam dispostos à frente dos mais altos, e sobre cada um deles estavam dispostas velas brancas e alongadas, idênticas às que se encontravam, em toda a volta do aposento, nas luminárias de parede e também nos quatro candelabros de prata dispostos no alto de hastes, um em cada canto do aposento. Diante das janelas altas do lado direito, que davam para a Albrechtsplatz e em cujos peitoris externos jaziam travesseiros de neve, cortinas de seda branca cheias de manchas amarelas, pregueadas, com fios de prata e forradas com rendas desabavam, pesadas e opulentas, sobre o assoalho. No meio do aposento, sob o lustre principal em forma de coroa, havia uma mesa de tamanho mediano cujo pé parecia um toco de árvore bruto feito de prata, e cujo tampo era feito de madrepérola leitosa — ela permanecia vazia e inutilizada, sem cadeiras à sua volta, e servia, se tanto, como ponto de apoio e de parada naquelas ocasiões em que os lacaios abriam a porta dupla para deixar entrar os convidados com seus trajes de gala, que ingressavam solenemente um pouco antes de você...

Klaus Heinrich olhava a sala e via, claramente, que nada havia ali daquela objetividade que o conselheiro Dröge exigia dele, apesar de todas as suas reverências. Aqui imperava uma atmosfera dominical, séria e solene, semelhante à que imperava no interior da igreja, um lugar onde as exigências do conselheiro pareciam igualmente equivocadas. Imperava aqui uma pompa austera e vazia, e um formalismo simétrico na disposição do mobiliário e dos objetos decorativos, que se apresentava de forma autossuficiente, sem qualquer preocupação com a utilidade ou com o conforto... um serviço elevado e sério, sem dúvida, que parecia estar bem longe de ser leve e agradável e que exigia correção, disciplina e uma abnegação contida, mas cujo objetivo permanecia inominado. E fazia frio naquela sala prateada cheia de velas como no palácio da Rainha das Neves, onde os corações das crianças congelam.

Klaus Heinrich caminhou sobre a superfície espelhada, colocando-se junto à mesa, no centro. Apoiou levemente a mão direita sobre o tampo de madrepérola e encaixou a esquerda sobre o quadril de tal forma que ficasse para trás, quase às suas costas, tornando-se invisível pela frente, pois aquela mão não era bela: amarronzada e enrugada, ela não crescera no mesmo ritmo que a direita. Apoiou o peso do corpo sobre uma perna, colocou a outra um pouco adiante e voltou seu olhar para os ornamentos de prata da porta. Ali não era um lugar para sonhar e aquela não era uma posição para sonhar; ainda assim, ele sonhava.

Olhava para o pai e o contemplava, assim como o aposento, tentando compreender. Olhava para o orgulho opaco dos olhos azuis do pai, para as rugas que desabavam, orgulhosas e tristes, dos cantos de seu nariz para o interior da barba, e que às vezes se acentuavam e se aprofundavam pelo cansaço e pelo tédio... Não era permitido, nem mesmo às crianças, dirigir-lhe a palavra, nem aproximar-se dele sem ordens, nem falar com ele sem ter sido indagado. Era proibido. Era perigoso. Ele respondia, mas o fazia com frieza e distanciamento, e então surgia em seu rosto uma expressão de desamparo, uma breve perturbação da qual Klaus Heinrich tinha uma profunda compreensão.

Papai chamava e papai o dispensava; assim estava acostumado. No início do Baile da Corte e ao término do jantar que marcava o início do inverno, ele dirigia palavras aos membros da corte. Com mamãe caminhava pelos aposentos e pelos salões nos quais a corte se encontrava reunida, disposta de acordo com suas respectivas posições hierárquicas. Atravessava o Salão de Mármore e os Belos Aposentos, cruzava a Galeria de Pinturas, a Sala dos Cavaleiros, a Sala dos Doze Meses, a Sala de Audiência e o Salão de Baile; não andava, simplesmente, numa determinada direção, mas seguia por um caminho predeterminado que o sr. Von Bühl mantinha livre para sua passagem, e dirigia palavras aos cavalheiros e às damas. Todos aqueles aos quais se dirigia faziam reverências, mantinham certa distância, sobre o assoalho reluzente, entre eles mesmos e papai, e respondiam às suas palavras num tom comedido e alegremente emocionado. E então papai os saudava, à distância, da segurança imposta pelas regras cuidadosas, pelas regras que restringiam os movimentos dos outros e que protegiam sua atitude, e saudava suavemente, sorrindo, e seguia adiante. Leve e sorridente... Com certeza, com certeza, Klaus Heinrich compreendia bem o desamparo que perturbava, por um instante, a expressão no rosto do pai sempre que alguém tinha a ousadia de lhe dirigir a palavra de forma imediata — ele a compreendia e sentia, junto com ele, esse mesmo desamparo! Alguma coisa delicada, vulnerável, era atingida naqueles instantes, alguma coisa que toca nosso ser de tal modo que permanecemos ali, desamparados, quando ela se rompe. E era essa mesma coisa que tornava nossos olhos opacos e que escavava aquelas rugas profundas de tédio...

Klaus Heinrich permanecia em pé, olhando — olhava para a mãe e para sua beleza, que era conhecida e elogiada em toda parte. Ele a via ereta, vestida com suas roupas de cerimônia, diante do grande espelho iluminado por velas, pois às vezes, em dias de festa, era-lhe permitido estar presente enquanto o cabeleireiro da corte e as camareiras davam os últimos retoques na toilette dela. O sr. Von Knobelsdorff também se encontrava presente naquelas ocasiões, enquanto mamãe era adornada com as joias da coroa, e vigiava atentamente e tomava notas das gemas que estavam sendo utilizadas. As ruguinhas nos cantos dos olhos dela brincavam e ele fazia mamãe rir dizendo coisas engraçadas, e assim se formavam lindas ruguinhas em suas bochechas macias. Mas aquele era um riso artificial e complacente, enquanto ela observava os próprios reflexos no espelho, como se estivesse ensaiando uma representação de caráter teatral.

Algum sangue eslavo corria em suas veias, conforme se dizia, e era por isso que seus olhos, de um tom escuro de azul, tinham um brilho tão doce quanto a escuridão noturna dos seus cabelos perfumados. Klaus Heinrich tinha ouvido dizer que era parecido com a mãe porque, como ela, tinha também olhos de um azul de aço e cabelos escuros, enquanto Albrecht e Ditlinde eram loiros, assim como papai tinha sido antes de seus cabelos se tornarem grisalhos. Mas ele estava bem longe de ser bonito, por causa da largura dos ossos da face e, sobretudo, por causa de sua mão esquerda, que mamãe o advertia para manter sempre discretamente escondida no bolso lateral de seu paletó, às costas ou diante do peito. Ela o advertia justamente quando, movido por uma ternura impetuosa, ele queria abraçá-la com os dois braços. O olhar dela permanecia frio quando o exortava a ficar atento à mão.

Ele a via como no quadro na Sala de Mármore: trajando um vestido de seda reluzente com gola de renda e usando luvas compridas que deixavam à mostra, abaixo das mangas bufantes do vestido, só uma faixa estreita do braço, que parecia feito de marfim, portando um diadema na noite de seus cabelos, ereta, uma figura esplêndida, com um sorriso de fria plenitude nos lábios orgulhosos — e, atrás dela, um pavão de pescoço azul, reluzente e metálico, exibia sua cauda aberta. Seu rosto era muito delicado, mas a beleza o tornava austero e era evidente que seu coração também era austero e voltado exclusivamente à própria beleza. Quando havia bailes e recepções na corte, ela costumava dormir muito durante o dia e comer só gemas de ovos para não se sentir pesada. E então, à noite, brilhava ao braço de papai ao percorrer os caminhos previstos através das salas, e os dignitários grisalhos coravam quando ela lhes dirigia a palavra, e o *Mensageiro* escrevia que sua alteza real fora a rainha da festa, e não só por causa de seu estatuto de nobreza. Sim, ela proporcionava felicidade ao aparecer, tanto na corte quanto fora, nas ruas, ou ao entardecer, no Jardim Municipal, a cavalo ou a bordo de uma carruagem, e as faces de todos enrubesciam à sua vista. Flores e vivas e todos os corações voavam em sua direção, e era evidente que todos os que gritavam "Viva!" realmente desejavam isso e saudavam, alegres por estarem vivos, por sentirem a intensidade de seu coração e por acreditarem em coisas elevadas naquele instante. Mas Klaus Heinrich sabia muito bem que a mamãe trabalhara exaustivamente por horas a fio para alcançar aquele grau de beleza, que seus sorrisos e suas saudações tinham sido ensaiados com esmero, que eram deliberados e que seu coração de maneira alguma batia mais forte, por nada e nem por ninguém.

Será que amava alguém, por exemplo, ele mesmo, Klaus Heinrich, que afinal se parecia com ela? Sim, com certeza, mas na medida em que tivesse tempo para isso, e talvez até mesmo quando, com um tom de voz frio, ela o lembrava de sua mão. Mas parecia que ela guardava seus gestos e sinais de ternura somente para aquelas ocasiões em que outras pessoas estivessem presentes, para que estas, então, pudessem beneficiar-se de seu bom exemplo. Klaus Heinrich e Ditlinde não tinham contatos muito frequentes com a mãe porque, ao contrário do que Albrecht, o herdeiro do trono, fazia já há algum tempo, não participavam das refeições à mesa dos pais, mas se alimentavam numa mesa separada, com madame da Suíça. E quando eram convidados a visitar mamãe em seus aposentos particulares, o que acontecia uma vez por semana, esses encontros transcorriam sem sentimentos inflamados, em meio a perguntas feitas com calma e respondidas com boas maneiras, enquanto o mais importante parecia ser saber sentar-se corretamente numa poltrona segurando uma xícara de chá cheia de leite. Mas, durante os concertos realizados às quintas-feiras a cada duas semanas no Salão de Mármore, que eram denominados "As quintas-feiras da grã-duquesa" e organizados de tal maneira que os membros da corte se acomodassem junto a mesinhas de pernas douradas cobertas por toalhas de veludo vermelho, enquanto o cantor de câmara Schramm, do Teatro da Corte, cantava, acompanhado por instrumentos musicais, e com tanta força que as veias do seu crânio calvo se intumesciam — durante esses concertos Klaus Heinrich e Ditlinde às vezes recebiam a permissão para permanecerem na sala durante a apresentação de uma peça e também durante o intervalo, sempre trajados com roupas de festa, e então mamãe mostrava que os amava, mostrava isso a eles e a todos os presentes de maneira tão íntima e expressiva que não restava nenhuma dúvida. Ela os chamava para junto de si, à mesa por ela presidida, e, com um sorriso de felicidade, lhes dizia para se colocarem ao seu lado, encostava as bochechas deles em seu peito e em seus ombros, olhava-os nos olhos com ternura e com alma e beijava a ambos na testa e na boca. E as damas inclinavam a cabeça para o lado e piscavam e as expressões de sua face se transfiguravam enquanto os cavalheiros assentiam e mordiam o bigode para dominar, de maneira viril, sua própria comoção... Sim, era bonito de ver, e as crianças sentiam que participavam daqueles efeitos emocionantes, que superavam tudo o que o cantor de câmara Schramm era capaz de alcançar com suas notas mais bem-sucedidas, e se aconchegavam orgulhosas à mamãe. Pois ao menos Klaus Heinrich compreendia que, sendo as coisas como eram, não bastava sentir e dar-se por satisfeito com isso, era preciso também ostentar nossa ternura no salão para que todos pudessem vê-la e para que os corações de todos os convidados se inflamassem.

Às vezes, as pessoas lá fora, na cidade e no parque, também tinham a oportunidade de ver que mamãe os amava. Pois enquanto Albrecht saía, logo ao amanhecer, em companhia do grão-duque para um passeio de carruagem ou para uma cavalgada — ainda que fosse um péssimo cavaleiro —, às vezes Klaus Heinrich e Ditlinde revezavam-se acompanhando mamãe em seus passeios, que aconteciam nas tardes da primavera e do outono à hora do passeio, em companhia da dama da corte Von Schulenburg-Tressen. Klaus Heinrich sentia-se um tanto inquieto e febril antes desses passeios de carruagem, aos quais não estava associado nenhum prazer, mas, ao contrário, muito esforço e muito sofrimento. Pois tão logo a carruagem aberta cruzava o Portal dos Leões, que se abria para a Albrechtsplatz e era sempre guardado por dois granadeiros em posição de sentido, uma multidão se apinhava ali, aguardando a saída. Eram homens, mulheres e crianças que os olhavam com voracidade, e era preciso conter-se e manter uma postura elegante, sorrir, esconder a mão esquerda e saudar com o chapéu de maneira a despertar a alegria popular. E isso continuava durante todo o percurso pela cidade e também quando já estavam em meio ao verde. Todos os outros veículos tinham que conservar certa distância do nosso, e os batedores zelavam por isso. Mas os pedestres se detinham às margens do caminho, as damas fletiam os joelhos em sinal de respeito, os cavalheiros pousavam o chapéu sobre as coxas e olhavam, de baixo para cima, com olhos cheios de devoção e de curiosidade penetrante — e Klaus Heinrich percebia o seguinte: que todos se encontravam ali justamente porque desejavam estar ali, porque queriam ver, enquanto ele estava ali para se mostrar e para ser visto. E isso era o mais difícil de tudo. Ele conservava a mão esquerda dentro do bolso do paletó e sorria, como era o desejo de mamãe, enquanto sentia que suas bochechas ardiam de calor. Mas no *Mensageiro* lia-se que as bochechas de nosso pequeno grão-duque estavam rosadas de satisfação.

Klaus Heinrich tinha treze anos quando se deteve junto à solitária mesinha de tampo de madrepérola em meio ao frio Salão de Prata tentando compreender o que, na realidade, era importante para ele. E então, enquanto examinava atentamente todas aquelas imagens — a dignidade vazia e rota dos aposentos, que não servia ao conforto nem tinha qualquer utilidade; a simetria das velas brancas, que parecia expressar uma renúncia controlada e um propósito elevado e intenso; a breve perturbação que se via no rosto do pai quando alguém lhe dirigia a palavra sem ter sido indagado; a fria e rigorosamente bem cuidada beleza da mãe, que se expunha, em meio a sorrisos, ao entusiasmo do público; os devotados, penetrantes e curiosos olhares das pessoas lá fora — nesse instante, em seu íntimo, ele foi tomado por uma noção vaga, por um reconhecimento mudo e impreciso daquilo que era importante para si. Mas, ao mesmo tempo, sentiu-se também tomado pelo medo, pelo pavor diante de um destino como aquele, pelo medo de sua "nobre vocação", uma emoção tão forte que ele se virou, cobrindo os olhos com as duas mãos — as duas, também aquela que era pequena e deformada —, e se curvou sobre a mesinha e se pôs a chorar de pena, pena de si mesmo e de seu coração, até que alguém chegou, erguendo os olhos para os céus, juntando as mãos em prece, e o levou embora dali... Ele admitiu que sentira medo, e essa era a verdade.

Ele não sabia nada, não compreendia nada e não tinha a menor ideia das dificuldades e da seriedade da vida que lhe havia sido destinada. Tinha sido um menino alegre, espontâneo, que causara muita indignação. Mas logo se multiplicaram as impressões que tornavam impossível para ele permanecer cego quanto à sua verdadeira situação. Nos subúrbios a norte da cidade, nas cercanias do Jardim das Fontes, uma nova avenida tinha sido aberta. Foi-lhe anunciado que, por decisão dos magistrados, ela se chamaria "Avenida Klaus Heinrich". Por ocasião de um passeio de carruagem, sua mãe se dirigiu diante dele ao proprietário de uma galeria de arte. Tratava-se de uma compra. O lacaio aguardava junto à porta da carruagem, o público se juntou ali, o galerista parecia satisfeito — até aí, nada de novo. Mas, pela primeira vez, Klaus Heinrich percebeu que, na vitrine da galeria, encontrava-se exposta uma fotografia dele próprio. Ela pendia ali, junto às fotografias de artistas e de grandes personalidades, homens de testas altas cujos olhos observavam da distância de sua fama e de sua solidão.

Todos pareciam satisfeitos com ele. Sua compostura se aperfeiçoava e, sob o peso de sua vocação, ele incorporava uma decência contida. Porém, o mais estranho é que simultaneamente sua curiosidade também aumentava: essa curiosidade vaga que o conselheiro Dröge não era capaz de satisfazer, essa curiosidade que o levara a entabular conversações com os lacaios. Ele já não fazia mais isso, pois não levava a nada. Eles sorriam e pareciam dizer:

— Ah! Você! Puro e fino!

E justamente por meio desses sorrisos eles fortaleciam a sua impressão de que o seu mundo, composto de velas simetricamente dispostas, encontrava-se em oposição inconsciente a todo o resto do mundo lá fora, e que eles não o ajudavam em nada. Durante seus passeios de carruagem e suas caminhadas pelo Jardim Municipal, em companhia de Ditlinde e de madame da Suíça, ele contemplava, acompanhado por um lacaio, o mundo à sua volta. E sentia que, se todos se juntavam para olhá-lo, enquanto ele tão somente se distinguia dos demais para ser admirado, isso significava que ele nada tinha a ver com os afazeres e com a vida dos demais. Por intuição, compreendeu que, supostamente, a multidão não era sempre como ele a via naqueles instantes em que ela o saudava com olhos devotados, e que por certo eram sua pureza e sua fineza que despertavam nos olhos deles aquele ar de devoção, e que eles eram como as crianças dos contos de fadas que, ao ouvirem falar do príncipe encantado, experimentavam um enobrecimento dos pensamentos e uma elevação que os distanciavam de sua vida cotidiana. Mas ele ainda não sabia quão vis e baixos eram aqueles olhares no resto do tempo — sua "nobre vocação" o impedia de sabê-lo e o desejo que sentia de deixar seu coração ser tocado por coisas que lhe eram proibidas por causa de sua própria alteza era um desejo perigoso e inadequado.

Ainda assim, sempre que possível, e movido por aquele interesse e por aquela vaga curiosidade que às vezes o assolavam, sentia-se impelido a fazer expedições às regiões desconhecidas do Velho Castelo na companhia de Ditlinde, sua irmã.

A essas expedições eles chamavam "revirar", e "revirar" era algo muito excitante, pois era difícil habituar-se à planta e à estrutura do castelo, e, a cada vez que avançavam um pouco mais sobre o desconhecido, descobriam novos aposentos, novas câmaras, novas salas abandonadas nas quais nunca tinham estado, assim como novos atalhos e desvios que conduziam a aposentos já conhecidos. Mas uma vez, durante uma dessas expedições, calhou de acontecer-lhes um encontro e uma aventura que, embora a princípio insignificantes, tocaram profundamente a alma de Klaus Heinrich e lhe ensinaram uma lição.

Uma oportunidade se apresentou. Enquanto madame da Suíça estava de licença para participar da missa da tarde, eles tinham tomado sua xícara de leite junto à grã-duquesa e duas damas de companhia, e depois tinham sido dispensados e instruídos a voltarem de mãos dadas ao aposento das crianças, que ficava a pouca distância dali, e a retomarem suas atividades. Para isso não era necessário que fossem acompanhados por ninguém, pois Karl Heinrich era grande o suficiente para conduzir Ditlinde. E ele era, realmente, grande o suficiente. No corredor, disse:

— Sim, Ditlinde, vamos voltar ao aposento das crianças, mas, você sabe, não é preciso que o façamos pelo caminho mais curto, que não tem graça nenhuma. Vamos, primeiro, "revirar" um pouco. Se formos até o andar de cima pela escada e seguirmos o corredor que leva aos arcos, chegaremos a uma sala com flechas. E se formos da sala com pilastras por uma escada em caracol que fica atrás de uma porta, chegaremos a um cômodo com forro de madeira onde se encontram várias coisas estranhas. Mas ainda não sei o que há depois desse cômodo, e é isso que vamos descobrir agora. Vamos!

— Sim, vamos — disse Ditlinde —, mas não vamos longe demais e não vamos lá onde há poeira porque senão as marcas vão aparecer no meu vestido.

Ela trajava um vestidinho de veludo vermelho-escuro com detalhes em cetim da mesma cor. Naquela época, tinha covinhas nos cotovelos e seus cabelos dourados e reluzentes envolviam suas orelhas como chifres de carneiro. Mais tarde, seus cabelos ganhariam um tom cinzento de loiro e ela emagreceria. Ela também tinha os ossos da face largos e um pouco elevados demais, característicos de seu pai e de seu povo, mas estes eram delicadamente formados de maneira a não perturbarem a fineza dos traços do rosto em forma de coração. Eram, porém, ossos fortes e pronunciados que pareciam oprimir um pouco, apertar e puxar para os lados seus olhos azuis como aço. O cabelo escuro dele era repartido por uma risca lateral, aparado com precisão junto às têmporas em ângulos retos, muito bem escovado em diagonal a partir da testa. Ele trajava um paletó aberto com um colete fechado até em cima e um colarinho branco e frouxo. Com sua mão direita segurava a mãozinha de Ditlinde, mas seu braço esquerdo pendia do ombro, magro e curto demais, com sua mão enrugada e deformada. Estava contente em poder deixá-lo pender assim, sem precisar escondê-lo habilidosamente, pois ali não havia ninguém olhando a fim de enobrecer-se e elevar-se, e portanto era-lhe permitido olhar e investigar para satisfazer o próprio coração.

E assim eles caminhavam e "reviravam" à vontade. Um silêncio pairava no corredor e eles mal viam de longe algum lacaio. Subiram pela escadaria para o andar de cima e seguiram pelo corredor até o lugar onde começavam os arcos, que era aquela parte do castelo que tinha sido construída na época de Johann, o Violento, e de Heinrich, o Penitente, conforme Klaus Heinrich sabia e explicava. Chegaram à sala com as pilastras, onde Klaus Heinrich assoviou várias notas em rápida sequência, porque as primeiras ainda ecoavam quando as últimas já soavam e assim um acorde alegre pairava sob os arcos. Galgaram a escada de pedra em caracol, que terminava diante de uma porta pesada, tateando e às vezes se apoiando também nas mãos, e assim alcançaram um aposento com o forro de madeira no qual se encontravam vários objetos estranhos. Lá havia algumas espingardas antigas, grandes e desajeitadas, com gatilhos cobertos por grossas camadas de ferrugem, que não serviam para o museu, e um trono fora de uso, com um estofado de veludo vermelho rasgado, pernas de leão curtas e encurvadas e criancinhas esculpidas na madeira, que pairavam acima do encosto portando coroas. Mas ali havia também uma coisa terrivelmente torta e empoeirada, parecida com uma gaiola, que causava uma impressão assustadora e despertou neles grande interesse. A menos que estivessem muito enganados, tratava-se de uma ratoeira, pois era possível reconhecer a ponta de ferro na qual se afixava o toucinho, e era terrível imaginar como a guilhotina disparava sobre a nuca daquele roedor grande e asqueroso... Sim, para isso era preciso tempo, e, quando se ergueram, depois de observar detidamente a ratoeira, o rosto de ambos estava afogueado e suas roupas, cheias de poeira e ferrugem. Klaus

Heinrich sacudiu sua roupa e a da irmã, mas isso não ajudou muito porque suas mãos estavam igualmente cinzentas de poeira. E de repente se deram conta de que já escurecia. Precisavam voltar logo. Ditlinde insistia. Já era tarde para continuar.

— Mas isso é uma grande pena — disse Klaus Heinrich. — Quem sabe o que ainda haveríamos de descobrir e quem sabe quando teremos outra oportunidade para "revirar", Ditlinde!

Contudo, seguiu a irmã e se apressaram em descer novamente a escada em caracol, atravessaram a sala com as pilastras e saíram para o corredor dos arcos para tomar, apressadamente e de mãos dadas, o caminho de casa.

E assim caminharam por algum tempo. Mas Klaus Heinrich balançou a cabeça, pois lhe parecia que aquele não era o caminho pelo qual haviam vindo. Seguiram adiante, porém vários sinais confirmavam que tinham tomado o caminho errado. Este banco de pedra com cabeças de grifos não estava aqui antes. E esta janela pontiaguda se debruçava sobre o lado ocidental da cidade, lá embaixo, e não sobre o pátio interno onde se encontra a roseira. Estavam perdidos, não adiantava negar. Talvez tivessem deixado a sala com as pilastras pela saída errada. Seja como for, estavam completamente desorientados.

Voltaram alguns passos, mas sua agitação não lhes permitiu recuar muito, e assim tornaram a seguir adiante, preferindo continuar pelo caminho no qual já tinham começado, com a esperança de que desse certo. O ar em meio ao qual avançavam era abafado e cheirava a mofo, e enormes teias de aranhas, tecidas com toda tranquilidade, se estendiam pelos cantos. Andavam preocupados e Ditlinde já estava arrependida, à beira das lágrimas. Dizia que logo haveriam de perceber sua ausência, olhar para elas com tristeza e talvez até denunciá-las ao grão-duque. Nunca encontrariam o caminho certo de novo, seriam esquecidos e morreriam de fome. E onde há uma ratoeira, Klaus Heinrich, há também ratazanas... Klaus Heinrich a consolava. Bastava encontrar o lugar onde as bandeiras com cruzes e as armaduras estavam dependuradas na parede. A partir dali, ele conhecia o caminho pelo qual deveriam seguir. E, de repente — tinham acabado de passar pelo ponto onde seu caminho fazia uma curva fechada —, aconteceu algo. Estremeceram de medo.

O que ouviam era mais do que o eco dos próprios passos; eram outros passos, estranhos, mais pesados do que os deles, que às vezes pareciam se aproximar mais depressa e às vezes pareciam hesitar, acompanhados de rosnados e de fungadas capazes de fazer gelar o sangue.

Ditlinde quis fugir dali, amedrontada, mas Klaus Heinrich não soltava sua mão e eles se detiveram, com os olhos arregalados, para enfrentar o que estivesse por vir.

Era um homem que surgia na penumbra e que, quando se observando com calma, não tinha nada de assustador. Sua compleição era atarracada e ele estava vestido como um veterano de guerra em dia de parada. Usava um paletó comprido, um modelo antigo, da Francônia, um cachecol de lã em torno do pescoço e uma medalha sobre o peito. Numa mão segurava uma cartola alongada; na outra, o cabo de osso de um guarda-chuva enrolado e amarrotado, com o qual golpeava, no ritmo dos seus passos, o piso de ladrilhos. O cabelo escasso e grisalho estava penteado para cima sobre o crânio a partir da orelha, em chumaços grudentos. As sobrancelhas eram negras e arqueadas e a barba, branca e amarelada, tinha a mesma forma da do grão-duque. Suas pálpebras eram pesadas, e, abaixo dos olhos azuis aguados, a pele murcha formava saquinhos. Ele tinha os ossos da face largos, como era comum no país, e as rugas em seu rosto avermelhado pareciam rasgos. Aproximando-se bem dos irmãos, ele pareceu reconhecê-los, pois colocou-se, imediatamente, em posição de sentido diante da parede externa do corredor, em seguida fazendo uma série de reverências, inclinando várias vezes para a frente o corpo inteiro a partir dos pés, impetuosamente, enquanto uma expressão honesta cobria seus lábios e ele segurava diante de si a cartola virada para baixo. Klaus Heinrich pensou em passar por ele com um simples aceno de cabeça, mas, consternado, deteve-se, pois o veterano já começava a falar.

— Perdão! — disse ele, subitamente, com voz grave, e então prosseguiu, com mais calma. — Peço expressamente perdão ao jovem senhor! Mas os nobres jovens me levariam a mal se eu lhes fizesse o pedido de, por favor, me indicarem o caminho para a mais próxima saída? Não precisa, necessariamente, ser o portão que dá para a Albrechtsplatz — de maneira nenhuma, isso não é necessário. Qualquer saída do castelo, se me permitem dirigir aos nobres senhores esse pedido...

Klaus Heinrich apoiara sua mão esquerda sobre a parte posterior do quadril, colocando-a quase às costas, e olhava para o chão. Alguém se dirigira a ele diretamente, falara-lhe de maneira desajeitada. Pensou em seu pai e juntou as sobrancelhas. Aflito, perguntava-se como deveria se portar nessa situação equivocada e imprevista. Albrecht teria encolhido os lábios, sugado um pouco o lábio superior com o lábio inferior, curto e arredondado, e seguido adiante, em silêncio. Não havia dúvida quanto a isso. Mas para que "revirar" se, diante do primeiro imprevisto, pretendia seguir adiante, rígido e ofendido? E o homem parecia ser uma pessoa correta e, com certeza, não tinha nenhuma má intenção. Isso Klaus Heinrich viu quando se forçou a abrir os olhos. Ele disse apenas:

— O senhor nos acompanhe, terei muito prazer em lhe mostrar por onde o senhor deve seguir para chegar a uma saída.

E assim seguiram.

— Obrigado! — disse o homem. — Muito obrigado pela sua gentileza! Por Deus! Não imaginava que, um dia, ainda voltaria a caminhar pelo Velho Castelo com os jovens príncipes. Mas, assim é! E depois de todos os meus aborrecimentos... pois me aborreci, me aborreci muito, sobre isso não há dúvida... depois de todos os meus aborrecimentos, cabem-me essa honra e esse prazer.

Klaus Heinrich queria muito indagar qual teria sido a razão de tantos aborrecimentos, mas o veterano logo prosseguiu (e continuava a acompanhar os passos ritmados com as batidas do guarda-chuva nos ladrilhos):

— E eu logo reconheci os jovens senhores, ainda que aqui, nestes corredores, esteja um pouco escuro, pois já os tinha visto algumas vezes a bordo da carruagem, e isso sempre me proporcionou muita alegra, pois eu mesmo também tenho um par de vermes em casa, quero dizer, os meus são vermes, os meus... e o jovem também se chama Klaus Heinrich.

— Justamente como eu? — disse Klaus Heinrich, satisfeito... — Mas que bela coincidência!

— Coincidência? De maneira nenhuma! Eu lhe dei esse nome por causa do senhor! Não é nenhuma coincidência se dei a ele exatamente o mesmo nome que o senhor, pois ele nasceu alguns meses depois do senhor, e há muitos outros, há na cidade e há no interior, há muitos outros que se chamam assim. E todos por sua causa. Não, não se pode dizer que isso seja uma coincidência...

Klaus Heinrich escondeu sua mão e se calou.

— Sim, logo reconheci — disse o homem. — E logo pensei: por Deus, é isso que eu chamo de uma sorte em meio ao azar, e eles vão me ajudar a escapar dessa armadilha na qual você, seu velho tolo, se enfiou, e agora você pode rir, eu disse comigo mesmo, pode rir porque outros antes de você, outros, outros a quem esses vagabundos enganaram, já andaram tropeçando por aqui, outros que não tiveram a mesma sorte que você...

"Vagabundos?", pensou Karl Heinrich... "Enganaram?" Fixou o olhar à sua frente, sem ousar perguntar mais. Sentiu-se tomado por um temor e, ao mesmo tempo, por uma esperança... E então perguntou, em voz baixa:

— O senhor foi... enganado?

— Enganado! Enganado como um trouxa! — disse o veterano. — Esses canalhas me enganaram direitinho! Isso eu posso dizer aos senhores, apesar da sua juventude, porque lhes fará bem saber qual é a situação que as pessoas enfrentam aqui. Sim, uma pessoa vem e faz seu trabalho com todo o respeito... Sim, Deus que me proteja! — gritou ele, subitamente, batendo na testa com o chapéu. — Mas eu nem mesmo me apresentei aos senhores! Hinnerke! — disse ele. — Sapateiro Hinnerke, fornecedor da corte. Servi e fui condecorado — disse, apontando com o indicador de sua mão grande, áspera e cheia de manchas amareladas para a medalha em seu peito. — É o seguinte: vossa alteza real o senhor papai teve a bondade de encomendar a mim um par de botas, botas de cano alto, botas de equitação, com protetores para as esporas, feitas de couro envernizado, de primeira qualidade. E eu as fiz, eu as fiz sozinho, com todo o cuidado, e hoje elas ficaram prontas e estão tão brilhantes... E aí eu disse a mim mesmo: "Vá você mesmo entregá-las"... Eu tenho um menino que faz entregas para mim, mas eu disse a mim mesmo: "Vá você mesmo... são para o grão-duque". E então me vesti e peguei as botas e fui para o Castelo. "Que beleza!", disseram, lá embaixo, os lacaios, e querem pegar minhas botas. "Não!", eu disse, pois não confio neles. Eu quis dizer a eles que tinha as minhas encomendas e que tinha a minha condecoração por causa da minha reputação, e não porque paguei propinas aos lacaios. Mas aqueles safados estão acostumados a receber gorjetas dos fornecedores e queriam tirar algum dinheiro de mim para fazer a entrega. "Não!", eu disse, pois sou contra a corrupção e contra as criaturas que rastejam, "eu mesmo quero fazer a entrega e, se não puder entregar as botas pessoalmente ao senhor grão-duque, então vou entregá-las ao senhor camareiro Prahl." Eles ficaram envenenados, mas disseram: "Então o senhor precisa subir por ali!". E subi por ali. E lá em cima encontrei outros deles, que disseram: "Muito bem!" e quiseram pôr as mãos nas botas. Mas eu disse que queria ver o Prahl e insisti nisso. Eles disseram: "Ele está tomando café", mas eu continuei firme e disse: "Então vou esperar até ele acabar de tomar café". E assim que disse isso, quem chegou, calçando seus sapatos de fivela? O camareiro Prahl. Ele olhou para mim e entreguei as botas a ele, junto com algumas palavras adequadas à ocasião, e ele falou: "Muito bem!" e disse mais alguma coisa: "Muito bonitas estas botas!" e fez que sim com a cabeça e as levou embora. Então me tranquilizei porque esse Prahl é uma pessoa em quem se pode confiar, e por fim quis ir embora. "Ei!", gritou alguém, "sr. Hinnerke! O senhor está indo pelo caminho errado!" "Maldição!", eu disse, fiz meia-volta e fui para o outro lado. Mas essa foi a maior besteira que eu poderia ter feito, porque eles me enganaram, e assim fui parar aonde não queria ir. Andei mais um pouco e encontrei outro deles, e perguntei onde ficava o portão que dá para a Albrechtsplatz. Mas ele logo percebeu o que estava acontecendo e disse: "Suba, primeiro, pela escadaria e então dobre sempre à esquerda e depois desça novamente. Assim o senhor vai cortar caminho". Eu confiei na amizade dele e fiz exatamente como mandou, e me enfureci cada vez mais e acabei perdendo a compostura. E então percebi que não era minha culpa e sim daqueles moleques, e me lembrei de ter ouvido que eles fazem isso com todos os fornecedores que se recusam a lhes dar gorjeta, e que os fazem se perder até ficarem exaustos. E a raiva me deixa cego e tolo, e acabo chegando a lugares onde não há mais vivalma e não sei mais como entrar nem como sair, e já estou com bastante medo. E, afinal, encontro os jovens senhores. Sim, é isso o que aconteceu com as minhas botas! — concluiu o sapateiro Hinnerke, enxugando a testa com o dorso da mão.

Klaus Heinrich apertou a mão de Ditlinde. Seu coração palpitava com tanta força que se esqueceu completamente de esconder a mão esquerda. Era isso. Isso era parte daquilo, pelo menos um pouco, era, pelo menos, um aspecto! Sim, essa era uma das coisas das quais sua "nobre vocação" o privava, essa era a maneira de ser das pessoas tais e quais, como elas eram no dia a dia, sem disfarces! Os lacaios... Ele se calou. Faltavam-lhe as palavras.

— E o jovem senhor se cala! — disse o sapateiro. E sua voz simplória parecia comovida. — Eu não deveria ter lhe contado porque não lhe cabe ficar sabendo desse tipo de maldades. Mas, então, eu acho — disse ele, inclinando a cabeça para o lado e agitando os dedos no ar —, eu acho que não lhe fará mal, eu acho que não lhe fará mal algum saber disso, para o futuro e quem sabe para mais tarde...

— Os lacaios... — disse Klaus Heinrich, inspirando... — Eles são mesmo malvados? Posso bem imaginar que sim...

— Malvados? — disse o sapateiro. — Eles não valem nada. É o que são. O senhor sabe do que eles são capazes? Eles retêm as mercadorias que lhes são entregues quando não recebem gorjeta suficiente, e, mesmo que o fornecedor as entregue com toda a pontualidade, na hora combinada, só as levam aos seus destinatários com muito atraso, para que assim os fornecedores sejam acusados e fiquem com fama de desleixados aos olhos das altezas, e para que assim não recebam novas encomendas. Fazem isso sem qualquer escrúpulo, e todos, na cidade, sabem disso...

— Mas isso é muito ruim! — disse Klaus Heinrich.

Ele ouvia e ouvia. O sapateiro mal imaginava o quanto aquilo o perturbava.

— E além disso fazem outras coisas? — indagou ele. — Tenho certeza de que fazem mais coisas desse tipo.

— Mas é claro! — disse o homem, rindo. — Não, eles não deixam nada de lado, é isso que quero lhe dizer, as atividades deles são de vários tipos. Por exemplo, tem a diversão dos porteiros... Funciona da seguinte forma: alguém será recebido pelo senhor papai, por nosso bondoso grão-duque, numa audiência. Suponha que se trate de um novato, de alguém que nunca esteve na corte. Ele chega vestido com seu fraque e está suando frio, pois evidentemente não é pouca coisa apresentar-se pela primeira vez na vida diante de sua alteza real. E os lacaios riem dele, porque se sentem em casa aqui, e o puxam para a antessala, e ele não sabe o que está lhe acontecendo, e também se esquece de dar a gorjeta para os lacaios. Mas eis que chega a hora dele, e o senhor ajudante de ordens pronuncia seu nome e os lacaios abrem a porta dupla e o deixam entrar no aposento onde o senhor grão-duque o aguarda. E então o novato se detém ali, faz reverências e responde às perguntas que lhe são dirigidas e o grão-duque, em toda sua bondade, lhe estende a mão, e então ele é dispensado e recua e supõe que a porta dupla atrás dele será aberta como prometido. Mas a porta não se abre, isso eu digo aos jovens senhores, porque os lacaios estão com raiva dele por não terem recebido a gorjeta, e não mexem um só dedo lá fora. Mas ele não pode voltar as costas ao senhor grão-duque, porque isso não se faz, seria uma ofensa às leis e à honra do grande senhor. Então começa a procurar a maçaneta da porta com a mão, às suas costas, e não a encontra, e começa a ficar irrequieto e a saltitar em volta da porta, e quando, graças à misericórdia de Deus, encontra a maçaneta, trata-se de uma fechadura à moda antiga com a qual não sabe lidar, e revira os dedos e remexe o braço para cá e para lá até se cansar, enquanto faz reverências, desesperado, até que o bondoso senhor acabe tendo que usar as próprias mãos para deixá-lo sair. Sim, assim se dá a abertura das portas! Mas isso ainda não é nada, e agora quero dizer aos jovens senhores...

Enquanto falavam e ouviam, mal tinham prestado atenção no caminho pelo qual seguiam. Tinham descido as escadarias e agora se encontravam no térreo, perto do portão que dava para a Albrechtsplatz. Eiermann, um lacaio camareiro da grã-duquesa, caminhava em sua direção. Ele trajava um fraque violeta e usava suíças. Tinha sido despachado para procurar suas altezas grão-ducais. Ainda longe, já começou a balançar a cabeça, em sinal de desaprovação, afunilando os lábios. Mas quando viu o sapateiro Hinnerke, que andava com as crianças, golpeando o chão à sua frente com o guarda-chuva, todos os músculos de seu rosto se soltaram e o rosto se cobriu com uma expressão murcha e tola.

Mal houve tempo para despedidas e agradecimentos, tamanha a pressa com a qual Eiermann separou e afastou o artesão das crianças. E, em meio a terríveis advertências, ele acompanhou suas altezas grão-ducais até seus aposentos, onde madame da Suíça os aguardava.

Olhou-se para Deus, no alto, e mãos se juntaram em prece por causa da ausência das crianças e por causa do estado deplorável em que se encontravam suas roupas. E o pior aconteceu: "olhou-se para elas com tristeza". Mas Klaus Heinrich só deu aqueles sinais de contrição minimamente necessários. Ele pensou: os lacaios... "Ah! Você! Puro e fino!", sorriam eles, porque tomavam dinheiro dos outros e deixavam os fornecedores se perderem nos corredores quando estes não lhes davam gorjetas, e retinham as mercadorias que lhes tinham sido entregues para que os fornecedores fossem inculpados, e não abriam as portas duplas de maneira que aqueles que eram recebidos nas audiências eram forçados a se agitar. E, se tudo isso acontecia dentro do castelo, o que haveria de se passar lá fora? Lá fora, em meio àquelas pessoas que olhavam para ele com tanta devoção e com tanto estranhamento, quando ele passava por elas, saudando?... Mas como era possível que aquele homem ousasse lhe contar aquilo? Ele não o chamou nem uma única vez de alteza grão-ducal, agiu com ele de maneira violenta e ofendeu de forma brutal sua pureza e sua fineza. E por que era, também, tão estranhamente doce ouvir aquilo que se dizia sobre os lacaios? Por que seu coração batia com um prazer tão horrorizado quando era tocado por alguma dessas coisas selvagens e desavergonhadas das quais sua alteza não compartilhava?

DR. ÜBERBEIN

Klaus Heinrich passou três anos da adolescência junto com outras crianças de sua idade, oriundas da corte e da nobreza rural da monarquia, num internato, uma espécie de colégio interno para crianças ilustres que tinha sido criado e organizado pelo ministro da Corte Von Knobelsdorff por sua causa, no castelo de caça Fasanerie.

O castelo Fasanerie pertencia à coroa havia um século e emprestava o nome à primeira estação ferroviária de uma linha que partia da capital rumo ao nordeste do país, nome que, por sua vez, advinha do cercado reservado à criação de faisões "mansos", a pouca distância dali em meio ao campo e ao matagal, e que tinha sido objeto da adoração de seu antigo senhor. O castelo, um casarão rural térreo de contornos quadrados com um telhado marcado por vários para-raios, situava-se, junto com a cocheira e o estábulo, às margens de uma extensa floresta de coníferas. Com uma fileira de tílias antigas à sua frente, confrontava-se com uma ravina ampla, cujas extremidades azuladas descreviam um arco delimitado pela floresta, que era cruzada por vários caminhos e na qual se destacavam lugares de recreio para as crianças e obstáculos para a prática da equitação. Em linha diagonal em relação ao castelo havia uma estalagem, um jardim onde se consumiam cerveja e café à sombra de árvores antigas, que um homem pensativo chamado Stavenüter administrava. Nos domingos de verão, o lugar era muito frequentado por gente da capital, sobretudo por ciclistas que vinham passear ali. Aos alunos da Fasanerie eram permitidas visitas à estalagem apenas sob a supervisão de um professor.

Havia cinco alunos no internato além de Klaus Heinrich: um Trümmerhauff, um Gumplach, um Platow, um Prenzlau e um Wehrzahn. Naquela região, eles eram conhecidos como "os faisões". Uma carruagem conversível, já um tanto combalida, proveniente da cocheira da corte, uma carroça pequena, um trenó e alguns animais de montaria permaneciam à disposição dos alunos, e quando chegava o inverno e uma parte da ravina se inundava e congelava, era possível patinar no gelo. Havia um cozinheiro, duas camareiras, um cocheiro e dois lacaios no castelo Fasanerie, um dos quais era também capaz de conduzir um coche em caso de necessidade.

O professor colegial Kürtchen, um solteirão baixinho, desconfiado e irritadiço cujas maneiras lembravam as de um comediante e que se portava à maneira dos antigos cavaleiros da Francônia, ocupava o cargo de diretor do internato. Tinha bigodes grisalhos bem aparados, óculos de ouro diante dos olhos castanhos e inquietos, e sempre que estava ao ar livre usava uma cartola enfiada na cabeça e inclinada para trás. Caminhava com a parte inferior do tronco estendida para a frente, apoiando os punhos cerrados sobre a barriguinha, como se fosse um corredor. Tratava Klaus Heinrich com tato condescendente, mas desconfiava muito da arrogância típica da nobreza de seus outros alunos e se enfurecia como um tigre a cada vez que neles percebia algum sinal de desprezo por sua condição social burguesa. Durante os passeios, quando se aproximavam de outras pessoas, gostava de deter-se, com os alunos à sua volta, fazendo desenhos na areia com a ponta da bengala para lhes demonstrar alguma coisa. Chamava de "bondosa senhora" a sra. Amelung, a viúva de um tenente, que exalava sempre um cheiro forte de gotas de Hoffmann,* era a responsável pelas chaves da instituição e tinha certo conhecimento a respeito de finezas desse tipo.

Um professor assistente, ainda jovem, que tinha obtido o título de doutor, amparava o professor Kürtchen. Era bem-disposto, ativo, loquaz, com um pendor para a retórica, mas também sonhador, e talvez tenha influenciado a maneira de pensar de Klaus Heinrich e a noção que tinha de si mesmo mais do que teria sido desejável. Um professor de educação física chamado Zotte também tinha sido contratado. A propósito, o sobrenome desse professor assistente era Überbein** e seu primeiro nome, Raoul. Quanto aos demais professores que se faziam necessários, estes vinham diariamente de trem da capital.

Klaus Heinrich percebeu que as exigências objetivas que tinha de

* Gotas de Hoffmann: mistura de éter e álcool concebida pelo médico Friedrich Hoffmann (1660-1742) empregada contra desmaios. (N. T.)

** Há uma alusão irônica, nesse sobrenome, ao *Übermensch* (super-homem) de Friedrich Nietzsche. Ao mesmo tempo, *Überbein* é o nome de uma inflamação causada por cistos nas juntas ou nos tendões. (N. T.)

enfrentar no colégio logo se reduziram, e não se opôs a isso. O indicador enrugado do conselheiro Dröge não permanecia mais grudado nas linhas. Tinha cumprido com suas obrigações. E, durante as aulas, assim como ao longo da correção dos trabalhos escritos, o professor Kürtchen aproveitava para fazer generosas demonstrações de tato. Logo depois da fundação do internato, certo dia pediu a Klaus Heinrich — isso aconteceu logo após o lanche da manhã, no refeitório no térreo — que o acompanhasse a seu gabinete e declarou:

— Não corresponde ao interesse comum que vossa alteza grão-ducal se sinta obrigada a responder, durante as aulas de ciências, a perguntas que não sejam do seu interesse naquele momento. Por outro lado, é desejável que vossa alteza grão-ducal sempre se mostre disposta a responder, erguendo o braço. Assim, peço a vossa alteza grão-ducal que, para que eu possa me orientar, estenda completamente o braço quando se tratar de perguntas às quais vossa alteza grão-ducal não deseje responder, e, quando se tratar de perguntas que o senhor esteja interessado em responder, estenda o braço só até a metade, deixando o cotovelo em ângulo reto.

Quanto ao dr. Überbein, preenchia a sala de aula com uma loquacidade ressonante, cuja alegria se sobrepunha ao tema de sua preleção propriamente dito sem, no entanto, perdê-lo de vista. Ele não tinha feito nenhum tipo de acordo com Klaus Heinrich, mas o interrogava sempre que queria, em tom amistoso e livre, sem nenhum tipo de constrangimento. E as respostas pouco objetivas de Karl Heinrich pareciam deliciar o dr. Überbein, nele provocando alegres entusiasmos. "Haha!", gritava ele, rindo e lançando para trás a cabeça...

— Ah! Klaus Heinrich! Ah! Sangue real! Ah! Falta de ideia! A dura problemática da vida o encontra despreparado! Mas a mim, que sou um homem experiente, cabe esclarecê-lo!

E ele mesmo respondia, não chamava ninguém quando a resposta apresentada por Karl Heinrich estava errada. As aulas apresentadas pelos outros professores tinham um caráter pouco exigente. E o professor de educação física Zotte recebera de seus superiores ordens expressas para conduzir os exercícios físicos sempre tomando o maior cuidado em relação à mão esquerda de Karl Heinrich, de modo que nem a atenção do príncipe nem a dos outros meninos se voltasse, desnecessariamente, para seu pequeno defeito. Por isso, os exercícios corporais se limitavam à corrida, e, durante as aulas de equitação, igualmente lideradas pelo sr. Zotte, era proibido qualquer tipo de perigo.

As relações de Klaus Heinrich com os outros cinco alunos não poderiam ser chamadas de íntimas e nunca se desenvolveram a ponto de se tornarem próximas. Ele permanecia à parte, nunca via a si mesmo como um deles, e nunca foi contado como um deles. Eles eram cinco e ele era um. Havia o príncipe, os cinco e os professores: essa era a composição do internato. Existiam muitos impedimentos para uma amizade verdadeira. Os cinco estavam lá por causa de Klaus Heinrich, tinham sido designados para serem seus companheiros de colégio, nunca eram interrogados, durante as aulas, depois que Karl Heinrich tivesse dado uma resposta errada, e, durante os jogos e as cavalgadas, cabia a eles se adaptarem às limitações corporais do príncipe. Viam-se destinados ao privilégio do convívio com ele — e já estavam enjoados desse privilégio. Alguns deles, os meninos Von Gumplach, Von Platow e Von Wehrzahn, filhos de proprietários rurais da pequena nobreza, viviam marcados pelo orgulho que seus pais tinham demonstrado ao receberem o convite do Ministério dos Assuntos da Corte, assim como os parabéns que lhes chegavam de todos os lados. O conde Prenzlau, por sua vez, aquele gordo ruivo cheio de sardas e de fala ofegante, cujo primeiro nome era Bogumil, era um descendente da família mais nobre e mais rica de proprietários rurais do país. Era um menino mimado e cheio de si. Sabia exatamente que seus pais não tinham sido capazes de recusar a solicitação do barão Von Knobelsdorff, que, no entanto, para eles não significava uma graça divina, e sabia também que ele, o conde Bogumil, poderia viver muito melhor e bem mais de acordo com sua situação social nas propriedades do pai do que no castelo Fasanerie. Ele achava que os animais de montaria ali eram ruins, que a carruagem conversível estava em péssimo estado, que a carroça era antiquada. Reclamava, em segredo, da comida. Dagobert, conde de Trümmerhauff, um rapaz fino, que lembrava um galgo e só falava aos sussurros, concordava com tudo o que o conde Bogumil dizia.

Eles compartilhavam de uma palavra que estava impregnada pela expressão de sua natureza implicante e aristocrática, e que empregavam com gosto e com frequência, pronunciando-a com uma voz cortante e gutural: "Porcaria!". Era uma porcaria usar colarinhos soltos abotoados nas camisas. Era uma porcaria jogar tênis de grama usando paletós leves como qualquer um. Mas Klaus Heinrich não sentia que tivesse nascido para fazer uso de uma palavra como aquela. Até então, sequer sabia da existência de camisas que tinham colarinhos costurados e não abotoados, e nem sabia que alguém podia possuir tantos paletós como

Bogumil Prenzlau. Ele até gostaria de dizer "porcaria", mas no mesmo instante lhe ocorria que as meias que estava usando já tinham sido remendadas. Sentia-se deselegante comparado com Prenzlau e gordo comparado com Trümmerhauff. Trümmerhauff era nobre como um animal. Tinha um nariz delgado, pontiagudo e afilado como uma lâmina, narinas largas, finas e vibrantes, veias azuladas em suas têmporas delicadas e orelhas minúsculas sem lóbulos. Dos punhos coloridos e amplos de suas camisas, cerrados por abotoaduras douradas, brotavam delicadas mãos femininas com unhas abauladas, e um dos seus pulsos era ornamentado por uma pulseira dourada. Ele sussurrava, de olhos semicerrados... Não, era evidente que Klaus Heinrich não tinha como rivalizar com ele em distinção. Sua mão direita era bastante larga, os ossos da face eram iguais aos do povo, e, comparado com Dagobert, ele parecia atarracado. Era bem capaz que Albrecht soubesse, melhor do que ele, dizer "porcaria" junto dos faisões. Quanto a ele, não era, definitivamente, um aristocrata. Os fatos o comprovavam de forma clara. Qual era seu nome? Klaus Heinrich. O mesmo nome usado pelos filhos dos sapateiros. E os filhos do sr. Stavenüters, lá embaixo, que assoavam o nariz com os dedos, tinham o mesmo nome que ele, que seus pais e que seu irmão. Mas os nobres se chamavam Bogumil e Dagobert... Klaus Heinrich permanecia sozinho e isolado em meio aos cinco.

Ainda assim, estabeleceu uma amizade no castelo Fasanerie: com o dr. Überbein, o professor assistente. Raoul Überbein não era um homem bonito. Tinha uma barba ruiva, e a pele do rosto era de uma coloração branco-esverdeada. Os olhos eram azuis como a água, o cabelo, escasso e ruivo, e as orelhas, extremamente feias, abertas e pontiagudas. Mas tinha mãos pequenas e delicadas. Usava sempre gravata branca, o que dava à sua aparência certo ar de solenidade, ainda que seu guarda-roupa fosse pobre. Quando se encontrava ao ar livre, usava um sobretudo de lã grossa, e ao cavalgar — pois o dr. Überbein era um excelente cavaleiro — trajava um paletó comprido e gasto, cuja parte inferior ele prendia com alfinetes de segurança, calças justas abotoadas e um chapéu alto.

No que consistia, então, o encanto que exercia sobre Klaus Heinrich? Esse encanto era constituído por diversos elementos. Passado não muito tempo do início do convívio entre os "faisões", surgiu o rumor de que o professor assistente teria, há muito tempo, salvado uma criança do afogamento num brejo ou pântano, e que fora condecorado com a Medalha da Salvação. Isso era algo que impressionava. Mais tarde, foram feitas outras descobertas a respeito da vida do dr. Überbein das quais Klaus Heinrich também ficou sabendo. Dizia-se que tinha origem obscura, e que seu pai era desconhecido. Sua mãe teria sido uma atriz que o entregara para ser criado por pessoas pobres em troca de dinheiro, e ele teria passado fome, o que seria a causa da coloração branco-esverdeada de seu rosto. Essas eram coisas que permaneciam incompreensíveis ao conhecimento e ao pensamento, coisas selvagens e inalcançáveis às quais, aliás, o próprio professor Überbein às vezes aludia, por exemplo quando os nobres meninos, que tinham conhecimento de suas origens obscuras, comportavam-se de maneira arrogante e inadequada com ele.

— Crianças mimadas! — dizia ele, então, em voz alta, mal-humorado. — Eu conheço bem o mundo e a vida para poder exigir respeito dos senhores!

Também isso, o fato de o dr. Überbein conhecer bem o mundo e a vida, não deixou de exercer um efeito sobre Karl Heinrich. Mas o que era realmente interessante na pessoa do doutor era sua maneira franca e direta de se portar com Klaus Heinrich e o tom no qual, desde o primeiro dia, lhe dirigia a palavra, o que o diferenciava nitidamente de todas as outras pessoas. Ele nada sabia da rígida impenetrabilidade dos lacaios, nem da pálida indignação de madame, nem das reverências formais do conselheiro Dröge, nem dos cuidados condescendentes do professor Kürtchen. Não sabia nada da maneira estranha, devotada e penetrante com a qual as pessoas costumavam olhar para Karl Heinrich. Durante seus primeiros dias no internato, portara-se de forma silenciosa, limitando-se a observar. Depois, porém, passou a se aproximar do príncipe com uma liberdade sorridente e sonora, com um sentimento de camaradagem paternal e jovem que Klaus Heinrich nunca havia conhecido. De início, essa atitude o incomodou, e ele olhava assustado para o rosto esverdeado do doutor. Mas sua perturbação não tinha efeito sobre o doutor e não o intimidava de maneira alguma. Pelo contrário, reforçava sua loquacidade cordial e espontânea, e não demorou para que Klaus Heinrich se sentisse amigavelmente conquistado. Pois no jeito de ser do dr. Überbein não havia nada de vulgar, nada de destrutivo, e tampouco havia algo de deliberado ou pedagógico. Seu jeito de ser era marcado pela superioridade de um homem que conhecia bem o mundo e a vida e que, ao mesmo tempo, sabia apreciar, com delicadeza e liberdade, a singularidade do ser de Klaus Heinrich. Havia nisso amor e reconhecimento, além de um convite alegre a uma união entre as naturezas tão distintas desses seus seres. No início, ele o chamara algumas vezes de "alteza", depois simplesmente de "príncipe", e, por fim, apenas de "Klaus Heinrich". E assim foi dali em adiante.

Quando os "faisões" saíam para passear a cavalo, iam à frente dos demais. O doutor ia montado em seu robusto cavalo malhado, à esquerda de Karl Heinrich, que ia montado em seu bem-disposto cavalo castanho-avermelhado, e trotavam sobre a neve ou sobre as folhas caídas do outono, sobre a lama da primavera ou sobre a fertilidade do verão, ao longo das margens da floresta, pelos campos, pelas aldeias, e o dr. Überbein lhe falava de sua vida. Raoul Überbein. Soava bem, não? Um nome diferente, de bom gosto! Sim, Überbein tinha sido o nome de família de seus pais adotivos, gente pobre e envelhecida, proveniente da classe dos bancários, e ele usava esse nome oficial e informalmente. Mas o fato de se chamar Raoul tinha sido a única determinação e exigência que sua mãe tinha feito ao entregar sua pequena e desagradável pessoinha àquela gente, junto com uma quantia em dinheiro a título de compensação — evidentemente tinha sido uma determinação sentimental, uma determinação da piedade. Era bem capaz que seu pai verdadeiro tivesse se chamado Raoul, e ele esperava que seu sobrenome se harmonizasse com esse nome. Aliás, seus pais adotivos tinham agido de forma um tanto leviana ao adotarem uma criança, pois na casa dos Überbein imperavam a fome e a pobreza e provavelmente só fizeram isso porque precisavam com urgência do dinheiro oferecido pela mãe verdadeira a título de compensação. O menino apenas recebera a educação escolar mínima, mas se dera o direito de mostrar a todos quem era, destacara-se um pouco dos demais e, como desejava se tornar professor, obtivera de um fundo público os recursos para sua formação na escola normal. Aliás, concluíra a escola normal com distinção, pois isso lhe era necessário, e então conseguiu um emprego como professor do ensino fundamental com um salário imenso, com o qual, às vezes, ajudara a sustentar seus honestos pais adotivos em sinal de reconhecimento, até que os dois morressem quase ao mesmo tempo. Paz a eles! E então se viu sozinho no mundo, um desastre desde o dia de seu nascimento, pobre como um pardal, presenteado por Deus com uma cara esverdeada e com orelhas de cachorro para se alegrar. Circunstâncias favoráveis, não? Mas essas circunstâncias, afinal, tinham sido boas, e assim foi definitivamente. Uma juventude miserável, solitária, sem qualquer alegria, sem a dádiva da sorte, que o levou a voltar-se exclusivamente e com toda a austeridade para o desempenho de suas tarefas e o enfrentamento dos desafios. Não tinha como se acomodar, mantinha sua força interior, desconhecia os confortos e ultrapassava os obstáculos que surgiam em seu caminho. E como se multiplicam as habilidades de alguém que não dispõe de nenhum outro recurso! Que vantagem em relação àqueles que "não precisam disso", àqueles que "não precisam disso" de jeito nenhum! Que vantagem em relação àqueles que, já ao amanhecer, fumam charutos... Àquela época, estando ao lado da cama de um de seus alunos, um menino pobre e doente, num quartinho que não cheirava exatamente a primavera, Raoul Überbein conhecera um jovem alguns anos mais velho, mas que se encontrava numa situação semelhante à sua, pois, sendo judeu, também havia sido um desastre desde o dia em que nascera. Klaus Heinrich o conhecia — sim, podia-se dizer que o conhecera numa situação de intimidade. Seu nome era Sammet e era médico. Por acaso encontrava-se no castelo de Grimmburg na hora do nascimento de Klaus Heinrich e, alguns anos mais tarde, estabelecera-se como pediatra na capital. Pois bem, esse era o amigo de Überbein. Era até hoje seu amigo, e já naquela época tiveram boas conversas a respeito do destino e a respeito das dificuldades. Não havia dúvidas de que os dois conheciam bem o mundo e a vida. Quanto a Überbein, este se lembrava com alegria de seus tempos de professor do ensino fundamental. Sua atuação não se limitara apenas à sala de aula, pois ele se dera o prazer de se envolver um pouco, de maneira pessoal e humana, com seus pequenos discípulos, acompanhando-os até em casa, testemunhando vidas em família nem sempre idílicas. E, ao fazê-lo, era impossível deixar de ver todo tipo de coisa. Realmente, se já não conhecesse de antemão a face mesquinha da existência, naquela época teria tido a primeira oportunidade de vê-la. Aliás, nunca tinha parado de trabalhar também de forma independente dando aulas particulares para os filhos gordos de famílias burguesas, e apertando o cinto para poder comprar livros, e tinha aproveitado as noites longas, livres e silenciosas para estudar. E certo dia, graças a uma permissão extraordinária, prestara os exames do Colégio do Estado, obtivera seu título e, assim, fora transferido para o ensino médio. Dava-lhe pena abandonar seus pequenos discípulos, mas assim tinha sido seu caminho. E então aconteceu de o escolherem para ser professor assistente no castelo Fasanerie, ainda que desde seu nascimento tivesse sido um desastre...

Assim contava o dr. Überbein, e, enquanto o ouvia, Klaus Heinrich se via tomado por sentimentos de amizade. Ele compartilhava com o doutor o desprezo por aqueles que "não precisavam disso" e que "já ao amanhecer fumam charutos". Prazer e temor o comoviam enquanto ouvia os relatos eloquentes e dramáticos de Überbein a respeito do mundo e da vida, das coisas que tinha visto e da face mesquinha da existência, e o levavam a envolver-se pessoalmente com sua trajetória marcada pela má sorte e pela coragem, desde a soma que tinha sido entregue a título de compensação a seus pais adotivos até seu emprego como professor do ensino médio. Parecia-lhe que também estava de alguma maneira capacitado a participar de uma conversa sobre o destino e sobre as dificuldades. Emocionava-se, a experiência de seus próprios quinze anos de idade o impeliu, sentiu-se levado à intimidade e tentou contar um pouco sobre si mesmo. Estranho era que o dr. Überbein se opusesse de maneira decisiva a essa sua intenção, interrompendo-o:

— Não, não, Klaus Heinrich — disse. — Ponto-final! Nada de intimidades, se me permite! Não que eu não saiba que o senhor seria capaz de me contar todo tipo de coisa... isso eu já sei há tempo, desde o dia em que o observei pela primeira vez com alguma atenção. Mas o senhor está enganado se supõe que pretendo levá-lo a chorar no meu ombro. Em primeiro lugar, o senhor certamente há de se arrepender, mais cedo ou mais tarde, se o fizer. E, em segundo lugar, os prazeres das confissões secretas não lhe cabem... O senhor vê? Tenho o direito de falar o que bem entender. Quem sou eu? Um professor assistente. Sim, concordo, não sou um professor qualquer, mas ainda assim não sou nada além de um professor. Um indivíduo muito claramente determinado. Mas o senhor? Quem é o senhor? Isso é mais difícil de dizer... Digamos assim: é um conceito, uma espécie de ideal. Um recipiente. Uma existência simbólica, Klaus Heinrich, e, portanto, uma existência formal. Mas a formalidade e a intimidade — o senhor ainda não sabe que essas coisas se excluem mutuamente? O senhor não possui o direito à intimidade, e se o senhor tivesse de fazer experiências com isso o senhor mesmo descobriria que isso não lhe serve, que isso não lhe cabe, o senhor descobriria que isso lhe é insuficiente e de mau gosto. Preciso exortá-lo, Klaus Heinrich, a manter a compostura...

Klaus Heinrich saudou com o chicote, sorrindo. E sorrindo seguiram adiante em sua cavalgada.

Numa outra ocasião, o dr. Überbein disse de forma bastante casual:

— A popularidade é uma forma grandiosa e abrangente, mas não muito precisa, de intimidade. — Não disse mais nem uma única palavra a esse respeito.

Às vezes, no verão, durante o longo intervalo matinal entre as aulas, sentavam-se lado a lado no jardim vazio da estalagem, passeavam conversando pela ravina na qual os "faisões" saltavam de um lado para outro, e, na presença do sr. Stavenüter, improvisavam um lanche com limonada. Com satisfação, o sr. Stavenüter limpava a mesa áspera e trazia pessoalmente a limonada. Era preciso estourar a ornamentada tampa de rolha com uma esfera de vidro.

— Um produto puro! — dizia o sr. Stavenüter. — O melhor de todos. Sem qualquer impureza, alteza grão-ducal, e também ao senhor doutor, apenas suco natural e açúcar posso recomendar sem qualquer receio!

E então mandava os filhos cantarem em honra aos visitantes. Eram três: duas meninas e um menino, e sabiam cantar em trio. Mantinham-se a certa distância, sob a folhagem verde das castanheiras, e cantavam canções populares enquanto assoavam o nariz com os dedos. Uma vez, cantaram uma canção que começava com as palavras: "Somos todos, todos humanos", e o dr. Überbein deu a entender, por meio de algumas observações, que aquele número do programa musical não lhe agradava.

— Uma canção preguiçosa — disse, inclinando-se para o lado em direção a Karl Heinrich. — Uma canção bem ordinária. Uma canção indolente, Klaus Heinrich, que decerto não o agradará.

Mais tarde, depois que as crianças já tinham parado de cantar, voltou a falar sobre a canção, descrevendo-a como "desleixada".

— Somos todos seres humanos — repetiu —, por Deus, sem dúvida. Mas talvez valha a pena lembrar que os mais notáveis dentre nós talvez sejam justamente aqueles que dão ensejo a uma ênfase especial sobre esse fato... O senhor veja — disse ele, reclinando-se, cruzando as pernas e acariciando sua barba por baixo, a partir da garganta —, veja, Klaus Heinrich, um homem possuidor de certas necessidades espirituais não poderá se furtar a uma busca pelo extraordinário neste mundo de platitudes, não poderá se furtar a amar o extraordinário, esteja ele onde estiver — e um homem assim com certeza há de se irritar diante de uma canção desleixada como essa, com uma tal negação bovina do excepcional, do sublime e do miserável e daquilo que é essas duas coisas ao mesmo tempo... Estou falando em nome da casa real? Absurdo! Sou apenas um professor assistente. Mas Deus há de saber o que corre em meu sangue — não me proporciona nenhuma satisfação enfatizar que, no fundo, somos todos apenas professores assistentes. Eu amo o incomum em todas as suas formas e em todos os sentidos, amo os que têm no coração a dignidade do excepcional, os marcados, os que são conhecidos como estranhos, todos aqueles que levam o povo a fazer caretas — desejo a eles que amem seus destinos, e não lhes desejo que se acomodem a verdades tépidas e indolentes como as que acabamos de ouvir, entoadas pelo trio... Por que me tornei professor, Karl Heinrich? Eu sou um cigano, sim, um cigano diligente, mas ainda assim um cigano. Minha predestinação para ser o servo de um príncipe não é muito esclarecedora. Por que segui, com prazer, o chamado que recebi, em consideração à minha própria diligência, se sou um desastre por nascimento? Porque em seu ser, Klaus Heinrich, enxergo a forma mais visível, mais expressiva e mais bem preservada do extraordinário sobre a terra. Tornei-me seu professor porque quero preservar vivo e intacto o seu destino. Reserva, etiqueta, dever, dureza, compostura, forma — quem vive em meio a tudo isso não deve ter direito a desprezar? Deve conformar-se à humanidade, à condescendência? Não, venha, vamos, Klaus Heinrich, se assim lhe aprouver. Esses filhos do Stavenüter são uns tagarelas, gente sem tato.

Klaus Heinrich riu, deu às crianças uns trocados e eles se foram dali.

— Sim, sim — disse o dr. Überbein a Klaus Heinrich durante um passeio pela floresta. Encontravam-se a alguma distância dos cinco "faisões". — Hoje em dia, o culto em honra ao espírito precisa resignar-se. Onde está a grandeza? Sim! À saúde! Mas além de toda a grandeza e de toda a vocação existe, ainda, aquilo que chamo de nobreza, formas de vida escolhidas e tristemente isoladas das quais é preciso aproximar-se com a mais delicada empatia. Aliás, a grandeza é forte, ela calça botas militares e pode prescindir dos serviços cavalheirescos da razão. Mas a nobreza é comovente — por todos os demônios, é a coisa mais comovente que existe sobre a Terra.

Algumas vezes, ao longo do ano, os membros da Fasanerie se dirigiam à capital para assistir às apresentações de óperas e peças clássicas no Teatro da Corte grão-ducal, e os aniversários de Klaus Heinrich eram sempre comemorados com uma dessas visitas ao teatro. Em tais ocasiões, ele se sentava, numa postura serena, sobre sua poltrona entalhada junto ao peitoril forrado de veludo do camarote revestido de vermelho, adjacente ao proscênio e cujo teto repousava sobre a cabeça de duas esculturas de mulheres de braços cruzados e rosto vazio e severo. E então observava seus colegas, os príncipes cujos destinos se realizavam no palco, enquanto ele mesmo segurava os binóculos que, de tempos em tempos, também em meio à apresentação, voltavam-se em sua direção. O professor Kürtchen permanecia sentado a seu lado esquerdo e o dr. Überbein, junto com os "faisões", acomodava-se no camarote ao lado. Numa dessas noites assistiram à *Flauta mágica*, e no caminho de volta para a estação Fasanerie, num compartimento do vagão de primeira classe, o dr. Überbein fez o internato inteiro gargalhar imitando a forma de falar dos cantores quando seus papéis lhes exigiam passar para os diálogos recitativos.

— Ele é um príncipe! — dizia com voz melosa, e respondia a si mesmo num tom arrastado e cantante de pastor: — Ele é mais do que isso, ele é um ser humano!

Até mesmo o professor Kürtchen, de tanto que se divertia, imitou os balidos de uma cabra. Mas, no dia seguinte, durante uma aula particular de revisão na biblioteca particular de Klaus Heinrich, com sua mesa redonda de mogno, o forro do teto pintado de branco e o torso grego sobre a estufa, o dr. Überbein repetiu a paródia e disse:

— Por Deus! Aquilo era uma novidade em seu tempo, na época era uma mensagem nova, uma verdade espantosa!... Há paradoxos que permaneceram por tanto tempo invertidos que agora é preciso recolocá-los sobre os próprios pés para, à custa de muito esforço, voltar a lhes emprestar algum sentido novo. "Ele é um ser humano... ele é mais do que isso" — isso é quase mais ousado, mais bonito, é até mais verdadeiro... O inverso é simplesmente humanidade, e é tomado de prazer que falo sobre isso com desprezo. É preciso fazer parte daquele grupo a respeito do qual o povo diz: "Afinal, eles também são gente" — caso contrário, caberá a nós a mediocridade de um professor assistente. Não posso, honestamente, desejar um equilíbrio cômodo, longe dos conflitos e das distâncias, Deus me ajude, mas essa é minha inclinação, e a figura do *principe uomo*,* para lhe falar da forma mais clara, me causa horror. Espero, Klaus Heinrich, que ela não lhe agrade especialmente... O senhor vê, em todos os tempos houve príncipes e pessoas extraordinárias que souberam conduzir com leveza a excepcionalidade do seu ser, permanecendo simplesmente inconscientes de sua dignidade ou negando-a de forma áspera, e que foram capazes de jogar boliche junto com os outros cidadãos, em mangas de camisa, sem que isso lhes causasse um sentimento torturante de dilaceramento naquilo que possuíam de mais profundo. Mas eles são pouco dignos de consideração, assim como, afinal, é pouco digno de consideração tudo aquilo que carece de espírito. Pois o espírito, Klaus Heinrich, o espírito é o mestre de cerimônias da corte que persegue a dignidade

* O conceito do *principe uomo* corresponde ao ideal iluminista do déspota esclarecido, em analogia ao *uomo virtuoso*, que Maquiavel descreve como o príncipe ideal em sua obra homônima. (N. T.)

de maneira implacável e que, na verdade, cria a própria dignidade: ele é o arqui-inimigo e o distinto adversário de toda a condescendência humana. "Mais que isso?" Não! Representar, ser a imagem de muitos ao apresentar-se, ser a expressão elevada e cultivada de uma multidão — representar, evidentemente, é mais e é maior do que apenas ser, Klaus Heinrich — e é por isso que o senhor é chamado de alteza...

Assim pensava, em voz alta, o dr. Überbein, loquaz e cordial, e tudo o que dizia influenciava, talvez mais do que seria desejável, a maneira de pensar de Klaus Heinrich, e também a maneira como ele percebia a si mesmo. O príncipe tinha à época quinze ou dezesseis anos de idade, e portanto já era capaz, senão de compreender realmente ideias como essas, ao menos de absorver sua essência. As doutrinas e as confissões do dr. Überbein eram reforçadas de forma decisiva pela sua própria personalidade, e isso tinha importância decisiva. Quando o conselheiro Dröge, que fazia reverências diante dos lacaios, advertira Klaus Heinrich a respeito de sua "nobre vocação", aquilo não passava de uma expressão pronta e vazia de sentido, cujo propósito era unicamente o de enfatizar suas exigências objetivas. Mas quando o dr. Überbein — um desastre desde o nascimento, como ele mesmo dizia, e que tinha o rosto esverdeado porque passara fome no passado, quando esse homem, que salvara uma criança de um brejo ou de um pântano, que olhara para a vida dos outros e que conhecia bem e por todos os lados o mundo e a vida, quando ele, que não só se recusava a se curvar diante dos lacaios mas às vezes chegava a gritar sonoramente com eles, e que, já no terceiro dia, sem pedir permissão, chamara Klaus Heinrich pelo nome sem maiores rodeios — quando ele declarava com um sorriso paternal que "Klaus Heinrich perambulava pelas alturas da humanidade" (gostava de usar essa expressão), então havia naquilo algo de livre, de inovador, algo que, por assim dizer, encontrava ressonância em sua intimidade profunda. Quando Klaus Heinrich escutava os relatos sonoros e bem-humorados que o doutor fazia a respeito de sua vida, a respeito da "face mesquinha da vida", sentia-se exatamente como se sentira enquanto revirava o castelo em companhia de sua irmã Ditlinde. O fato de esse "homem experiente", como ele se referia a si mesmo, não se portar diante dele com distanciamento e com devoção, como o faziam tantos outros, mas sim o tratar como um camarada no destino e nas dificuldades, sem deixar de lado um respeito livre e alegre, despertava em Klaus Heinrich um sentimento indizível de gratidão e constituía o encanto que o ligaria para sempre ao professor assistente...

Pouco tempo depois de seu décimo sexto aniversário (Albrecht, o grão-duque herdeiro, já se encontrava no sul por motivos de saúde), o príncipe recebeu as bênçãos da confirmação religiosa, junto com os outros cinco "faisões", na igreja da corte — um acontecimento relatado sem alarde pelo *Mensageiro*. O presidente do conselho eclesiástico dom Wislizenus criou um sermão em contrapontos, a partir de um trecho que havia sido escolhido especialmente pelo grão-duque e, nessa ocasião, Klaus Heinrich foi agraciado com a patente de tenente, apesar de não ter a mais remota noção acerca de assuntos militares... A objetividade era algo que se tornava cada vez mais distante do seu ser. E assim a cerimônia da confirmação religiosa também não teve para ele qualquer importância drástica. Tão logo terminou, o príncipe voltou tranquilamente ao castelo Fasanerie para ali dar continuidade, exatamente como antes, à sua vida em meio aos professores e aos demais alunos.

Só um ano mais tarde deixaria seu quarto austero e antiquado, com o torso de mármore sobre a estufa — as atividades do internato estavam sendo encerradas, e, enquanto seus cinco colegas nobres passaram a integrar a corporação de cadetes, Klaus Heinrich voltou a residir no Velho Castelo para, conforme decidido pelo sr. Von Knoblesdorff e pelo grão-duque, frequentar na capital o último ano do colegial. Essa determinação tinha sido bem ponderada e era de agrado popular, mas efetivamente pouco mudou na vida de Klaus Heinrich. O professor Kürtchen retornara a seu posto anterior no ensino público e continuava a dar aulas de diversas matérias a Klaus Heinrich, e em sala de aula se mostrava ainda mais zeloso em manifestar seu tato do que antes no internato. E ocorreu que aquele acordo que dizia respeito às duas maneiras do príncipe de se manifestar em relação a seu desejo de responder a uma pergunta também se tornou conhecido pelos demais professores. Quanto ao dr. Überbein, que também voltara ao colégio, ainda não alcançara aquele ponto em sua carreira que lhe permitisse dar aulas aos alunos do último ano. Mas graças ao desejo vívido e insistente manifestado por Klaus Heinrich, a respeito do qual o grão-duque foi informado, não por meio de uma comunicação direta, mas sim pelos meios burocráticos, isto é, por meio do benevolente sr. Von Knoblesdorff, o professor assistente foi nomeado professor particular e visitava todos os dias o castelo, gritava com os lacaios e tinha, agora, a oportunidade de exercer sua influência diretamente sobre o príncipe por meio de seus discursos atrevidos e efusivos.

Talvez pudesse ser atribuída parcialmente a essa influência o fato de as relações de Klaus Heinrich com os jovens com os quais dividia os bancos escolares de madeira entalhada se tornarem ainda mais distantes e vacilantes do que as que mantivera com os cinco colegas do castelo Fasanerie, o que frustrou o objetivo estabelecido e tão apreciado pelo povo para aquele ano de estudos. Durante os intervalos, que todos os alunos costumavam passar, tanto no inverno quanto no verão, no amplo pátio interno coberto por um telhado, apresentavam-se oportunidades para o cultivo da camaradagem. Mas esses intervalos, cujo propósito era o de proporcionar descanso à maioria dos alunos, representavam para Klaus Heinrich o primeiro esforço verdadeiro de sua vida. Era evidente que, ao menos durante o primeiro trimestre, ele se tornara o objeto dos olhares de todos — algo que não lhe era fácil, tendo em vista que aquele ambiente o privava de qualquer tipo de elevação ou de apoio e que ele era obrigado a se movimentar no mesmo patamar ocupado por aqueles que se reuniam para olhá-lo. Os meninos menores se colocavam perto dele com irresponsabilidade infantil, em posturas inconscientes, e olhavam boquiabertos, enquanto os maiores gravitavam à sua volta, arregalando os olhos, e o fitavam de lado ou de baixo para cima... Com o passar do tempo, isso diminuiu um pouco, mas, ainda assim — fosse a culpa de quem fosse, de Klaus Heinrich ou da multidão —, mesmo tendo se passado mais tempo, a camaradagem não progrediu realmente. O príncipe era visto passeando pelo pátio ao lado direito do diretor ou do professor encarregado da supervisão dos alunos, seguido e rodeado por curiosos. Ele também era visto conversando com seus colegas na sala de aula. Uma visão adorável! Permanecia ali, meio sentado, apoiando-se num pedestal inclinado, junto à parede de tijolos vitrificados, com os pés cruzados e a mão esquerda apoiada na parte posterior do quadril, cercado pelos quinze colegas de classe que formavam uma espécie de semicírculo à sua volta. Nesse ano havia só quinze alunos, pois as últimas transferências tinham sido feitas de maneira a evitar que houvesse, naquela classe formada só pelos melhores alunos do colégio, quaisquer elementos que, por origem ou personalidade, pudessem ser considerados inadequados para serem colegas de Klaus Heinrich por um ano inteiro. Pois as regras do colégio estabeleciam que todos deveriam se tratar por "você", e não por "o senhor". Klaus Heinrich conversava com um deles que, destacando-se um pouco do semicírculo, aproximara-se dele e respondia às perguntas que lhe eram dirigidas fazendo pequenas reverências. Os dois sorriam. Sorria-se o tempo todo quando se falava com Klaus Heinrich. Ele, por exemplo, perguntava:

— Você já fez a redação de alemão para a terça-feira?

— Não, príncipe Klaus Heinrich, ainda não terminei de fazê-la, ainda falta o final.

— Trata-se de um tema difícil. Ainda não sei o que escrever.

— Ah! O senhor... você já vai encontrar o que escrever!

— Não, é difícil. Você tirou a nota máxima no exercício de aritmética?

— Sim, príncipe Klaus Heinrich, eu tive sorte.

— Não, isso é mérito! Eu não vou aprender isso nunca.

Gestos de alegria e de aplauso à sua volta. Klaus Heinrich voltou-se a outro colega e o primeiro logo voltou ao lugar onde se encontrava antes. Todos percebiam claramente que o importante aqui não era nem o exercício de aritmética, nem a redação de alemão, mas sim o diálogo como procedimento e como ação, a postura e o tom, o avançar e o recuar, a resolução feliz e fria de um assunto delicado que se encontrava acima das circunstâncias. Talvez fosse a consciência desse fato que causasse os sorrisos que se encontravam em todos os rostos.

Às vezes, quando tinha à sua frente aquele semicírculo, Klaus Heinrich dizia algo como:

— O professor Nicolovius se parece quase com uma coruja.

E então os colegas jubilavam. Diante desse sinal eles se distendiam, batiam com as mãos nas costas um do outro, faziam "Ho, ho, ho!" em coro, com suas vozes já masculinas, e diziam de Klaus Heinrich que ele era "um pândego". Mas raramente Klaus Heinrich dizia coisas como aquelas, e só o fazia quando via o sorriso desaparecer aos poucos do rosto dos colegas, então tomado por uma expressão de tédio e de impaciência. Dizia essas coisas para reavivá-los e então olhava, meio curioso e meio assustado, para a breve alegria que se desencadeava à sua volta.

Não fora Anselm Schickedanz que o chamara de "um pândego", e mesmo assim era justamente por causa dele que Klaus Heinrich tinha feito aquela comparação entre o professor Nicolovius e uma coruja. Anselm Schickedanz também rira da piada, mas na verdade o fizera não porque lhe agradara e sim com um tom que expressava algo como "Deus do céu!". Era um moreno de quadris estreitos que tinha no colégio a fama de ser um danado. Mas o tom que imperava no último ano do colegial, naquele ano, era outro. Todos tinham a obrigação de fazer as tarefas de classe junto com Klaus Heinrich. Isso tinha sido claramente informado aos jovens por diversas pessoas, e Klaus Heinrich não era alguém que os levaria a deixar de lado essa obrigação. Mas que Anselm Schickedanz era um danado, sobre isso ele tinha ouvido falar várias vezes, e quando o olhava, Klaus

Heinrich parecia pronto a acreditar, com uma espécie de alegria, naqueles rumores, ainda que não soubesse de modo algum por que motivo ele adquirira aquela reputação. Disfarçadamente, ele se informara várias vezes, tateando e indagando a este ou àquele, para descobrir algo sobre o motivo da fama de Schickedanz. Não foi capaz de descobrir nada muito esclarecedor. Mas as respostas que ouviu, algumas cheias de ódio, outras elogiosas, davam a ideia de uma grande amabilidade, de uma humanidade esplêndida e proibida, evidente aos olhos de todos, menos aos dele. E isso lhe causara certa dor. Alguém chegou a dizer, a respeito de Anselm Schickedanz (recaindo sem perceber na forma de tratamento proibida):

— Sim, alteza, o senhor deveria ver como ele é quando o senhor não está presente.

Klaus Heinrich jamais o veria quando não estava presente, jamais se aproximaria dele, jamais o conheceria. Observava-o furtivamente quando se juntava aos demais, em semicírculo, à sua frente, sorridente e concentrado como os outros. Todos se concentravam quando se viam diante de Klaus Heinrich e a causa disso era o seu próprio ser, como ele bem sabia. Jamais haveria de ver como Schickedanz se comportava quando se sentia inteiramente à vontade. Aquilo despertava nele uma espécie de inveja, era como um lamento suave e ardente...

Naquele momento, deu-se um acontecimento constrangedor e ofensivo, a respeito do qual o casal grão-ducal nada ficou sabendo porque o dr. Überbein guardou segredo, um acontecimento a respeito do qual também quase nada foi dito na capital, porque todos os que estavam envolvidos nele de alguma maneira e todos que tinham naquilo algum tipo de culpa se mantiveram em silêncio, evidentemente movidos por uma espécie de vergonha. Tratava-se das impropriedades que tinham acontecido por ocasião da presença do príncipe Karl Heinrich no Baile dos Cidadãos daquele ano e que envolviam, principalmente, uma certa srta. Unschlitt, a filha de um próspero fabricante de sabão.

O Baile dos Cidadãos era um acontecimento destacado na vida social da capital, uma festividade ao mesmo tempo oficial e informal que era realizada todos os invernos pela municipalidade na estalagem Zum Bürgergarten, um estabelecimento espaçoso que fora ampliado recentemente e se situava nos subúrbios ao sul da cidade; era durante o baile que os cidadãos tinham a oportunidade de entrar em contato com os membros da corte. Sabia-se que Johann Albrecht III nunca apreciara essa festividade civil, de caráter pouco formal, à qual costumava se dirigir usando um terno preto para dar-lhe início dançando a *polonaise* com a esposa do prefeito, e da qual costumava retirar-se o mais cedo possível. Por isso mesmo, o fato de seu filho mais jovem se apresentar ao baile, embora ainda não fosse obrigado a fazê-lo, e o fato de o fazer por vontade expressa, agradou-lhe. Conforme foi dito, o príncipe fizera de sua excelência Von Knobelsdorff o intermediário para expressar à grã-duquesa seu desejo ardente, e esta, por sua vez, conseguira de seu esposo a autorização necessária...

Aparentemente, a festa transcorria como de costume. Apresentaram-se no Bürgergarten a princesa Katharina, com um vestido de seda estampada, portando um chapeuzinho atado ao queixo semelhante aos usados pelas damas burguesas, acompanhada de seus filhos ruivos; o príncipe Lambert ao lado de sua bela esposa; e, por fim, Johann Albrecht e Dorothea, com o príncipe Klaus Heinrich. Foram saudados no vestíbulo por membros da Câmara Municipal cujos fraques ostentavam condecorações que pendiam de longas fitas. Vários ministros, ajudantes de ordens em trajes civis, numerosas damas e cavalheiros da corte, as pessoas mais destacadas da sociedade e também proprietários rurais das redondezas se encontravam igualmente presentes. No grande salão principal, cujas paredes eram pintadas de branco, o casal grão-ducal recebeu primeiramente uma série de pessoas que lhe foram apresentadas e, em seguida, Johann Albrecht e a mulher do prefeito e Dorothea e o prefeito deram início ao baile, ao som da música que começava a soar no alto de um balcão sinuoso. E enquanto a *polonaise* se transformava em danças de roda e a alegria contagiava a todos, e enquanto a face de todos se inflamava e relações excitadas, doces, ardentes e dolorosas se estabeleciam por toda parte em meio ao calor humano da festa, o casal grão-ducal permanecia da maneira como os casais grão-ducais costumam permanecer em ocasiões como essa: distantes, sorrindo bondosamente, ao abrigo do balcão numa ponta do salão. De tempos em tempos, Johann Albrecht se punha a falar com algum senhor distinto e Dorothea se dirigia a alguma dama. Todos aqueles a quem o casal dirigia a palavra se aproximavam e logo recuavam em meio a muitas atenções, mantinham-se a meia distância, fazendo reverências e inclinando e assentindo e balançando com a cabeça, e riam nessa posição diante das perguntas e das observações que lhes diziam respeito, e respondiam com todo zelo, entregues ao sabor daquele momento, passando abruptamente da mais profunda alegria à mais íntima seriedade, com uma paixão que sem dúvida era estranha às suas vidas cotidianas, tomados por um estado de espírito evidentemente exaltado. Curiosa, uma multidão de pessoas ainda ofegantes por causa do baile se colocava em semicírculo em torno dos soberanos e contemplava essas conversações banais com expressões de intenso esforço estampadas no rosto, o que se manifestava por meio de sorrisos e sobrancelhas erguidas.

Todas as atenções se voltavam a Klaus Heinrich. Junto com seus dois primos ruivos, que já eram membros do Exército mas hoje portavam trajes civis como os demais, ele se mantinha um pouco atrás dos pais, apoiado numa só perna, com a mão esquerda pousada na parte posterior do quadril e o perfil direito voltado para o público. O repórter do *Mensageiro*, designado para cobrir a festa, estava encostado num canto e fazia anotações a respeito do príncipe. Via-se Klaus Heinrich, com sua destra calçada numa luva branca, saudando seu professor particular, o dr. Überbein, que, com sua barba ruiva e seu rosto esverdeado, aproximava-se ladeando o público, e o príncipe chegando a dar vários passos pelo salão, caminhando em direção ao professor. O doutor, com sua camisa ornamentada por grandes botões esmaltados, fez uma reverência quando Klaus Heinrich lhe estendeu a mão, mas logo começou a lhe falar à sua maneira livre e paternal. O príncipe parecia querer se afastar dele, com um sorriso inquieto. Mas eis que um número considerável de pessoas ouviu o dr. Überbein dizer em voz alta:

— Não, Klaus Heinrich, que tolice! Para que o senhor aprendeu isso?! Para que madame da Suíça lhe ensinou isso desde a mais tenra idade?! Não entendo por que o senhor vai a um baile se não deseja dançar?! Um, dois, três e logo se fica conhecendo as pessoas! — E, em meio a muitas piadas, logo apresentou ao príncipe quatro ou cinco donzelas, apanhando-as pela mão e trazendo-as para perto dele, sem maiores cerimônias. Elas submergiam e voltavam a emergir, uma depois da outra, no movimento persistente, disciplinado e ondulante de suas genuflexões, roçavam com os dentes seus lábios inferiores e se esforçavam para agradar. Klaus Heinrich permanecia imóvel, de pés juntos, e dizia: "Muito prazer... Muito prazer...".

A uma delas, chegou até a dizer:

— Uma festa divertida, não é mesmo, bondosa senhorita?

— Sim, alteza grão-ducal, estamos nos divertindo muito — respondeu ela com uma voz alta e chilreante. Era uma mocinha alta e um pouco ossuda, com um vestido de gaze branca, uma cabeleira loira, ondulada e armada acima de seu rosto agradável, com uma corrente de ouro sobre o pescoço desnudo, junto ao qual se destacavam as clavículas, com as mãos brancas e grandes semiocultas por luvas que deixavam seus dedos à mostra. Ela acrescentou: — Agora é a hora da quadrilha. Vossa alteza grão-ducal deseja dançar comigo?

— Não sei... — respondeu ele —, realmente não sei...

Ele olhou à sua volta. Uma ordem geométrica governava a movimentação na sala. Linhas se desenhavam, quadrados se formavam, as pessoas se adiantavam e procuravam pares. A música ainda não tinha começado.

Klaus Heinrich consultou-se com os primos. Sim, eles iriam participar da quadrilha e já seguravam suas felizes parceiras pela mão.

Todos viram como Klaus Heinrich se aproximou, por trás, do assento forrado de tecido adamascado vermelho de sua mãe, dirigindo-lhe palavras vivazes em tom abafado. Todos viram como ela, virando o pescoço majestosamente, transmitiu a pergunta a seu marido e como o grão-duque assentiu. E então a saída do príncipe dali, em disparada e com ímpeto jovial para não perder o início da dança, provocou alguns sorrisos.

O repórter do *Mensageiro*, segurando o bloco de anotações numa mão e o lápis na outra, espiava o salão a partir de seu canto com o corpo inclinado para verificar quem seria a parceira do príncipe. Era a loira alta com as clavículas e as grandes mãos brancas, a srta. Unschlitt, a filha do fabricante de sabão. Ela permanecia no mesmo lugar onde Klaus Heinrich a deixara.

— A senhorita ainda está aí? — perguntou ele, sem fôlego... — Posso convidá-la? Venha!

Os grupos para a quadrilha já estavam formados. Por um instante vagaram pelo salão, desorientados, sem encontrar lugar. Um senhor, com uma condecoração pendendo de uma fita, agarrou pelos ombros um jovem casal e os exortou a cederem o seu lugar, abaixo do candelabro em forma de coroa, para que sua alteza real pudesse dançar com a srta. Unschlitt. A música tinha aguardado, e então começou de verdade, de modo que os passos e os cumprimentos tiveram início e Klaus Heinrich passou a movimentar-se junto com os demais.

As portas que davam para os salões contíguos permaneciam abertas. Num deles, via-se o bufê com vasos de flores, terrinas de ponche e travessas repletas de canapés coloridos. A dança se expandia também para lá: havia dois grupos que davam seus passos de dança ali. Nos outros salões havia mesas postas com toalhas brancas, ainda desocupadas.

Klaus Heinrich avançava e recuava acompanhando os passos da quadrilha, sorria para os outros, estendia a mão e era alcançado por outras, voltava sempre a tomar a grande mão branca de sua parceira, apoiava seu braço direito na cintura macia da donzela e rodava com ela sobre um mesmo ponto, enquanto apoiava no quadril sua mão esquerda, coberta por uma pequena luva. Enquanto rodavam e davam os passos da dança, todos conversavam e riam. Ele cometia erros, não se lembrava, atrapalhava o desenvolvimento da coreografia e permanecia desorientado, sem saber qual era seu lugar.

— A senhorita precisa me orientar! — disse ele em meio à confusão. — Estou atrapalhando tudo! Conduza-me com tapinhas no peito!

E assim, finalmente, os que dançavam à sua volta tomaram coragem e passaram a orientá-lo, a lhe dar ordens, em meio a sorrisos, dirigindo-o para cá e para lá, e até começaram a empurrá-lo delicadamente com as mãos quando isso se fazia necessário. A linda donzela com as clavículas foi quem se encarregou, mais do que qualquer outro, de empurrá-lo.

A atmosfera no salão se tornava mais calorosa a cada volta. Os movimentos foram se tornando mais livres e impetuosos e as exortações, mais ousadas. Logo, enquanto os casais se davam as mãos, começaram a bater com os pés no assoalho, a oscilar com o corpo enquanto avançavam e recuavam, balançando os braços. Klaus Heinrich também batia os pés, primeiro hesitante, logo com mais ímpeto. E quanto a balançar os braços, a donzela se encarregava disso quando avançavam juntos. E a cada vez que se aproximava dele, dançando, fazia diante dele uma reverência exagerada, o que tornava ainda maiores a alegria e o bom humor.

Os sussurros e os murmúrios que vinham do salão onde estava disposto o bufê atraíram as atenções de todos. Alguém saíra da formação da quadrilha por um instante, no meio da dança, para apanhar com um salto um canapé, e agora o mastigava orgulhosamente enquanto batia com os pés ao ritmo da música e se balançava, fazendo rirem os demais.

— Que pouca-vergonha! — disse a linda donzela. — Eles não se intimidam com nada!

E aquilo não lhe dava sossego. Antes que alguém pudesse se dar conta, ela deixou por um instante a quadrilha, escapando ágil e habilidosa pelo meio das fileiras, apanhou um canapé lá do outro lado e então voltou.

Klaus Heinrich foi quem a aplaudiu com maior entusiasmo. Como era difícil para ele aplaudir com a mão esquerda, socorreu-se batendo com a mão direita na coxa, inclinando-se para a frente de tanto gargalhar. Depois, tranquilizou-se e empalideceu um pouco. Lutava consigo mesmo... A quadrilha chegava ao fim. Era preciso agir rápido para fazer o que queria. Logo a seguir viriam as sequências da corrente inglesa.*

E quando já era quase tarde demais, fez aquilo que desejava. Fugiu, correndo entre os dançarinos, pedindo desculpas à meia voz a cada vez que colidia com algum deles, alcançou o bufê, apanhou um canapé, fez

* Uma das sequências de passos de dança da quadrilha. (N. T.)

meia-volta e impetuosamente voltou a seu lugar... E isso não foi tudo. Enfiou o canapé — era um canapé de ovo com anchovas — entre os lábios da sua parceira, da donzela com as grandes mãos brancas. E ela fletiu ligeiramente os joelhos, e mordeu, mordeu a metade do canapé sem usar as próprias mãos... e ele, lançando a cabeça para trás, enfiou na própria boca o restante!

A exaltação da quadrilha se dissipou nos passos da grande corrente, o número final da quadrilha que acabava de começar. Em toda a volta do salão, os pares se davam as mãos, cruzando-se e descrevendo arcos. Os passos se detiveram, as correntes mudaram de direção, descrevendo mais uma volta completa em meio a risos e a conversas, em meio a equívocos, confusões e pequenos tumultos, logo corrigidos.

Klaus Heinrich apertava as mãos que vinham ao encontro da sua, sem saber a quem pertenciam. Ele sorria, balançando o peito, e seus cabelos cuidadosamente penteados agora se soltavam e alguns fios desabavam sobre a sua testa. As extremidades inferiores de sua camisa começavam a aparecer sob o colete e em seu rosto e em seus olhos afogueados surgia aquele entusiasmo suave e comovido que é, ocasionalmente, a expressão da felicidade. Várias vezes repetiu, enquanto seguia os passos da dança e alcançava as mãos de suas parceiras:

— Estamos nos divertindo muito! Estamos nos divertindo muito!

Ele encontrou seus primos e também lhes disse:

— Estamos nos divertindo muito aqui!

E então ouviu-se uma salva de palmas e os parceiros da quadrilha voltaram a se ver frente a frente. Tinha chegado ao fim. Klaus Heinrich encontrava-se outra vez diante da bela donzela com as clavículas, e, como o ritmo da música mudou, voltou a colocar o braço em torno de sua cintura macia e os dois seguiram dançando em meio à turbulência.

Klaus Heinrich não era capaz de conduzir bem sua parceira na dança e várias vezes deram encontrões em outros casais porque ele conservava a mão esquerda apoiada no quadril. Contudo, bem ou mal foi capaz de conduzir sua dama até a entrada do salão onde se encontrava o bufê, e se detiveram para se refrescarem com um copo de ponche de abacaxi que estava sendo servido pelos garçons. Sentaram-se sobre dois pufes forrados de veludo vermelho, junto à entrada, para beber e conversar a respeito da quadrilha, do Baile dos Cidadãos, das outras festas nas quais a bela donzela já tinha estado naquele inverno...

Mais ou menos àquela hora um dos membros do séquito do grão-duque, o major Von Platow, ajudante de ordens do grão-duque, colocou-se diante de Klaus Heinrich, fez uma reverência e pediu permissão para informar que as altezas reais estavam de saída. Ele tinha sido encarregado... Mas Klaus Heinrich deu a entender tão claramente que desejava poder permanecer ali por mais algum tempo que o ajudante de ordens não quis insistir na tarefa da qual fora incumbido. O príncipe declarou de maneira quase indignada que lamentava, deixando evidente que a simples ideia de ir para casa agora lhe era profundamente dolorosa.

— Estamos nos divertindo tanto! — disse, levantando-se e segurando, por um instante, o braço do major. — Caro sr. Von Platow, por favor, empenhe-se em meu favor! Fale com sua excelência Von Knobelsdorff, faça o que desejar; mas ir embora justo agora, quando estamos nos divertindo tanto juntos! Tenho certeza de que meus primos também vão permanecer...

O major olhou para a bela donzela com as grandes mãos brancas e ela lhe sorriu. Ele também sorriu e então prometeu fazer tudo que estivesse a seu alcance. Esse pequeno episódio ocorreu enquanto, na entrada do Bürgergarten, o grão-duque e a grã-duquesa já se despediam dos membros da Câmara Municipal. Logo a seguir, no andar superior, a dança recomeçava.

Todas as cerimônias oficiais tendo sido concluídas, a festa alcançava sua culminação e todos se sentiam à vontade. As mesas cobertas de toalhas brancas, nas salas adjacentes, foram ocupadas por famílias que bebiam ponche e ceavam. Jovens entravam de quando em vez, sentavam-se afogueados e agitados nas bordas das cadeiras, comiam alguma coisa ou tomavam um copo, e em seguida se lançavam novamente ao prazer. No andar térreo havia um salão de cerveja à moda antiga, muito frequentado por senhores mais idosos. O grande salão de dança e o salão do bufê agora tinham sido tomados por inteiro pelos jovens que dançavam animadamente. No salão do bufê, encontravam-se quinze ou dezoito jovens, filhos e filhas de famílias da cidade, entre os quais estava Klaus Heinrich, e todos participavam de uma espécie de baile particular, dançando ao som da música que ecoava no salão principal.

O dr. Überbein, o professor particular do príncipe, foi visto ali por um instante conversando com seu aluno. Segurando na mão o relógio de bolso, pronunciou o nome do sr. Von Knobelsdorff, que estaria lá embaixo na cervejaria e que viria mais tarde para apanhar o príncipe. E então partiu. Eram dez e meia.

E enquanto permanecia lá embaixo e conversava com seus conhecidos junto a uma caneca de cerveja por mais uma ou, no máximo, uma hora e meia, aconteceram no salão do bufê aqueles episódios repugnantes, aqueles desvios incompreensíveis aos quais ele só deu um fim quando já era tarde.

O ponche servido era leve e continha mais água gasosa do que champanhe. Se os jovens perderam o equilíbrio interno, isso se devia mais à embriaguez da dança do que ao espírito do vinho. Mas, considerando-se o caráter do príncipe e a boa origem familiar dos demais convivas, isso não bastaria para explicar o ocorrido. Aqui imperava, de ambos os lados, outro tipo de embriaguez, uma embriaguez peculiar... O mais estranho era que Klaus Heinrich acompanhara, passo a passo, os diferentes estágios dessa embriaguez e ainda assim tinha sido incapaz de interrompê-la — ou simplesmente não quisera fazê-lo.

Ele se sentia feliz. Sentia arder em suas faces o mesmo calor que via arder nas faces dos demais, e seu olhar, obscurecido por certo atordoamento, esvoaçava pela sala, focalizava entusiasmado uma figura depois da outra e dizia: "Nós!". Sua boca também o dizia, dizia, com uma voz de alegria íntima, uma série de frases breves que continham o pronome "nós". "Nós vamos nos sentar, nós formamos dois grupos na quadrilha..." Sobretudo quando se dirigia à moça com as clavículas usava o pronome "nós". Esquecera-se por completo de sua mão esquerda: ela pendia do braço e ele não se sentia constrangido por ela em meio à sua alegria e não pensava em escondê-la. Muitos dos que se encontravam ali viam, pela primeira vez, o que havia com a mão dele e olhavam, curiosos ou fazendo caretas inconscientes, para o braço magro e curto demais que surgia da manga do paletó e para a luva pequena, branca e já um pouco suja feita de um tecido reluzente e que recobria sua mão. Mas como Klaus Heinrich estava completamente despreocupado, a ousadia dos presentes levou alguns deles até a tocarem despreocupadamente aquela mão deformada durante os passos da quadrilha...

E ele não a recolheu. Sentia-se levado. Mais que isso, sentia-se arrastado pela sensação de amizade, uma amizade poderosa e espontânea, que crescia, que se aquecia em si mesma, que se insinuava de maneira cada vez mais irresponsável, que se assenhoreava dele de forma cada vez mais próxima e agressiva, que triunfava sobre ele e que o conduzia pelos ombros. O que estava acontecendo? Era difícil determinar e era difícil compreender. Palavras pairavam no ar, gritos isolados, não pronunciados, mas expressos nas faces, nas posturas corporais e naquilo que era dito e feito. "Ele tem que...!" "Para baixo, para baixo com ele...!" "Agarre, agarre...!" Uma menina pequena de nariz arrebitado, que o convidara a escolhê-la para a dança do galope, disse claramente, sem que fosse possível entender o contexto daquelas palavras, quando estava a ponto de sair dançando com ele:

— Mas que nada!

Ele viu um desejo que brilhava nos olhos de todos e viu que esse desejo era o de puxá-lo para baixo, de conservá-lo lá embaixo, junto com eles. Em sua felicidade e em seu sonho de estar com eles, de estar em meio a eles, de ser um deles, insinuava-se a cada tanto a percepção fria e pungente de que estava se enganando, de que aquele caloroso e esplêndido "nós" o ludibriava, de que ele não era capaz de se dissolver em meio a eles e que, sim, permanecia como o centro e como o objeto das atenções, mas de maneira diversa da habitual, de maneira negativa. Até certo ponto, eram seus inimigos, e ele via em seus olhos um desejo de destruição. De longe ouvia, com um pavor estranho, como a bela donzela com as grandes mãos brancas o chamava simplesmente pelo nome — e ele sentia que isso acontecia de uma maneira completamente diferente do que quando o dr. Überbein o chamava assim. Até certo ponto, ela tinha direito e tinha permissão para falar daquela maneira, mas será que não havia ali ninguém para preservar sua dignidade, se ele mesmo não o fizesse? Ele se sentia como se os demais estivessem rasgando sua roupa, e às vezes a exaltação irrompia de forma selvagem e desdenhosa. Um jovem alto e loiro que usava um pincenê e com o qual ele deu um encontrão durante a dança, gritou em tom audível para todos:

— Tem que ser desse jeito?

Havia também maldade na maneira como a bela jovem rodava demoradamente pelo salão de braços dados com ele, mostrando os dentes, até que eles dois estivessem completamente tontos. Enquanto rodavam, ele olhava com olhos flutuantes para as clavículas que se destacavam de seu pescoço, cobertas pela pele branca e um pouco granulosa...

Eles caíram. Tinham exagerado e caíram no mesmo instante em que tentavam parar de rodar. E outro casal tropeçou neles, aliás, não por si só, mas sim empurrado pelo jovem alto de pincenê. Emaranhavam-se no chão, e, acima de si, Klaus Heinrich ouviu um coro de vozes que se parecia com aquele que conhecia do pátio do colégio quando, para alegrar a atmosfera, ele tentara fazer uma piada, um "Ho, ho, ho!", só que aqui essas vozes eram mais cruéis e menos refreadas...

Pouco depois da meia-noite, quando, lamentavelmente um pouco atrasado, o dr. Überbein surgiu no limiar da porta que dava para a sala do bufê, viu-se a seguinte cena: seu jovem aluno estava sentado sozinho sobre um sofá de veludo verde junto à parede do lado esquerdo, com o fraque desmazelado e todo enfeitado. Várias flores, que antes ornavam o bufê dentro de dois vasos chineses, tinham sido enfiadas no decote de seu colete, nas casas dos botões de sua camisa e até em seu colarinho alto. A corrente de ouro que pertencia à jovem com as clavículas pendia de seu pescoço e, sobre a cabeça, equilibrava-se, como um chapéu, a tampa de metal de uma terrina de ponche. Ele murmurava:

— O que os senhores estão fazendo... O que os senhores estão fazendo...

Enquanto isso, todos os dançarinos davam-se as mãos, formando um semicírculo, e dançavam à sua frente, em meio a gritos um tanto abafados de júbilo, risos, gargalhadas e "Ho, ho, ho".

Sobre o rosto esverdeado do dr. Überbein, abaixo dos olhos, surgiu um rubor totalmente improvável e estranho.

— Parem com isso! Parem com isso! — gritou ele com sua voz sonora, e, em meio ao súbito silêncio, ao susto e ao retorno de todos à consciência, caminhou a passos largos em direção ao príncipe, arrancou com dois ou três gestos as flores, atirou para longe a corrente e a tampa, fez então uma reverência e disse, com um ar sério: — Posso pedir à sua alteza grão-ducal...

— Fui uma besta! Uma besta! — repetia ele, ao sair do salão.

Klaus Heinrich deixou o Baile dos Cidadãos com ele.

Esse foi o acontecimento embaraçoso que ocorreu durante o ano escolar de Klaus Heinrich. Como já dito, ninguém dentre os que participaram do acontecimento disse nada a seu respeito — e o dr. Überbein também não voltou a tocar no assunto com o príncipe por anos a fio. E como ninguém dissesse nada acerca desse assunto, ele se tornou incorpóreo e logo submergiu no esquecimento, ao menos aparentemente.

O Baile dos Cidadãos tinha sido em janeiro. A terça-feira de carnaval e o Baile da Corte, com toda a corte reunida no Velho Castelo, com o qual terminava a temporada das festas — festividades regulares, das quais Klaus Heinrich ainda não participava — já tinham passado. Veio então a Páscoa, e com ela o término do ano escolar e os exames finais de Klaus Heinrich — aquelas belas formalidades durante as quais se voltava a ouvir, a cada tanto, por parte dos professores, a pergunta: "Não é verdade, alteza grão-ducal?", e durante as quais o príncipe desempenhou seu papel destacado com toda a tranquilidade. Esse não foi um episódio muito marcante em sua vida. Klaus Heinrich permaneceu na capital. Mas depois de Pentecostes, aproximava-se seu décimo oitavo aniversário e, com ele, uma série de cerimônias solenes que deveriam assinalar o início de um novo período em sua vida, a passagem para uma nova fase, marcada pela seriedade, cerimônias essas que lhe impuseram um trabalho intenso e elevado.

Ele alcançara a maioridade e foi declarado plenamente responsável pelos seus atos. Pela primeira vez desde seu batismo, voltava a ser o foco das atenções de todos, desempenhando o papel principal numa grande cerimônia. Mas se, naquele momento, tinha sido possível a ele entregar-se, silenciosa e passivamente, às formalidades que se desenrolavam à sua volta e que o conduziam sem que tivesse que assumir qualquer tipo de responsabilidade, hoje cabia-lhe apresentar-se de maneira a agradar aos espectadores e a elevá-los, mantendo-se numa postura digna, com bons modos e aparente leveza, em cumprimento rigoroso a todas as regras obrigatórias e a todas as sinuosas e rigorosas formalidades, rodeado por uma estrutura de tradições repletas de significados.

Aliás, estamos falando de um drapeado não apenas em sentido figurado, pois, nessa ocasião, o príncipe ostentava um manto de cor púrpura, uma peça de vestuário gasta e teatral, que já fora usada por seu pai e por seu avô quando estes tinham atingido a maioridade e que, apesar de ter sido posta para arejar por um bom tempo, ainda exalava um certo cheiro de cânfora. No passado, esse manto tinha sido parte da indumentária da Ordem dos Cavaleiros do Grifo de Grimmburg, mas, atualmente, continuava em uso servindo exclusivamente como traje de cerimônia dos príncipes que atingiam a maioridade. Albrecht, o grão-duque, nunca tinha vestido aquela peça de família. Como seu aniversário era no inverno, sempre o passava no sul, num lugar de clima seco e cálido, para o qual ele também pretendia dirigir-se no outono daquele ano. E como à época de seu décimo oitavo aniversário seu estado de saúde não lhe permitira a viagem de volta para casa, ficara resolvido que sua maioridade seria declarada in absentia pelos funcionários responsáveis, e que se abriria mão de todas as solenidades na corte...

Quanto a Klaus Heinrich, todos eram unânimes em dizer que o manto lhe caía muito bem, e ele mesmo também achava que, apesar das restrições que impunha a seus movimentos, aquele traje lhe era propício por ajudá-lo a esconder a mão esquerda. Entre o forro do teto e os armários bojudos de seu quarto de dormir, situado no segundo andar e voltado para o pátio onde se encontrava a roseira, ele se preparava cuidadosa e atentamente para a cerimônia com a ajuda do lacaio camareiro Neumann, um sujeito silencioso e de gestos precisos que recentemente fora designado como responsável por seu guarda-roupa e como seu criado particular. Neumann tinha sido barbeiro, e sobretudo nos afazeres relativos à sua profissão original era apaixonadamente consciencioso e possuído por aquela sede de saber que busca o ideal e a partir da qual surge o conhecimento. Ele não fazia a barba como qualquer um, nem se dava por satisfeito quando não restava sobre suas faces nenhum vestígio de pelos. Barbeava, sim, de maneira a aniquilar qualquer sombra e qualquer lembrança de barba e o fazia sem ferir a pele, restituindo-lhe a plenitude de sua maciez e de sua lisura. E cortava o cabelo de Klaus Heinrich com exatidão, desenhando ângulos retos sobre suas orelhas, e o arrumava com toda a diligência que, no seu entender, os preparativos para sua participação naquela cerimônia exigiam. Ele sabia como puxar a cabeleira de maneira a fixar seu penteado acima do olho esquerdo, de onde seguia em diagonal sobre a cabeça, passando por seu vórtice sem que, lá no alto, nenhum chumaço e nem mesmo um só fio de cabelo se erguessem, e sabia também como escovar a cabeleira a partir da testa para a direita, formando um monte sólido, invulnerável a qualquer tipo de chapéu ou quepe. Em seguida, Klaus Heinrich se espremeu cuidadosamente, com a ajuda dele, para dentro da farda apertada de tenente-granadeiro, cujo colarinho alto, ornamentado com galões, e cujo caimento justo propiciavam uma postura contida. Então pôs sobre o peito em diagonal a faixa amarelo-limão e a fita dourada com a medalha da casa grão-ducal e por fim dirigiu-se à Galeria de Quadros no térreo, onde os membros do círculo familiar mais íntimo e os parentes do casal grão-ducal que tinham vindo do exterior o aguardavam. Os membros do tribunal da corte aguardavam no Salão dos Cavaleiros, contíguo à galeria, e foi lá que Johann Albrecht vestiu pessoalmente seu filho com o manto de cor púrpura.

O sr. Von Bühl zu Bühl organizara um cortejo, o cortejo solene em meio ao qual eles se dirigiram da Sala dos Cavaleiros à Sala do Trono, incumbência que lhe custou um esforço considerável. A maneira como se encontrava organizada a corte dificultava a criação de uma sequência capaz de impressionar, e o sr. Von Bühl se queixava especificamente da falta de funcionários superiores da corte que, em ocasiões como essa, se tornava especialmente conspícua. Havia pouco tempo que a responsabilidade pelo estábulo do grão-duque também repousava sobre os ombros do sr. Von Bühl, e ele se sentia plenamente capacitado para assumir todas as funções que lhe cabiam. Mas a todos indagava como seria capaz de organizar um cortejo digno se atualmente os funcionários superiores da corte se limitavam ao chefe superior dos caçadores da corte Von Stieglitz e ao intendente dos teatros grão-ducais, que era um general manco.

Enquanto ele, que ocupava os cargos de superintendente da corte, chefe do cerimonial e administrador geral da casa grão-ducal, e estava todo enfeitado, com seu traje bordado e seu topete castanho, coberto de condecorações como um rei de baile à fantasia, com o pincenê de ouro no nariz e manobrando à sua frente seu grande cetro, seguia atrás dos cadetes, que iam vestidos de pajens com suas franjas caindo sobre o olho esquerdo e que abriam o cortejo, pensava com preocupação no que vinha depois dele. Alguns camareiros — não muitos, porque ainda precisavam de alguns para o fim do cortejo —, que levavam seus chapéus com penachos debaixo do braço e suas chaves pendendo da parte posterior dos cinturões, seguiam-no calçando meias de seda. O sr. Von Stieglitz e a excelência manca dos teatros seguiam à frente do príncipe Klaus Heinrich, que, trajando seu manto, ia em meio ao casal soberano acompanhado dos irmãos Albrecht e Ditlinde, constituindo assim o fulcro do cortejo. Às costas dos soberanos vinha o ministro da Corte e presidente do conselho Von Knoblesdorff, com suas ruguinhas vivazes em torno dos olhos. Um pequeno grupo de ajudantes de ordens e de damas da corte vinha a seguir: o general conde Schmettern e o major Von Platow, um conde Trümmerhauff, primo do diretor das finanças da corte, como acompanhante militar do grão-duque herdeiro, e as damas da grã-duquesa, conduzidas pela ofegante dama da corte Von Schulenberg-Tressen. E depois destes, conduzidos e seguidos por ajudantes, camareiros e damas da corte, vinham a princesa Katharina com sua prole ruiva, o príncipe Lambert com sua graciosa esposa e os parentes estrangeiros ou seus representantes. Pajens encerravam o cortejo.

E assim, a passos vagarosos, seguiam saindo da Sala dos Cavaleiros, passando pelos Belos Aposentos, pela Sala dos Doze Meses e pela Sala de Mármore em direção à Sala do Trono. Lacaios que portavam cordões vermelhos e dourados sobre fraques marrons de gala encontravam-se, aos pares, junto às portas duplas abertas, como numa representação teatral. Por todas as amplas janelas penetravam os raios do sol alegre e irresponsável de uma manhã de junho.

Klaus Heinrich observava a ornamentação vazia à sua volta enquanto seguia no cortejo entre seus pais até o esplendor danificado dos aposentos destinados à representação, aos quais faltava aquela espécie de transfiguração que é proporcionada pelas luzes artificiais. O dia claro iluminava, alegre e modesto, a decadência dos aposentos. Os lustres enormes, com suas hastes revestidas de tecidos, mas que tinham sido despidos para esse dia, ostentavam densas florestas de velas apagadas, mas em todos os lados faltavam pingentes e as guirlandas de cristal em suas coroas estavam rompidas, de modo que causavam uma impressão rota e desdentada. O revestimento de seda adamascada da mobília pesadamente ornamentada e ampla que se sucedia junto às paredes como numa parada monótona estava desgastado, e o dourado de suas armações, lascado. Grandes manchas cegas interrompiam os campos de luz sobre os espelhos gigantescos que se alçavam pelas paredes, flanqueados por candelabros, e o pregueado das cortinas parcialmente desbotadas e rotas em alguns pontos deixava a luz do dia passar, aqui e acolá, através de buracos causados pelas traças. Em muitos pontos, as faixas douradas e prateadas que delimitavam os revestimentos das paredes tinham se soltado e agora pendiam, abandonadas, das paredes, e na Sala de Prata, em meio aos Belos Aposentos, lá onde o grão-duque costumava receber grupos de visitantes e em cujo centro se encontrava uma mesinha de madrepérola com pé de prata em forma de toco de árvore, um pedaço do revestimento de prata simplesmente despencara do teto, deixando à mostra uma grande lacuna de gesso branco lá no alto...

Mas por que, diante de todo esse cenário, ainda parecia que aqueles aposentos eram capazes de enfrentar a luz sóbria e risonha do dia, opondo-lhe uma orgulhosa e arrogante resistência? Klaus Heinrich olhava à sua volta, ao lado do pai... o estado em que se encontravam os aposentos não parecia enganá-lo. De estatura quase mediana, com o passar dos anos o grão-duque se tornara quase pequeno. Ainda assim, caminhava de forma senhorial, com a cabeça ligeiramente inclinada para trás, com a faixa amarelo-limão atravessando-lhe o peito sobre a farda de general que vestira hoje muito embora não tivesse nenhuma inclinação militar. Sob sua testa alta e calva estavam sobrancelhas grisalhas e olhos azuis, cobertos por uma névoa opaca, que fitavam ao longe com uma expressão cansada e orgulhosa, e flanqueando o bigodinho branco de pontas viradas, duas rugas que calavam fundo na pele envelhecida e amarelada desabavam, com um ar de desprezo, sobre sua barba... Não, o dia nada podia contra aqueles aposentos. O estado dilapidado em que se encontravam não prejudicava em nada sua dignidade; pelo contrário, até a exaltava, em certa medida. E em seu desconforto grandioso, em sua simetria cenográfica e em sua atmosfera peculiar e abafada de igreja ou de palco teatral, aqueles aposentos permaneciam alheios, opondo-se, em fria renúncia, ao mundo quente e arejado lá fora. Eram a sede austera de um culto solene ao qual hoje Klaus Heinrich se dedicava pela primeira vez...

Passando por entre o par de lacaios, que apertavam os lábios com uma expressão implacável e cerravam os olhos, o cortejo adentrou a alvura ampla e dourada da Sala do Trono. Teve início, então, uma sequência longa, bem ensaiada e solene de prostrações e ondulações, de arrastos de pés, reverências e continências enquanto o cortejo seguia em frente diante dos convidados. Eram diplomatas e suas esposas, a nobreza da corte e a nobreza do interior, os oficiais da capital e os ministros, dentre os quais também se via o rosto com uma expressão forçada de confiança do novo ministro das Finanças, o dr. Kippenreuther, os Cavaleiros da Grande Ordem do Grifo de Grimmburg, o presidente da Assembleia e todo tipo de dignitários. Mas lá no alto, no pequeno camarote situado junto à entrada, acima do grande espelho, era possível reconhecer os representantes da imprensa, no afã de fazer anotações, olhando um por sobre o ombro do outro... Diante do baldaquim do trono, um arranjo pregueado e uniforme feito de veludo, coroado com penas de avestruz e emoldurado por tranças de ouro que careciam de um polimento, o cortejo se dividiu em duas partes, como numa *polonaise*, e descreveu evoluções precisamente determinadas. Os rapazes nobres e os camareiros se voltaram para a direita e para a esquerda, o sr. Von Bühl recuou, com o rosto voltado para o trono e o bastão erguido, detendo-se no meio da sala. O casal grão-ducal e seus filhos galgaram os degraus arredondados revestidos por um tapete vermelho em direção às amplas cadeiras de teatro que se encontravam lá em cima. Os demais membros da família se dispuseram, junto com as altezas estrangeiras, de ambos os lados do trono, e, depois deles, organizou-se o séquito das damas de honra, dos cavaleiros em serviço e dos pajens, ocupando os degraus. A um sinal da mão de Johann Albrecht, o sr. Von Knobelsdorff, que antes se posicionara diante do trono, dirigiu-se apressadamente, com olhos sorridentes e descrevendo determinado percurso em forma de arco, até uma mesinha coberta por uma toalha de veludo que se encontrava à direita dos degraus, dando então início às formalidades e tendo em mãos uma série de documentos.

A maioridade de Klaus Heinrich foi decretada, habilitando-o, assim, a portar a coroa, em caso de necessidade. Todos os olhares se voltaram para ele nesse instante — e sobre Albrecht, seu irmão mais velho, a alteza real que se encontrava a seu lado. O grão-duque herdeiro portava a farda de mestre dos cavaleiros do Regimento dos Hussardos, ao qual pertencia nominalmente. Da sua gola ornamentada com galões prateados destacava-se, opondo-se ao traje militar, seu amplo e alto colarinho branco de civil sobre o qual repousava sua cabeça fina, inteligente e doentia, com o crânio alongado e as têmporas estreitas, o bigode ainda malformado, loiro como palha, acima do lábio superior, e seus olhos azuis e solitários que tinham enxergado a morte... Não era exatamente a cabeça de um cavaleiro, mas era uma cabeça tão esbelta, de nobreza tão inalcançável que, a seu lado, com seus ossos da face populares, Klaus Heinrich parecia quase atarracado. O grão-duque herdeiro encolheu os lábios enquanto todos os olhares se voltavam para ele, ergueu um pouco o lábio inferior arredondado, sugando-o ligeiramente com o superior.

Todas as condecorações do país foram concedidas ao príncipe que alcançava a maioridade, dentre elas a Cruz de Albrecht e a Grande Ordem do Grifo de Grimmburg, sem falar da Ordem da Constância, cujas insígnias ele já possuía desde seu décimo aniversário. E então chegou a hora dos cumprimentos, que se deram na forma de um desfile conduzido pelo enfeitado sr. Von Bühl, aos quais se seguiu um almoço de gala no Salão de Mármore e no Salão dos Doze Meses...

Nos dias subsequentes, os nobres convidados estrangeiros foram entretidos. Em Hollerbrunn, realizou-se uma festa no jardim, com fogos de artifício e com danças para a juventude da corte no parque. Foram organizados passeios festivos pelo campo estival, acompanhados de pajens, para lugares como Monbrillant, Jägerpreis e as ruínas de Haderstein, e o povo, essa laia de gente de olhos intrometidos e ossos da face elevados demais, parabenizava, colocando-se no meio do caminho para dar vivas a si mesmo e a seus representantes. Na capital, a fotografia de Klaus Heinrich era vista nas vitrines dos negociantes de obras de arte, e o *Mensageiro* até imprimiu um retrato do príncipe, um desenho popular e estranhamente idealizado que o representava em seu manto de cor púrpura. Mas então se seguiu outro grande dia: o dia da incorporação formal de Klaus Heinrich ao Exército, no Regimento dos Granadeiros.

O evento ocorreu da seguinte forma: o regimento que deveria ser honrado com a inclusão de Klaus Heinrich em seu rol de oficiais encontrava-se disposto na Albrechtsplatz em formação de retângulo aberto. Um grande número de penachos oscilava ao ar, no centro estavam os príncipes da família, e os generais também se encontravam presentes. O público, cujas silhuetas escuras se destacavam sobre o fundo colorido, apinhava-se por trás dos cordões de isolamento. Em diversos lugares, encontravam-se aparelhos fotográficos, todos apontados para o local da cerimônia. A grã-duquesa, acompanhada das princesas e das damas da corte, observava o cerimonial pelas janelas do Velho Castelo.

Klaus Heinrich, trajado de tenente, apresentou-se primeiro com todas as formalidades diante do grão-duque no castelo. Sério, sequer pensando em sorrir, postou-se diante do pai em posição de sentido para participar-lhe oficialmente que se encontrava à sua disposição. O grão-duque agradeceu com brevidade, igualmente sem esboçar um sorriso, e em seguida dirigiu-se à praça lá embaixo, seguido por seu ajudante de ordens, trajando uma farda solene e com um penacho oscilante sobre o chapéu. Klaus Heinrich colocou-se diante da bandeira, um tecido de seda bordado, amarelado e meio esfarrapado, para prestar seu juramento solene. O grão-duque proferiu um discurso formado por frases desconexas, com uma voz penetrante de comandante que só usava em ocasiões como aquela, no qual se referia a seu filho como "sua alteza grão-ducal", e apertou publicamente a mão do príncipe. O comandante do Regimento dos Granadeiros, um homem de rosto enrubescido, deu vivas ao grão-duque, no que foi seguido pelo restante do regimento e pelo público em geral. Seguiu-se um desfile, e tudo terminou com um desjejum militar no castelo.

Essa bonita solenidade na Albrechtsplatz não tinha, porém, qualquer significado prático: seu valor estava em si mesma. Klaus Heinrich jamais ingressou no serviço ativo, mas dirigiu-se, ainda no mesmo dia e em companhia dos pais e dos irmãos, a Hollerbrunn. Ali passaria o verão, nos aposentos frescos, construídos à moda da antiga Francônia, entre as sebes do parque que se pareciam com muros. Em seguida, quando chegasse o outono, ingressaria na universidade. Pois isso correspondia aos planos que haviam sido traçados para sua vida: chegado o outono, frequentou por um ano a universidade — não aquela da capital, mas a segunda do país, em companhia do dr. Überbein, seu professor particular.

A nomeação desse jovem erudito para a função de mentor também se devia a um desejo especial e vivamente manifesto do príncipe, e, justamente tendo em vista a personalidade do educador e a dos colegas mais velhos que Klaus Heinrich teria a seu lado durante aquele ano de liberdade estudantil, as instâncias responsáveis houveram por bem levar em consideração a vontade expressamente demonstrada por ele. Ao mesmo tempo, havia vozes que se opunham a essa escolha: era impopular e, em diversos círculos, foi desprezada, em voz alta ou discretamente.

Raoul Überbein não era amado na capital. Sua Medalha da Salvação e todo seu assustador empenho certamente eram dignos de respeito, mas esse homem não era um concidadão agradável, não era um colega amável e nem um funcionário irrepreensível. Aqueles que tinham um pouco mais de boa vontade o viam como um homem esquisito de disposição teimosa, irrequieta e infeliz, que não conhecia domingo, folga ou descanso, e que era incapaz de ser uma pessoa como as outras depois de terminar suas tarefas cotidianas. Graças à sua férrea força de vontade, esse filho natural de uma aventureira conseguira, sem possuir quaisquer recursos, ascender das camadas mais baixas da sociedade e de uma juventude obscura e sem perspectivas até se tornar professor de escola pública, portador de distinções acadêmicas e docente do colegial. Recebera — ou conquistara, como diziam alguns — a honra de ser convidado a ser o professor particular de um príncipe grão-ducal no internato Fasanerie e, ainda assim, não se dera por satisfeito, não concedera a si mesmo um descanso e nem se permitira desfrutar simplesmente dos prazeres da vida... Mas a vida, como declarou alguma pessoa inteligente com relação à trajetória do dr. Überbein, a vida não se esgota no desempenho profissional, a vida tem também suas exigências humanas e suas obrigações, e negligenciá-las significa cometer um pecado ainda mais grave do que conservar certa jovialidade consigo mesmo e com os demais no âmbito do trabalho, e só aquele que sabe dar a devida atenção a cada aspecto da existência, à profissão e à humanidade, à vida e ao desempenho profissional merece ser considerado portador de uma personalidade harmoniosa. A falta de coleguismo de Überbein necessariamente haveria de voltar-se contra ele. O professor evitava todos os tipos de encontros sociais com seus colegas de trabalho, e seu círculo de amizades limitava-se à pessoa de um senhor que se dedicava a outra área das ciências, um médico e especialista em pediatria cujo nome pouco simpático era Sammet, e que, aliás, era muito procurado e com quem talvez Überbein compartilhasse de determinados traços de caráter. Mas era muito raro vê-lo à mesa habitualmente frequentada pelos professores do colégio, em cuja volta costumavam encontrar-se ao término das tarefas do dia para um copo de cerveja, um jogo de cartas, uma troca de ideias descompromissada a respeito de questões públicas ou particulares — e, quando isso acontecia, era só por condescendência de Überbein. Em vez disso, ele costumava passar seus fins de tarde, e também uma grande parte de suas noites, segundo era relatado por sua senhoria, dedicado a seu trabalho científico, em seu quarto de estudos, enquanto a coloração de seu rosto se tornava cada vez mais esverdeada e o esforço excessivo marcava cada vez mais seu olhar. Passado pouco tempo de seu retorno do castelo Fasanerie, o Ministério da Educação viu-se instado a nomeá-lo professor superior. O que mais desejava? Tornar-se diretor? Professor universitário? Ministro da Educação? Era evidente que sua diligência desmedida e insaciável escondia — ou melhor, *não* escondia — falta de modéstia e pretensão. Seu comportamento, sua maneira de falar, sempre em voz alta e penetrante, com grande loquacidade, irritava, enervava, amargurava. Diante de membros do corpo docente que eram mais velhos do que ele ou que ocupavam posições mais elevadas do que a sua na hierarquia, ele não observava o tom adequado à sua posição. Portava-se de maneira paternalista com todos, desde o diretor até o mais humilde professor assistente, e seu jeito de falar de si mesmo como alguém que conhece o mundo e a vida, de gabar-se do "destino e das dificuldades" e de expressar o desprezo que sentia por aqueles que "não precisavam disso" e que "já ao amanhecer fumam charutos" era, sem dúvida, presunçoso. Seus alunos o apreciavam muitíssimo, e com eles alcançava resultados excelentes, disso não havia dúvida. Mas, de resto, o doutor tinha muitos inimigos na cidade, mais do que imaginava, e a suspeita de que sua influência sobre o príncipe pudesse ser indesejável era manifesta até mesmo por determinado setor da imprensa...

Seja como for, Überbein obteve uma licença do colégio e, em seguida, viajou sozinho para a famosa cidadezinha de estudantes em meio a cujos muros Klaus Heinrich deveria passar seu ano de esplendor juvenil. Ao retornar de lá, foi recebido em audiência pelo ministro da casa grão-ducal, sua excelência o sr. Von Knoblesdorf, a fim de receber as instruções costumeiras. Tinha sido determinado que o objetivo mais importante daquele ano de estudos universitários de Klaus Heinrich deveria ser o estabelecimento de relações de camaradagem entre o filho do soberano e os jovens estudantes, aproveitando o favorável ambiente acadêmico comum, e que isso correspondia aos interesses dinásticos — expressões cristalizadas que foram proferidas pelo sr. Von Knobelsdorff de maneira bastante autoritária e que o dr. Überbein ouviu, fazendo reverências silenciosas, enquanto puxava um pouco a boca junto com a barba ruiva para o lado. Seguiu-se então a partida de Klaus Heinrich para a universidade, junto com seu mentor, com uma carroça de caça e alguns serviçais.

Um belo ano, cercado de liberdades e de tempo livre para as artes, mas sem qualquer tipo de objetivo específico — assim foi a temporada universitária de Klaus Heinrich aos olhos do público e também no noticiário. Os temores que haviam surgido de que o dr. Überbein talvez fosse incomodar equivocadamente o príncipe, fazendo exigências pesadas demais em termos de conhecimento científico objetivo, logo se dissiparam. Ao contrário, ficou claro que o doutor era capaz de distinguir sua forma séria de ser da forma de ser superior do seu aluno. Por outro lado, seja por culpa do mentor, seja por culpa do próprio aluno, as instruções no sentido do descomprometimento e da camaradagem livre permaneceram uma sugestão de caráter puramente simbólico, de tal modo que o principal daquele ano acabou não sendo nem uma coisa nem outra — nem a ciência, nem a liberdade. O principal, ao que parecia, era antes o ano em si, como costume, como bela cerimônia à qual Klaus Heinrich se submeteu, assim como se submetera aos exercícios de representação por ocasião de seu último aniversário — só que agora não mais trajando um manto de cor púrpura e sim portando a boina colorida de estudante conhecida como *Stürmer*, com a qual figurava, enfeitado, numa fotografia oferecida pelo *Mensageiro* a seus leitores.

Quanto aos estudos propriamente ditos, a matrícula foi realizada sem solenidades especiais, mas não sem uma menção à honra que cabia à instituição com o ingresso de Klaus Heinrich. Todas as aulas às quais ele assistia começavam com o chamado "alteza grão-ducal!". Ele saía da bonita casa cercada de verde que o administrador de corte de seu pai alugara para ele num bairro ajardinado, elegante mas não excessivamente caro, a bordo de sua carroça de caça, acompanhado por um serviçal para dirigir-se às aulas, e, ao longo do caminho, era visto e saudado pelo público nas ruas. Durante as aulas, permanecia ciente de que tudo aquilo que lhe era apresentado carecia de significado para sua elevada vocação, sendo-lhe por isso desnecessário, mas ainda assim conservava uma expressão de atenção e de cortesia no rosto. Anedotas benevolentes circulavam e inspiravam os corações: como o príncipe sabia manifestar um interesse que, na verdade, inexistia. Perto do fim de um seminário sobre ciências naturais (pois, para adquirir uma "visão geral" das coisas, Klaus Heinrich também frequentava seminários assim), o professor enchera uma esfera de metal com água e anunciara que, levada ao ponto de congelamento, aquela água seria capaz de arrebentar a capa metálica por causa da dilatação, e que, na próxima aula, traria os fragmentos. Mas quanto a esse último ponto o professor não manteve a palavra, provavelmente por esquecimento: no encontro seguinte do seminário, os alunos não viram a esfera esfacelada. Então Klaus Heinrich indagou sobre a ausência dos resultados do experimento. Como qualquer estudante, juntou-se aos colegas que, ao fim da aula, interpelaram o professor, colocando-se à sua volta, dirigindo a ele, com toda a tranquilidade, as seguintes palavras:

— A bomba explodiu? — ao que o professor, num primeiro momento incapaz de entender do que se tratava, por fim, alegremente surpreso, expressou seus agradecimentos pelo seu benevolente interesse...

Klaus Heinrich era convidado de uma corporação de estudantes* — convidado porque não lhe era permitido praticar esgrima —, e assim, ocasionalmente, participava das reuniões dedicadas à bebida portando a boina de estudante sobre a cabeça. Mas como aqueles responsáveis por supervisioná-lo sabiam que o estado de relaxamento e de tolice causado pela ingestão de bebidas alcoólicas não convinha de maneira nenhuma a sua elevada vocação, não lhe era permitido beber muito, e, também nesse caso particular, sua alteza era levada em consideração. Os costumes brutais eram refreados a um nível razoável e o tom das conversações mantinha-se sempre excelente, assim como acontecera antes no último ano do colegial. Antigas canções de poesia vivaz eram entoadas e os encontros se assemelhavam em tudo a encontros de gala e a reuniões solenes, tornando-se imagens transfiguradas de seu caráter prosaico e cotidiano. Ficara decidido que Klaus Heinrich e seus companheiros de corporação se tratariam uns aos outros por "você", de maneira a expressar a livre camaradagem. Mas todos concordavam que aquilo soava falso e violento, a despeito de todas as tentativas feitas, e, por isso, a todo instante voltavam involuntariamente a dirigir-lhe a palavra respeitosamente, mencionando sua alteza.

Isso era o resultado do jeito de ser e da personalidade de Klaus Heinrich, de sua postura amigável e austera, contida e nunca prejudicada por qualquer tipo de envolvimento objetivo, o que, aliás, ocasionava fenômenos raros e peculiares no comportamento das pessoas com as quais o príncipe entrava em contato. Eis que, certa vez, durante um serão organizado por um dos professores, ele entabulou uma conversação com um senhor. Tratava-se de um senhor corpulento, de idade avançada, que portava o título de membro do Conselho de Justiça e que, sem prejuízo de seu papel social, tinha a reputação de ser um velho e renitente pecador e um sujeito imprestável. A conversa, cujo tema não tem importância e era difícil de determinar, estendeu-se por bastante

* Na Alemanha imperial os estudantes se reuniam em corporações fraternas, nas quais era comum a prática da esgrima. (N. T.)

tempo porque não houve como encontrar um subterfúgio. E de repente, no meio do diálogo com o príncipe, o conselheiro assoviou com seus lábios grossos uma daquelas sequências sem sentido de notas, como se costuma fazer quando, sentindo-se constrangido, alguém tenta ostentar despreocupação. Logo a seguir, tentou disfarçar essa sua ridícula falta de respeito tossindo e pigarreando... Klaus Heinrich estava acostumado com acontecimentos como aquele e, com delicadeza, fez como se não tivesse percebido nada. Às vezes, entrava em alguma loja para comprar algo, sozinho, e sua entrada provocava, à sua volta, certo pânico. Ele pedia um botão de que precisava, mas a balconista não o compreendia. Ela olhava à sua volta, desorientada, e não conseguia dirigir a atenção para o botão porque havia alguma outra coisa — algo que estava além e acima das coisas — que a atraía inteiramente. Ela derrubava vários objetos, embaralhava as caixinhas em evidente perplexidade, e era preciso um esforço a Klaus Heinrich para tranquilizá-la amigavelmente.

Como foi dito, tais eram os efeitos de sua presença, que eram interpretados por muita gente na cidade como manifestações de arrogância e de um condenável desprezo pelas pessoas. Havia outros, porém, que negavam essa arrogância, e o dr. Überbein, com quem se discutiu a esse respeito em alguma ocasião social, perguntou se, tendo em vista a distância que separava o príncipe de todas as demais realidades humanas, seria realmente possível falar em desprezo — "admitidos, de boa vontade, todos os tipos de causas para o desprezo pelas pessoas". E, enquanto seus interlocutores ainda consideravam o que ele dissera, afirmou em seu tom loquaz e persuasivo que o príncipe não só não desprezava as pessoas como, pelo contrário, respeitava a todas, até mesmo as mais humildes, fazendo-o a tal ponto, e as considerava tão íntegras e tão boas, e as levava tão a sério, que essas pessoas comuns, ao se verem assim tão valorizadas, sentiam-se imediatamente na obrigação de se esforçar mais do que eram capazes para corresponderem à opinião tacitamente manifesta pelo príncipe...

As pessoas da cidade onde ficava a universidade não tiveram tempo suficiente para decidir essa questão. O ano de estudos terminou antes que a sociedade se desse conta e Klaus Heinrich partiu, voltando para a capital paterna, conforme fora estabelecido no roteiro programado para sua vida, a fim de, não obstante seu braço esquerdo, cumprir um ano completo de serviço militar com toda seriedade. Durante seis meses, esteve no Regimento dos Dragões da Guarda, no qual comandava os exercícios com lanças, durante os quais os soldados tomavam um do outro a distância de oito passos, assim como a formação em retângulos, como se fosse um conhecedor do assunto; em seguida mudou de arma e, para conhecer também o trabalho da infantaria, passou para o Regimento dos Granadeiros. Chegou até mesmo à Guarda Palaciana, onde comandava a troca da guarda — um procedimento sempre observado por um público numeroso. Com uma estrela no peito, saía em marcha acelerada do aposento da guarda, detinha-se, sabre em punho, ao lado da companhia e dava as ordens — não exatamente as ordens corretas, o que, porém, não impedia que os bravos soldados descrevessem os movimentos corretos. No Clube dos Oficiais, sentava-se ao lado do capitão durante a refeição comunitária e, com sua presença, impedia que os senhores desabotoassem o colarinho da farda e se entregassem aos jogos de azar depois da refeição. Mas, depois disso, com apenas vinte anos de idade, deu início a uma "viagem de formação"* — não mais em companhia do dr. Überbein, mas sim com um acompanhante militar, marechal de viagens, o capitão da guarda Von Braunbart-Schellendorf, um cavalheiro loiro que fora incumbido de servir como ajudante de ordens a Klaus Heinrich e a quem essa viagem deveria dar a oportunidade de conquistar intimidade e influência.

Klaus Heinrich não viu muita coisa durante essa sua viagem de formação, que o levou a terras longínquas e durante a qual foi seguido diligentemente pelo *Mensageiro*. Visitava as cortes, apresentava-se aos soberanos, frequentava banquetes de gala em companhia do sr. Von Braunbart, e, ao partir, recebia medalhas e condecorações do país. Contemplava os pontos de interesse de cada lugar, selecionados pelo sr. Braunbart (que recebeu igualmente um grande número de condecorações), e, de tempos em tempos, o *Mensageiro* trazia a notícia de que o príncipe, diante de um quadro, de um museu ou de uma construção, expressara seu grande reconhecimento ao diretor ou ao curador responsável. Viajava separado, protegido e amparado pelos cuidados cavalheirescos do sr. Von Braunbart, que administrava o dinheiro da viagem e cuja diligência devotada fez com que, ao término da viagem, Klaus Heinrich permanecesse incapaz sequer de despachar uma mala.

Duas palavras, não mais, deveriam ser dedicadas a um interlúdio ocorrido numa cidade grande da pátria, episódio que foi conduzido com toda a cautela necessária e apropriada pelo sr. Von Braunbart. Ele tinha um

* Desde o século XVII era costume, entre os príncipes do mundo de língua alemã, empreender viagens cavalheirescas. (N. T.)

camarada nessa cidade, um nobre cavaleiro e solteiro que, por sua vez, tinha uma ligação muito íntima com um jovem do mundo do teatro, uma personalidade amigável e ao mesmo tempo confiável. Conforme estabelecido por meio de uma correspondência entre o sr. Von Braunbart e seu camarada, Klaus Heinrich foi levado a um encontro particular com a senhorita, que se realizou na casa dela, especialmente preparada para esse fim, de maneira a deixar que os dois pudessem se conhecer com suficiente intimidade. Assim, um dos objetivos expressamente previstos da viagem foi alcançado de forma muito conscienciosa, sem que, mais uma vez, para Klaus Heinrich aquele encontro significasse mais do que um reconhecimento condescendente. Por seus méritos, a jovem recebeu uma lembrança e o amigo do sr. Von Braunbart recebeu oportunamente uma condecoração. Nada mais será dito a esse respeito.

Klaus Heinrich viajou, igualmente incógnito, pelos belos países do sul, protegido por um nome falso que tinha um tom nobre típico de romances. E então lhe acontecia às vezes de se ver sozinho por um quarto de hora, em trajes civis dignos e reservados, em meio a outros estrangeiros no terraço branco de um restaurante diante do mar azul-escuro, e também lhe acontecia às vezes de ser observado de alguma outra mesa por alguém que tentava adivinhar a que categoria de viajante e a que classe social ele pertencia. Quem seria aquele jovem que olhava à sua volta, silencioso e contido? Todas as esferas da sociedade burguesa eram cogitadas, tentava-se encaixá-lo na classe comercial, na classe militar, na classe dos estudantes. Mas não se encaixava direito em nenhuma delas. Sentia-se a alteza, porém ninguém era capaz de adivinhá-la.

ALBRECHT II

O grão-duque Johann Albrecht faleceu de uma doença terrível que tinha algo de nu e abstrato e que não poderia ser adequadamente designada por nenhum nome que não fosse o da própria morte. Parecia que a morte, certa de seus direitos de propriedade, desprezara nesse caso qualquer máscara e qualquer disfarce, apresentando-se de forma direta como morte-em-si-mesma, como a dissolução propriamente dita. Tratava-se essencialmente de uma diluição do sangue causada por uma inflamação interna, e uma cirurgia profunda, realizada pelo diretor da clínica universitária, um cirurgião renomado, sequer fora capaz de reduzir o ritmo devorador da destruição. O fim chegou logo — e chegou ainda mais depressa porque Johann Albrecht praticamente não opôs nenhum tipo de resistência à morte. Ele deu sinais de um enfado para o qual parecia não haver limites e declarou a seus familiares, e até mesmo aos médicos que o tratavam, que estava mortalmente cansado de "tudo" — portanto, de sua existência grão-ducal e do estilo de vida elevado que ostentava diante de todos. Os traços do rosto, marcados pelas duas rugas de orgulho e de tédio, exacerbaram-se em seus últimos dias de maneira terrivelmente exagerada, realmente grotesca, como numa careta, e só recuperaram certa suavidade depois da morte...

A última doença do grão-duque o atingiu no inverno. O grão-duque herdeiro Albrecht, chamado de volta do lugar quente e seco onde se encontrava, chegou à capital em meio à chuva e à neve, o que representava uma grande ameaça à sua saúde. Seu irmão Klaus Heinrich interrompeu sua viagem de formação, que, de qualquer maneira, já chegava perto do fim, e voltou à capital acompanhado do sr. Von Braunbart, percorrendo longos caminhos pelos belos países do sul. Além dos dois príncipes, a grã-duquesa Dorothea, as princesas Katharina e Ditlinde, o príncipe Lambert — sem a companhia de sua graciosa esposa —, os médicos e o camareiro Prahl permaneciam em volta do leito de morte enquanto, no aposento contíguo, os dignitários da corte e os ministros se encontravam reunidos em cumprimento às incumbências oficiais. A julgar pelas afirmativas dos criados, nos últimos dias e semanas o barulho fantasmagórico na chamada Câmara das Corujas se intensificara de maneira extraordinária. Dizia-se que se tratava de raspadas e golpes estremecedores, que recomeçavam periodicamente, embora nada se ouvisse fora daquele aposento.

O último gesto de Johann Albrecht como alteza foi entregar, com as próprias mãos, a nomeação para o Conselho ao professor que, com grande maestria, realizara aquela cirurgia inútil. Estava terrivelmente exaurido, cansado de tudo aquilo, e, mesmo nos momentos de maior clareza, sua consciência já não era mais plena. Ainda assim, procedeu com todo cuidado em seu último gesto, transformando-o num verdadeiro cerimonial. Pediu para ser um pouco erguido no leito, corrigiu, protegendo os olhos com sua mão branca como cera, a disposição aleatória dos presentes, mandou seus dois filhos se colocarem dos dois lados da cabeceira do leito, e, enquanto seu espírito já vagava por distâncias insondáveis, governou com uma artificialidade mecânica a expressão de seu próprio rosto formando um sorriso benevolente, para então entregar em mãos o diploma ao professor, que voltava àquele aposento depois de certa ausência.

Perto do final, quando a destruição já lhe atingia o cérebro, o grão-duque expressou claramente um desejo que, tão logo compreendido, foi realizado às pressas, ainda que sua realização já não pudesse mais ajudá-lo em nada. Nos murmúrios do doente recorriam sempre determinadas palavras aparentemente desconexas. Mencionava vários tipos de tecido, seda, veludo e brocado, mencionava o príncipe Klaus Heinrich, utilizava uma expressão do jargão médico e dava a entender alguma coisa a respeito de uma condecoração, a Albrechtskreuz de terceira classe, com coroa. Ocasionalmente, eram compreendidas expressões genéricas, provavelmente relacionadas com o estatuto principesco do moribundo, e que soavam como "obrigações extraordinárias" e "maioria confortável", e então voltavam a repetir-se as descrições de tecidos às quais, ao final, juntou-se, com uma voz grossa, a palavra "Sammet".* E então todos compreenderam que o grão-duque desejava

* O significado literal de Sammet é "veludo". (N. T.)

a presença do dr. Sammet, aquele médico que vinte anos antes casualmente se encontrava no castelo de Grimmburg e que já havia um bom tempo clinicava na capital. É verdade que era um médico de crianças, mas ainda assim foi convocado e compareceu. Tinha já os cabelos bem grisalhos junto às têmporas e um bigode malcuidado sobre o qual desabava o nariz muito achatado. Aliás, encontrava-se bem barbeado, e, consequentemente, marcas de alguns cortes ocasionados pelo barbear eram visíveis nas faces. Com a cabeça inclinada para o lado, uma mão junto à corrente do relógio e o cotovelo junto ao torso, examinou a situação e logo pôs-se a tratar do nobre doente com delicadeza e diligência, enquanto este expressava sua satisfação de forma clara. E assim coube ao dr. Sammet aplicar no grão-duque as últimas injeções, auxiliá-lo com mão firme a descrever com maior facilidade seu difícil caminho e ampará-lo, na chegada da morte, à frente dos demais médicos — uma distinção que despertou naqueles senhores certa irritação silenciosa, mas que teve como consequência, por outro lado, pouco tempo depois, quando vagou o importante cargo de diretor e médico chefe do Hospital Infantil Grã-Duquesa Dorothea, a nomeação do dr. Sammet, posto no qual mais tarde participaria no desenrolar de certos acontecimentos.

E assim foi a morte de Johann Albrecht III, que expirou numa noite de inverno, e o Velho Castelo permanecia solenemente iluminado enquanto ele agonizava. As austeras rugas da expressão de tédio que cobria seu rosto suavizaram-se, e, livre de todas as tensões, cabia-lhe agora entregar-se às formalidades que imperavam à sua volta, que o conduziam e que pela última vez fizeram de seu corpo pálido como cera o centro e o objeto de seus costumes teatrais... o sr. Von Bühl zu Bühl liderou, robusto, os funerais, aos quais se procedeu ante a presença de muitos hóspedes nobres. As sombrias solenidades, os repetidos rituais com o ataúde, que foi conduzido de um lugar para o outro, em préstitos, e abençoado e celebrado ante o altar fúnebre instalado na igreja, estenderam-se por dias a fio, e por oito horas o corpo de Johann Albrecht permaneceu exposto aos olhos do público, em meio a uma vigília de honra formada por dois capitães, dois tenentes-coronéis, dois sargentos, dois guardas, dois suboficiais e dois camareiros. Chegou, por fim, o momento no qual o ataúde de zinco foi retirado do nicho no altar da igreja da corte no qual se encontrava, rodeado por velas revestidas de veludo da altura de uma pessoa, e então conduzido à antessala por oito lacaios e lá depositado por oito guardas-florestais dentro de um caixão de mogno, e carregado por oito membros da Guarda dos Granadeiros até uma carruagem puxada por seis cavalos e ornamentada com decoração fúnebre, que então se pôs a caminho do mausoléu em meio a tiros de canhão e ao badalar dos sinos. Encharcadas, as bandeiras a meio pau pendiam dos mastros. Embora ainda fosse o início da tarde, a iluminação a gás das ruas pelas quais passaria o cortejo fúnebre brilhava. Em meio a decorações sombrias, o busto de Johann Albrecht encontrava-se exposto nas vitrines, e, em toda parte, os cartões-postais com a imagem do representante falecido oferecidos para venda eram avidamente disputados. Atrás das tropas enfileiradas, das associações de veteranos de guerra e das associações de ginastas, que mantinham livre o caminho a ser descrito pelo préstito, o povo se concentrava na ponta dos pés sobre a neve meio dissolvida e fitava, com a cabeça descoberta, o ataúde que seguia lentamente os lacaios portando as coroas de flores, os funcionários da corte, os portadores de insígnias e o pregador da corte dom Wislizenius, que avançavam, e fitava o pálio bordado em prata, suportado pelas franjas pelo marechal Von Bühl, pelo comandante dos caçadores da corte Von Stieglitz, pelo general ajudante de ordens conde Schmettern e pelo ministro da Corte Von Knobelsdorff. Mas, ao lado de seu irmão Klaus Heinrich, logo depois do cavalo de montaria conduzido imediatamente atrás da carruagem fúnebre e à frente de todos os enlutados, seguia o grão-duque Albrecht II. Seus trajes solenes — o penacho rijo e comprido que se erguia acima do gorro de pele, as botas com bainha virada que apareciam abaixo do sobretudo pregueado dos Hussardos, com a faixa de veludo preta dos enlutados — tudo isso caía mal. Sob os olhares da multidão, seguia intimidado, e suas omoplatas um pouco tortas por natureza agitavam-se em pequenas contorções desajeitadas e nervosas enquanto caminhava. O rosto pálido expressava sua reticência ante o dever de participar dessas pompas fúnebres ocupando o primeiro lugar. Enquanto caminhava, não chegava a erguer o olhar, e sugava o lábio superior com seu lábio inferior curto e arredondado...

Essa mesma expressão permaneceu em seu rosto durante as formalidades da corte que marcaram o início de seu governo, que, aliás, foram realizadas com todo o cuidado de modo a protegê-lo. No Salão de Prata, um dos Belos Aposentos, o grão-duque assinou seu juramento diante de todos os ministros, e a seguir proferiu na Sala do Trono seu discurso de ascensão ao trono, preparado pelo sr. Von Knoblesdorff, postando-se diante da poltrona recurva sob o baldaquim. Nesse discurso, enfatizava-se com seriedade e delicadeza a situação econômica do país e elogiava-se a beleza da unanimidade que, não obstante todas as dificuldades, unia o soberano à nação — momento em que, segundo foi comentado, um alto funcionário, que provavelmente não estava satisfeito com o progresso de sua carreira, teria sussurrado ao homem a seu lado que tal unanimidade consistia no fato de o soberano se encontrar tão endividado quanto seu país, um comentário cáustico que se espalhou e chegou até mesmo à odiosa imprensa... Por fim, o presidente da Assembleia Nacional proferiu um viva ao grão-duque, uma missa foi celebrada na igreja da corte, e com isso concluíram-se as solenidades. Albrecht ainda assinou um édito por meio do qual foram misericordiosamente revogadas diversas penalidades, na forma de multas e de prisão por transgressões menores, sobretudo no que dizia respeito à legislação florestal. Decidiu-se abrir mão do cortejo solene pela cidade e da saudação no Conselho porque o grão-duque se sentia cansado demais. Até então ocupando o posto de tenente da cavalaria, por ocasião de sua ascensão ao trono foi imediatamente promovido a capitão do seu Regimento dos Hussardos, mas quase nunca envergava a farda de soldado, mantendo-se tão distante quanto possível do ambiente militar. Talvez em sinal de respeito ao pai, não promoveu nenhum tipo de mudança nos quadros da corte e tampouco nos ministérios.

O público raramente testemunhava sua presença. Sua aversão orgulhosa e pudica às aparições públicas, às saudações e às apresentações manifestou-se já a partir do primeiro dia no trono, de tal maneira que a opinião pública se sentiu perturbada. Nunca era visto no grande camarote do Teatro da Corte. Jamais participava do corso no Jardim Municipal. Enquanto residia no Velho Castelo, dirigia-se a bordo de uma carruagem fechada a uma região longínqua e deserta do parque, onde desembarcava para movimentar-se um pouco, e, no verão em Hollerbrunn, só era visto excepcionalmente, emergindo dos caminhos cercados por sebes no parque.

Se o povo o via junto ao portão que dava para a Albrechtsplatz, por exemplo, quando embarcava em sua carruagem vestido com um casaco de pele pesado que pertencera a seu pai, e sobre cujo colarinho agora repousava sua cabeça delicada, olhares receosos se voltavam para ele, as saudações que se ouviam eram tímidas e desprovidas da necessária confiança. Pois as pessoas simples sentiam que não eram capazes de dar vivas a um soberano como aquele, e não eram capazes de se ver representadas por ele. Elas o olhavam e não se reconheciam nele, pois sua nobreza pura não possuía nenhuma característica que fosse compartilhada pelo caráter comum. Estavam acostumadas a outro tipo de soberano. Acaso não havia na Albrechtsplatz, até os dias de hoje, um vigia que, com seus ossos da face elevados demais e sua barba grisalha, parecia-se de maneira nua e crua com o falecido grão-duque? E os traços do príncipe Klaus Heinrich não se encontravam, da mesma forma, em meio às pessoas mais humildes? Com o irmão era diferente. O povo não via nele uma imagem glorificada de si mesmo que, ao ser contemplada e saudada, fosse capaz de lhe proporcionar alguma alegria. Sua alteza — sua indubitável alteza! — era um nobre como qualquer outro nobre, um nobre internacional e cosmopolita sem as marcas características da autenticidade. E ele mesmo sabia bem disso, e a consciência de sua alteza, junto com sua falta de autenticidade popular, eram provavelmente as causas de sua timidez e de seu orgulho. Já naquela época, incumbia, sempre que possível, o príncipe Klaus Heinrich das funções de representação. Enviou-o para a inauguração de uma fonte em Immenstadt e para participar da Festa Municipal Histórica em Butterburg.* Sim, seu desprezo por qualquer tipo de aparição de sua pessoa principesca chegava a tal ponto que só a muito custo o sr. Von Knobelsdorff fora capaz de persuadi-lo a realizar pessoalmente a recepção solene aos presidentes das duas câmaras na Sala do Trono, em vez de abdicar dessa solenidade em favor de seu irmão mais jovem, "por questões de saúde", como pretendia.

Albrecht II vivia solitário no Velho Castelo. As coisas se encaminharam assim. Em primeiro lugar, desde a morte de Johann Albrecht o príncipe Klaus Heinrich mantinha sua própria corte. Isso era uma exigência da etiqueta e assim foi-lhe destinado como residência o castelo Eremitage, aquela construção em estilo Empire às margens dos subúrbios a norte da capital que, de tão tranquila e, ao mesmo tempo, tão austera e graciosa, permanecera, por tanto tempo, desabitada e abandonada, tanto que, em meio a seu parque descuidado, que se emendava com o Jardim Municipal, debruçava-se sobre um laguinho entupido de lodo. Já à época em que Albrecht atingira a maioridade, as reformas mais urgentes tinham sido realizadas no castelo Eremitage para que formalmente pudesse ser destinado a servir de residência ao grão-duque herdeiro. Mas, como Albrecht sempre se dirigira, à chegada do verão, de seu lugar quente e seco de vilegiatura diretamente a Hollerbrunn, ele jamais fizera uso daquela residência...

**Immen* (abelhas melíferas) e *butter* (manteiga) são alusões irônicas e uma terra do "leite e do mel". (N. T.)

Klaus Heinrich vivia ali sem despesas exageradas, com um chefe da corte que supervisionava os assuntos domésticos, o cavaleiro Von Schulenburg-Tressen, sobrinho da governanta chefe do palácio, dama Von Schulenburg-Tressen. Além do camareiro Neumann, estavam à sua disposição mais dois lacaios para os serviços diários. O caçador, de quem precisava para suas saídas cerimoniais, era-lhe emprestado pela corte do grão-duque. Um cocheiro e dois pajens, trajando coletes vermelhos, supervisionavam a cocheira e o estábulo, que continham uma carroça leve, uma carruagem, uma carroça de caça, dois cavalos de montaria e dois cavalos para os coches. Um jardineiro cuidava do parque e do jardim com a ajuda de auxiliares, e uma cozinheira, junto com sua auxiliar, bem como duas camareiras constituíam a parte feminina do pessoal doméstico do castelo Eremitage. A incumbência do marechal da corte Von Schulenburg era manter a residência de seu jovem senhor com o apanágio anual concedido pela Assembleia numa sessão escrupulosa ao irmão do grão-duque depois da ascensão de Albrecht ao trono. O valor desse apanágio era de cinquenta mil marcos. Pois a soma de oitenta mil requerida inicialmente não tinha nenhuma chance de ser aprovada pela Assembleia, e assim, em nome de Klaus Heinrich, uma renúncia generosa foi feita a tempo de causar a melhor das impressões em todo o país. A cada inverno, o sr. Von Schulenburg mandava vender o gelo que se formava no lago. Duas vezes por ano, as ravinas do parque eram ceifadas e o feno, vendido. Depois de ceifadas, as superfícies das ravinas quase chegavam a se parecer com gramados ingleses.

Além disso, a grã-duquesa mãe, Dorothea, não residia mais no Velho Castelo e sua retirada tivera uma causa triste e sinistra. Pois também dessa princesa, que o viajado e experiente sr. Von Knobelsdorff ocasionalmente descrevera como uma das mais lindas mulheres por ele vistas na vida, e cuja visão festiva despertara tanta felicidade, tanta elevação e tantos vivas sempre que se oferecia aos olhares desejosos das pessoas comuns, oprimidas por suas mazelas, também dela o tempo cobrara seus tributos. Dorothea envelhecera, sua plenitude tão austeramente cultivada, tão famosa e celebrada murchara nos últimos anos com tamanha rapidez e de forma tão ininterrupta que, em seu íntimo, a mulher não fora capaz de acompanhar semelhante transformação. Não havia nada, nenhuma arte, nenhum meio, nem mesmo os mais incômodos e os mais repugnantes, que se mostrassem capazes de combater seu declínio e impedir que o doce brilho de seus olhos azul-escuros se apagasse, de impedir que anéis de pele frouxa e amarelada se formassem à sua volta, que as adoráveis covinhas em suas bochechas se transformassem em rugas na pele murcha, e que seus lábios orgulhosos e ousados agora tivessem uma aparência tão magra e incisiva. E como seu coração tinha sido tão austero quanto sua beleza, e nunca se interessara por nada exceto essa mesma beleza, já que sua beleza tinha sido sua alma, e já que não desejara e não amara nada além do efeito edificante dessa beleza, já que não havia nada que fizesse seu coração bater mais forte, nada e nem ninguém, ela se viu perplexa e empobrecida, não conseguindo encontrar uma maneira de se entender com sua nova situação, e assim acabou sofrendo um transtorno mental. O general médico Eschrich ainda disse alguma coisa a respeito de uma perturbação psíquica causada por alguma degeneração extraordinariamente rápida, e sem dúvida estava correto, à sua maneira, com esse diagnóstico. Seja como for, a triste realidade era que Dorothea, já durante os últimos anos de vida de seu marido, começara a dar mostras de grave perturbação mental. Foi acometida de fotofobia, deu ordens para que todas as luzes fossem cobertas por véus vermelhos durante os concertos às quintas-feiras no Salão de Mármore, e teve ataques quando não foi capaz de impor sua vontade, no caso, que o mesmo procedimento fosse adotado em todas as demais festividades, como o Baile da Corte, o Baile Íntimo, a ceia e a reunião da corte, uma vez que a atmosfera crepuscular no Salão de Mármore já havia ensejado muito sarcasmo. Passava dias inteiros diante dos espelhos, e via-se como acariciava com as mãos aqueles que, por algum motivo, refletiam sua imagem sob uma luz mais favorável. Pouco depois, mandou retirar todos os espelhos de seus aposentos e cobrir com panos todos os que estavam embutidos na parede, deitou-se na cama e chamou pela morte. Certo dia, a dama Von Schulenburg a encontrou diante do quadro que a representava no auge de sua beleza, na Sala dos Doze Meses, completamente transtornada e com o rosto inchado de tanto chorar… Ao mesmo tempo, foi tomada por uma misantropia mórbida, e tanto para a corte quanto para o povo era doloroso observar como a postura dessa antiga deusa perdia sua segurança, como seu porte se tornava estranhamente desajeitado, e como uma expressão de sofrimento se tornara visível em seu olhar. Por fim, escondeu-se de vez e, no último Baile da Corte do qual Johann Albrecht participou, este levou consigo sua irmã Katharina em vez da esposa, já considerada "inadequada". Sua morte representou um alívio para Dorothea, por livrá-la de todas as obrigações de representação. Como residência para sua viuvez, escolheu o castelo Segenhaus, um antigo castelo de caça, gracioso como um convento, distante uma hora e meia em carruagem da capital, situado em meio a um parque austero que um devoto caçador ornamentara estranhamente com emblemas religiosos e de caça. Ali vivia de maneira sombria e estranha, e a quem se dirigia àquele parque a passeio era às vezes dado vê-la passear pelas alamedas ao lado da dama da corte Von Schulenberg-Tressen e saudar as árvores de ambos os lados com benevolentes reverências...

Quanto à princesa Ditlinde, esta se casara aos vinte anos, um ano após a morte do pai. Deu sua mão a um príncipe de uma família da nobreza menor, só indiretamente ligada à Casa Real, o príncipe Phillip zu Ried-Hohenried, um senhor de pequeno porte, já não mais jovem, porém continuava bem conservado, que se interessava por arte e tinha opiniões progressistas, que a cortejara educadamente por muito tempo, que tratara pessoalmente desse assunto e que pedira sua mão e seu coração à maneira burguesa durante uma festa beneficente. Não se pode dizer que esse casamento tenha despertado júbilo no país. A união foi aceita com resignação, pois representava uma decepção diante das esperanças nutridas em silêncio com relação à filha de Johann Albrecht, e os críticos mais severos consideraram que o melhor que poderia ser dito a respeito do casamento era o fato de ambos os cônjuges provirem da mesma casta. Verdade era que Ditlinde, ao entregar sua mão ao príncipe voluntariamente, por sua própria decisão e sem qualquer tipo de influência externa, sem dúvida estava se afastando da esfera das altezas para descender a um meio social menos comprometido e mais civil. Esse nobre senhor era não só um apreciador e colecionador de pinturas a óleo, mas também um homem de negócios e um grande profissional. A dinastia da qual provinha tinha sido privada havia um século do estatuto de alteza, mas Philipp era o primeiro de sua família que se decidira a fazer uso econômico livre de seu estatuto de civil, de pessoa particular. Depois de ter passado a juventude viajando, buscara uma atividade que fosse capaz de lhe proporcionar satisfação íntima mas também de multiplicar seus rendimentos — algo que se tornara necessário. Assim, virou empresário e fundou, em suas propriedades, fábricas de laticínios, cervejarias, uma usina de açúcar e várias serrarias, e começou a explorar metodicamente as vastas reservas de turfa que nelas se encontravam. Como dirigia todos esses empreendimentos com conhecimentos técnicos dos assuntos necessários e um tino comercial apurado, eles não tardaram a prosperar e a proporcionar rendimentos que, mesmo sem origem principesca, ainda assim passaram a lhe permitir um estilo de vida propriamente principesco. Por outro lado, também caberia perguntar a esses críticos severos quem exatamente eles tinham em mente como partido para a princesa. Ditlinde, cujo dote consistira em pouco mais de um guarda-roupa aparentemente inesgotável, em meio ao qual se encontravam várias dúzias de objetos completamente obsoletos e inúteis, como toucas de dormir e lenços para o pescoço, mas que, de acordo com as honoráveis tradições, necessariamente tinham que fazer parte do enxoval, ingressou, por meio desse casamento, num ambiente de prosperidade e serenidade ao qual lamentavelmente não estava habituada. E as sensibilidades de seu coração sequer foram levadas em consideração. Ela deu esse passo em direção à vida privada com evidente satisfação e decisão, e dentre suas aparências nobres nada se conservou a não ser o título. Continuou a se relacionar amigavelmente com as damas da corte, mas desincumbiu esses relacionamentos de todos os deveres tradicionais, evitando dar à vida doméstica o caráter de uma corte. Isso era bastante admirável no caso de uma jovem nascida em Grimmburg e ainda mais no caso de Ditlinde, mas por certo correspondia às suas necessidades. O casal passava o verão nas propriedades rurais do príncipe e o inverno na capital, no belo palácio que Philip zu Ried adquirira na Albrechtstrasse. E era aqui — e não no Velho Castelo — que os irmãos grão-ducais Klaus Heinrich e Ditlinde, e às vezes também Albrecht, encontravam-se volta e meia para conversações íntimas.

Assim aconteceu que, certa vez, no início do outono, poucos meses antes de se completarem dois anos da morte de Johann Albrecht, o *Mensageiro*, bem informado como sempre, publicou, ainda em sua edição vespertina, a notícia de que, hoje à tarde, sua alteza real o grão-duque e sua alteza grão-ducal o príncipe Klaus Heinrich tinham tomado o chá da tarde na residência de sua alteza grão-ducal a princesa Zu Ried-Hohenried. Simplesmente essa notícia. Naquela tarde, porém, muitos assuntos de importância decisiva para o futuro tinham sido discutidos pelos irmãos.

Klaus Heinrich deixou o Eremitage perto das cinco da tarde. Como o tempo estava ensolarado, mandou prepararem a carruagem aberta, e o veículo pintado de marrom, limpo e reluzente, ainda que de aparência nem nova nem moderna, aproximou-se às quinze para as cinco do palácio. Vinha da cocheira a passo seguindo pelo caminho largo e calçado de pedregulhos que, com seu pátio asfaltado, situava-se na ala direita das dependências de serviço. Muito embora as dependências de serviço, construções térreas antigas de paredes pintadas de ocre, se encontrassem um pouco distantes da casa senhorial branca e de arquitetura simples, juntas essas edificações formavam uma sequência bastante extensa cuja fachada, ornamentada com loureiros dispostos a intervalos regulares, voltava-se para o lago lamacento e para aquela parte do parque que permanecia aberta ao público. A parte anterior da propriedade, que se emendava com o Jardim Municipal, era aberta ao trânsito de pedestres e de veículos leves, e só eram murados o jardim de flores, um tanto íngreme e acima do qual se situava o castelo, e o parque aos fundos dos edifícios, completamente abandonado, separado por sebes e cercas das ravinas desertas e cobertas de detritos que circundavam aquele subúrbio. A carruagem, portanto, dirigiu-se pelo caminho entre o lado e os edifícios das dependências de serviço, cruzou o portão que dava para o jardim público ornamentado com duas luminárias que outrora tinham sido douradas, galgou a elevação e estacionou diante do terraço estreito, íngreme e flanqueado por loureiros à frente do jardim de inverno.

Poucos minutos antes das cinco horas Klaus Heinrich saiu. Como de costume, portava a farda apertada de tenente do Regimento de Guardiães Granadeiros e levava a empunhadura do sabre pendurada no braço. Neumann, trajando um fraque violeta cujas mangas eram curtas demais, precedera o príncipe descendo pela escadaria, e acomodava no coche com suas mãos vermelhas de barbeiro o sobretudo cinza, dobrado, de seu senhor. Então, enquanto o cocheiro, com a mão junto ao chapéu ornamentado por uma medalha, inclinava-se um pouco para o lado na boleia, o camareiro arrumou a leve coberta do coche sobre os joelhos de Klaus Heinrich e, em seguida, recuou, fazendo uma reverência silenciosa. Os cavalos partiram.

Fora, diante dos portões que davam para o Jardim Municipal, alguns visitantes que passeavam por ali se detiveram. Eles saudaram, tiraram o chapéu da cabeça, erguendo as sobrancelhas, sorridentes, e Klaus Heinrich lhes agradeceu, levando à viseira do quepe a mão direita coberta por uma luva branca, assentindo várias vezes com a cabeça.

Seguiram às margens daquele terreno baldio por uma alameda de bétulas cuja folhagem já estava amarelada e então pelo subúrbio, por entre moradas pobres, por ruas sem calçamento onde os filhos da gente do povo deixavam de lado por um instante seus aros de tonéis e carrosséis para acompanhar, com olhares curiosos e invasivos, a passagem do veículo. Alguns dentre eles davam vivas e corriam por um trecho do caminho junto às rodas, voltando o rosto para Klaus Heinrich. Aliás, o veículo também poderia ter seguido pelo caminho que cruzava o Jardim das Fontes, mas a distância era menor cortando pelo subúrbio, e o tempo urgia. Ditlinde tinha uma grande sensibilidade para com a ordem e irritava-se com facilidade quando o ritmo de sua vida doméstica era perturbado pela falta de pontualidade.

Ali estava o Hospital Infantil Grã-Duquesa Dorothea, dirigido pelo amigo de Überbein, o dr. Sammet. Klaus Heinrich passou em frente ao prédio. Então o veículo abandonou aquela região popular e alcançou o bulevar do Jardim, uma alameda imponente ornamentada com árvores em cujos palacetes e casas residia a burguesia próspera, e que era percorrida pela linha de bonde que ligava o centro da cidade ao Parque das Fontes. Imperava ali um movimento bastante intenso e Klaus Heinrich se esforçava em retribuir a todas as saudações que lhe eram dirigidas. Os civis descobriam a cabeça e o olhavam cabisbaixos. Oficiais a pé e a cavalo prestavam continência. Policiais se colocavam em posição de sentido e Klaus Heinrich, a bordo de sua carruagem, levava a mão enluvada à viseira do quepe e agradecia voltando-se para ambos os lados com aqueles sorrisos e gestos de cabeça que praticava desde a juventude e que se destinavam a reforçar nas pessoas a impressão de participação em sua personalidade solene... Tinha uma maneira muito peculiar de se sentar na carruagem, sem se deixar recostar de forma acomodada e indolente no assento almofadado, mas colocando-se como se estivesse cavalgando, com as mãos cruzadas sobre a empunhadura do sabre e um pé ligeiramente à frente do outro, de modo a absorver os impactos causados pela irregularidade do solo, adaptando-se ativamente aos movimentos descritos pelo veículo dada a suspensão deficiente...

A carruagem cruzou a Albrechtsplatz, deixando para trás, à direita, o Velho Castelo com seus dois vigias que apresentavam armas junto ao portão, seguiu pela Albrechtstrasse em direção à caserna dos Guardiães Granadeiros, ingressando então no pátio interno do palácio do príncipe Ried. Tratava-se de um edifício de proporções íntimas, construído em estilo rococó tardio, cujo portal principal era ornamentado por um gablete rebuscado, com olhos de boi cercados de enfeites entre o primeiro pavimento e o segundo, janelas altas que se abriam para sacadas nos andares superiores, e um gracioso pátio central delimitado por dois pavilhões térreos, separado da rua por uma cerca em forma de arco e em cujas lanças brincavam anjos. Mas, ao contrário do estilo histórico de sua parte externa, o interior do palácio era mobiliado conforme o gosto moderno e burguês.

Ditlinde recebeu os irmãos num salão amplo no pavimento superior, mobiliado com vários grupos de *causeuses** rebuscadas e estofadas com seda verde pastel e cuja parte posterior, separada da parte principal por uma fileira de esbeltos pilares, estava repleta de palmeiras, flores em terrinas de metal e mesinhas decoradas com flores de cores resplandecentes.

— Bom dia, Klaus Heinrich — disse a princesa.

Ela era delgada e delicada, e opulenta era apenas sua cabeleira, de um tom acinzentado de loiro, que no passado se enrolara em torno das orelhas como os chifres de um carneiro e que agora pesava, em espessas madeixas, sobre seu rosto em forma de coração e com os ossos da face típicos da dinastia de Grimmburg. Trajava uma túnica doméstica de um tecido macio cinza-azulado, com uma gola pontiaguda de renda branca que descia até o cinturão, ao qual estava afixada por um broche oval e antiquado. A pele fina de seu rosto deixava à mostra veias azuladas e sombrias aqui e ali, junto às têmporas, na testa, nos cantos dos olhos de olhar frio e delicado. Começava a se tornar evidente que estava grávida.

— Boa tarde, Ditlinde, com suas flores! — respondeu Klaus Heinrich enquanto se curvava sobre a mão pequena, branca e um pouco larga demais da irmã, batendo com os saltos. — Que delicioso perfume paira pelo ar aqui! E lá dentro, também, vejo que está tudo cheio de flores!

— Sim — disse ela. — Eu realmente gosto dessas flores. Sempre desejei poder viver em meio a muitas flores, flores vivas que exalassem perfume e das quais eu pudesse cuidar — este sempre foi, para mim, uma espécie de sonho secreto, Klaus Heinrich, e eu seria mesmo capaz de dizer que é por isso que me casei, pois, como você sabe, no Velho Castelo não havia flores... O Velho Castelo e flores! Para achá-las, teríamos que procurar bastante. Ratoeiras e coisas assim havia de sobra. E, para dizer a verdade, tudo ali se parecia com uma velha ratoeira descartada, tudo tão empoeirado e terrível... Deus me livre...

— Mas e a roseira, Ditlinde?

— Sim, por Deus, uma roseira. E que consta nos guias de turismo porque suas rosas cheiram a mofo! E também consta que um dia ela haverá de cheirar naturalmente bem como qualquer roseira. Mas sequer posso imaginar semelhante coisa.

Ele a olhou sorrindo e disse:

— Logo, pequena Ditlinde, você estará à espera de algo ainda melhor do que suas flores...

* Poltronas namoradeiras. (N. T.)

— Sim — disse ela, enrubescendo rápida e discretamente —, sim, Klaus Heinrich, isso é algo que tampouco sou capaz de imaginar. Mas assim há de ser, se Deus quiser. Mas entre. Vamos nos sentar um pouco juntos outra vez...

O aposento em cujo limiar conversavam era exíguo em comparação com a altura das paredes, decorado com um tapete azul-cinzento e com móveis de formas graciosas, laqueados de cinza prateado e estofados com sedas de cores pálidas. Um lustre de porcelana leitosa pendia do centro do teto, que era decorado com uma guirlanda branca, e nas paredes havia pinturas a óleo de diferentes tamanhos adquiridas pelo príncipe Philipp, estudos cheios de luz feitos conforme o gosto moderno e que representavam cabras ao sol, aves ao sol, ravinas ensolaradas e camponeses de faces reluzentes marcadas pelo sol. Uma escrivaninha de pernas esguias, junto às cortinas brancas da janela, estava coberta com centenas de coisinhas minuciosamente ordenadas: miniaturas, utensílios de escrita e uma variedade de pequenos e graciosos blocos de notas, pois a princesa costumava fazer anotações cuidadosas e abrangentes a respeito de todos os seus deveres e de todas as suas intenções. Diante do tinteiro estava o livro das contas domésticas, no qual, ao que parecia, Ditlinde estivera trabalhando ainda agora, e junto à escrivaninha pendia, da parede, um calendário decorado com fitas de seda, no qual se lia, sob aquela data, uma anotação feita a lápis: "5 horas: meus irmãos". Diante da porta dupla pintada de branco que se abria para o salão de recepções, uma mesa oval, coberta com um delicado brocado atravessado longitudinalmente por uma toalha longa e estreita de seda, era rodeada pelo sofá e por um semicírculo de cadeiras. A louça decorada com flores do serviço de chá, uma travessa com confeitos, pratos alongados cheios de doces e minúsculos canapés amanteigados: tudo estava harmoniosamente distribuído ali, e ao lado, sobre uma mesinha de vidro, uma chaleira de prata fumegava sobre uma espiriteira. Mas havia flores em toda parte, nos vasinhos sobre a escrivaninha, no armário envidraçado cheio de pequenas esculturas de porcelana, na mesinha junto à *chaise longue*, e uma floreira cheia de vasos de plantas pendia também ali diante da janela.

Esse aposento afastado, num canto das sucessivas salas de recepção, era o gabinete particular de Ditlinde, seu *boudoir*, em que recebia convidados íntimos durante a tarde e onde costumava preparar o chá com as próprias mãos. Klaus Heinrich a observava escaldando o bule e então acrescentando o chá com uma colherinha de prata.

— E Albrecht... ele virá? — perguntou ele com uma voz involuntariamente abafada...

— Espero que sim — disse ela, curvando-se cuidadosamente sobre o vidro onde ficava armazenado o chá, como que para evitar que algo se derramasse. (Ele também evitou olhá-la face a face.) — Evidentemente eu pedi que ele viesse, Klaus Heinrich, mas você sabe que ele não pode se comprometer. Tudo depende de seu estado de saúde, se virá ou não ... Enquanto isso, vou preparar o chá para nós porque Albrecht vai tomar seu leite... aliás, hoje pode ser que Jettchen também venha para conversar um pouco conosco. Você vai se alegrar em revê-la. Ela é tão cheia de vida e sempre tem tanto a contar...

Com "Jettchen" ela se referia a uma certa srta. Von Isenschnibbe, sua amiga íntima. Desde os tempos de infância elas se tratavam mutuamente por "você".

— E você anda sempre armado? — disse Ditlinde, enquanto apoiava o bule de chá sobre um suporte e observava o irmão... — Sempre envergando sua farda, Klaus Heinrich?

Ele permanecia imóvel, com os saltos juntos, e esfregava sua mão esquerda que sofria de frio com a mão direita, na altura do peito.

— Sim, Ditlinde, gosto de andar assim. Prefiro. Esta roupa justa me cai bem. Sinto-me sempre bem vestido com esta farda. Além disso, é menos oneroso porque me parece que manter um guarda-roupa civil decente custa muito caro, e Schulenburg está sempre se queixando de que tudo se torna cada vez mais caro. Assim me ajeito com dois ou três paletós e posso ser até visto condignamente na casa de meus parentes ricos...

— Parentes ricos! — riu Ditlinde. — Para isso ainda falta bastante, Klaus Heinrich!

Acomodaram-se junto à mesa de chá, Ditlinde no sofá e Klaus Heinrich numa cadeira diante da janela.

— Parentes ricos! — repetiu ela, e era evidente que aquilo lhe agradava. — Não, para isso ainda falta muito mesmo, como é que poderíamos ser considerados ricos se nosso patrimônio em dinheiro é limitado e se tudo o que temos está investido nos empreendimentos, Klaus Heinrich? E esses empreendimentos são recentes e ainda estão se formando, ainda estão em fase de crescimento, como diz meu bom Philipp, e só darão a totalidade dos seus frutos um dia, aos nossos descendentes. Mas estamos progredindo, isso é verdade, e conservo a casa em ordem...

— Sim, Ditlinde, isso você realmente faz, mantém as coisas em ordem!

— ... mantenho ordem na casa e tomo nota de tudo e cuido das pessoas e, mesmo diante de todas as despesas que somos obrigados a fazer, conseguimos poupar, ano após ano, uma soma respeitável e pensamos nos nossos filhos. E o meu bom Philipp... ele manda lembranças, Klaus Heinrich, já ia me esquecendo, e lamenta muito por não poder estar presente hoje... Mal voltamos de Hohenriede e ele já está outra vez viajando, cuidando dos negócios nas propriedades. Mesmo sendo ele de natureza tão pequena e delicada, quando se trata de sua turfa e de suas serrarias, suas faces enrubescem e ele mesmo diz que se tornou muito mais saudável desde que anda sempre tão ocupado...

— É verdade que diz isso? — perguntou Klaus Heinrich, enquanto uma tristeza cobria seus olhos, que olhavam por sobre a mesa de flores para a janela iluminada... — Sim, bem posso imaginar que estar sempre ocupado possa ser estimulante de alguma maneira. Na minha propriedade, as ravinas acabaram de ser ceifadas pela segunda vez este ano, e me agrada ver como o feno é empilhado de maneira a formar verdadeiras montanhas atravessadas por um bastão, de modo que a paisagem se parece com um campo cheio de pequenas tendas de índios, e então Schulenberg o venderá. Mas é claro que não se pode comparar uma coisa com a outra...

— Ora! — disse Ditlinde, encostando o queixo no peito. — Minha situação é completamente diferente da sua, Klaus Heinrich! Você é o segundo na linha sucessória do trono! Você foi chamado para outras coisas, eu imagino. Deus o proteja! Alegre-se com a estima de que você desfruta entre as pessoas...

Calaram-se por alguns instantes.

— E você, Ditlinde — disse ele então —, você está bem e está melhor do que antes, isso posso lhe assegurar. Não chegaria a dizer que suas faces também enrubesceram, como as de Philipp por causa de sua turfa. Você sempre teve a pele um tanto transparente, e ela continua assim. Mas há no seu rosto uma expressão de juventude, não é? Nunca lhe perguntei, desde que você se casou, mas acho que podemos estar tranquilos a seu respeito.

Sentada numa posição satisfeita, com os braços levemente cruzados abaixo do peito, ela disse:

— Sim, eu estou bem, Klaus Heinrich, você tem razão e eu seria uma ingrata se não reconhecesse minha própria felicidade. Você sabe que eu sei muito bem que há pessoas em nosso país que ficaram bastante decepcionadas com meu casamento, que dizem que foi um equívoco, que eu decaí socialmente e tudo o mais. E não é preciso ir muito longe para ouvir opiniões como essa, pois nosso próprio irmão Albrecht, você o sabe tão bem quanto eu, despreza meu bom Philipp e, com ele, despreza também a mim, e não o suporta, e se refere a ele, falando consigo mesmo, como a um comerciante e a um burguês. Mas nada disso me importa, pois me casei porque quis e aceitei a mão de Philipp porque quis — e se isso não soasse tão grosseiro, diria até que a agarrei —, aceitei a mão de Philipp porque ela era quente e boa e porque se ofereceu para me conduzir para fora do Velho Castelo. Pois quando penso naquele lugar, no Velho Castelo e na vida que levava ali, e em como teria continuado a viver ali se não fosse o bom Philipp, eu me arrepio, Klaus Heinrich, e sinto que não teria suportado, sinto que teria enlouquecido, assim como a pobre mamãe. Minha natureza é um pouco delicada, como você bem sabe, e eu teria sido arrasada em meio a tanta solidão e a tanta tristeza, e quando o bom Philipp surgiu, pensei: ele é a sua salvação. E quando as pessoas dizem que sou uma má princesa porque de certa forma renunciei e fugi para cá, onde tudo é um pouco mais caloroso e um pouco mais amigável, e quando dizem que me faltam dignidade e consciência de minha própria alteza, ou seja lá o que digam, eles dizem tolices, não sabem o que dizem, Klaus Heinrich, pois na verdade é o contrário, tenho consciência até demais de minha própria alteza, tenho isso em demasia, essa é a verdade, senão o Velho Castelo não teria me atemorizado de tal forma, e Albrecht deveria ser capaz de compreendê-lo, pois ele também, à sua maneira, tem consciência de sua própria alteza em demasia — nós da dinastia de Grimmburg temos todos consciência de nossa alteza em demasia e é por isso que às vezes parece que isso nos falta. E às vezes, quando Philipp está viajando como agora e me vejo sentada aqui em meio às minhas flores e aos quadros tão ensolarados de Philipp — ainda bem que são apenas representações do sol, do contrário, Deus nos livre, teríamos que tomar precauções — e tudo está em ordem e é agradável, e penso no melhor, como você diz, pelo qual estou esperando, então me imagino como a Pequena Sereia* daquele conto que madame da Suíça costumava ler para nós, se é que você se lembra — a Pequena Sereia que se tornou a esposa de um homem e que teve as nadadeiras substituídas por pernas... Não sei se você entende o que quero dizer...

— Sim, Ditlinde, sim, eu a entendo perfeitamente. E fico realmente feliz em saber que aqui tudo tenha se arranjado de maneira tão boa e tão feliz para você. Pois quero lhe dizer que é perigoso e sei por minha própria experiência que é difícil para nós sermos felizes da maneira

* Personagem dos contos de Hans Christian Andersen.

apropriada. Tão depressa caímos nos caminhos errados e tão depressa somos mal compreendidos, pois o pior é que na verdade não existe ninguém além de nós mesmos para proteger nossas próprias dignidades, e então tudo degenera tão facilmente em desgraça e vergonha... Mas onde está o caminho correto? Você o encontrou. Quanto a mim, outro dia o jornal anunciou que eu teria me tornado noivo de nossa prima Griseldis. Trata-se de uma tentativa, segundo disseram. Ao que parece, acham que já é chegada a hora... Mas Griseldis é uma jovem tola, meio morta de anemia clorótica e a única coisa que sabe dizer, até onde sei, é: "Siiim". Eu sequer penso nela e Knobelsdorff também não, graças a Deus. A notícia logo foi desmentida e considerada infundada... Agora Albrecht está chegando! — disse ele e se levantou.

No lado de fora, alguém tossia. Um criado, vestido com uma libré verde-oliva, abriu a porta dupla com um gesto rápido, firme e silencioso de seus dois braços e, com uma voz abafada, anunciou: "Sua alteza real o senhor grão-duque".

E então, fazendo uma reverência, recuou para o lado. Albrecht atravessou o grande salão. Percorrera os cem passos que separavam o Velho Castelo daqui a bordo de uma carruagem fechada com um caçador na boleia. Estava vestido com trajes civis, como quase sempre, e usava um paletó fechado cujas lapelas estreitas eram forradas de cetim, e botas de verniz cobriam seus pés estreitos. Desde que ascendera ao trono, deixara um cavanhaque crescer. Seus cabelos loiros bem aparados partiam de suas têmporas estreitas e afundadas, formando duas baías que se estendiam em direção à parte posterior do crânio. Seu caminhar orgulhoso era ao mesmo tempo desajeitado e ainda assim indescritivelmente distinto. Enquanto suas omoplatas se agitavam em pequenas contorções desajeitadas e nervosas, sua cabeça se inclinava para trás e ele empurrava o lábio inferior, curto e arredondado, para o alto, com ele sugando ligeiramente o superior.

A princesa caminhou até o limiar da porta ao seu encontro. Como ele repudiava o gesto de beijar a mão, pronunciou uma saudação em voz baixa, quase sussurrante, enquanto lhe estendia simplesmente a sua destra — sua mão magra e fria, que tinha uma expressão estranhamente delicada e que ela mantinha junto do peito enquanto a estendia, sem sequer afastar do corpo o antebraço. Em seguida, cumprimentou da mesma forma o irmão Klaus Heinrich, que o aguardava com os saltos juntos diante de sua cadeira — e não disse mais nenhuma palavra.

Ditlinde dizia:

— Muito amável de sua parte, Albrecht, ter vindo até aqui. Então, você vai bem? Está com excelente aparência. Philipp pede para lhe dizer que lamenta muito ter que se ausentar hoje. Por favor, sente-se onde preferir, por exemplo aqui, à minha frente. Esta cadeira é bastante confortável e acho que da última vez você também se sentou nela. Enquanto isso já preparei nosso chá. Seu leite já está chegando...

— Obrigado — disse ele em voz baixa. — Tenho que pedir desculpas... me atrasei. Você sabe, quando o caminho é curto... Além disso, sou obrigado a descansar à tarde... Vamos estar só entre nós?

— Sim, Albrecht, só entre nós. Talvez Jettchen Isenschnibbe venha para conversar um pouco, se você não se incomodar...

— Ah?

— Mas também posso voltar atrás.

— Ora, imagine...

O leite quente foi servido. Albrecht segurou com ambas as mãos o copo alto e bojudo.

— Ah, um pouco de calor — disse ele. — Como já faz frio aqui em nosso país. E durante o verão inteiro sofri de frio em Hollerbrunn. Vocês ainda não começaram o aquecimento? Já mandei aquecer o castelo. Por outro lado, o cheiro das estufas me faz mal. Todas as estufas cheiram. A cada ano, quando chega o outono, Von Bühl promete que vai instalar um sistema de aquecimento central no Velho Castelo. Mas parece que isso não é possível.

— Pobre Albrecht — disse Ditlinde. — A esta época do ano, enquanto papai estava vivo, você normalmente já estava no sul. Você deve sentir saudade.

— Sua empatia é uma honra para você, minha cara Ditlinde — respondeu, sempre com uma voz muito baixa, ciciando levemente. — Mas temos que levar em consideração que não posso me afastar. Como se sabe, cabe-me governar o país e é para isso que estou aqui. Hoje tomei a condescendente decisão de permitir a um cidadão — lamento ter esquecido seu nome — aceitar uma condecoração estrangeira e usá-la. Além disso, enviei um telegrama ao encontro anual da Sociedade de Jardinagem informando que aceito a presidência de honra dessa sociedade e que me comprometo a fomentar seu trabalho de todas as formas — evidentemente sem que eu soubesse como contribuir com mais do que aquele telegrama, pois esses senhores se mostram muito capazes de tratarem, eles mesmos, de seus assuntos. Além disso, decidi ratificar a eleição de um certo homem virtuoso para o cargo de prefeito da minha boa cidade de Siebenbergen — mas cabe perguntar se com isso esse súdito se tornará um prefeito melhor do que seria sem minha ratificação...

— Bem, Albrecht, isso são pequenas tarefas! — disse Ditlinde.

— Estou convencido de que apresentei a você os afazeres mais importantes... Ah, sim, também me encontrei com meu ministro das Finanças e da Agricultura. Já não era sem tempo. O dr. Krippenreuther teria ficado muito ofendido se eu não o tivesse chamado. Ele procedeu de forma sumária e me fez uma apresentação concernindo vários temas relacionados uns aos outros, a respeito da colheita, a respeito das novas bases orçamentárias, a respeito da reforma tributária, com a qual está ocupado no momento. Ao que parece, as colheitas foram ruins. Os camponeses sofreram prejuízos por causa do mau tempo, que danificou as plantações, e por isso não só eles como também Kippenreuther se encontram numa situação complicada, já que, segundo ele diz, a capacidade do país de pagar impostos está mais uma vez prejudicada. Além disso, ocorreram catástrofes em uma e outra das minas de prata. Segundo Krippenreuther, os trabalhos foram interrompidos, as minas não estão produzindo e a retomada das atividades vai devorar somas elevadas. Ouvi tudo isso com uma expressão conveniente e fiz o que pude, expressando minha tristeza diante de tantos desastres. Em seguida, eu o ouvi mencionar uma pergunta: os custos das novas edificações destinadas ao Instituto da Previdência e aos funcionários da Administração Florestal, da Administração Alfandegária e da Administração Fiscal devem ser incluídos no orçamento ordinário ou no orçamento extraordinário? Ouvi também bastante a respeito de tributação progressiva, de tributação sobre lucros financeiros, de tributação de empreendimentos estrangeiros, de redução da carga tributária por causa da crise agrícola e de aumento da carga tributária nas cidades e, de um modo geral, tive a impressão de que Krippenreuther sabe o que está dizendo. Eu mesmo, é claro, não entendo nada sobre esses assuntos, e Krippenreuther sabe e aprecia isso, e então eu disse "sim, sim" e "certamente" e "muito obrigado" e deixei as coisas serem como são.

— Albrecht, você fala com tanta amargura!

— Não, quero lhes dizer uma coisa que me ocorreu hoje, durante a apresentação de Krippenreuther. Aqui na cidade vive um homem, um pequeno aposentado com um nariz cheio de verrugas. Todas as crianças o conhecem e, quando o avistam, gritam "iuhuu". O nome dele é Fimmelgottlieb e ele já não regula bem, já esqueceu seu sobrenome há muito tempo. Onde quer que aconteça alguma coisa lá está ele, muito embora sua loucura o exclua de todas as coisas sérias. Usa uma rosa na casa do botão e anda por aí com o chapéu na ponta da bengala. Algumas vezes por dia, na hora das partidas dos trens, vai até a estação, golpeia as rodas dos vagões, inspeciona as bagagens e se faz de importante. E quando o homem com o quepe vermelho dá o sinal, acena com a mão para o maquinista e o trem parte. Mas Fimmelgottlieb imagina que a partida do trem se deve ao sinal da sua mão. Assim também sou eu. Aceno com a mão e o trem parte. Mas, sem mim, ele partiria do mesmo jeito, e o fato de eu acenar não passa de um teatrinho. Já estou farto disso...

Os irmãos se calaram. Ditlinde olhava preocupada para o próprio colo e Klaus Heinrich fitava, por entre ela e o grão-duque, a janela iluminada enquanto repuxava seu bigodinho arqueado.

— Entendo o que você está dizendo, Albrecht — disse ele, depois de algum tempo —, ainda que seja duro, de sua parte, comparar a nós e a si mesmo com Fimmelgottlieb. Veja, também não entendo nada sobre tabelas progressivas de tributação, empreendedores estrangeiros e extração de turfa, e há muitos outros assuntos a respeito dos quais não entendo nada — tudo aquilo que se imagina quando se fala da miséria do mundo, da fome, da necessidade, não é mesmo? E sobre a luta pela sobrevivência, como se diz, e a guerra e os horrores do hospital e assim por diante. Nunca vi nada disso nem senti nada disso, exceto a morte quando papai morreu, e aquilo também não foi a morte como ela poderia ser, pois foi de certa forma edificante e o castelo estava todo iluminado. E às vezes me envergonho por não conhecer nada do mundo e da vida. Mas então digo a mim mesmo que minha situação não é nada confortável, muito embora me mova em meio às alturas da humanidade, como dizem as pessoas, ou talvez por isso mesmo, e que, à minha maneira, talvez eu conheça a dureza da vida, a face desleixada da vida, se você me permite essa expressão, melhor do que alguém que entende de tabelas progressivas ou de algum outro assunto específico. E é exatamente por isso, Albrecht, que nossa vida não é fácil — é exatamente por isso, se eu posso lhe responder, e com isso estamos justificados. E quando as pessoas gritam "iuhuu" quando me veem, elas devem saber por que o fazem, e minha vida há de ter algum sentido, muito embora eu não participe de todos esses assuntos sérios, como você mesmo diz. E a sua vida, mais ainda. Você apenas acena para o que está acontecendo, mas as pessoas querem que você acene, ainda que você não governe efetivamente, mas o que elas querem e o que elas desejam você o manifesta e o representa e o torna visível e talvez isso não seja tão pouco assim...

Albrecht permanecia sentado junto à mesa, sem se recostar em sua cadeira. Com suas mãos magras de expressão estranhamente delicada, cruzadas e apoiadas no canto da mesa diante do grande copo de leite meio vazio, e com as pálpebras baixadas, sugando o lábio superior com o inferior, ele respondeu em voz baixa:

— Não me espanta que um príncipe que é tão amado quanto você esteja conformado com o próprio destino. Quanto a mim, abstenho-me de manifestar e de representar qualquer pessoa além de mim mesmo — abstenho-me, eu lhe digo, e lhe permito pensar que isso esteja além das minhas capacidades. A verdade é que não me importo minimamente com o "iuhuu" das pessoas. Não estou falando de meu corpo. Sou fraco — há algo que se expande ante os aplausos e que se encolhe ante o silêncio frio. Mas com minha racionalidade estou acima da estima ou da falta de estima. Sei muito bem como seria a popularidade. Um equívoco sobre a minha pessoa. E com isso a gente dá de ombros ao pensar nos aplausos de desconhecidos. A algum outro — talvez a você —, sentir o povo atrás de si pode proporcionar um tipo de exaltação. Peço-lhe que me perdoe por ser racional demais ante essas sensações misteriosas de felicidade — e também excessivamente afeiçoado à limpeza, se me permite essa expressão. Parece-me que esse tipo de felicidade não cheira bem. De qualquer maneira, sou um estranho ao povo. Não tenho nada a dar para o povo, e o que poderia o povo dar a mim? Com você... com você é diferente. Há centenas de milhares que se parecem com você e que lhe agradecem por se reconhecerem em você. Você seria capaz de rir se quisesse. O maior perigo para você seria submergir de boa vontade em sua popularidade e, ainda assim, sentir-se confortável, ainda que hoje você já saiba disso de antemão...

— Não, Albrecht, não penso assim. Não penso que esteja correndo esse perigo.

— Então vamos nos entender melhor. Não aprecio as expressões fortes. Mas a popularidade é uma porcaria.

— Estranho, Albrecht, estranho que você faça uso dessa palavra. Os faisões a empregavam o tempo todo, meus colegas de internato, os jovens nobres, você sabe, no castelo Fasanerie. Eu sei bem quem você é. Você é um aristocrata. Este é o problema.

— Você acha? Você está enganado. Não sou um aristocrata, sou o oposto disso, por escolha racional e por gosto. Você será obrigado a admitir que não desprezo o "iuhuu" da multidão por orgulho, mas por inclinação à humanidade e à bondade. A alteza é algo lamentável e me parece que todos deveriam compreender isso, e que todos deveriam se portar com humanidade e bondade diante de seus semelhantes, e não rebaixar-se e envergonhar-se uns aos outros. Para representar todos esses papéis circenses da alteza sem se envergonhar disso a pessoa precisa mesmo ter uma carapaça grossa. Sou um pouco delicado por natureza e não me sinto capaz de representar o papel ridículo que cabe à minha posição. Qualquer lacaio que se coloca junto à porta e que imagina que eu seja capaz de passar por ele sem lhe dar mais atenção do que a um batente de porta me constrange. Essa é minha maneira de ser amigável com o povo...

— Sim, Albrecht, isso é verdade. Muitas vezes não é nada fácil passar por um camarada assim e manter o rosto tranquilo. Os lacaios! Se nós não soubéssemos a que laia eles pertencem! Belas coisas, as que eles fazem...

— Que coisas?

— Ah, ainda sim damos nossas olhadelas...

— Deus nos livre! — disse Ditlinde. — Não queremos ouvir falar disso. Vocês falam sobre questões tão gerais, e eu pensava que hoje à tarde iríamos discutir alguns assuntos que anotei... Klaus Heinrich, faça a gentileza de me passar aquele bloquinho de notas encadernado em couro azul que está ali na escrivaninha... Muito obrigada. Aqui anoto todas as coisas das quais tenho que me lembrar, no que diz respeito tanto aos assuntos domésticos quanto a outros assuntos. Faz muito bem poder ver tudo assim, por escrito. Minha cabeça é decididamente fraca, nunca me lembro de nada, e se não mantivesse tudo em ordem e não tomasse nota de tudo seria o desespero. Antes de mais nada, Albrecht, antes que eu me esqueça, queria lembrá-lo de que, na recepção da corte no dia 1º de novembro, você deverá conduzir a tia Katharina — não há como escapar disso. Vou me abster. Coube a mim estar no último baile da corte e tia Katharina estava muito irritada... Você concorda? Bom, então posso anotar isso... Em segundo lugar, Klaus Heinrich, eu queria lhe pedir para estar presente, pelo menos por algum tempo, no bazar em prol dos órfãos na Câmara, no dia 15. Cabe-me ser a patrona desse acontecimento e, como você vê, levo a sério essa incumbência. Você não precisa se sentir obrigado a comprar nada... talvez um pente de bolso... Ou seja, basta que todos o vejam ali por uns dez minutos. É para os órfãos... Você virá? Veja, assim eu já posso riscar mais um item da minha lista. Em terceiro lugar...

Mas a princesa foi interrompida. A srta. Von Isenschnibbe, dama da corte, mandou anunciar-se e agora entrava, atravessando o grande salão com passos vacilantes, enquanto seu *foulard* de plumas se arrepiava ao vento e as bordas do chapéu enorme adornado com um penacho balançavam delicadamente para cima e para baixo. Suas vestes exalavam o cheiro do ar fresco lá de fora. Era pequena, tinha cabelos loiro-acinzentados, um nariz pontiagudo e era míope a tal ponto que seria incapaz de enxergar as estrelas. Em noites estreladas, postava-se no terraço de sua casa e olhava para o céu através de seu binóculo de ópera para poder discorrer a respeito de sua beleza. Usava dois pincenês fortes, um sobre o outro, e, enquanto fazia uma reverência fletindo os joelhos, apertava os olhos e esticava o pescoço para a frente, espreitando.

— Por Deus, alteza grão-ducal — disse ela —, não sabia que ia incomodar, estou me intrometendo, peço humildemente por desculpas!

Os irmãos tinham se erguido dos assentos e a senhorita fez diante deles uma reverência envergonhada. A mão estendida de Albrecht permanecia junto ao peito, pois ele não separava o antebraço do corpo, de tal maneira que o braço dela se erguia quase verticalmente no momento em que sua genuflexão alcançou o ponto mais baixo.

— Querida Jettchen — disse Ditlinde —, o que você está dizendo? Você estava sendo esperada e é muito bem-vinda. E meus irmãos sabem que nós tratamos uma à outra por "você". Portanto, nada de alteza grão-ducal, se me permite. Não estamos no Velho Castelo. Sente-se, acomode-se. Quer uma xícara de chá? Ainda está quente. E aqui temos frutas. Eu sei que você gosta muito de frutas.

— Sim, muitíssimo obrigada, Ditlinde, gosto mesmo muito de frutas, elas me fazem muito bem! — A srta. Von Isenschnibbe sentou-se diante de Klaus Heinrich, com as costas voltadas para a janela, à cabeceira da mesa de chá, e, espreitando, com o corpo inclinado para a frente, começou a se servir de doces usando uma espátula de prata. Sua respiração, acelerada por uma excitação alegre, provocava oscilações em seu peito pequeno.

— Tenho novidades a contar — disse ela, incapaz de se conter por mais um instante que fosse. — Mais novidades do que cabem na minha bolsinha! Isto é... na verdade, trata-se de *uma* só novidade, só *uma*, mas que novidade! E tenho certeza de que é verdadeira, pois vem de fonte segura, e você sabe que sou confiável, Ditlinde, hoje mesmo vai estar escrita no *Mensageiro* e amanhã a cidade inteira vai estar falando sobre o assunto.

— Sim, Jettchen — disse a princesa —, temos que admitir, você nunca chega de mãos vazias. Já estamos todos curiosos! Conte!

— Muito bem. Peço permissão para tomar fôlego. Você sabe, Ditlinde, sua alteza real sabe, sua alteza grão-ducal sabe, quem virá para uma temporada de águas no Jardim das Fontes, quem virá para se hospedar no Hotel Quellenhof por seis ou oito semanas para tomar as águas?

— Não — disse Ditlinde. — Mas você sabe, querida Jettchen?

— Spoelmann — disse a srta. Von Isenschnibbe. — Spoelmann — disse ela, reclinando-se e fazendo um gesto como se estivesse a ponto de golpear a borda da mesa com as pontas dos dedos, mas conteve o movimento da mão quando esta já estava prestes a atingir a toalha longa e estreita de seda azul.

Os irmãos se entreolharam, duvidando.

— Spoelmann? — perguntou Ditlinde... — Você tem certeza, Jettchen, que é o verdadeiro Spoelmann?

— Ele mesmo! — A voz da senhorita interrompeu-se por causa de sua alegria contida. — O verdadeiro, Ditlinde! Pois existe apenas um, ou nós conhecemos apenas um, e é ele que está sendo esperado no Hotel Quellenhof — o grande Spoelmann, o gigantesco Spoelmann, o enorme Samuel N. Spoelmann, da América!

— Mas, querida, como ele haveria de vir para cá?

— Com o perdão da palavra, Ditlinde, mas que pergunta é essa! Ele virá pelo oceano, é claro, a bordo do seu iate ou de um grande vapor, isso eu ainda não sei dizer — virá como preferir. Ele vai tirar férias, vai fazer uma viagem pela Europa, com o propósito específico de fazer uma cura de águas no Jardim das Fontes.

— Mas ele está doente?

— Com certeza, Ditlinde. Todas essas pessoas são doentes. Acho que isso deve fazer parte da vida delas.

— Isso é estranho! — disse Klaus Heinrich.

— Sim, alteza grão-ducal, é mesmo algo que chama a atenção. O seu jeito de viver certamente o leva a isso. Pois a vida que ele leva é com certeza uma vida que demanda muito esforço, uma vida que não é nada cômoda e que provavelmente desgasta o corpo mais depressa do que acontece com uma vida humana comum. A maioria deles tem problemas de estômago. Mas Spoelmann, pelo que se sabe, sofre de pedras.

— Ah! Pedras...

— Com certeza, Ditlinde, com certeza você já ouviu falar disso e se esqueceu. Ele sofre de pedras nos rins, se permitem usar essa expressão desagradável — uma doença grave que causa muito sofrimento, e com certeza ele é incapaz de desfrutar de sua enorme riqueza...

— Mas como é que ele chegou às nossas águas?

— Assim, Ditlinde, da maneira mais simples. Nossas águas são benéficas, são excelentes, especialmente as da Fonte Ditlinde, com seu lítio, ou seja lá como se chama aquilo, que é ótima para o tratamento de gota e de pedras, apesar de ainda não ser tão conhecida e tão apreciada em todo o mundo quanto merece. Mas um homem como Spoelmann, como se pode imaginar, está acima do renome e dos gritos do mercado, ele age de acordo com suas próprias ideias. E foi assim que descobriu nossas águas — ou talvez seu médico as tenha recomendado, é bem capaz — e as adquiriu, em garrafas, e elas lhe fizeram bem, e talvez ache que bebê-las junto à fonte lhe fará ainda mais bem.

Todos se calaram.

— Por Deus, Albrecht — disse Ditlinde, por fim —, sejam quais forem suas opiniões a respeito de Spoelmann e de seus semelhantes (e as minhas opiniões sobre ele são cautelosas, você pode ter certeza disso), mas você não acha que a visita de um homem assim poderia ser muito proveitosa para o Jardim das Fontes?

O grão-duque virou a cabeça com seu sorriso fino e rígido.

— Vamos perguntar à sra. Von Isenschnibbe — respondeu ele. — Tenho certeza de que ela já levou em consideração esse aspecto do assunto.

— Já que sua alteza real ordena... penso que poderia ser enormemente proveitosa! Os benefícios poderiam ser incomensuráveis — e estão ao alcance de nossas mãos. Os diretores do estabelecimento estão radiantes e prestes a decorar o pavilhão de engarrafamento de águas com guirlandas e de iluminar o Hotel Quellenhof! Que recomendação! Que atração para os turistas! Se sua alteza real quisesse considerar... Esse homem é uma atração digna de ser vista! Sua alteza grão-ducal acaba de falar dos "seus semelhantes" — mas não existe ninguém que se assemelhe a ele, no máximo mais uma ou duas pessoas. Ele é um Leviatã, uma Ave das Mil e uma Noites! De bem longe as pessoas virão até aqui só para ver uma criatura assim, que dispõe de meio milhão por dia para seus gastos!

— Deus nos livre! — disse Ditlinde, assustada. — E meu bom Philipp, que tanto se esforça com suas minas de turfa...

— A coisa começa da seguinte maneira — prosseguiu a senhorita —, há alguns dias que sob o pergolado lá fora são vistos dois americanos andando de um lado para outro. Quem são? Descobri que são jornalistas, representantes de dois grandes jornais de Nova York. Chegaram aqui antecipando-se ao Leviatã, e por enquanto enviam por telégrafo aos seus jornais descrições do lugar. Quando ele chegar, vão transmitir por telégrafo descrições de cada um dos passos dele — assim como o *Mensageiro* e o *Observador da Cidade* fazem com vossa alteza real...

Albrecht fez uma reverência, agradecendo, baixando o olhar e erguendo seu lábio inferior.

— Ele exigiu para si os aposentos dos príncipes no Hotel Quellenhof — disse Jettchen — como alojamento provisório.

— Só para ele? — perguntou Ditlinde.

— Ah não, Ditlinde! Você bem pode imaginar que ele não virá sozinho. Não sei maiores detalhes a respeito dos acompanhantes e dos serviçais, mas sabe-se que sua filha e seu médico particular o acompanharão.

— Você fala sempre em "médico particular", Jettchen, e isso me irrita. E também os jornalistas. E além disso os aposentos dos príncipes. Ele não é nenhum rei!

— Um rei das ferrovias, a quanto eu saiba — observou Albrecht, sussurrando e baixando os olhos.

— Não só um rei das ferrovias, alteza real, e este, segundo ouvi dizer, sequer é seu título principal. Lá na América existem estas grandes sociedades comerciais chamadas trustes, como bem sabe sua alteza real. O truste do aço, por exemplo. O truste do açúcar. O do petróleo e o do carvão, o da carne e o do tabaco. E em quase todos esses trustes estão as mãos de Samuel N. Spoelmann. De quase todos ele é o acionista e controlador principal — é assim que se diz lá, conforme li — e o seu negócio portanto deve se parecer com aquilo que chamamos de uma loja de artigos diversos.

— Um belo negócio — disse Ditlinde —, um belo negócio deve ser esse! Pois você há de concordar comigo, querida Jettchen, que ninguém se torna um Leviatã e uma Ave das Mil e Uma Noites por meio do trabalho honesto. Estou convencida de que o sangue das viúvas e dos órfãos está grudado em todas as riquezas que ele possui. O que você acha, Albrecht?

— Espero que sim, Ditlinde, espero que sim, para que isso console a você e a seu esposo.

— Mesmo que seja assim — continuou a senhorita —, nosso Spoelmann — nosso Samuel N. Spoelmann — só tem por tudo isso pouca responsabilidade, pois na verdade ele não é nada além de herdeiro e, ao que parece, nunca foi um grande entusiasta dos negócios. Quem amealhou toda a fortuna foi o pai dele — li a esse respeito e posso dizer que, de um modo geral, sei do que estou falando. O pai era um alemão — alguém que não tinha onde cair morto, um aventureiro que cruzou o oceano e se tornou minerador de ouro. E teve a sorte de encontrar ouro e amealhar uma pequena fortuna — ou uma fortuna considerável — e então começou a especular com petróleo e com aço e com ferrovias e com todos os tipos de coisas, e só fez enriquecer mais e mais. E, quando ele morreu, tudo já estava em funcionamento e seu filho Samuel, que herdou essa empresa das Mil e Uma Noites, já não tinha que fazer mais nada exceto amealhar os dividendos colossais e enriquecer cada vez mais até que sua fortuna se tornasse indescritível. Foi isso que aconteceu.

— E ele tem uma filha, Jettchen? Como ela é?

— Sim, Ditlinde, a mulher dele morreu, mas ele tem uma filha, a srta. Spoelmann, que o acompanhará. Uma mocinha peculiar, segundo li. Ele mesmo já é um mestiço, pois seu pai foi procurar para si uma esposa do sul de sangue crioulo, uma mulher cujo pai era alemão e cuja mãe era nativa. Mas Samuel então se casou com uma alemã-americana de sangue meio inglês, e a filha deles é a srta. Spoelmann.

— Deus me livre, Jettchen, que criatura peculiar!

— Sem dúvida, Ditlinde. E, segundo ouvi, trata-se de uma pessoa estudada, que estuda como um homem, que conhece álgebra e outras coisas difíceis...

— Isso não a torna mais atraente para mim.

— Porém, o mais surpreendente é que a srta. Spoelmann tem uma dama de companhia e que essa dama de companhia é uma condessa, uma condessa de verdade, que trabalha para ela como acompanhante.

— Deus nos livre! — disse Ditlinde. — E ela não se envergonha disso? Não, Jettchen, estou decidida. Não vou dar nenhuma atenção a esse Spoelmann. Vou deixá-lo em paz para beber suas águas na fonte e para ir embora novamente, em companhia de sua filha algébrica e de sua condessa, sem procurá-lo. Ele não me impressiona em nada com sua fortuna pecaminosa. O que você acha, Klaus Heinrich?

Klaus Heinrich olhava, por sobre a cabeça da senhorita, para a janela iluminada.

— Impressão? — disse ele... — Não, acho que a riqueza não me impressiona — quer dizer, isso que se costuma chamar de riqueza. Mas eu acho que depende. Ao que me parece, depende da sua medida. Nós também temos algumas pessoas ricas aqui na nossa cidade... O fabricante de sabão Unschlitt possui, ao que parece, um milhão... Às vezes eu o vejo passando a bordo de sua carruagem... Ele é bem gordo e vulgar. Mas quando alguém fica doente e solitário de tanta riqueza... Não sei...

— Sem dúvida um sujeito sinistro — disse Ditlinde.

Por fim, a conversa sobre Spoelmann cessou. Passou-se a falar sobre assuntos de família, sobre a propriedade Hohenried e sobre a temporada que estava por começar. Perto das sete horas o grão-duque mandou aprontar seu coche. Todos se levantaram e se despediram, pois o príncipe Klaus Heinrich também estava de partida. Mas na antessala, enquanto os irmãos vestiam seus casacos, Albrecht disse:

— Ficaria agradecido, Klaus Heinrich, se você pudesse dispensar seu cocheiro e me concedesse o prazer de sua companhia por mais quinze minutos. Tenho um assunto de certa importância que gostaria de discutir com você... Poderia acompanhá-lo até Eremitage, mas não suporto o ar da noite...

Juntando os saltos, Klaus Heinrich respondeu:

— Imagine, Albrecht! Irei com você até o castelo, se você assim o desejar. Estou, evidentemente, à sua disposição.

Este foi o início de uma notável conversa entre os dois príncipes, cujos resultados foram publicados poucos dias depois no *Diário do Estado* e foram recebidos com aprovação pelo público.

O príncipe acompanhou o grão-duque ao castelo, atravessando o portão que dava para a Albrechtsplatz, subindo pelas escadarias de pedra de degraus amplos, através de corredores iluminados por lâmpadas a gás e por silenciosas antessalas, entre lacaios, até o gabinete de Albrecht, no qual o velho Prahl acendera os dois lampiões a querosene feitos de bronze que ficavam acima do umbral da lareira. Albrecht ocupara o escritório que pertencera a seu pai — aquele aposento que sempre servira de escritório aos soberanos, situado no primeiro andar entre uma sala destinada aos ajudantes de ordens e a Sala de Refeições que era usada no dia a dia, e cujas janelas se voltavam para a Albrechtsplatz, a praça que os príncipes desde sempre observavam e vigiavam das suas escrivaninhas. Era um aposento extraordinariamente inóspito e contraditório, uma sala pequena cujo teto decorado por um afresco estava cheio de rachaduras, cujas paredes eram revestidas de seda vermelha emoldurada por faixas douradas, e com três janelas que desciam até o chão, através das quais o vento penetrava, cobertas por cortinas cor de vinho ornamentadas com franjas que agora se encontravam cerradas. Havia ali uma lareira falsa em estilo Empire diante da qual estavam dispostas, em semicírculo, pequenas cadeiras modernas, estofadas de veludo e sem apoios de braço, e uma estufa revestida de azulejos brancos com ornamentos muito feios, em cujo interior ardia um fogo intenso. Dois grandes sofás estofados encontravam-se um diante do outro junto às paredes laterais, e ao lado de um deles estava uma mesinha de livros quadrada coberta por uma toalha de veludo vermelho. Entre as janelas alçavam-se, até a altura do teto, dois espelhos estreitos com molduras douradas, apoiados sobre consoles de mármore, dos quais o direito suportava um grupo de esculturas de alabastro muito sensuais e o esquerdo, uma garrafa com água e vários vidros de remédios. A escrivaninha, uma antiga peça de mobiliário feita de jacarandá da América do Sul com tampa rolante e ferragens de bronze, ficava sobre o tapete vermelho longe das paredes. Num canto, sobre uma mesinha muito alta e estreita, uma escultura antiga fitava o aposento com olhos mortos.

— O que eu queria sugerir a você — disse Albrecht, que estava de pé junto à mesa e gesticulava inconscientemente com uma faca de abrir envelopes, um objeto ingênuo que se parecia com um brinquedo e cuja forma imitava a de um sabre — está relacionado de certa maneira ao assunto de nossa conversa de hoje à tarde... Adianto-lhe que, durante o verão, conversei exaustivamente sobre esse assunto com Knobelsdorff em Hollerbrunn. Ele está de acordo e, se você estiver de acordo também — e tenho certeza de que estará —, poderei realizar meu propósito imediatamente.

— Pois não, Albrecht, prossiga — disse Klaus Heinrich, que se mantinha numa postura militar e atenta junto à mesinha ao lado do sofá.

— Meu estado de saúde — prosseguiu o grão-duque — tem piorado sensivelmente nos últimos tempos.

— Lamento muito, Albrecht! Quer dizer que você não conseguiu se refazer em Hollerbrunn?

— Obrigado. Não. Sinto-me mal e minha saúde não se mostra suficiente para dar conta das exigências que me são impostas. E quando falo em "exigências" me refiro em primeiro lugar às obrigações de caráter festivo e às representações que estão indissociavelmente ligadas ao meu ofício — e é aí que se encontra a relação com a conversa que tivemos antes na casa de Ditlinde. O exercício dessas funções pode ser gratificante para alguém que possua algum tipo de contato com o povo, para alguém que possua alguma afinidade com o povo, algum tipo de sentimento em comum com ele. Para mim, essa função é uma tortura, e a falsidade do papel que sou obrigado a representar me cansa a tal ponto que preciso pensar em tomar certas medidas. No que diz respeito ao meu estado de saúde, concordo com meus médicos, que estão de acordo com o que pretendo fazer... Portanto, ouça-me. Não sou casado e posso lhe garantir que não tenho a intenção de me casar. Não terei filhos. Você é o sucessor na linha hereditária do trono, por direito de nascença e, ainda mais, na consciência do povo, que o ama...

— Albrecht, você fala sempre sobre quanto sou amado... Não acredito nisso. De longe, talvez... É assim que são as coisas, conosco. Sempre somos amados só de longe.

— Você é modesto em demasia. Continue a ouvir. Até hoje você várias vezes teve a bondade de se incumbir de algumas obrigações de representação. Eu gostaria que você se incumbisse de todas elas, para sempre...

— Você está pensando em abdicar, Albrecht?! — perguntou Klaus Heinrich, assustado.

— Não posso pensar nisso. Acredite em mim, eu bem que gostaria de poder pensar nisso. Mas eu seria impedido. Não estou sequer pensando em regência, mas simplesmente em representação — talvez você se lembre dessas distinções de direito de Estado, de algum dos seminários —, uma representação permanente e sancionada pelos órgãos competentes, em todas as funções públicas, fundamentada na necessidade de proteção da minha própria saúde. O que você acha disso?

— Estou às suas ordens, Albrecht. Mas ainda não consigo entender com clareza. Até que ponto deve ir essa representação?

— Tão longe quanto possível. Gostaria que ela se aplicasse a todas as ocasiões nas quais uma aparição minha em público se faça necessária. Knobelsdorff me pede para só abrir mão das sessões de inauguração e de encerramento dos trabalhos da Câmara em seu favor no caso de estar acamado. Muito bem. Mas quanto às outras ocasiões, caberia a você me representar oficialmente em todas as solenidades: nas viagens, nas visitas às cidades, na inauguração de festividades públicas, na abertura do Baile dos Cidadãos...

— Nessas também?

— E por que não nessas também? Temos aqui, além disso, as audiências semanais abertas — um costume que faz sentido, sem dúvida, mas que acaba comigo. Você conduziria essas audiências em meu lugar. Não vou continuar a enumerar. Você aceita minha sugestão?

— Estou às ordens!

— Então, ouça-me até eu terminar. Em todas as situações nas quais você estiver me representando, meus ajudantes de ordens estarão à sua disposição. Além disso, é preciso acelerar sua promoção nos degraus da carreira militar. Você é tenente-coronel? Será, então, nomeado capitão, ou logo major deste regimento... Vou tratar disso. Em terceiro lugar, gostaria que nosso acordo fosse enfatizado de forma conveniente e, para tanto, concedo-lhe o título de "alteza real". Há algumas formalidades das quais é preciso tratar... Knobelsdorff já se encarregou disso. Vou expressar minhas decisões na forma de duas cartas, uma dirigida a você, outra dirigida a meus ministros de Estado. Knobelsdorff, aliás, já as redigiu... Você aceita?

— O que posso lhe dizer, Albrecht? Você é o filho primogênito de papai e eu sempre olhei para você com admiração, porque sempre senti e sempre soube que você é o mais nobre e o mais elevado de nós dois, e que sou apenas um plebeu comparado a você. Mas se você me der a honra de estar a seu lado e de usar o seu título e de representá-lo diante do povo, muito embora não ache que eu seja tão apresentável assim, e tenha esta deficiência aqui, com minha mão esquerda, que sempre sou obrigado a esconder, de modo que agradeço e me coloco às suas ordens.

— Então, peço-lhe que me deixe agora. Preciso de descanso.

Dirigiram-se um ao encontro do outro, um partindo da escrivaninha e o outro da mesinha de livros, caminhando sobre o tapete até o centro do aposento. O grão-duque estendeu a mão ao irmão — sua mão magra, fria, que estendia junto ao peito sem sequer afastar o antebraço do corpo. Klaus Heinrich juntou os saltos e fez uma reverência ao receber a mão na sua, e Albrecht se despediu, inclinando a cabeça estreita, com a barba loira e pontiaguda, e sugando levemente o lábio superior com o lábio inferior curto e arredondado. Klaus Heinrich voltou para o castelo Eremitage.

Tanto o *Diário do Estado* quanto o *Mensageiro* publicaram, oito dias depois, os dois manuscritos que continham as decisões do soberano: tanto aquele que era dirigido a "Meu Caro Ministro de Estado Doutor Cavaleiro Von Knobelsdorff" quanto aquele que era dirigido ao "Digníssimo Príncipe, Amigo e Querido Irmão!" e que tinha a assinatura aposta sobre o título "Vossa Alteza Real, seu irmão devotado de coração, *Albrecht*".

Aqui está descrita, em suas peculiaridades, a maneira pela qual Klaus Heinrich conduzia sua vida e exercia sua missão.

Em algum lugar, ele desembarcava de sua carruagem, caminhava com o casaco sobre os ombros por uma curta passagem em meio ao povo que dava vivas, sobre uma calçada coberta por uma passadeira vermelha, cruzando uma porta flanqueada por loureiros acima da qual fora colocado um baldaquim, em direção a uma escada guardada por serviçais portando archotes... Dirigia-se a um banquete festivo coberto de condecorações até a cintura e com os galões com franjas de sua farda de major sobre os ombros estreitos, acompanhado de seu séquito através do corredor gótico de um parlamento. Dois serviçais caminhavam à sua frente e abriam, diligentes, a folha de uma janela, que oscilava em sua estrutura de chumbo. Pois lá embaixo, na Praça do Mercado, o povo se apinhava, formando uma superfície oblíqua de rostos voltados para cima que se tingiam de uma tonalidade escura, iluminados pela luz fumarenta das tochas. Junto à janela aberta, ele fazia reverências, expondo-se, por alguns instantes, ao entusiasmo e saudava, agradecendo...

Sua vida cotidiana não tinha uma rotina determinada e nem uma realidade determinada. Era constituída por uma série de instantes de alta intensidade. Aonde quer que ele fosse era feriado e era dia de honrarias, e o povo glorificava a si mesmo nas celebrações, e sua vida cinzenta se transformava e surgia a poesia. O homem que passava fome se transformava em homem simples, a espelunca se transformava num abrigo pacífico, as crianças de rua, sujas, se tornavam meninas e rapazes bem-educados, trajando suas fatiotas de domingo, com os cabelos úmidos e alisados e com um poema nos lábios, e os cidadãos aborrecidos tomavam consciência de si mesmos e se comoviam, trajados com paletós e cartolas. Mas não era só ele, Klaus Heinrich, quem via o mundo sob essa luz: era o próprio mundo que via a si mesmo dessa forma sempre que ele estivesse presente. Sobre os lugares e nas ocasiões em que exercia seu chamado pairava uma estranha falsidade, um disfarce imaterial e uniforme, uma vestimenta falsa e edificante da realidade feita de papelão e de madeiras douradas, feita de volutas, coroas de flores, lampiões, cortinas e bandeiras, que surgia, como que por mágica, para durar por uma bela hora, e então ele mesmo se colocava no epicentro do espetáculo sobre um tapete que cobria a terra nua, entre mastros pintados de duas cores em volta dos quais revolviam guirlandas, com os saltos juntos em meio ao odor de tinta e de pinheiros, e apoiava sorridente sua mão esquerda no quadril.

Inaugurou a pedra fundamental da nova sede do Parlamento. Por meio de certas manobras financeiras, a prefeitura conseguira obter a soma necessária e um arquiteto erudito da capital foi encarregado da construção. Mas foi Klaus Heinrich quem presidiu a cerimônia de colocação da pedra fundamental. Sob o júbilo da população, dirigiu-se a bordo de sua carruagem até a esplêndida tenda montada no lugar da obra, desembarcou com gestos leves e controlados da carruagem aberta sobre o solo aplainado e coberto de uma areia fina e amarela, e então seguiu sozinho em direção aos senhores funcionários, que estavam trajados de fraques com faixas brancas sobre a barriga e esperavam por ele junto à entrada. Mandou que o apresentassem ao arquiteto e, diante do público, em meio aos sorrisos rijos de todos os que se encontravam à sua volta, manteve uma conversação que se estendeu por cinco minutos, uma conversa genérica a respeito das vantagens dos diferentes estilos de construção, durante a qual fez uso de algumas expressões que tinham sido previamente preparadas em sua intimidade para aquela conversação, e então, seguindo sobre passarelas e degraus de madeira, foi conduzido a seu assento na borda da tribuna central. Ali permaneceu sentado, ornamentado com correntes e estrelas, um pé um pouco mais à frente do que o outro, as mãos cobertas por luvas brancas e cruzadas sobre a empunhadura do sabre, o quepe a seu lado, pousado no chão, visível por todos os lados para todos aqueles que participavam da solenidade, e ouviu com uma postura contida o discurso do prefeito. A seguir, quando foi convidado a fazê-lo, ergueu-se e desceu, sem cuidados aparentes e sem olhar para os próprios pés, os degraus que conduziam àquela cavidade na qual se encontrava a pedra fundamental, e com um pequeno martelo desferiu três golpes vagarosos sobre um bloco de arenito que o sr. Von Knobelsdorff colocara ali enquanto pronunciava, com uma voz um pouco penetrante, umas breves palavras em meio ao grave silêncio. Ouviram-se os cânticos de um coral de crianças da escola e em seguida Klaus Heinrich partiu.

Na Festa dos Soldados da Nação marchou à frente do Pelotão de Veteranos. Um homem grisalho gritou, com uma voz cuja rouquidão parecia ter sido causada pela fumaça de pólvora:

— Sentido! Retirar os chapéus! Olhos para a direita!

E detiveram-se com seus paletós ornados com medalhas e cruzes, com suas ásperas cartolas junto às coxas, e, enquanto ele passava, inspecionando a tropa amigavelmente e detendo-se diante deste e daquele para indagar onde ele servira e onde enfrentara a batalha, todos o fitavam com olhos caninos rodeados de sangue... Participou do Festival de Ginástica, honrando os competidores com sua presença e solicitando que os vencedores lhe fossem apresentados para "conversar com eles". Os ousados e bem formados jovens se colocaram desajeitadamente à sua frente mal tendo terminado seus violentos exercícios, e Klaus Heinrich, em rápida sequência, fez uso de alguns termos técnicos dos quais se lembrava dos tempos do sr. Zotte e que pronunciava com grande fluência, enquanto escondia a mão esquerda.

Participou da festa dos pescadores de Fünfhausen, esteve presente nas corridas de cavalos em Grimmburg, observando-as de sua tribuna de honra toda revestida de tecido vermelho, e conduziu a distribuição dos prêmios. Também foi presidente de honra e patrono no Festival de Tiro ao Alvo e visitou o Torneio de Tiro da Sociedade de Tiro Grão-Ducal. Conforme constava no *Mensageiro*, "mostrou sua satisfação com o brinde de boas-vindas" ao levar por um instante o troféu de prata aos lábios e depois ao erguê-lo, juntando os saltos em direção aos atiradores. Em seguida, realizou vários disparos em direção ao alvo de honra, a respeito dos quais não foi dito nas notícias se atingiram o alvo ou não, e manteve com três senhores diferentes, um depois do outro, a mesma conversação a respeito da excelência dos atiradores, descrita pelo *Mensageiro* como uma "agradável conversa", e por fim despediu-se desejando a todos um cordial "boa sorte", que despertou um júbilo indescritível. Essa saudação lhe foi sussurrada no último instante pelo general ajudante de ordens Hühnemann, depois de ter obtido informações exatas sobre o tipo de saudação apropriado àquela ocasião. Pois não há dúvidas de que a falsa impressão de conhecimentos e de sério interesse sobre o assunto teria sido desmentida se Klaus Heinrich tivesse dito aos atiradores: "Avante, com sorte!" ou se tivesse dito aos montanheses: "Salve!".*

Para o exercício de sua função eram necessários certos conhecimentos específicos que adquiria, convenientemente, caso a caso, para então empregá-los no momento certo e da forma adequada. Tratava-se, na maior parte das vezes, de expressões e dados históricos que diziam respeito aos diferentes âmbitos das atividades humanas, e, antes de partir numa missão de representação, Klaus Heinrich realizava os estudos necessários em casa, no castelo Eremitage, com ajuda de textos impressos e palestras especialmente proferidas. Quando, em nome do grão-duque, "meu mui bondoso senhor irmão", ele presidiu a cerimônia de inauguração da escultura de Johann Albrecht em Knüppelsdorf, proferiu no local da cerimônia, logo após o pronunciamento da Sociedade Geradsinnliederkranz,** um discurso contendo tudo o que anotara a respeito de Knüppelsdorf e que causou em todos a belíssima impressão de que, durante toda a sua vida, sua ocupação principal tinha sido estudar os destinos históricos daquele centro urbano. Em primeiro lugar, Knüppelsdorf era uma cidade e Klaus Heinrich mencionou isso três vezes, para o orgulho da população. Além disso, afirmou que a cidade de Knüppelsdorf, conforme dava testemunho seu passado histórico, estivera fielmente ligada havia vários séculos à casa Grimmburg. Pois era sabido que o conde Heinrich XV, de Rutenstein, já no século XIV se destacara como patrono de Knüppelsdorf. Este, o conde de Rutenstein, residira no castelo construído sobre o rochedo de Ruten, cujas "torres orgulhosas e sólidas muralhas que protegiam Knüppelsdorf eram vistas de longe no país". Em seguida, lembrou como, por meio de sucessões hereditárias e casamentos, Knüppelsdorf finalmente passara para o ramo familiar ao qual ele e seu irmão pertenciam. Com o passar do tempo, pesadas tempestades tinham se derramado sobre Knüppelsdorf: anos de guerras, incêndios e pestilências a tinham atingido, mas a cidade sempre fora capaz de se reerguer, permanecendo fiel à casa grão-ducal sob todas as circunstâncias. E essa mesma atitude fiel era visível na Knüppelsdorf de hoje, como ficava evidente por meio

* As diferentes formas de saudações apropriadas a cada ocasião, segundo um complexo protocolo, dificilmente poderiam ser traduzidas ao português de maneira a manter seu sentido original. (N. T.)
** Algo como Sociedade dos Cânticos da Retidão. (N. T.)

do memorial que ali era erigido em homenagem a seu finado pai, o pai de Klaus Heinrich, e era com extraordinária alegria que descreveria a seu bondoso senhor irmão a belíssima e cordial recepção com a qual fora honrado como representante do soberano... O tecido que cobria a estátua foi removido e a Sociedade Geradsinnliederkranz voltou a dar o melhor de si. E Klaus Heinrich permaneceu ali, sorrindo com uma sensação de satisfação sob sua tenda teatral, feliz na certeza de que a ninguém seria dada permissão de lhe fazer qualquer tipo de pergunta. Pois ele não seria capaz de dizer mais nem uma única palavra a respeito de Knüppelsdorf.

Como era cansativa sua vida! Quantos esforços lhe demandava! Às vezes, parecia-lhe que só à custa de muita tensão era possível manter em pé alguma coisa que já não mais se sustentava por si mesma ou que só poderia se sustentar sob circunstâncias muito favoráveis. Às vezes sua função lhe parecia triste e pobre, ainda que a amasse e ainda que fizesse com gosto todas as viagens de representação que lhe cabiam.

Por terra, viajou para participar de uma exposição de agricultura, dirigindo-se, em sua carruagem ruim de molejo, do castelo Eremitage até a estação de trens onde estavam reunidos, para a despedida, a bordo do vagão imperial, o presidente do governo, o chefe de polícia e o presidente das ferrovias. Viajou durante uma hora e meia, e durante todo o percurso manteve uma conversação, que lhe custou certo esforço, com os ajudantes de ordens que lhe haviam sido designados e com o porta-voz da agricultura, o conselheiro ministerial Hekkenpfeng, um homem austero e respeitoso que também o acompanhava. E enfim o trem alcançou a estação ferroviária da cidadezinha na qual se realizava a Festa da Agricultura. O prefeito, trajando um fraque ornamentado por uma corrente, estava esperando por ele à frente de mais seis ou sete personalidades oficiais. A estação fora enfeitada com vários pinheirinhos e cordas ornamentadas com folhagens. Ao fundo, encontravam-se os bustos em gesso de Albrecht e Klaus Heinrich em meio ao verde. Por trás dos cordões de isolamento, o público deu três vivas e os sinos badalaram.

O prefeito deu as boas-vindas a Klaus Heinrich proferindo um discurso. Enquanto agitava sua cartola com a mão que a segurava, dizia que agradecia por tudo que o irmão de Klaus Heinrich e o próprio tinham feito de bom, e expressava seus desejos mais profundos por um governo abençoado no futuro. Também reiterou o pedido de que o príncipe coroasse o trabalho, que sob seu patronato dera tão bons resultados, tendo a bondade de inaugurar a exposição agrícola.

Esse prefeito portava o título de conselheiro econômico, algo que havia sido indicado a Klaus Heinrich, motivo pelo qual se dirigiu ao prefeito dessa forma por três vezes ao longo de seu discurso. Afirmou que se alegrava em ouvir que os trabalhos da exposição agrícola tinham dado tão bons resultados sob seu patronato. (Na verdade, tinha se esquecido de que ele era o patrono da exposição.) Viera para hoje fazer seu último gesto em prol daquela grande obra inaugurando a exposição. Em seguida, indagou a respeito de quatro coisas: a situação econômica da cidade, o crescimento de sua população nos últimos anos, o mercado de trabalho (embora não soubesse exatamente qual era o significado do termo mercado de trabalho) e os preços dos gêneros alimentícios. Se lhe diziam que os gêneros alimentícios estavam caros, recebia essa informação "com seriedade" — e evidentemente isso dava o assunto por encerrado. Ninguém esperava dele nada a mais e, de um modo geral, o fato de ter recebido com grande seriedade a informação a respeito dos preços elevados já servia como um consolo.

Em seguida, o prefeito lhe apresentou os dignitários da cidade: o presidente do Conselho de Justiça, um nobre proprietário de terras da região, o pastor, os dois médicos, um despachante, e a cada um Klaus Heinrich dirigia uma pergunta e, enquanto ouvia a resposta, pensava no que iria dizer ao próximo. Além disso, encontravam-se presentes igualmente o veterinário-chefe e o inspetor de pecuária. Por fim, todos embarcaram em coches e atravessaram a cidade enfeitada em meio a fileiras de crianças das escolas, membros do Corpo de Bombeiros e de outras corporações, rumo à ravina onde se realizava a festa, não sem antes serem detidos às portas da cidade por um grupo de donzelas vestidas de branco e com as cabeças cobertas por guirlandas de flores das quais uma, a filha do prefeito, alcançou ao príncipe na carruagem um buquê de flores envolto por uma bainha de cetim, recebendo, das próprias mãos do representante do soberano, sem saber por quê, como lembrança eterna desse instante, uma daquelas lindas e valiosas preciosidades que Klaus Heinrich sempre levava consigo em suas viagens, um broche que repousava num estojo forrado de veludo que foi descrito pelo *Mensageiro* como "uma joia de ouro cravejada de pedras preciosas".

Tendas, pavilhões e barracas tinham sido montados na ravina. Bandeirolas coloridas tremulavam ao longo de extensas fileiras de estacas, ligadas umas às outras por guirlandas. Sobre uma tribuna feita de madeira, enfeitada com tecidos, em meio a cortinas, folhas, flores e mastros de duas cores, Klaus Heinrich leu o breve discurso de inauguração. E então teve início a visita à exposição.

Preso a vigas de madeira, o gado se encontrava ali: eram esplêndidos animais de puro sangue com corpos lisos, sinuosos, malhados, portando tabuletas com números presas às suas testas largas. Os cavalos batiam com os cascos e fungavam; havia pesados cavalos de trabalho com seus focinhos recurvos e tufos de pelos acima dos cascos, assim como finos e irrequietos animais de montaria. E lá estavam os porcos nus com suas patas curtas, tanto os porcos do campo quanto os porcos de raças nobres, em grande número. Eles reviravam o solo com o focinho rosado, a barriga pendendo, grunhindo, enquanto o balido das ovelhas lanosas, um coro confuso de vozes graves e infantis, preenchia o ar. E lá estava a ruidosa exposição de aves, enriquecida por todos os tipos de galinhas, desde as grandes Brahmaputra até as galinhas anãs douradas, por patos e pombas de diversos tipos, com suas rações e seus ovos frescos ou conservados artificialmente. E lá estava a exposição de produtos agrícolas com todos os tipos de grãos, raízes e folhas, batatas, ervilhas e linho. E amostras de verduras frescas e em conserva, frutas cruas e em compota, frutas do bosque, geleias e sucos. E por fim vinha a exposição de implementos agrícolas e máquinas apresentada por diversas firmas, na qual se encontrava tudo o que serve ao cultivo do campo, de arados de mão a grandes motores negros equipados com chaminés e que pareciam estar encerrados num grande curral de elefantes, desde os objetos mais comuns e de funcionamento mais simples até máquinas constituídas por um emaranhado de rodas, correntes, rolos, braços e dentes — um mundo, um mundo inteiro e constrangedor, de utilidade e de sensatez.

Klaus Heinrich olhava para tudo aquilo enquanto caminhava com a empunhadura de sua espada sob o braço, passando pelos animais enfileirados, pelas gaiolas, pelas sacas, pelos tanques, pelos vidros e pelos utensílios. O homem que se encontrava à sua direita apontava, com a mão coberta por uma luva branca de pelica, para os diferentes itens da exposição enquanto se permitia esta e aquela explicação, e Klaus Heinrich fazia o que cabia a seu ofício. Expressava-se por meio de palavras de grande reconhecimento e entabulava conversações com os expositores de animais, informando-se amigavelmente sobre suas condições e fazendo-lhes perguntas que eram respondidas pelos camponeses enquanto estes coçavam as orelhas por trás. E enquanto ele caminhava, agradecia, para ambos os lados, pelas homenagens dirigidas pela população que se juntava ao longo do seu percurso.

A população se reunia especialmente à saída da área onde se realizava a festividade, onde os coches o aguardavam, para, então, acompanhar sua partida. Um caminho fora mantido livre para sua passagem, um corredor em linha reta que levava até a porta da sua carruagem conversível, pelo qual ele avançava com vivacidade, a mão junto ao quepe, sempre balançando afirmativamente a cabeça — sozinho e separado de toda essa gente que nele saudava sua própria imagem original, sua própria natureza autêntica, e cuja vida, trabalho e diligência ele representava solenemente sem, porém, deles participar.

Com passos leves e livres, ele subiu na carruagem, acomodou-se de forma artificial, assumindo de pronto uma postura perfeitamente composta e graciosa, e, em meio a saudações, dirigiu-se à Casa da Sociedade, onde foi oferecido o almoço. Depois de servido o segundo prato, o comissário distrital pronunciou um discurso em honra ao grão-duque e ao príncipe, ergueu um brinde, e imediatamente Klaus Heinrich se levantou para beber em honra ao distrito e à cidade. Depois da refeição festiva, porém, recolheu-se ao aposento que o prefeito preparara para ele em sua morada oficial e se deitou por uma hora na cama, pois o exercício de suas funções o cansara de modo extraordinário, e à tarde cabia-lhe não só visitar a igreja, a escola e diversos estabelecimentos da cidade, em especial o armazém de queijos dos irmãos Behnke, expressando com suas palavras sua enorme satisfação com tudo, como também dar continuidade à viagem para visitar o lugar onde ocorrera um terrível acidente — uma aldeia que se incendiara e onde lhe cabia expressar aos funcionários as condolências por parte do irmão e consolar os atingidos por meio de sua elevada presença...

Já em casa, no castelo Eremitage, estando de volta a seus aposentos austeramente mobiliados em estilo Empire, ele lia os relatos jornalísticos a respeito de suas viagens. E então apresentou-se no Eremitage o conselheiro Schustermann, do Escritório de Imprensa, submetido ao Ministério do Interior, e trouxe os recortes de jornais cuidadosamente colados em folhas de papel brancas que continham os nomes dos periódicos. E Klaus Heinrich leu a respeito da influência de sua personalidade, a respeito da graça e da nobreza do seu ser, leu que desempenhara muito bem suas funções e que conquistara rapidamente os corações de jovens e de velhos — leu que elevara a percepção do povo acima de suas esferas cotidianas e que o levara ao amor e à alegria.

E então conduziu a audiência livre no Velho Castelo, conforme combinado.

O costume das audiências livres fora estabelecido por um benevolente antepassado de Albrecht II e seus sucessores o conservavam com perseverança. Uma vez por semana, Albrecht, ou, em vez dele, Klaus Heinrich, ficava à disposição para falar com qualquer um. Fosse o requerente nobre ou não, fosse o assunto importante ou de caráter estritamente particular — bastava registrar-se junto ao sr. Von Bühl ou junto ao ajudante de ordens e tinha-se a oportunidade de apresentar o assunto em pauta à mais elevada das instâncias. Uma disposição bela e filantrópica! Pois dessa maneira o requerente não era obrigado a formular um pedido por escrito, tendo diante de si a triste perspectiva de que esse pedido desaparecesse para sempre nos escritórios, mas se via diante da feliz certeza de que seu assunto chegaria diretamente à mais alta das instâncias. Era preciso levar em consideração que essa instância superior — Klaus Heinrich, neste momento — evidentemente não seria capaz de verificar o caso, examiná-lo detidamente e tomar uma decisão a seu respeito, mas o transmitiria aos departamentos competentes onde, então, "desapareceria" de modo conveniente. Mas, mesmo assim, tais audiências eram muito proveitosas, ainda que não no sentido da simples e banal utilidade. O cidadão, o requerente, vinha ao sr. Von Bühl com seu pedido para ser recebido, e então um dia e uma hora lhe eram designados. Em alegre antecipação, ele via aproximar-se a data marcada e, em sua mente, elaborava as frases por meio das quais apresentaria seu caso. Mandava passar o paletó e o chapéu de seda, separava uma boa camisa e se preparava de todas as maneiras. Mas todos esses preparativos solenes já serviam para desviar os pensamentos da pessoa em questão das vantagens puramente objetivas que ambicionasse, transformando o encontro em si mesmo no objeto verdadeiro de sua excitada antecipação. Quando chegava a hora, o cidadão, ao contrário do que faria normalmente, alugava uma carroça para não sujar suas botas lustradas. Cruzava os portões flanqueados por leões que davam para a Albrechtsplatz, e os guardas, assim como os corpulentos porteiros, davam-lhe passagem livre. Desembarcava no pátio do castelo junto à pérgola sustentada por colunas e, diante do portal desgastado, era na mesma hora conduzido por um lacaio vestido com um fraque marrom e polainas cor de areia até uma antessala do lado esquerdo, no térreo. A um dos cantos desse aposento encontrava-se uma armação com estandartes, junto à qual havia um número de outros suplicantes, que mal sussurravam e aguardavam o instante de sua recepção num estado de intensa devoção. O ajudante, que tinha em mãos uma lista com os nomes de todos os inscritos, andava de um lado para outro e separava num lado os próximos da fila para instruí-los, em voz baixa, sobre as regras de comportamento. Mas no aposento contíguo, conhecido como a Sala das Audiências Livres, encontrava-se Klaus Heinrich, trajando sua farda militar com colarinho prateado enfeitada com muitas estrelas, junto a uma mesinha redonda com três pés dourados, e ele recebia as pessoas. O major Von Platow o informava de modo sumário a respeito da pessoa de cada um dos requerentes, pedia ao homem para entrar, e durante os intervalos voltava para preparar rapidamente o príncipe para o requerente que vinha a seguir. E então o cidadão entrava, com o rosto enrubescido, suando um pouco, e se colocava diante de Klaus Heinrich. Ele tinha sido exortado a não se aproximar demais de sua alteza real, mantendo-se a certa distância, e a não falar antes que lhe fosse dirigida uma pergunta, e também a não sair falando tudo de uma só vez, mas a responder com austeridade, de modo a deixar para o príncipe espaço para novas perguntas, e, ao término, a se afastar caminhando para trás, de modo a não dar as costas ao príncipe. Dessa forma, todos os esforços dos cidadãos eram no sentido de não infringir nenhuma dessas regras e de fazer a parte que lhes cabia para que a conversação transcorresse de maneira adequada, fluida e harmoniosa. Klaus Heinrich, assim como costumava proceder quando interrogava os veteranos, os atiradores, os ginastas, os camponeses e os queimados, indagava sorridente, a mão esquerda apoiada na parte posterior do quadril, e o cidadão então também sorria involuntariamente, enquanto sentia que, com esse sorriso, elevava-se acima de tudo aquilo que normalmente o aprisionava. Esse homem comum, cujas atenções em geral se voltavam completamente para o chão, e que em geral não levava em consideração nada além daquilo que era palpável e útil, nem mesmo a cortesia cotidiana, e que viera para cá por causa de um assunto em particular — sentia, em sua alma, a existência de alguma coisa mais elevada que o seu assunto pessoal e que todos os demais assuntos e, assim elevado, purificado, com um olhar ofuscado e ainda com o sorriso estampado em seu rosto corado, saía dali.

Era assim que Klaus Heinrich conduzia as audiências livres e era assim que exercia suas elevadas incumbências. Vivia no Eremitage, em sua breve sequência de aposentos decorados em estilo Empire que haviam sido mobiliados com tanto rigor e tanta parcimônia, abrindo mão friamente de conforto e de intimidade. Sedas desbotadas estendiam--se sobre as paredes acima dos lambris brancos e, dos forros sóbrios do teto, pendiam coroas de cristal. Sofás retilíneos, na maior parte das vezes sem mesas, e prateleiras decoradas com relógios de pêndulo suportados por pequenas colunas estavam apostos às paredes, e poltronas flanqueavam aos pares as portas duplas pintadas de branco. Nos cantos, encontravam-se mesinhas com luminárias cujos braços tinham formas semelhantes às de vasos. Assim era a residência de Klaus Heinrich, e ele estava de acordo com esse ambiente.

Vivia em meio à tranquilidade interior, sem entusiasmos e cético com relação às questões públicas. Como representante do irmão, presidia a sessão inaugural do Conselho Nacional, mas não participava dos procedimentos e evitava todo tipo de "sim" e de "não" nos conflitos entre os partidos, permanecendo indeciso sem o calor das convicções, como convém a alguém cujas preocupações estão acima das questões partidárias. Todos reconheciam que seu estatuto social o compelia à reserva, mas havia muitos que sentiam que o desinteresse impregnava seu ser de maneira desconcertante e paralisante. Muitos dos que entravam em contato com ele o descreviam como "frio", e quando o dr. Überbein desmentia com veemência essa frieza surgiam dúvidas sobre a capacidade desse homem parcial e desagradável de opinar acerca da questão. Evidentemente, acontecia de o olhar de Klaus Heinrich cruzar com outros olhares que não lhe davam nenhum reconhecimento — olhares desavergonhados, de desprezo, de ódio e de espanto que ignoravam todos os seus esforços e todas as suas realizações e que não reconheciam sua importância. Mas também entre as pessoas de boa vontade, entre as pessoas devotadas que se mostravam dispostas a honrar sua vida e a lhe dar atenção, ele às vezes percebia, passado algum tempo, certa exaustão, certa irritabilidade, como se elas não fossem capazes de respirar por muito tempo em meio à atmosfera que se constelava à sua volta. E isso perturbava Klaus Heinrich de uma maneira que era incapaz de ignorar.

Durante seu dia a dia, ele não tinha afazeres. Era-lhe importante e mesmo decisivo que alguma saudação, alguma palavra bondosa, algum aceno sedutor e ainda assim respeitoso lhe fosse dirigido. Certa vez, voltava de uma cavalgada trajando boina e casaco, e seguia vagarosamente montado em seu cavalo castanho Florian pela alameda de bétulas que levava ao parque e ao castelo Eremitage, flanqueando um terreno baldio, e à sua frente caminhava um jovem maltrapilho com a cabeça coberta por uma touca com um pompom e um ridículo penacho na nuca, com calças e mangas curtas demais e pés enormes virados para dentro.

Provavelmente, tratava-se de um aluno da escola primária ou algo assim, pois levava sob o braço uma prancheta à qual estava afixado, com tachinhas, um grande desenho, um bem calculado emaranhado de linhas desenhadas com tinta vermelha e preta, uma projeção ou algo do gênero. Klaus Heinrich manteve por um bom tempo seu cavalo às costas do jovem, observando a projeção preta e vermelha desenhada sobre a prancheta. Às vezes, parecia-lhe que deveria ser bom ter um nome comum, chamar-se dr. Fischer e exercer alguma profissão séria.

Representava nas festividades da corte, no Grande Baile e no Pequeno Baile, na Ceia, nos concertos e na Grande Festa da Corte. E quando chegava o outono, dirigia-se com seus primos ruivos e os membros de seu séquito às caçadas da corte por causa da tradição, ainda que seu braço esquerdo lhe dificultasse muitíssimo a prática do tiro. Frequentemente era visto à noite no Teatro da Corte, em seu camarote revestido de tecido vermelho junto ao proscênio entre as duas esculturas de mulheres de mãos cruzadas e rostos vazios e austeros. Pois o teatro o entretinha: amava assistir aos atores, observar como representavam, ver como subiam e desciam do palco e como desempenhavam os papéis que lhes cabiam. Na maior parte das vezes os achava ruins, indelicados em seus esforços por agradar e mal ensaiados nas artes de representação do natural e do espontâneo. Aliás, era inclinado a dar preferência às regiões mais baixas e mais populares das cenas em detrimento daquelas mais elevadas e solenes. Havia, na capital, uma soprano ligeiro chamada Mizzi Meyer que atuava no Teatro de Variedades e era conhecida pela imprensa e pela boca do povo como "nossa" Meyer, por causa da estima ilimitada de que desfrutava entre os membros de todas as classes sociais. Não era bonita nem muito graciosa, cantava com voz estridente e, a rigor, não lhe podiam ser atribuídos muitos dons. Ainda assim, bastava que pisasse no palco para desencadear uma tempestade de aplausos e de entusiasmo. Pois essa pessoa loira e atarracada, com seus olhos azuis, seus ossos da face largos e um pouco elevados demais, seu jeito saudável, divertido e às vezes um pouco comovente, era carne da carne e sangue do sangue do povo. Enquanto estava no palco, maquiada e iluminada por todos os lados diante da multidão, tornava-se a transfiguração mesma do próprio povo — sim, o povo aplaudia a si mesmo quando a aplaudia e essa era a única causa do poder que Mizzi Meyer exercia sobre os espíritos. Klaus Heinrich gostava de assistir aos espetáculos no Teatro de Variedades em companhia do sr. Braunbart-Schellendorf, e, quando Mizzi Meyer se apresentava, participava vivamente dos aplausos.

Certo dia, teve um encontro que, por um lado, o levou a pensar e, por outro, o decepcionou. Tratava-se do encontro com o sr. Martini, Axel Martini, o mesmo que escrevera dois livros de poesia muito louvados pelos conhecedores, intitulados *Evoé!* e *A vida sagrada*. O encontro ocorreu da seguinte maneira.

Na capital vivia um senhor velho e rico que portava o título de conselheiro governamental superior e que, desde que se aposentara do serviço público, dedicava sua vida a apoiar as artes, em especial a poesia. Era o fundador daquela instituição conhecida como o Concurso de Maio, um certame poético realizado anualmente à época da primavera e por meio do qual o conselheiro encorajava os poetas e as poetas da pátria por meio da distribuição de panfletos e da afixação de cartazes. Eram concedidos prêmios para o mais delicado poema de amor, para o mais profundo poema religioso, para o mais ardente cântico patriótico e para as melhores criações líricas em louvor à música, à floresta, à primavera, à alegria de viver — e esses prêmios consistiam, além de valores em dinheiro, em sensíveis e valiosas lembranças, como penas de ouro, broches de ouro em forma de lira ou flores e outras coisas do gênero. A prefeitura também estabelecera um prêmio, e o grão-duque patrocinava uma taça de prata como recompensa para o mais excelente de todos os poemas participantes do certame. O próprio criador do Concurso de Maio, que se encarregava da primeira seleção dentre a grande quantidade de material enviado, ocupava, junto com dois professores da universidade e os redatores dos folhetins literários do *Mensageiro* e do *Jornal do Povo*, o cargo de juiz do concurso. As contribuições laureadas e elogiadas eram regular e anualmente editadas e impressas em forma de livro, às custas do conselheiro.

Naquele ano, Axel Martini participara do Concurso de Maio e saíra vencedor. O poema que apresentara, um elogio entusiasmado à alegria de viver ou, antes, uma intempestiva irrupção da própria alegria de viver e um hino comovente, fora composto no mesmo estilo dos seus dois livros e causara uma dissensão na comissão julgadora. O conselheiro e o professor de filologia estavam inclinados a destinar ao poema apenas uma menção honrosa, pois lhes pareceu desmedido em sua expressão, grosseiro em sua paixão e, em alguns pontos, abertamente ofensivo. Mas o professor de história da literatura, junto com os redatores, prevaleceu sobre eles, afirmando que o poema de Martini não só era o melhor louvor à alegria de viver como também o de melhor qualidade, e, ao final, os dois que haviam se oposto também se renderam à impressão causada por essa furiosa e estonteante tempestade de palavras.

Assim, Axel Martini recebeu trezentos marcos, um broche de ouro em forma de lira e, além disso, a taça de prata do grão-duque, e seu poema foi publicado em primeiro lugar no anuário impresso em meio a uma moldura desenhada pelas mãos de artista do professor Lindenmann. A isso somava-se o fato de o vencedor (ou a vencedora) do Concurso de Maio ser costumeiramente recebido numa audiência pelo grão-duque, e, como Albrecht então se encontrava indisposto, essa incumbência também recaíra sobre o irmão.

Klaus Heinrich sentia um pouco de medo do sr. Martini.

— Por Deus, dr. Überbein — disse ele durante um breve encontro com seu professor —, como vou lidar com ele? Evidentemente, trata-se de uma pessoa selvagem e sem vergonha.

Mas o dr. Überbein respondeu:

— Deus o livre, Klaus Heinrich, não se preocupe! Ele é um sujeito de bons modos. Eu o conheço e frequento um pouco os mesmos círculos que ele. O senhor não terá nenhuma dificuldade com ele.

E assim Klaus Heinrich recebeu o Poeta da Alegria de Viver, recebeu-o no Eremitage, para dar a essa recepção o caráter mais particular possível.

— No Salão Amarelo, caro Braunbart — disse ele. — Para uma situação como essas é o mais apresentável.

Nesse aposento havia três belas poltronas, que eram as únicas peças de valor de todo o mobiliário do pequeno castelo: pesadas, feitas de mogno em estilo Empire, com descansos de braço cujas extremidades se enrolavam como caracóis, estofadas com um tecido amarelo, que trazia bordadas liras em azul-turquesa. Nessa ocasião, Klaus Heinrich não se colocou a postos de antemão para a audiência, mas aguardou, um tanto inquieto, no aposento contíguo, até que Axel Martini tivesse, por sua vez, aguardado por sete ou oito minutos no Salão Amarelo. E então entrou com vivacidade, quase com pressa, caminhando em direção ao poeta, que fez uma profunda reverência.

— É um grande prazer para mim conhecê-lo — disse ele —, caro senhor... senhor doutor, não é verdade?

— Não, alteza real — respondeu Axel Martini com uma voz asmática —, não sou doutor... não possuo títulos.

— Oh! Perdão... eu imaginava que... sentemo-nos, caro sr. Martini. Como disse, é um grande prazer poder cumprimentá-lo pelo seu grande sucesso...

Os cantos da boca do sr. Martini descreveram um movimento espasmódico, voltando-se para baixo. Sentou-se na ponta de uma das cadeiras de mogno junto à mesinha descoberta, cujo tampo era rodeado por uma faixa dourada, e cruzou os pés, calçados em botas cujo verniz estava trincado. Usava fraque e luvas de pelica amareladas. Seu colarinho estava desgastado nos cantos. Os olhos eram um pouco arregalados, as bochechas, magras, e tinha um bigode loiro escuro empinado como uma cerca viva. Seus cabelos já estavam visivelmente esbranquiçados junto às têmporas, ainda que, de acordo com o anuário do Concurso de Maio, não tivesse mais do que trinta anos, e uma vermelhidão abaixo dos olhos não era sinal de boa saúde. Respondeu aos cumprimentos de Klaus Heinrich:

— Alteza real, é muita bondade de sua parte. Não foi uma vitória difícil. Talvez tenha sido uma falta de tato de minha parte participar desse concurso.

Klaus Heinrich não compreendeu o que ele queria dizer, mas falou:

— Li seu poema várias vezes com grande deleite. Parece-me muito bem-sucedido, tanto no que diz respeito à medida dos versos quanto no que diz respeito às rimas. E, efetivamente, expressa a alegria de viver de maneira excelente!

O sr. Martini fez uma reverência, sentado.

— Suas habilidades decerto lhe proporcionam um grande prazer — e o mais belo tipo de descanso... Qual é a sua profissão, sr. Martini?

O sr. Martini deu a entender que não compreendia aquela pergunta e, ao mesmo tempo, descreveu, com a parte superior do corpo, um ponto de interrogação.

— Pergunto sobre sua ocupação principal. O senhor é servidor público?

— Não, alteza real, não tenho profissão. Ocupo-me exclusivamente de poesia...

— Não tem... ah... entendo. Um talento incomum como esse realmente merece que todas as suas forças lhe sejam dedicadas.

— Não sei, alteza real. Não sei se meu talento merece. Devo confessar que não tive escolha. Desde sempre me senti completamente incapacitado para todos os outros tipos de atividade humana. Parece-me que essa absoluta e indubitável incapacidade para qualquer outra coisa seja a única evidência e a única prova da vocação para a poesia, sim, pois não se deve ver a poesia como uma profissão, mas antes como a expressão e o refúgio dessa incapacidade.

O sr. Martini tinha a peculiaridade de encher seus olhos de lágrimas quando falava, como acontece a uma pessoa que, vinda do frio, entra num aposento quente e então se deixa derreter e escorrer.

— Essa é uma visão peculiar — disse Klaus Heinrich.

— Não, alteza real. Peço-lhe desculpas. Não, nada peculiar. Essa visão é aceita por muita gente. Não estou dizendo nenhuma novidade.

— E desde quando o senhor vive exclusivamente de poesia, sr. Martini? O senhor estudou antes disso?

— Não conforme as regras, alteza real. Não, a incapacidade da qual eu falava agora começou muito cedo em mim. Não consegui terminar a escola. Eu a abandonei sem ter prestado os exames finais. Ingressei na universidade sob o compromisso de prestar os exames posteriormente, mas isso acabou por não acontecer. E quando meu primeiro volume de poesia recebeu comentários tão favoráveis, estudar já não me parecia mais adequado, se me permite falar assim.

— Não, não... mas seus pais estavam de acordo com essa carreira?

— Oh, não, alteza real. Em honra ao nome dos meus pais, posso lhe assegurar que não estavam nem um pouco de acordo com isso. Eu venho de uma boa família, meu pai era procurador do Estado. Agora está morto, mas era procurador do Estado. Evidentemente, apreciava tão pouco minha carreira que, até a sua morte, negou-se a me dar qualquer tipo de apoio. Eu vivia em conflito com ele, muito embora o respeitasse muito por causa de seu rigor.

— Ah! O senhor teve uma vida difícil, então, sr. Martini! O senhor foi obrigado a lutar! Imagino que conheça o mundo e a vida!

— Não exatamente, alteza real. Não, isso teria sido terrível e eu não teria sido capaz de suportar. Minha saúde é delicada — não posso dizer "infelizmente" porque estou convencido de que meu talento está inextricavelmente ligado à minha fraqueza corporal. Nem meu talento nem meu corpo teriam sobrevivido a ventos gelados ou à fome, e também não tiveram que passar por tais provações. Minha mãe era fraca o bastante para me prover, sem que meu pai soubesse, com os meios para a sobrevivência. Meios modestos, mas ainda assim suficientes. É a ela que devo agradecer por ter possibilitado ao meu talento desenvolver-se sob condições suportáveis.

— O sucesso, caro sr. Martini, mostra que essas eram as condições corretas... Muito embora seja difícil dizer o que sejam, realmente, condições favoráveis. Permita-me supor que, se sua mãe tivesse se portado de forma tão rigorosa quanto seu pai e se o senhor se visse sozinho diante do mundo, contando apenas com seus próprios recursos e capacidades... o senhor não acha que talvez isso lhe poderia ter sido útil de alguma forma? Que o senhor teria sido capaz de conhecer coisas, por assim dizer, que agora lhe escapam?

— Ah, alteza real, pessoas como eu conhecem coisas suficientemente bem mesmo sem terem sido expostas à fome, e acho que a ideia de que o talento não necessita da fome verdadeira, mas antes da fome pela verdade, é aceita de maneira generalizada... ha...ha...

O sr. Martini foi obrigado a rir um pouco do seu próprio jogo de palavras. Levou rapidamente uma de suas mãos cobertas com luvas amarelas para diante de sua boca, sobre a qual o bigode se erguia como uma sebe, e conteve o riso corrigindo-o por meio de uma tossida. Klaus Heinrich olhava para ele, aguardando de forma amigável.

— Se sua alteza real me permite... há uma opinião bastante difundida, segundo a qual a privação da verdade é o solo sobre o qual frutificam talentos como o meu, e é a fonte de todo o entusiasmo, a nossa verdadeira genialidade sussurrante. Desfrutar da vida é algo de que fomos privados, nos é rigorosamente proibido, mas não fazemos disso um segredo — e quando digo desfrutar da vida não me refiro apenas à felicidade, mas também às preocupações, às paixões, enfim, a todos os tipos de ligações mais sérias com a vida. A representação da vida é algo que exige a totalidade das forças, especialmente quando essas forças não são concedidas de forma tão generosa — o sr. Martini tossiu e, ao fazê-lo, seus ombros foram puxados repetidas vezes para a frente. — A renúncia —acrescentou — é o nosso pacto com a musa, é sobre ela que repousa nossa força, nossa dignidade, e a vida é nosso jardim proibido, nossa grande tentação, à qual às vezes nos entregamos — mas nunca para nosso próprio bem.

Novamente, enquanto falava, os olhos do sr. Martini se encheram de lágrimas, que ele tentava eliminar piscando.

— Cada um de nós — disse, ainda — conhece esses equívocos e esses desvios, esses passeios tão desejáveis aos salões de festa da vida. Mas deles voltamos humilhados, e com o coração cheio de maldade, para nosso próprio isolamento.

O sr. Martini se calou. Acontecia que seu olhar, sob as sobrancelhas erguidas, paralisava-se momentaneamente, perdendo-se no vazio pelo tempo que durava uma respiração, enquanto uma expressão azeda tomava sua boca, e suas bochechas, nas quais brilhava aquela vermelhidão doentia, pareciam ainda mais magras do que antes. Isso durava só um segundo. Depois, mudava de posição e libertava novamente seu olhar.

— Mas seu poema — disse Klaus Heinrich, não sem uma certa urgência —, seu poema premiado em honra à alegria de viver, sr. Martini!... Sou-lhe grato por suas explicações. Mas o senhor poderia me dizer... Seu poema — eu o li cuidadosamente. Por um lado, trata da miséria e dos pavores, da maldade e da crueldade da vida, se bem me lembro, e, de outro lado, do prazer do vinho e das belas mulheres, não é verdade...

O sr. Martini sorriu e, em seguida, coçou o canto da boca com o polegar e o indicador para espantar o sorriso.

— Tudo isso — disse Klaus Heinrich — foi composto na forma do "eu", em primeira pessoa, não é verdade? E ainda assim não se baseia em suas próprias experiências? O senhor não viveu, realmente, nada disso?

— Muito pouco, alteza real. Na verdade, apenas algumas pequenas amostras disso. Não, a verdade é o oposto: se eu fosse o homem capaz de viver tudo isso, não só teria sido incapaz de escrever esses poemas como também desprezaria por completo minha existência atual. Tenho um amigo cujo nome é Weber, um jovem possuidor de um patrimônio, que vive e desfruta da vida. O preferido dentre seus divertimentos é percorrer o país com seu automóvel em alta velocidade e escolher, nas estradas e nos campos, jovens camponesas com as quais, enquanto viaja — mas isso não cabe aqui. Em resumo, esse jovem ri sempre que me vê ainda que de longe, por achar tanta graça em mim e em minha atividade. Quanto a mim, compreendo perfeitamente a alegria dele e o invejo. Devo dizer que também o desprezo um pouco, mas não de modo tão sincero quanto o invejo e admiro...

— O senhor o admira?

— Sim, alteza real, não tenho como evitar essa admiração. Ele gasta seu dinheiro, ele o desperdiça, o tempo todo porta-se como um perdulário despreocupado, enquanto a mim cabe economizar, apegar-me ao dinheiro, e isso por questões de higiene. Pois é de higiene que eu e os meus semelhantes mais necessitamos — toda a nossa moralidade é constituída de higiene. Mas não existe nada mais anti-higiênico do que a vida...

— Isso significa que o senhor jamais beberá da taça do grão-duque, sr. Martini?

— Beber vinho? Não, alteza real. Ainda que deva ser um belo gesto. Mas me abstenho de beber vinho. E me deito às dez horas e vivo cautelosamente em todos os sentidos. Senão, jamais teria sido premiado com a taça.

— Há de ser assim, sr. Martini. De longe, imaginamos coisas erradas a respeito da vida de um poeta.

— É compreensível, alteza real. Mas posso lhe garantir que não é uma vida esplêndida, sobretudo porque não somos poetas o tempo todo. Para que a cada tanto surja um poema assim — quem será capaz de acreditar quanta preguiça, quanto tédio e quanto ócio aborrecido é preciso? Um cartão-postal dirigido ao fornecedor de charutos é, com frequência, o resultado de um dia inteiro de trabalho. Dorme-se muito, anda-se de um lado para outro com a cabeça cheia de obtusidades. Sim, não raramente trata-se de uma vida de cão...

Alguém bateu muito levemente do outro lado da porta pintada de branco. Era o sinal de Neumann de que já estava mais do que na hora de Klaus Heinrich mandar arrumarem-no e vesti-lo. Pois hoje era noite de concerto no Velho Castelo.

Klaus Heinrich se levantou.

— Passei mais tempo conversando do que deveria — disse ele, pois essa era a expressão que ele costumava usar em situações como aquela.

E então dispensou o sr. Martini, desejando-lhe muito sucesso em sua carreira poética e, com um sorriso e com aquele gesto um pouco teatral com a mão, que saudava bondosamente, movendo-se de cima para baixo, e que nem sempre saía com a mesma beleza uniforme, mas que realizara plenamente, acompanhou a respeitosa retirada do poeta, que recuava.

Assim foi a conversa do príncipe com Axel Martini, o autor de *Evoé!* e *A vida sagrada*, que o levou a pensar e que continuou a ocupar seus pensamentos muito depois de seu fim. Enquanto permitia a Neumann rearranjar seu penteado e vesti-lo com o reluzente traje de gala com estrelas, e ainda durante o concerto, na corte e mesmo por vários dias depois disso, ele voltou a pensar naquela conversa e buscava fazer associações entre aquilo que fora dito pelo poeta e as experiências de vida pelas quais ele mesmo tinha passado.

Esse sr. Martini, que, enquanto o rubor doentio brilhava em suas bochechas murchas, sempre gritava: "Quão forte e bela é a vida!", mas que cuidadosamente se deitava às dez horas e se mantinha afastado da vida por razões higiênicas, evitando qualquer tipo de ligação séria com ela — esse poeta, com seu colarinho esgarçado, seus olhos lacrimejantes e sua inveja do jovem Weber que percorria o país em alta velocidade ao lado das jovens camponesas, despertava sensações ambivalentes, e era difícil estabelecer uma opinião clara a seu respeito.

Ao contar à irmã sobre esse encontro, Klaus Heinrich expressou o fato da seguinte forma:

— Ele não tem uma vida confortável nem sofrida, isso é evidente e isso certamente vale para ele. Porém, não sei se posso dizer que me alegro em tê-lo conhecido, pois há nele algo de assustador, Ditlinde, sim, com tudo isso há nele definitivamente algo um pouco repugnante.

IMMA

A srta. Von Isenschnibbe tinha se informado bem. Ainda ao anoitecer do dia no qual levara à princesa Zu Ried a grande novidade, o *Mensageiro* divulgou uma notícia sobre a chegada iminente de Samuel Spoelmann, o mundialmente famoso Spoelmann, e passada uma semana e meia no início de outubro (era outubro do ano no qual o grão-duque Albrecht tinha iniciado seu trigésimo segundo ano de vida, e o príncipe Klaus Heinrich, seu vigésimo sexto) — portanto, antes mesmo que a curiosidade do público tivesse tempo suficiente para alcançar seu verdadeiro auge —, deu-se essa chegada, e ela se tornou realidade num dia de semana de outono comum e encoberto que, no entanto, haveria de revelar-se ao futuro uma data eternamente digna de lembrança.

Os Spoelmann chegaram com um trem extra — e a isso limitava-se por enquanto o esplendor de sua aparição, pois todos sabiam que os "aposentos dos príncipes" no Hotel Quellenhof não eram de um esplendor ofuscante. Um público que dispunha de tempo para satisfazer sua curiosidade encontrava-se por trás dos cordões de isolamento que circundavam a plataforma, vigiados por um pequeno contingente de policiais, em meio ao qual se encontravam também representantes da imprensa. Mas quem esperava por uma visão excepcional viu-se decepcionado. Spoelmann sequer teria sido reconhecido, tão pouco avassaladora era sua presença. Durante um bom tempo ele foi confundido com seu médico particular, o dr. Watercloose — segundo se dizia, este seria seu nome —, um americano alto que usava o chapéu inclinado em direção à nuca, com um sorriso suave permanente alargando sua boca em meio à barba branca e bem aparada, e que fazia seus olhos se cerrarem. Só no último instante soube-se que o verdadeiro Spoelmann era aquele baixinho bem barbeado que usava um paletó de cor equivocada — aquele que, ao contrário do médico, usava o chapéu enfiado sobre a testa, e os curiosos foram unânimes em dizer que não havia nada nele que chamasse a atenção. Dizia-se coisas fabulosas a seu respeito. Algum engraçadinho espalhara o boato de que Spoelmann teria uma grande quantidade de dentes de ouro entre seus incisivos e que cada um desses dentes de ouro estaria cravejado com um brilhante, um rumor no qual muita gente acreditou. Mas embora não fosse possível imediatamente comprovar ou desmentir semelhante afirmação — pois Spoelmann não mostrou seus dentes, não sorriu e parecia, antes, irritado pela sua própria doença —, quando o viram, ninguém mais acreditou naquilo. Porém, no que dizia respeito à sua filha, a srta. Spoelmann, ela erguera o colarinho de seu casaco de pele e escondera as mãos nos bolsos de tal forma que era quase impossível ver dela alguma coisa além de um par de olhos negros desproporcionalmente grandes que pareciam falar numa língua séria e fluente, que não era compreensível para todos, enquanto olhavam por sobre a multidão. A seu lado encontrava-se a personalidade que foi reconhecida como sua dama de companhia, a condessa Löwenjoul, uma mulher de trinta e cinco anos vestida com simplicidade, cuja altura superava a dos dois Spoelmann, que andava com a cabeça, coberta por uma cabeleira lisa e escassa, reflexivamente inclinada para o lado e que olhava à sua frente com certa delicadeza paralisada. Sem dúvida, o que mais chamou a atenção foi um cão collie, conduzido pela guia por um serviçal com um rosto tranquilo de escravo — um animal de beleza incomum, mas aparentemente muito irritadiço, que preenchia o saguão da estação ferroviária com seu caminhar oscilante como o de um dançarino.

Segundo se dizia, alguns serviçais de Spoelmann, tanto do sexo masculino quanto do sexo feminino, já tinham chegado horas antes ao Quellenhof. Seja como for, coube ao serviçal que conduzia o cachorro tratar também da bagagem, e enquanto ele o fazia, seus senhorios se dirigiram a bordo de duas carroças comuns — o sr. Spoelmann com o dr. Watercloose numa e a srta. Spoelmann com sua condessa na outra — ao Jardim das Fontes. Lá se hospedaram e lá levaram, durante um mês e meio, uma vida que poderia ser financiada por meios bem mais limitados do que os que se encontravam à sua disposição.

Tiveram sorte, o tempo estava bonito, era um outono ensolarado, uma longa sequência de dias de sol estendeu-se de outubro a novembro e a srta. Spoelmann saía diariamente para cavalgar — esse era seu único luxo — em companhia de sua dama de honra. Aliás, os cavalos que as duas usavam tinham sido alugados por semana na cocheira. O sr. Spoelmann não cavalgava, muito embora o *Mensageiro*, evidentemente em alusão à sua presença, publicara uma notícia, assinada pelo seu colaborador para assuntos médicos, na qual se dizia que a prática da equitação era propícia à cura das pedras nos rins devido à oscilação por ela provocada, que supostamente facilitaria a eliminação dos cristais. Mas, segundo informações dos funcionários do hotel, o famoso homem praticava, ao abrigo de quatro paredes, uma forma artificial de equitação com a ajuda de uma máquina, um velocípede estático cuja sela era levada a oscilar por meio da pressão sobre os pedais.

Ele bebia com sofreguidão das águas medicinais da Fonte Ditlinde, às quais parecia atribuir poderes extraordinários. Dia após dia, logo ao amanhecer, era visto junto à fonte onde a água era engarrafada em companhia de sua filha, que, aliás, gozava de excelente saúde e só bebia com ele para lhe fazer companhia, e em seguida punha-se a caminhar trajando seu paletó de cor inadequada e seu chapéu enfiado sobre a testa pelas alamedas do Jardim das Fontes e sob a marquise, enquanto ingeria a água, sugando-a por um canudo de vidro de uma caneca azul, e enquanto era observado à distância pelos dois correspondentes dos jornais americanos, mantidos ali para que enviassem diariamente a seus jornais por telégrafo mil palavras a respeito das férias de Spoelmann, e portanto precisavam se empenhar em encontrar assuntos.

Fora isso, ele quase não era visto. Sua doença — segundo se dizia, ataques muitíssimo dolorosos de cólicas renais — aparentemente o confinava a seu quarto, quando não à sua cama, e enquanto a srta. Spoelmann fora vista em companhia da condessa Löwenjoul duas ou três vezes no Teatro da Corte (ocasiões em que usara um vestido de veludo preto e um xale indiano de uma maravilhosa tonalidade amarelo-dourada sobre seus ombros infantis, exercendo grande atração também com o rosto pálido como pérola e os olhos negros que pareciam falar fluentemente), seu pai nunca foi visto a seu lado no camarote. É verdade que ele realizara a seu lado algumas expedições à capital, com o objetivo de fazer algumas compras, contemplar a cidade e visitar algumas de suas atrações. Também passeou algumas vezes a seu lado pelo Jardim Municipal e visitou em duas ocasiões o castelo Delphinenort, situado ali — da segunda vez o fez sozinho, e seu interesse pela construção chegou a ponto de realizar medidas nas paredes usando uma trena comum, amarela, que se destacava de seu paletó de cor equivocada... Mas nem mesmo no restaurante do Quellenhof era possível vê-lo, pois — seja porque seguia uma dieta restrita praticamente isenta de carne, seja por algum outro motivo — fazia suas refeições somente em seu próprio quarto, em companhia dos seus, de maneira que a curiosidade do público era bastante malnutrida.

E assim ocorreu que, por enquanto, a chegada de Spoelmann ao Jardim das Fontes não produzira os benefícios esperados pela srta. Isenschnibbe e por várias outras pessoas. É verdade que a expedição de água engarrafada cresceu, e cresceu muito depressa, em cerca de cinquenta por cento, mantendo-se então nesse novo volume. Mas a acorrida de turistas não aumentou de modo significativo. Aqueles que vinham para se deleitar com a visão daquela personalidade incomum logo voltavam a partir, satisfeitos ou decepcionados, e, além disso, os que eram seduzidos por sua presença ali não eram exatamente os melhores elementos. Cabeças estranhas surgiam nas ruas, cabeças despenteadas, de olhares selvagens — inventores, empreendedores, benfeitores fanáticos da humanidade que esperavam conquistar Spoelmann para suas ideias fixas. Mas o bilionário portava-se de maneira absolutamente distanciada diante dessas pessoas, com uma delas, que tentou aproximar-se dele no Jardim Municipal, chegou a gritar de tal forma, enrubescendo de ódio, que o alucinado se afastou discretamente, e havia muitos que garantiam que a torrente de cartas com pedidos de auxílio que o alcançavam dia após dia — cartas que vinham dentro de envelopes com selos que os funcionários do Correio Grão-Ducal nunca tinham visto antes — era direcionada imediatamente a uma cesta de lixo de dimensões incomuns.

Ao que parecia, Spoelmann proibira a si mesmo todos os tipos de notícias relativas aos negócios e estava decidido a desfrutar integralmente de suas férias e a viver, durante essa viagem à Europa, somente em função de sua saúde — ou de sua doença. O *Mensageiro*, cujos colaboradores haviam se apressado em estabelecer laços de amizade com seus colegas de ofício americanos, afirmava que um homem de confiança de Spoelmann, um *chief manager,** como se dizia, representava o sr. Spoelmann do outro lado do oceano. Afirmava também que um iate, uma embarcação esplendidamente mobiliada, estava à espera do grande homem em Veneza e que, tão logo concluísse sua cura de águas, ele tencionava dirigir-se ao sul em companhia dos seus. Narrava, igualmente — e com isso ia ao encontro de uma urgente necessidade do

* Gerente chefe. (N. T.)

público — a história aventuresca da fortuna de Spoelmann, desde sua origem no estado australiano de Victoria, aonde seu pai chegara jovem e pobre depois de deixar algum cargo de pequeno funcionário na Alemanha, portando consigo apenas uma picareta, uma pá e uma peneira de estanho. Ali, de início trabalhara como assistente de um garimpeiro, como diarista, com o suor escorrendo da testa. E então veio a sorte grande. Havia um homem, proprietário de uma pequena mina, que se encontrava numa situação tão ruim que sequer era capaz de pagar pelos tomates e pelo pão seco com que se alimentava à hora do almoço e que, passando necessidade, foi obrigado a vender sua mina. O pai de Spoelmann a adquirira, apostando tudo o que tinha naquela cartada e, com todas as suas economias, que consistiam em cinco libras esterlinas, comprou aquele pedacinho de aluvião chamado Campo do Paraíso, que não media mais do que quarenta metros quadrados. E, no dia seguinte, a um palmo e meio abaixo da superfície, encontrou uma pepita de ouro puro, a décima maior pepita de todo o mundo, denominada Paradise Nugget, pesando 980 onças e valendo cinco mil libras...

Esse tinha sido, segundo o *Mensageiro*, o início de sua fortuna. Com a venda de sua descoberta, o pai de Spoelmann se dirigiu à América do Sul, à Bolívia, onde seguiu trabalhando como garimpeiro, depois como proprietário de uma fundição e proprietário de minas, continuando a arrancar o metal amarelo diretamente do fundo dos rios tanto quanto do colo das rochas. Ali, então, o velho Spoelmann se casara — e o *Mensageiro* introduzia, nesse ponto da história, a observação de que ele o fizera sem levar em conta e mesmo desprezando os preconceitos que ali vigiam àquela época. Mas dessa forma fora capaz de duplicar seu capital, multiplicando o dinheiro que estava em suas mãos de maneira inaudita. Emigrara então rumo ao norte, para Filadélfia, no estado da Pensilvânia. Isso ocorrera na década de 1850, à época da rápida expansão ferroviária, e Spoelmann começou seus negócios investindo em ações da Ferrovia de Baltimore e Ohio. Além disso, administrara uma mina de carvão na região oeste daquele estado que proporcionava lucros consideráveis. E então fez parte daquele grupo de jovens abençoados que adquiriram, por alguns milhares de libras, a famosa Blockhead Farm — uma pequena propriedade rural que, com seus poços de petróleo, em pouco tempo passou a valer centenas de vezes seu preço original... Esse empreendimento fizera do velho Spoelmann um homem rico, mas não por isso ele concederia a si mesmo o descanso; ao contrário, continuou a praticar a arte de fazer mais dinheiro a partir do dinheiro que tinha, dessa forma alcançando quantias colossais. Construiu minas de aço, criou grandes empresas de transformação de ferro em aço e de construção de pontes ferroviárias, virara acionista majoritário de quatro ou cinco grandes companhias ferroviárias e, já com idade avançada, tornara-se presidente, vice-presidente, procurador ou diretor dessas companhias. Quando foi criado o truste do aço, segundo o *Mensageiro*, ingressara nessa sociedade com um patrimônio em ações que já lhe proporcionava rendimentos anuais na casa dos doze milhões de dólares. Mas ele era também o principal acionista e o presidente do conselho administrativo do truste do petróleo e, ao mesmo tempo, graças a essa participação, dirigira três ou quatro outros trustes. E, à época de sua morte, seu patrimônio, calculado na moeda corrente daqui, era de cerca de um bilhão.

Samuel, seu único filho, nascido daquele casamento da juventude do pai, um casamento que se opunha de alguma maneira a todos os preconceitos, fora seu único herdeiro — e o *Mensageiro*, sutil como sempre, acrescentou um comentário dizendo que parecia haver algo de triste na ideia de uma pessoa que, sem ter exercido qualquer atividade e sem ser responsável por isso, se encontrasse de nascença numa situação como aquela. Samuel herdara o palácio na Quinta Avenida de Nova York, os castelos no interior e todas as ações, participações nos trustes e dividendos do pai. Mas herdara também a peculiar solidão, a fama e o ódio da multidão desfavorecida ante o poder do dinheiro acumulado — um ódio que buscava aplacar por meio de colossais donativos anuais a colégios, conservatórios, bibliotecas, entidades beneficentes e à universidade que seu pai fundara e que levava o nome dele.

O *Mensageiro* garantia que Samuel Spoelmann sofria, sem ter qualquer responsabilidade, o ódio dos desfavorecidos. Tinha sido introduzido aos negócios ainda jovem e, já nos últimos anos de vida do pai, administrara a vertiginosa massa patrimonial da família. Mas era de conhecimento público que seu coração não se interessava muito pelas transações. Curiosamente, sua inclinação natural era desde sempre a música — mais especificamente, a música de órgão. E essa notícia do *Mensageiro* podia ser comprovada porque o sr. Spoelmann de fato mandara instalar no Quellenhof um pequeno órgão, cujos foles eram acionados, sob sua ordem, por um serviçal do hotel, e o qual, como era possível ouvir do parque, tocava todos os dias por uma hora.

Ainda segundo o *Mensageiro*, ele se casara por amor e sem qualquer tipo de consideração econômica com uma moça pobre e bonita de origem meio alemã e meio anglo-saxã. Ela morrera, mas lhe deixara uma filha, aquela moça fruto de uma particular mestiçagem que agora se encontrava em meio às nossas muralhas como hóspede, e que tinha atualmente dezenove anos. Seu nome era Imma — um nome arquigermânico, conforme observava o *Mensageiro*, pois nada mais era do que a forma arcaica de "Emma", e também era fácil perceber que, ainda que permeada por alguns fragmentos de inglês, a língua do dia a dia na casa de Spoelmann ainda era o alemão. Aliás, quão profundamente pareciam amar-se o pai e a filha! Todas as manhãs, quem chegasse à hora certa no Jardim das Fontes poderia observar a srta. Spoelmann, que costumava chegar ao pavilhão de engarrafamento de água um pouco depois de seu pai, segurar a cabeça dele entre as duas mãos e, enquanto ele batia delicadamente às costas dela, beijá-lo na boca e nas faces, desejando-lhe um bom dia. E então caminhavam de braços dados sob a marquise e sugavam a água da fonte com seus canudos...

Assim dizia o bem informado diário, nutrindo a curiosidade do público. Dava-se notícia igualmente das visitas que a benevolente srta. Imma fazia, junto com sua dama de companhia, a várias instituições de beneficência da cidade. Ainda ontem inspecionou minuciosamente a cozinha popular. Hoje fez uma visita atenta ao Hospital de Senhoras Espírito Santo. E, além disso, por duas vezes participou de um seminário a respeito da teoria dos números conduzido pelo conselheiro Klinghammer na universidade, sentando-se, como os demais estudantes, nos bancos de madeira e fazendo com sua caneta-tinteiro diligentes anotações, pois, como era sabido, era moça estudada e se dedicava ao estudo da álgebra. Sim, aquilo tudo era interessante de ler e oferecia assunto de sobra para conversas. Mas quem fazia o *Mensageiro* falar de si mesmo sem que para isso fosse preciso fazer qualquer tipo de esforço era o cachorro, aquele nobre collie branco e preto que os Spoelmann haviam trazido consigo, e, em segundo lugar, a dama de companhia, condessa Löwenjoul.

Quanto ao cachorro, Perceval (nome que deveria ser pronunciado à moda inglesa), mas que normalmente era chamado de Percy, era um animal indescritivelmente irritadiço e passional. Enquanto estava no interior do hotel não dava motivo para reclamações, permanecendo deitado em posições elegantes sobre um pequeno tapete diante dos aposentos dos Spoelmann. Mas a cada vez que saía dali era tomado de acessos de demência que chamavam a atenção e causavam o repúdio de todos, e que mais de uma vez tinham causado verdadeiros distúrbios no tráfego da cidade. Seguido a grande distância por uma matilha de cães locais, vira-latas comuns incitados por seu comportamento e que o acompanhavam, latindo furiosamente e correndo, e aos quais, aliás, não dava a menor atenção, voava pelas ruas da cidade com o focinho espumando, latindo como um animal selvagem, e descrevia círculos furiosos diante do bonde, e levava os cavalos das charretes a caírem, e por duas vezes derrubou a banca diante do Parlamento na qual a viúva Klaassen vendia seus bolos, fazendo-o com tamanha fúria que os doces dela se espalharam pela metade da praça do mercado. Mas como, ante acidentes como esses, o sr. Spoelmann ou sua filha imediatamente ofereciam indenizações mais do que adequadas, e como também ficou comprovado que esses estados de espírito de Perceval eram, em princípio, de natureza inofensiva, e que ele era tudo menos feroz e briguento, encontrando-se apenas fora de si, logo passou a ser estimado pela população, e suas excursões, sobretudo para as crianças, tornaram-se uma fonte de alegria.

A condessa Löwenjoul, por sua vez, despertava vivo interesse de maneira mais silenciosa, porém não menos peculiar. No início, quando sua pessoa e sua posição ainda não eram conhecidas na cidade, ela se tornara objeto da perseguição dos moleques de rua por causa de seu costume de andar sozinha pelas ruas falando consigo mesma, com uma expressão suave e circunspecta no rosto e acompanhando essas conversas de gestos vívidos e também graciosos e elegantes. Ao mesmo tempo, dirigia-se às crianças que corriam atrás dela gritando e puxando seu vestido de maneira tão amorosa e tão digna que seus algozes, envergonhados e perplexos, logo a deixaram em paz. Mais tarde, quando já se sabia de quem se tratava, o respeito por sua relação com os hóspedes famosos impedia que fosse incomodada. Ainda assim, circulavam secretamente anedotas incompreensíveis a seu respeito. Um homem relatou que a condessa lhe entregara uma moeda de ouro, incumbindo-o de dar um bofetão numa certa velha que supostamente lhe teria feito pedidos inconvenientes. O homem enfiara a moeda no bolso sem, porém, realizar sua incumbência. Além disso, foi dada por verdadeira a alegação de que a condessa Löwenjoul abordara o vigia diante da Caserna dos Fuzileiros da Guarda dizendo-lhe que precisava prender imediatamente a mulher do sargento de determinada companhia por causa de seu comportamento inadequado. Ela também teria escrito uma carta ao capitão de tal regimento, alegando que todo tipo de horrores secretos e impronunciáveis estavam ocorrendo na caserna. Só Deus sabe qual era o propósito de tais atitudes. Houve quem concluísse, de pronto, que a condessa era louca. Seja como for, não houve tempo para investigar o assunto em profundidade, pois antes que as pessoas se dessem conta haviam se passado as seis semanas e Spoelmann, o bilionário, partiu.

Partiu depois de mandar o professor Von Lindemann fazer um retrato seu — e, no entanto, deu o caríssimo quadro de presente como lembrança sua ao dono do Hotel Quellenhof. Partiu com sua filha, Löwenjoule, o dr. Watercloose, Perceval, o velocípede para uso doméstico e seus serviçais a bordo de um trem especial em direção ao sul para passar o inverno na Riviera, lugar para onde tinham sido despachados os dois jornalistas nova-iorquinos, e para em seguida cruzar o oceano de volta à sua casa. Tudo estava encerrado. O *Mensageiro* desejou ao sr. Spoelmann uma feliz viagem e expressou o desejo de que a temporada de cura de águas lhe fizesse bem à saúde. E com isso esse incidente peculiar parecia encerrado e concluído. O tempo fez o restante. Aos poucos, as pessoas começavam a esquecer o sr. Spoelmann.

O inverno passou. Foi aquele inverno no qual a princesa Von Ried-Hohenried deu à luz uma filhinha. E a primavera chegou ao país e sua alteza real o grão-duque Albrecht dirigiu-se como de costume a Hollerbrunn. Mas então surgiu na imprensa e na boca do povo um boato que de início foi ouvido com indiferença pelas pessoas prudentes, mas que adquiriu importância, cristalizou-se e por fim passou a governar as conversas cotidianas, ganhando o estatuto de notícia substancial e verdadeira.

O que se passava? — Um dos castelos grão-ducais estava para ser vendido. — Mas isso era tolice. Que castelo? — Delphinenort. O castelo Delphinenort no Jardim Municipal a norte da cidade. — Que tolice! Vendido? A quem? — A Spoelmann. — Ridículo. O que ele haveria de fazer com isso? — Restaurá-lo para viver ali. Muito simples. — Mas talvez nossa Câmara de Deputados tivesse algo a dizer a esse respeito. — À Câmara dos Deputados o assunto não interessava nem um pouco. Acaso era dever do Estado a conservação do castelo Delphinenort? Se fosse o caso, o belo castelo estaria mais bem conservado. Portanto, a Câmara dos Deputados *nada* tinha a dizer a esse respeito. — As negociações já se encontravam muito adiantadas? — Sem dúvida, estavam concluídas. — Ah é? Então já seria possível saber exatamente qual tinha sido o preço combinado? — Vou lhe contar. O preço de venda era, exatamente, dois milhões. — Impossível! Uma propriedade da coroa! — Propriedade da coroa? E daí? Por acaso tratava-se de Grimmburg? Do Velho Castelo? Tratava-se, sim, de um castelo de recreio, um castelo de recreio que nunca era utilizado e estava irreversivelmente arruinado por falta de dinheiro. — Então Spoelmann pretende voltar para cá todos os anos e passar algumas semanas em Delphinenort? — Não. O que ele pretende é simplesmente se mudar para cá. Está farto da América, quer dar as costas à América, e sua primeira estada aqui não foi nada além de uma visita para se informar. Estava doente e pretendia retirar-se dos negócios. Em seu coração, ele permanecera sempre um alemão. O pai tinha emigrado e o filho queria retornar. Estava interessado em participar da vida comedida de nossa capital e em participar de sua vida cultural e em passar o resto de seus dias junto à Fonte Ditlinde.

Espanto, admiração, intermináveis discussões. Mas, com exceção das vozes de alguns rabugentos, e depois de um breve período de oscilação, a opinião púbica mostrava-se entusiasmadamente favorável ao plano da venda e, sem essa concordância generalizada, certamente aquele negócio não teria ido muito longe. O ministro da Corte Von Knobelsdorff foi o primeiro a fazer uma cuidadosa alusão à oferta de Spoelmann na imprensa diária. Esperara até que a opinião pública se decidisse. E depois da perplexidade inicial, foram encontrados bons motivos, em grande quantidade, para apoiar aquele projeto. O mundo dos negócios mostrou-se entusiasmado pela ideia de ter aquele poderoso comprador vivendo de modo permanente na cidade. Os estetas mostraram-se encantados pela perspectiva de ver o castelo Delphinenort restaurado e conservado e de ver essa construção nobre novamente honrada e rejuvenescida de maneira tão inesperada e peculiar. Mas os que pensavam na economia nacional levaram em consideração aquelas cifras, que, diante da situação do país, certamente teriam um grande impacto. Pois se viesse residir entre nós, Samuel Spoelmann se tornaria contribuinte do Fisco e seria obrigado a recolher aqui os tributos sobre seus rendimentos. Talvez valesse a pena refletir um pouco acerca do significado desse fato? Seria dada ao sr. Spoelmann a liberdade de declarar o valor de seu patrimônio, mas conforme tudo o que já se *sabia* — já se sabia aproximadamente — esse morador representaria uma fonte de impostos no valor anual de cerca de dois milhões e meio, contando-se apenas os impostos estatais e incluir os impostos municipais. Isso era algo que merecia nossa consideração ou não? Essa pergunta foi dirigida diretamente ao ministro das Finanças, o sr. dr. Krippenreuther. Se esse funcionário não fizesse tudo o que era possível para obter do soberano a concordância com a venda, então era porque se esquecera dos seus deveres. Pois era um imperativo do amor à pátria aceitar a oferta de Spoelmann, de maneira que ele pudesse se instalar entre nós conforme seu desejo, e todos os outros tipos de considerações pareciam irrelevantes diante desse sério imperativo.

E assim sua excelência Von Knobelsdorff se pronunciou diante do grão-duque. Informou seu senhor a respeito da opinião pública e acrescentou que a soma de dois milhões representava um preço superior ao valor atual do castelo, em função do estado em que se encontrava. Observou também que essa soma representaria um verdadeiro deleite para a direção das finanças da corte, e por fim permitiu-se aludir ao aquecimento central no Velho Castelo, que deixaria de ser uma impossibilidade caso a venda se efetivasse. Em resumo, o desenvolto velho senhor exerceu toda a influência de que era capaz para que a venda se realizasse e sugeriu ao grão-duque discutir o assunto no conselho de família. Albrecht sugou ligeiramente o lábio superior com o inferior e convocou o conselho de família. A reunião se deu na Sala dos Cavaleiros, e, enquanto se realizava, foram servidos chá e biscoitos. Só duas integrantes do conselho, as princesas Katharina e Ditlinde, manifestaram-se contra a venda por questões de honra.

— Você vai ser mal interpretado, Albrecht! — disse Ditlinde. — Você vai ser acusado de falta de consciência de sua própria alteza, e isso não está certo porque, ao contrário, você possui consciência de sua alteza em excesso, você é orgulhoso demais, Albrecht, para você é indiferente. Mas eu digo não. Não desejo que uma Ave das Mil e Uma Noites viva num dos seus castelos, isso não se faz, e já basta que ele tenha um médico particular e que tenha ocupado os aposentos dos príncipes no Quellenhof. O *Mensageiro* volta sempre a repetir que ele é um contribuinte, mas no meu entender é simplesmente um sujeito e nada mais. O que você pensa a esse respeito, Klaus Heinrich?

Mas Klaus Heinrich votou a favor da venda. Em primeiro lugar, isso permitiria que Albrecht conseguisse seu aquecimento central, e, além disso, Spoelmann não era um sujeito qualquer, não era o fabricante de sabão Unschlitt, e sim uma pessoa excepcional e, portanto, não seria uma vergonha vender-lhe Delphinenort. Por fim, Albrecht baixou os olhos e declarou que o conselho de família, na verdade, não passava de um teatrinho, pois o povo já decidira havia tempo, seus ministros o pressionavam para realizar a venda e não lhe restava alternativa senão voltar, mais uma vez, à estação de trens para acenar à multidão.

O conselho de família se reunira na primavera. A partir daí, as negociações eram conduzidas por Spoelmann, de um lado, e pelo marechal da corte, o sr. Von Bühl zu Bühl, de outro, aceleraram-se, e o verão ainda não estava muito adiantado quando o castelo Delphinenort, junto com seu parque e suas edificações adjacentes, tornou-se, na forma da lei, propriedade do sr. Spoelmann.

E logo começou uma atividade frenética em torno do castelo e em seu interior, que atraía à região norte da cidade um grande número de pessoas. Delphinenort foi restaurado e seu interior, parcialmente reformado. Todas as obras foram realizadas com grandes contingentes de trabalhadores, pois havia pressa, muita pressa, essa era a vontade de Spoelmann, e o prazo por ele estipulado era de apenas cinco meses, ao fim dos quais tudo teria que estar pronto para sua mudança. Assim, rápido como o vento, andaimes de madeira com escadas e plataformas surgiram em torno do esplendor arruinado do castelo, ocupados de cima a baixo por trabalhadores estrangeiros, e um arquiteto chegou do outro lado do oceano, investido de plenos poderes, para assumir a direção de todas as obras. Mas a parte principal dessa tarefa, afinal, coube à diligência de nossos próprios artesãos. Pedreiros, construtores de telhados, carpinteiros, laqueadores, tapeceiros, vidraceiros, colocadores de parquês da capital, especialistas em jardinagem e mestres instaladores de sistemas de aquecimento e mestres em iluminação tiveram trabalho farto e lucrativo durante aquele verão e aquele outono. Quando sua alteza real Klaus Heinrich deixava abertas as janelas de seu Eremitage, o ruído das atividades ali penetrava no interior de seus aposentos em estilo Empire, e em várias ocasiões, em meio às saudações respeitosas do público, ele passara a bordo de sua carruagem em frente ao castelo Delphinenort para se inteirar dos progressos alcançados com os trabalhos. A casinha do jardineiro estava sendo restaurada, os estábulos e cocheiras destinadas a abrigar as carruagens e os automóveis estavam sendo ampliados e quantidades imensas de móveis e tapetes, caixotes e caixas contendo tecidos e utensílios domésticos eram descarregados diante do castelo Delphinenort enquanto, entre os circunstantes, espalhava-se a notícia de que, lá dentro, mãos habilidosas se dedicavam a montar o precioso órgão elétrico que Spoelmann despachara para cá do outro lado do oceano. Uma tensão pairava no ar quando as pessoas se indagavam se o parque que pertencia ao castelo e que fora tão esplendidamente limpo e ajardinado haveria de ser separado do Jardim Municipal por meio de muros ou cercas. Mas nada disso aconteceu. A propriedade estava destinada a permanecer acessível, de maneira a não restringir a liberdade de movimentos dos cidadãos da capital pelo verde — essa era a vontade de Spoelmann. Aos visitantes que passeavam aos domingos pelo Jardim Municipal seria permitido o acesso até perto do castelo, até as sebes bem aparadas que emolduravam o grande espelho d'água retangular, e essa decisão não deixou de causar a melhor das impressões sobre a população, sim, o *Mensageiro* publicou um artigo especial a esse respeito, elogiando essa disposição espontânea do sr. Spoelmann.

E veja: quando as folhas estavam outra vez caindo, exatamente um ano depois da primeira visita de Samuel Spoelmann, ele chegou pela segunda vez à nossa estação ferroviária. Dessa vez, um público muito mais numeroso do que o do ano passado acorreu ao acontecimento, e garante-se que, quando o sr. Spoelmann desembarcou de seu vagão particular trajando seu já bem conhecido paletó de cor equivocada e com o chapéu enfiado até a testa, gritos animados de "Viva!" ecoaram em meio à multidão — manifestações, aliás, que pareciam provocar a irritação do sr. Spoelmann e às quais quem agradeceu em lugar dele foi o dr. Watercloose, abrindo os lábios num sorriso delicado e cerrando os olhos. Também no instante em que a srta. Spoelmann desembarcou foram dadas vivas e alguns engraçadinhos até mesmo gritaram "Hurra!" quando Percy, o collie, surgiu na plataforma da estação balançando a cauda e saltitando completamente fora de si. Além do médico e da condessa Löwenjoul havia mais duas pessoas desconhecidas em companhia dos senhorios, dois senhores bem barbeados e com olhares decididos que chamavam a atenção por trajarem paletós brancos. Eram os secretários do sr. Spoelmann, o sr. Phlebs e o sr. Slippers, conforme foi noticiado no *Mensageiro*.

Àquele momento, ainda faltava muito para Delphinenort ficar pronto e os Spoelmann a princípio se hospedaram no primeiro andar do hotel da capital, onde um homem alto, barrigudo e orgulhoso vestido de preto, o mordomo ou *butler* dos Spoelmann, que chegara ali antes deles, preparara-lhes as acomodações e montara com as próprias mãos o velocípede doméstico. Diariamente, enquanto Imma passeava a cavalo com sua condessa, seguida por seu Percy, ou visitava instituições de beneficência, o sr. Spoelmann permanecia em casa para supervisionar os trabalhos e para dar ordens, e, quando o ano já se aproximava do fim, pouco tempo depois das primeiras nevascas, o sonho se realizou e os Spoelmann se mudaram para o castelo Delphinenort. Em poucos minutos, dois automóveis (há pouco tinham sido vistos chegando, veículos esplêndidos de força colossal que se moviam de um lugar a outro produzindo um suave ruído metálico) dirigidos por choferes vestidos em trajes de couro, junto aos quais iam criados trajando casacos de pele brancos como a neve, levaram as seis pessoas através do Jardim Municipal, saindo do hotel — pois no segundo deles estavam acomodados o sr. Phlebs e o sr. Slippers — e, enquanto os veículos cruzavam a majestosa alameda de castanheiras que desembocava no acesso ao castelo, meninos do povo dependuravam-se dos postes altos que haviam sido instalados junto aos quatro cantos do grande espelho d'água, balançando suas boinas e gritando...

E assim Samuel Spoelmann e seus familiares se estabeleceram entre nós e sua presença se tornou um hábito estimado. Seus criados, vestidos de branco e dourado, eram vistos e reconhecidos na cidade, assim como eram vistos e reconhecidos os lacaios do grão-duque com seus trajes marrons e vermelhos. O negro vestido de veludo bordô que servia como porteiro, vigiando a entrada de Delphinenort, logo se tornou uma figura folclórica, e quem andava passeando diante do castelo e ouvia o rugido abafado da música de órgão do sr. Spoelmann que brotava de seu interior levantava o dedo e dizia:

— Ouça! Ele está tocando! Isso significa que, no momento, não está com cólicas.

Todos os dias via-se a srta. Imma ao lado da condessa Löwenjoul seguida de um cavalariço e cercada pelos latidos do furioso Percy, cavalgando ou passeando pelo Jardim Municipal ou por ali conduzindo os quatro cavalos que puxavam sua carruagem leve, enquanto o criado, que permanecia no assento traseiro do veículo, levantava-se a cada tanto, retirava de um estojo de couro um grande trompete de prata e anunciava com um som estridente a aproximação do coche. E quem se levantasse cedo poderia ver, manhã após manhã, pai e filha se dirigindo ao Jardim das Fontes para beber as águas, atravessando o parque em torno do castelo Eremitage a bordo de uma carroça pintada de um tom escuro de vermelho ou, quando o tempo estava bom, a pé. Quanto a Imma, como já foi dito, esta retomou suas visitas às instituições de beneficência, mas ao mesmo tempo parecia não negligenciar sua dedicação à ciência, pois desde o início do ano letivo passou a frequentar regularmente as aulas do conselheiro Klinghammer na universidade. Todos os dias, trajando vestido preto com colarinho e punhos brancos, ela se sentava em meio aos jovens na sala de aulas e conduzia a caneta-tinteiro pelas páginas do caderno, pressionando-a com o indicador esticado — esse era seu jeito de escrever. Os Spoelmann viviam de maneira reservada, não participavam da vida social da cidade, o que podia ser explicado tanto pela doença do sr. Spoelmann quanto por seu isolamento social. A que grupo social haveria de se ligar? Ninguém ousava apresentá-lo ao fabricante de sabão Unschlitt ou ao diretor de banco Wolfsmilch. Mas logo passaram a abordá-lo para fazer-lhe pedidos à sua caridade, e ele não os rejeitou. Pois o sr. Spoelmann, que, como se sabe, antes de partir da América transferira ao Ministério da Educação uma soma colossal em dólares e também assumira o compromisso de manter suas contribuições anuais à Universidade Spoelmann e às demais instituições de ensino por ele mantidas, logo depois de se mudar para Delphinenort destinou dez mil marcos ao Hospital Infantil Grã-Duquesa Dorothea, que justamente estava levando a cabo uma campanha de arrecadação: um gesto cuja generosidade o *Mensageiro* e os demais órgãos da imprensa souberam louvar calorosamente. Sim, ainda que os Spoelmann vivessem distanciados da vida social, desde sua chegada se tornaram em certa medida figuras públicas e, ao menos na seção local dos jornais diários, seus movimentos eram seguidos com atenção semelhante à dedicada aos membros da casa grão-ducal. O público era informado quando a srta. Imma, acompanhada da condessa, do sr. Phlebs e do sr. Slippers, jogava uma partida de tênis no parque de Delphinenort e também era informado sobre quando ela ia ao teatro, sobre quando seu pai a acompanhava para assistir a um ato e meio de uma ópera. Assim, se o sr. Spoelmann escapava da curiosidade dos demais espectadores e jamais deixava seu camarote durante os intervalos, e quase nunca era visto andando a pé pelas ruas, ainda assim estava ciente das obrigações de representação que fazem parte de uma existência extraordinária e que dava, aos olhos do público, o que lhes cabia. Era sabido por todos que o parque de Delphinenort não era separado do Jardim Municipal. Não havia muros separando o castelo do resto do mundo. Vindo pelo lado dos fundos do castelo, era possível atravessar o gramado e alcançar a base do amplo terraço coberto que ali fora construído e, com um pouco de ousadia, era possível espiar, através da porta de vidro, o grande jardim de inverno branco e dourado cujo teto se alçava a grande altura e onde o sr. Spoelmann costumava tomar o chá das cinco junto com os seus. Sim, quando chegava a primavera, o chá era servido lá fora, e, como num palco, o sr. Spoelmann, a srta. Spoelmann, a condessa Löwenjoul e o dr. Watercloose se sentavam em suas modernas poltronas de vime e tomavam o chá em público. Pois, ao menos aos domingos, nunca faltava público para observar aquele espetáculo de uma distância respeitosa. As pessoas indicavam umas às outras o grande bule de prata que — algo que nunca fora visto antes — era aquecido por meio da eletricidade, e os admiráveis librés dos dois serventes que alcançavam as xícaras e as geleias: fraques brancos fechados até o pescoço e adornados com galões dourados, forrados de penas de cisne no colarinho, nos punhos e nas bainhas. Ouvia-se a conversação em inglês e em alemão, e seguia-se boquiaberto cada um dos gestos daquela estranha família lá em cima. Seguia-se depois para o portão principal a fim de gritar algumas expressões engraçadas no dialeto popular em direção ao negro vestido de veludo bordô, às quais ele respondia sorrindo com seus dentes brancos...

Klaus Heinrich viu Imma Spoelmann pela primeira vez num dia ensolarado de inverno ao meio-dia. Isso não significa que ele ainda não tivesse *olhado* para ela algumas vezes, no teatro, na rua, no Jardim Municipal. Mas isso é outra coisa. Ele a viu pela primeira vez nesse dia em meio a circunstâncias muito animadas.

Até as onze e meia conduzira a Audiência Livre no Velho Castelo e, ao seu término, não se dirigira imediatamente ao castelo Eremitage e sim mandara o cocheiro aguardá-lo num dos pátios enquanto pretendia fumar um cigarro na torre de vigia principal em companhia dos oficiais em serviço do Regimento dos Guardas Granadeiros. Como usava a farda desse regimento, ao qual também pertencia seu ajudante de ordens, empenhou-se em passar a impressão de que havia, entre ele e os oficiais, certa camaradagem. Às vezes ele fazia uma refeição no Clube dos Oficiais e às vezes lhes fazia companhia, por meia hora, na sala de vigia principal, muito embora supusesse que sua presença ali fosse um incômodo mais do que qualquer outra coisa, pois impedia que os senhores jogassem cartas ou contassem uns aos outros histórias indecentes. Assim, portando a sinuosa Estrela de Prata da Grande Ordem do Grifo de Grimmburg em seu paletó e com a mão esquerda apoiada na parte posterior do quadril, em companhia do sr. Von Braunbart-Schellendorf, que anunciara a visita com antecedência, permanecia na sala de vigia dos oficiais, que ficava no andar térreo do castelo junto ao portão que dava para a Albrechtsplatz, e entabulava uma conversa vazia com dois ou três dos senhores no centro do aposento, enquanto outro grupo de oficiais conversava junto à janela rente ao chão. Como o sol brilhava com força lá fora, a janela tinha sido aberta e, vindo da caserna, aproximava-se da Albrechtsstrasse, em meio a música e percussão, a marcha dos soldados que deixavam a caserna. O relógio da igreja da corte anunciava o meio-dia. Ouvia-se fora a voz rouca do suboficial que informava: "Em formação!", gritando em direção à sala de vigia. Ouvia-se o ruído dos Granadeiros que se apressavam em apanhar suas armas. O público se juntava na praça. O tenente, a quem cabia o comando, apertou com agilidade o cinturão, do qual pendia seu sabre, juntou os saltos de suas botas diante de Klaus Heinrich e saiu. Subitamente, com aquela intimidade um pouco falsa típica do tom que imperava no relacionamento entre Klaus Heinrich e os oficiais, o tenente Von Sturmhahn, que olhava pela janela, gritou:

— Com mil demônios! Sua alteza real quer ver uma coisa bonita? Aí vem a Spoelmann, com sua álgebra debaixo do braço...

Klaus Heinrich aproximou-se da janela. A srta. Imma vinha a pé sozinha, da direita, pela calçada. Suas duas mãos estavam enfiadas num grande cilindro formado por um xale enrolado do qual pendiam franjas, e segurava seu caderno junto ao corpo com o antebraço. Trajava uma jaqueta comprida feita de reluzentes peles de raposa negra, com uma boina feita do mesmo material sobre a cabeça escura e estranha. Evidentemente vinha de Delphinenort e se apressava em chegar à universidade. Alcançou a sala de vigia no mesmo instante em que a tropa, que chegava da caserna vindo do outro lado para assumir a guarda, marchava pelo calçamento, detendo-se diante da guarda que encerrava seu serviço e que, dividida em dois grupos, aguardava imóvel na calçada com as armas junto aos pés. Era preciso que ela fizesse meia-volta para se desviar da corporação dos músicos e da multidão que se aproximava para assistir ao espetáculo da troca da guarda, e se quisesse evitar a praça aberta com seus trilhos de bonde teria que descrever um arco bastante extenso pela calçada que a circundava, ou teria que esperar pelo término da cerimônia militar. Ela não parecia disposta a nenhuma dessas duas alternativas e, assim, resolveu enfiar-se entre os dois grupos, seguindo adiante pela calçada diante do Castelo. O suboficial de voz rouca deu um salto.

— Passagem proibida! — gritou ele, colocando diante dela o cabo de sua arma. — Passagem proibida! Retorne! Espere!

Mas então a srta. Spoelmann se enfureceu.

— Que ideia é essa? — gritou ela. — Estou com pressa!

Mas essas palavras significavam relativamente pouco comparadas com a enfática, franca, passional e irresistível indignação com a qual foram proferidas. Quão pequena e peculiar era ela! Os soldados loiros em meio aos quais ela se colocara superavam em pelo menos duas cabeças a altura dela. Seu rostinho naquele instante estava pálido como cera e suas sobrancelhas negras se juntaram, formando no centro da testa uma ruga de fúria profunda e expressiva, enquanto as narinas se dilatavam na ponta do narizinho de forma indeterminada, e seus olhos negros de excitação e arregalados falavam numa língua a tal ponto penetrante, persuasiva e fluente que nenhum tipo de oposição parecia possível.

— Que ideia é essa! — gritou ela. — Estou com pressa!

Enquanto isso, empurrou com a mão esquerda o cabo da arma junto com o suboficial perplexo, e seguiu adiante entre as duas metades da corporação — seguiu adiante pelo seu caminho, entrando então à esquerda na rua da Universidade e desaparecendo.

— Veja isso! — gritou o tenente Von Sturmhahn. — Mas veja só!

Os oficiais junto à janela riam. E fora, em meio ao público, havia também muitos outros que riam — e sua alegria parecia manifestar seu agrado com a cena. Klaus Heinrich juntou-se ao bom humor generalizado. A troca da guarda se deu em meio aos comandos e aos fragmentos da música das marchas militares. Klaus Heinrich retornou ao Eremitage.

Almoçou sozinho, fez um passeio à tarde com seu cavalo castanho Florian e, ao anoitecer, dirigiu-se a uma grande recepção na casa do ministro das Finanças dr. Krippenreuther. A várias pessoas contou, num tom muito alegre, a cena que presenciara diante da sala de vigia do castelo e todos se mostraram entusiasmados com sua narrativa, muito embora a história àquela hora já tivesse se espalhado pela cidade e já fosse conhecida por todos. No dia seguinte, teria que viajar porque seu irmão o encarregara de representá-lo na cerimônia de inauguração do pavilhão municipal da cidade vizinha. Por algum motivo, viajava a contragosto naquele dia e só de má vontade deixou a capital. Parecia-lhe que, ao fazê-lo, estava deixando para trás algum assunto importante, divertido e inquietante que na verdade exigia urgentemente sua presença. Mas enquanto permanecia sentado em sua cadeira no pavilhão municipal, vestido esplendidamente, e ouvia o discurso solene do prefeito, Klaus Heinrich não seguia atento apenas à maneira pela qual se apresentava aos olhares da multidão, mas em seu íntimo ocupava-o aquele assunto novo e urgente. Por um instante pensou, também, numa pessoa a quem certa vez conhecera superficialmente, muitos anos antes, a srta. Unschlitt, filha do fabricante de sabão — uma lembrança que parecia estar ligada de alguma forma àquele assunto urgente.

Imma Spoelmann empurrou enfurecida o suboficial rouco para o lado e seguiu adiante, com sua álgebra debaixo do braço, cruzando a alameda formada pelos altos e loiros granadeiros. Como brilhava seu rosto, pálido como pérola, sob o gorro de pele, e quantas coisas diziam seus olhos expressivos! Não havia ninguém que se parecesse com ela. Seu pai era doente de tanta riqueza e simplesmente comprara um castelo do patrimônio da coroa. O que era mesmo que fora publicado no *Mensageiro* a respeito de sua fama, pela qual nada fizera e a respeito da "peculiar solidão de sua vida"? Dizia-se que era obrigado a suportar o ódio da maioria desfavorecida — fora mais ou menos isso que lera no artigo. Aliás, as narinas dela se dilataram de tanta indignação. Não havia ninguém, em nenhum lugar, que se parecesse com ela. Era um caso excepcional. E o que teria acontecido se fosse ela que tivesse estado naquela ocasião no Baile dos Cidadãos? Se isso tivesse acontecido, ele hoje teria a seu lado uma companheira, não teria se equivocado e a noite não teria terminado em escândalo e vergonha. "Para baixo, para baixo, para baixo com ele!" Que nojo! Vejamos mais uma vez como ela caminha, com sua pele tão pálida e sua cabeleira tão negra, tão exótica em meio à alameda formada pelos soldados loiros...

Foram esses os pensamentos que ocuparam a intimidade de Klaus Heinrich durante os dias que se seguiram — só esses três ou quatro pensamentos. E era espantoso, na verdade, como aquilo lhe bastava, sem que tivesse necessidade de outros. Mas considerando-se todos os aspectos da questão, parecia-lhe mais do que desejável rever logo, se possível ainda hoje, aquele rostinho pálido como pérola.

À noite, ele se dirigiu ao Teatro da Corte, onde era apresentada a ópera *A flauta mágica*. E quando avistou de seu camarote a srta. Spoelmann sentada ao lado da condessa Löwenjoul, na parte posterior da primeira galeria, assustou-se e seu coração estremeceu. Durante a apresentação, era-lhe possível observá-la em meio à escuridão com seu binóculo, pois a luz do palco incidia sobre ela. Ela apoiava a cabecinha na mão magra e livre de adornos enquanto pousava, despreocupadamente, o antebraço nu no peitoril revestido de veludo, e não parecia mais indignada. Usava um vestido de seda azul-marinho reluzente e um mantô leve, com bordados em forma de buquês de flores coloridos, e ostentava um colar comprido repleto de diamantes faiscantes. Na verdade, Klaus Heinrich achou que não era tão pequena quanto poderia parecer quando se ergueu do assento ao término do ato. Não, o que lhe dava aqueles ares de menina era o formato infantil de sua cabeça e a exiguidade de seus ombros bronzeados. Seus braços eram bem formados e era visível que praticava esportes e que cavalgava. Mas, abaixo do pulso, seu braço também se parecia com o de uma criança.

Quando chegou a hora do diálogo no qual se diz: "Ele é um príncipe, ele é mais do que isso", Klaus Heinrich sentiu vontade de conversar com o dr. Überbein. Casualmente, no dia seguinte, o dr. Überbein iria apresentar-se no Eremitage. Vestido com um terno negro e usando uma gravata branca, como sempre fazia em suas visitas a Klaus Heinrich. Este lhe perguntou se já tinha ouvido a história do episódio diante dos vigias. Sim, respondeu o dr. Überbein, já ouvira por várias vezes aquela história. Mas se Klaus Heinrich quisesse contá-la mais uma vez...

— Não, se o senhor já a conhece — disse Klaus Heinrich, desapontado.

E então o dr. Überbein passou a um assunto completamente diferente. Começou a falar a respeito de binóculos de ópera, e a dizer que os binóculos de ópera eram uma invenção extraordinária, pois eram capazes de trazer para perto aquilo que se encontrava longe, não é verdade? Eles são capazes de construir pontes em direção a destinos agradáveis. O que ele achava sobre isso? Klaus Heinrich estava disposto a concordar mais ou menos com isso. E, segundo se dizia, ontem à noite fizera amplo uso dessa bela invenção, disse o doutor. Isso Klaus Heinrich não compreendeu. E então o dr. Überbein disse:

— Ouça bem, Klaus Heinrich, assim não pode ser. Todos fitam o senhor e todos fitam a pequena Imma, e isso basta. Agora, se o senhor também começar a fitar a pequena Imma, aí já é demais. O senhor certamente compreende o que estou dizendo?

— Ah, dr. Überbein, não havia pensado nisso.

— Mas em circunstâncias normais o senhor pensaria em algo assim, não?

— Há alguns dias que me vejo numa disposição de espírito nova e desconhecida — disse Klaus Heinrich.

O dr. Überbein reclinou-se em sua cadeira, segurou sua barba junto à garganta e pôs-se a balançar vagarosamente a cabeça e a parte superior do corpo.

— Ah, sim? — perguntou, e então continuou a assentir com a cabeça.

Klaus Heinrich disse:

— O senhor não vai acreditar quão contrariado eu estava outro dia, quando viajei para a inauguração do pavilhão municipal. E amanhã terei que presidir o juramento dos recrutas da Guarda de Granadeiros.

E então virá o capítulo das condecorações. Isso me desagrada enormemente. Não tenho nenhuma vontade de representar. Não tenho nenhuma vontade de exercer meu chamado ofício superior.

— Desagrada-me muito ouvir isso! — disse o dr. Überbein, num tom agressivo.

— Sim, eu imaginava que o senhor fosse se irritar com isso, dr. Überbein. Tenho certeza de que, para o senhor, trata-se de desleixo. E em seguida o senhor certamente falará a respeito de "destino e força", como bem sei. Mas ontem, na ópera, em certo momento pensei no senhor e me perguntei até que ponto o senhor tem razão em relação a algumas questões...

— Ouça, Klaus Heinrich, se não me engano em uma outra ocasião já fui capaz de fazê-lo voltar a si por meio de minhas palavras...

— Aquilo era outra coisa, dr. Überbein. Ah, se o senhor fosse capaz de compreender que aquilo era algo completamente diferente! Aquilo aconteceu no "Bürgergarten", mas já faz tanto tempo e não tenho nenhuma saudade daquela moça. Pois ela mesma... veja, o senhor às vezes costumava me explicar aquilo que o senhor entende como "alteza", dizendo que a "alteza" é algo comovente, e que é preciso aproximar-se dela com delicadeza e empatia, como o senhor disse. O senhor não acha que esta, a respeito de quem estamos falando, não acha que ela é comovente e que é preciso ter empatia com ela?

— Talvez — disse o dr. Überbein. — Talvez.

— O senhor afirma frequentemente que não se pode negar a existência da excepcionalidade, que fazer isso seria sinônimo de desleixo e complacência preguiçosa. O senhor não acha que aquela de quem estamos falando também seja um caso excepcional?

O dr. Überbein se calou.

— E então — disse ele subitamente, elevando a voz —, se me fosse possível, eu deveria chegar a ponto de incentivar que de dois casos excepcionais surgisse algo como um caso único no mundo?

E, tendo dito isso, partiu. Afirmou que precisava retornar a seu trabalho, enfatizando a palavra "trabalho", e pediu licença para se retirar. Despediu-se de forma estranha, cerimoniosa e nada paternal.

Por dez ou doze dias, Klaus Heinrich não o viu. Uma vez o convidou para o almoço, mas o dr. Überbein pediu que tivesse a bondade de desculpá-lo porque seu trabalho no momento exigia demasiado sua atenção. Enfim, acabou vindo por vontade própria. Parecia bem-disposto e a cor de seu rosto estava mais verde do que nunca. Falava entusiasmado sobre isso e aquilo e, por fim, pôs-se a falar sobre os Spoelmann enquanto olhava em direção ao teto e segurava com as mãos a própria garganta. Disse que chamava muito sua atenção a grande simpatia que havia em toda parte por Samuel Spoelmann, e que se sentia na cidade inteira o quanto era amado. Primeiramente, é claro, como contribuinte do Fisco, mas também de um modo geral. As pessoas simplesmente gostavam dele em todas as classes sociais, gostavam de ouvi-lo tocar órgão e gostavam de seu paletó de cor equivocada e de suas cólicas renais. Qualquer ajudante de sapateiro se orgulhava dele, e, se ele não fosse tão inalcançável e irritadiço, esse sentimento lhe teria sido demonstrado. Seu donativo no valor de dez mil marcos para o Hospital Grã-Duquesa Dorothea evidentemente causara a melhor das impressões. Seu amigo Sammet contara a ele, Überbein, que com a ajuda daquele donativo melhorias abrangentes tinham sido feitas em todo o hospital. E, aliás, ele acabava de lembrar que amanhã pela manhã a pequena Imma pretendia inspecionar essas melhorias, conforme lhe contara Sammet. Ela enviara um de seus serviçais trajados de penas de cisne para perguntar se seria bem-vinda amanhã. Na verdade, os sofrimentos das crianças decerto não lhe interessavam nem um pouco, afirmou Überbein, mas talvez quisesse aprender alguma coisa. Amanhã de manhã às onze horas, se não estivesse enganado. E então falou sobre outro assunto. Ao partir, disse ainda:

— O grão-duque deveria interessar-se, pelo menos um pouco, pelo hospital infantil, Klaus Heinrich. A população espera por isso. Trata-se de uma instituição abençoada. Ou seja, seria bom que alguém passasse por ali antes para manifestar o interesse das altezas. Sem querer me antecipar... E com isso me despeço.

Mas ele voltou ainda uma vez, e em seu rosto esverdeado surgira um rubor abaixo dos olhos, um rubor inesperado que se distinguia do restante da pele.

— Se por acaso — disse ele — eu voltar a vê-lo alguma vez em minha vida com uma tampa de terrina sobre a cabeça, Klaus Heinrich, vou deixá-lo onde o senhor estiver.

E com isso cerrou os lábios e saiu, às pressas.

Na manhã seguinte, perto das onze horas, Klaus Heinrich pôs-se a caminho, em sua carruagem, vindo do castelo Eremitage, junto com o sr. Von Braunbert-Schellendorf, seu ajudante de ordens, passando pela alameda de bétulas coberta de neve e por ruas suburbanas esburacadas em meio a moradas pobres, e deteve-se diante da edificação branca e simples cujo portal era encimado por espessas letras pretas nas quais se lia "Hospital Infantil Grã-Duquesa Dorothea". O médico-chefe da instituição, vestido de fraque e ostentando a Ordem de Albrecht de Terceira Classe, esperava por ele junto com dois médicos jovens e com as representantes das diaconisas* no saguão. O príncipe e seu acompanhante usavam boinas e casacos de pele. Klaus Heinrich disse:

— Estou renovando, pela segunda vez, um antigo relacionamento, caro senhor doutor, pois o senhor se encontrava presente no momento do meu nascimento. E o senhor também estava presente junto ao leito de morte de meu pai. E, além disso, o senhor é um amigo de meu professor Überbein. É um grande prazer!

O dr. Sammet, cujos cabelos haviam se tornado grisalhos ao longo dos anos em que exercera com delicadeza sua atividade, fez uma reverência inclinando a cabeça para o lado, com uma mão apoiada sobre a corrente do relógio e o cotovelo junto ao peito. Apresentou ao príncipe os dois médicos mais jovens e a irmã superiora, e então disse:

— Devo indicar a sua alteza real que a bondosa visita de sua alteza coincide com outra visita. Sim. Estamos à espera da srta. Spoelmann. O pai dela apoiou nossa instituição de forma tão generosa... Não nos foi possível voltar atrás em nosso compromisso com a visita dela. A irmã superiora conduzirá a senhorita.

Klaus Heinrich alegrou-se em tomar conhecimento daquele encontro. Em seguida, pronunciou-se acerca dos trajes das diaconisas, que considerou muito bem vestidas, e declarou que estava ansioso por conhecer aquela instituição abençoada. Começaram então a visita. A irmã superiora permaneceu no saguão junto de três outras irmãs.

Todas as paredes do edifício eram pintadas de branco e eram laváveis. Sim. As torneiras eram muito grandes e acionadas com os cotovelos, por questões de higiene. E havia aparelhos que lançavam jatos d'água para a lavagem de garrafas de leite. Atravessaram a sala de recepção, que estava vazia a não ser por algumas camas que não eram mais usadas e pelas bicicletas dos médicos. No consultório adjacente havia, além da escrivaninha e do cabide com os aventais brancos dos médicos, uma mesinha para trocar fraldas, um colchão de oleado, uma mesa de cirurgia, um armário com alimentos e uma balança em forma de tigela para pesar crianças. Klaus Heinrich permanecia junto ao armário com alimentos e pedia explicações sobre o conteúdo dos preparados.

* Comunidade de irmãs protestantes que se dedicam a atos de caridade. (N. T.)

O dr. Überbein pensava que, se a visita fosse continuar com tamanha atenção aos detalhes, sua perda de tempo seria descomunal.

Subitamente, ouviu-se um ruído vindo da rua. Um automóvel passava, buzinando, e freou, detendo-se diante da edificação. Ouviram-se gritos de vivas, que penetraram claramente no consultório, ainda que fossem proferidos apenas por vozes de crianças. Klaus Heinrich não deu muita importância àquilo. Observava uma lata com lactose que, aliás, não tinha nada de notável.

— Aparentemente temos visita — disse ele.

— Ah, sim, claro, o senhor disse que aguardava alguém, certo? Vamos seguir adiante?

Dirigiram-se à cozinha geral, à cozinha dos laticínios, uma sala ampla revestida de azulejos destinada à preparação do leite, à armazenagem de leite integral, de requeijão e de coalhada. As quantidades diárias estavam dispostas sobre mesas brancas e limpas em pequenas garrafas. Um cheiro azedo e enjoativo pairava no ar.

Klaus Heinrich dedicava toda sua atenção a essa sala. Chegou a ponto de experimentar a coalhada que ali era servida e a achou excelente. Com certeza, com uma coalhada assim as crianças logo se curariam! E enquanto experimentava a coalhada, a porta se abriu e a srta. Spoelmann entrou, ladeada pela irmã superiora e pela condessa Löwenjoul, seguidas por três diaconisas.

Dessa vez, o casaco, a boina e o cilindro no qual ela enfiava as mãos para aquecê-las eram feitos das mais esplêndidas peles de zibelina, e o cilindro pendia de uma corrente de ouro cravejada com pedras preciosas de várias cores. Aliás, seu cabelo preto tendia a cair sobre a testa em chumaços retilíneos. Ela percorreu a sala com seu grande olhar: os olhos eram mesmo desproporcionalmente grandes em comparação com o rosto e o dominavam como na face de um gatinho, só que eram negros como carvão brilhante e falavam numa linguagem fluente... A condessa Löwenjoul, usando um chapeuzinho com penacho sobre a cabeça pequena e, aliás, vestida de maneira simples, com um traje apertado mas não sem distinção, tinha, como sempre, estampado no rosto um sorriso ausente.

— A cozinha para a preparação de laticínios — disse a irmã superiora —, aqui é preparado o leite para as crianças.

— Era de se imaginar — respondeu a srta. Spoelmann. Disse essas palavras com grande rapidez e distraidamente, aliás, sem sotaque inglês, empurrando os lábios para a frente e balançando orgulhosamente a cabeça de um lado para o outro. Sua voz era dupla: havia uma voz grave e uma voz aguda, e uma lacuna entre ambas.

A irmã superiora ficou atordoada.

— Sim — disse ela —, é evidente. — E torceu um pouco o rosto, incomodada.

A situação não era simples. O dr. Sammet buscava, no rosto de Klaus Heinrich, sinais de algum tipo de ordem. Mas como Klaus Heinrich estava habituado a exercer sua função de acordo com regras e formalidades claramente determinadas, e não a lidar com situações novas, inesperadas e confusas, constelou-se uma certa perplexidade. O sr. Von Braunbart preparava-se justamente para intervir e a srta. Spoelmann, do outro lado, estava prestes a deixar a cozinha de laticínios quando o príncipe descreveu, com a mão direita, um gesto discreto que indicava uma ligação entre ele e a jovem. Diante de tal gesto, o dr. Sammet se aproximou de Imma Spoelmann.

— Dr. Sammet. Sim. — Ele pedia que lhe fosse concedida a honra de poder apresentar a bondosa senhorita a sua alteza real... — Srta. Spoelmann, alteza real, a filha do sr. Spoelmann, a quem o hospital deve tanta gratidão.

Juntando os saltos, Klaus Heinrich estendeu-lhe a mão coberta por sua luva militar e, enquanto ela estendia sua mãozinha estreita, vestida de couro de rena, dava ao aperto de mão uma direção horizontal, transformando-o num *shake hand* à moda inglesa, ao mesmo tempo que, com a graça sóbria de um pajem, fletiu discretamente os joelhos sem afastar o olhar do rosto de Klaus Heinrich. E ele disse algo muito adequado:

— A senhora também está visitando o hospital, bondosa senhorita?

E, tão rápido como antes, empurrando os lábios para a frente e balançando orgulhosamente a cabeça de um lado para outro, ela respondeu, com sua voz sussurrante:

— Seria impossível negar a existência dos fatos que confirmam essa sua suposição.

Num gesto involuntário de defesa, o sr. Von Braunbart ergueu a mão. O dr. Sammet baixou o olhar em direção à corrente do relógio, silencioso, e do nariz de um dos médicos jovens brotou um breve e inadequado ruído. Via-se, agora, uma pequena contorção dolorida no rosto de Klaus Heinrich. Ele disse:

— Naturalmente... Já que a senhora veio... então também vou poder visitar a instituição em companhia da bondosa senhorita... O senhor capitão Von Braunbart, meu ajudante de ordens — acrescentou ele, rapidamente, já que achou que sua observação seria merecedora de uma resposta do mesmo tipo da anterior. Ela, por sua vez, disse:

— Senhora condessa Löwenjoul.

A condessa fez uma reverência distinta — aliás, com um sorriso enigmático e um olhar lateral em direção ao desconhecido que possuía algo de sedutor. Mas quando voltou a se erguer, permitindo a seu olhar, que fugira de forma tão admirável, voltar a Klaus Heinrich, que permanecia diante dela numa postura militar contida, o sorriso desapareceu e uma expressão sóbria e tristonha tomou conta de seu rosto, e foi como se naquele mesmo instante seus olhos cinzentos e um pouco inflamados se iluminassem com algo como ódio a Klaus Heinrich... Foi apenas uma aparição passageira. Klaus Heinrich não teve tempo de lhe dar atenção e logo a esqueceu. Os dois médicos jovens foram apresentados a Imma Spoelmann. E então Klaus Heinrich concordou que fosse dada continuidade à visita.

Subiram a escadaria que levava ao primeiro pavimento: Klaus Heinrich e Imma Spoelmann à frente, conduzidos pelo dr. Sammet, seguidos pela condessa Löwenjoul e pelo sr. Braunbart e, por fim, pelos jovens médicos. Aqui se encontravam as crianças maiores — sim, de até catorze anos de idade. Uma antessala com armários para roupa separava a enfermaria destinada às meninas daquela destinada aos garotos. Em caminhas brancas com grades, uma tabuleta para o nome de cada paciente junto à cabeceira e uma moldura junto ao pé que continha tabelas com curvas de temperatura e peso, e amparadas por enfermeiras com toucas brancas e cercadas de ordem e de limpeza, as crianças doentes se encontravam em seus leitos. A tosse preenchia o aposento, enquanto Klaus Heinrich e Imma Spoelmann caminhavam por entre os leitos enfileirados.

Com grande cortesia, ele se mantinha à esquerda dela e sorria da mesma maneira que costumava fazer quando era conduzido à inspeção de apresentações de veteranos de guerra, ginastas e sociedades honorárias. Contudo, a cada vez que voltava a cabeça para a direita, dava-se conta de que Imma Spoelmann o estava observando e encontrava seu grande olhar negro, que o fitava reluzindo de curiosidade. Aquilo era a coisa mais estranha que Klaus Heinrich havia visto na vida: a maneira como ela o olhava com seus olhos arregalados, sem se incomodar com o que ele pensaria e com o que pensariam os demais, sem nenhuma discrição, de maneira totalmente livre e sem se perguntar se alguém percebia o que estava fazendo. Quando o dr. Sammet parava diante de alguma das caminhas para explicar de que caso se tratava, como quando se deteve junto a uma menininha cuja perna quebrada e engessada era mantida em posição estritamente vertical, a srta. Spoelmann ouvia com atenção o que tinha a dizer, como se via. Mas, enquanto ouvia, não olhava para o doutor. Seus olhos se dirigiam a Klaus Heinrich e à criança que, silenciosa e imóvel, permanecia deitada de costas, com as mãos cruzadas sobre o peito, e olhava para eles; os olhos de Imma iam e voltavam do príncipe para esse pequeno caso que lhes era explicado, como se ela estivesse vigiando o interesse de Klaus Heinrich ou buscasse encontrar, no rosto dele, os efeitos das palavras do dr. Sammet. Não era possível saber ao certo por que ela agia daquela maneira. Sim, assim foi quando ele expôs o caso do menino cujo braço fora perfurado por um tiro e assim foi com o caso do menino salvo do afogamento — dois casos tristes, conforme observou o dr. Sammet.

— Uma tesoura para ataduras, enfermeira — disse ele enquanto mostrava o ferimento duplo no braço do menino, causado pela entrada e pela saída de uma bala de revólver. — A ferida — disse o dr. Sammet a seus hóspedes, com voz abafada, enquanto dava as costas ao leito —, a ferida foi causada pelo próprio pai do garoto, sim. Esse aí teve sorte. O homem matou a mulher e três dos filhos e então suicidou-se com um revólver. Ele errou o alvo neste caso...

Klaus Heinrich olhou para o ferimento duplo.

— E por que esse homem fez isso? — perguntou, timidamente, e o dr. Sammet respondeu:

— Por desespero, alteza real, a família passava necessidade e foi a vergonha que o levou a isso. Sim. — Não disse mais nada, só essa frase genérica, assim como no caso do menino de dez anos que fora salvo de afogamento. — Ele está ofegante porque ainda há água em seu pulmão. Foi salvo de um rio hoje pela manhã, sim. Aliás, é pouco provável que tenha caído na água. Há muitos sinais que contrariam isso. Tinha fugido de casa. Sim.

E então se calou. E outra vez Klaus Heinrich percebeu o olhar da srta. Spoelmann em sua direção, grande, negro e brilhando de seriedade. Com o olhar que buscava o dele, ela parecia querer exortá-lo a refletir, junto com ela, sobre os "casos tristes", completando em sua própria mente as alusões feitas pelo dr. Sammet, e assim parecia querer impeli-lo a investigar as terríveis verdades resumidas e apresentadas por meio desses dois corpos de crianças doentes... Uma menininha chorava amargamente enquanto o aparelho de inalação, que chiava e fumegava, era colocado junto à sua caminha ao lado de um cone de papelão cheio de desenhos coloridos. A srta. Spoelmann se curvou sobre a pequena.

— Não vai doer nada — disse ela, imitando a maneira de falar das crianças. — Nem um pouquinho. Não precisa chorar.

E quando voltou a se erguer, acrescentou rapidamente, franzindo os lábios:

— É de se supor que ela esteja chorando não por causa do aparelho, mas por causa dos desenhos.

Todos riram. Um dos jovens assistentes ergueu o cone de papelão e riu ainda mais alto ao observar os desenhos que ali estavam impressos. Seguiram, então, para o laboratório e, enquanto andavam, Klaus Heinrich pensava como eram peculiares os sarcasmos da srta. Spoelmann. "É de se supor", dissera ela, e não "parece". Era como se ela se divertisse não só com os desenhos, mas também com as expressões bem escolhidas e cortantes que usava com rapidez e destreza ao falar, com a ironia mais irrestrita que se podia imaginar...

O laboratório era a maior das salas da edificação. Vidros, retortas, funis e produtos químicos se encontravam sobre as prateleiras, assim como partes anatômicas preservadas em álcool, sobre as quais o dr. Sammet apresentava a seus hóspedes explicações com palavras tranquilas e firmes. Uma criança morrera sufocada de maneira inexplicável. Ali se encontrava sua laringe, com saliências em forma de cogumelos no lugar das cordas vocais. Sim. Aquilo no vidro era um rim de criança, hipertrofiado por uma doença. E ali estavam ossos degenerados. Klaus Heinrich e a srta. Spoelmann olhavam para tudo aquilo, olhavam juntos para os vidros que o dr. Sammet erguia diante da janela e seus olhos se tornavam pensativos, enquanto em sua boca se desenhava uma mesma expressão de discreta resistência. Um depois do outro, também olharam no microscópio, observando, com um olho diante da lente, uma terrível secreção, uma substância azulada espalhada sobre uma lâmina de vidro em que uma mancha grande era rodeada por minúsculos pontos negros: tratava-se de bacilos. Klaus Heinrich queria deixar a srta. Spoelmann aproximar-se do microscópio antes dele, mas ela se negou, erguendo as sobrancelhas e fazendo com a boca uma expressão como se quisesse dizer, com ênfase exagerada: "Sob hipótese nenhuma!". Então ele se adiantou, pois realmente achava que não fazia diferença quem dos dois veria primeiro alguma coisa tão séria e tão terrível quanto bacilos. E em seguida foram levados ao pavimento superior, onde se encontravam os bebês.

Ambos riram ante a gritaria formada por muitas vozes que já ressoava, indo a seu encontro enquanto eles subiam a escadaria. E então passaram a caminhar entre os bercinhos, acompanhados pelo seu séquito, inclinando-se, um após o outro, sobre as criaturas calvas que dormiam com seus pequenos punhos cerrados ou que berravam com todas as forças, mostrando suas gengivas desdentadas. Os dois tamparam os ouvidos e voltaram a rir. Numa espécie de estufa, na qual era gerada uma temperatura uniforme, encontrava-se um bebê prematuro. E o dr. Sammet mostrou também um bebê de gente pobre que se assemelhava horrivelmente a um cadáver, com mãos grandes e feias, emblema do nascimento difícil entre os membros das classes inferiores... Ele ergueu do bercinho uma criança que gritava e ela logo se calou. Conhecedor de seu ofício, apoiou a cabecinha incapaz de se sustentar e mostrou aos dois a criaturinha vermelha, que piscava os olhos, agitava-se descrevendo movimentos bruscos, e se esticava. Klaus Heinrich e Imma Spoelmann, um ao lado do outro, olhavam para o bebê. Klaus Heinrich observou, juntando os saltos, como o dr. Sammet colocava de volta a criança no bercinho e, quando se voltou, deparou-se com os olhos brilhantes e inquiridores de Imma Spoelmann, como era de esperar.

Por fim, aproximaram-se de uma das três janelas da sala e olharam para fora por sobre aquele subúrbio pobre, para a rua lá embaixo, onde a carruagem marrom da corte e o esplêndido automóvel cor de vinho de Imma estavam estacionados um atrás do outro. O chofer dos Spoelmann, desajeitado em seu felpudo casaco de pele, estava recostado no assento do colossal veículo, com uma mão apoiada no volante, e olhava como seu colega, o criado trajado de branco, tentava entabular uma conversação com o cocheiro de Klaus Heinrich à frente, junto à carruagem.

— Os vizinhos, aqui — disse o dr. Sammet, segurando com uma mão a cortina de tule branca — são também os pais dos nossos pacientes. Aos sábados, os pais passam gritando aqui na frente, embriagados. Sim.

Eles permaneciam imóveis, ouvindo, mas o dr. Sammet não disse mais nenhuma palavra a respeito dos pais e, sendo assim, eles partiram, pois já tinham visto tudo o que havia para ser visto.

O cortejo, com Klaus Heinrich e Imma à frente, desceu vagarosamente as escadarias e, ao chegarem ao saguão, eles deram com as irmãs diaconisas outra vez reunidas. Despediram-se batendo os saltos, fazendo reverências e fletindo os joelhos. Klaus Heinrich, mantendo-se com grande dignidade diante do dr. Sammet, que por sua vez o ouvia com a cabeça inclinada para o lado e a mão apoiada na corrente de seu relógio, expressava por meio de palavras formais sua grande admiração pelo que vira ali, enquanto sentia que os grandes olhos de Imma Spoelmann se voltavam para ele. Junto com o sr. Von Braunbart, acompanhou as senhoras até o automóvel tão logo foram concluídas as despedidas dos médicos e das enfermeiras. Enquanto cruzavam a calçada, passando em meio a crianças e a mulheres que seguravam crianças em seus braços, e ainda junto ao estribo largo do automóvel, Klaus Heinrich e a srta. Spoelmann conversavam:

— Foi um grande prazer para mim encontrar a bondosa senhorita — disse.

Ela não respondeu nada, apenas empurrando os lábios para a frente enquanto balançava com a cabeça de um lado para outro.

— Foi uma visita fascinante — disse ele. — Vimos todo tipo de coisa.

Ela olhou para ele, com seus olhos grandes e negros. E então disse, depressa e superficialmente, com sua voz sussurrante:

— Oh sim, até certo ponto...

Ele mudou de assunto, dizendo:

— Espero que o castelo Delphinenort seja de seu agrado, bondosa senhorita? —Ao que ela respondeu, empurrando os lábios para a frente:

— Sim, por que não, trata-se de uma residência bastante adequada...

— A senhora gosta de lá mais do que de Nova York? — perguntou ele. E ela respondeu:

— Tanto quanto. É igualzinho. Em todo lugar é a mesma coisa.

Isso foi tudo. Klaus Heinrich e, um passo atrás dele, o sr. Von Braunbart puseram-se em posição de sentido, levando a mão ao quepe enquanto o chofer manobrava e o automóvel se punha em movimento, sacolejando.

É evidente que esse encontro não permaneceu um assunto interno do Hospital Infantil Grã-Duquesa Dorothea; ainda no mesmo dia, estava na boca do povo. O *Mensageiro* publicou, sob uma manchete delicadamente poética, uma descrição completa do encontro que, mesmo não correspondendo exatamente aos fatos, chamou muita atenção e desencadeou manifestações de uma curiosidade tão vívida por parte do público que o atento jornal se viu obrigado a se manter de olhos abertos para com novas aproximações entre as casas de Grimmburg e de Spoelmann. Mas não havia muito a ser relatado. Algumas vezes, o jornal observou que sua alteza real o príncipe Klaus Heinrich, passeando pelo saguão da primeira galeria ao término de um espetáculo no Teatro da Corte, detivera-se momentaneamente diante do camarote dos Spoelmann para saudar as senhoras. E em seu relato a respeito do bazar beneficente à fantasia, realizado em meados de janeiro no salão do Parlamento — um acontecimento elegante do qual, por insistência do comitê, a srta. Spoelmann participara como vendedora —, um espaço considerável foi dedicado à descrição do momento em que o príncipe Klaus Heinrich, ao circundar o pátio interno, detivera-se diante da banca na qual a srta. Spoelmann trabalhava e adquirira dela um vaso de vidro (pois a srta. Spoelmann vendia porcelana e vidros), tendo permanecido ali por uns oito ou dez minutos conversando. Quanto ao conteúdo da conversa, nada foi dito. Ainda assim, aquele diálogo não deixaria de ter suas consequências.

A corte (com exceção de Albrecht) se apresentara no Parlamento perto da hora do almoço. Quando Klaus Heinrich tomou o caminho de volta para o Eremitage a bordo de sua carruagem, levando no colo o vaso embrulhado em papel de seda, ele já anunciara em Delphinenort sua intenção de visitar o castelo e vê-lo depois das reformas, aproveitando a ocasião para apreciar a coleção de vidros artísticos do sr. Spoelmann. Pois em meio aos artigos oferecidos à venda pela srta. Spoelmann encontravam-se também três ou quatro peças antigas que seu pai doara, de sua própria coleção, ao bazar — e uma delas tinha sido adquirida por Klaus Heinrich.

Novamente se viu no centro das atenções de gente que se dispunha à sua volta formando um semicírculo — sozinho diante de Imma Spoelmann e separado dela pela banca, com seus jarros, garrafas e objetos de porcelana brancos e coloridos. Ele a viu trajando sua fantasia vermelha que, feita de um só pedaço de tecido, envolvia completamente sua figura bem formada e ainda assim infantil, deixando à mostra os ombros bronzeados e os braços firmes e roliços e que, junto aos pulsos, pareciam-se com os de uma criança. Ele olhou para a joia de ouro que adornava sua cabeça, meio guirlanda meio diadema, presa nos cabelos negros e soltos que tendiam a desabar sobre a testa em chumaços lisos, e para os olhos desproporcionalmente grandes e negros que reluziam de curiosidade em seu rostinho pálido como uma pérola, e para os lábios carnudos e macios que ela estendia para a frente, com desprezo mimado, ao falar — e à sua volta, no grande salão coberto por arcos, pairavam o perfume dos pinheiros, o barulho atordoante, a música, as badaladas de um gongo, o riso e os gritos do mercado.

Ele admirara o antigo e elegante cálice que ela lhe oferecera para compra, ornamentado com folhas de prata, e ela dissera que aquilo provinha da coleção do pai. — Isso significa que seu pai possui uma quantidade de objetos esplêndidos como este? — Sem dúvida. E era de se supor que seu pai não tivesse doado ao bazar as melhores dentre suas peças. Ela não hesitara em declarar que ele possuía objetos de vidro muito mais bonitos que aquele. — Klaus Heinrich gostaria muito de ter a oportunidade de vê-los! — Mas isso poderia ser arranjado oportunamente, sem dificuldades, respondera a srta. Spoelmann, com sua voz partida, enquanto empurrava os lábios para a frente e balançava um pouco a cabeça de um lado para outro. Ela achava que o pai não se oporia em mostrar a um conhecedor os frutos de seu diligente colecionismo. E à hora do chá, os Spoelmann estavam sempre em casa.

Ela lidara com aquele assunto de forma muito correta, e transformara sua informação em convite, falando no mais leve dos tons. Por fim, quando Klaus Heinrich lhe perguntou quando poderiam marcar a visita, ela respondeu:

— Quando o senhor quiser, príncipe. Vamos nos considerar indizivelmente felizes quando o senhor desejar...

"Considerar indizivelmente felizes" — assim ela falou, com uma língua tão afiada e um sarcasmo tão exagerado que aquilo quase lhe doeu, e só à custa de muito esforço ele manteve no rosto uma expressão serena.

Como ela deixara a pobre irmã superiora atordoada e ofendida outro dia no hospital! Não obstante, havia algo de infantil em sua maneira de falar, sim, algumas de suas palavras soavam como se tivessem sido pronunciadas por uma criança — e isso acontecera não só naquela ocasião em que ela consolara aquela menininha, falando do aparelho de inalação. E ela arregalara os olhos de tal maneira quando a conversa se voltara sobre os pais e os casos tristes...

No dia seguinte, Klaus Heinrich estava tomando seu chá no castelo Delphinenort — no dia seguinte, um dia depois. Oportunamente, dissera Imma Spoelmann, ele poderia vir. Mas o dia seguinte lhe parecera desejável, pois, como o assunto parecia urgente, ele achou que seria inadequado esperar mais.

Perto das cinco horas — já estava escuro — sua carruagem o levou pelos caminhos enlameados do Jardim Municipal deserto e cujas árvores estavam desfolhadas — e já se encontrava dentro da propriedade de Spoelmann. Lâmpadas que pendiam de postes encurvados iluminavam o parque e o grande espelho d'água retangular reluzia, tristonho, em meio às árvores. Mais atrás erguia-se o castelo esbranquiçado, com seu portal ornamentado por colunas, sua espaçosa rampa dupla que, encravada entre duas alas, conduzia num aclive suave ao belvedere, e suas janelas altas, divididas em pequenas vidraças, seus nichos ornamentados com bustos romanos — e enquanto ascendia pela alameda ladeada por enormes castanheiras, Klaus Heinrich avistava, ao pé da rampa, o negro, vestido de veludo bordô, que vigiava a entrada com um bastão em punho.

Klaus Heinrich ingressou num saguão de pedra muito bem iluminado e suavemente aquecido, cujo piso era decorado por um mosaico dourado e reluzente, emoldurado por esculturas brancas representando deuses, e seguiu adiante em linha reta rumo à ampla escadaria de mármore, cujos degraus largos eram cobertos por um tapete vermelho e pela qual descia, com os ombros puxados para trás e com os braços pendentes, barrigudo e orgulhoso, enfeitado por seu queixo duplo barbeado, o mordomo dos Spoelmann, ali para receber o convidado. Ele o acompanhou até o saguão do pavimento superior, um aposento ornamentado com tapeçarias e com uma lareira de mármore, onde dois serviçais trajando librés com bainhas de penas de cisne brancas se encarregaram da boina e do casaco do príncipe enquanto o mordomo se afastava a fim de, em pessoa, informar seu senhor... Passando entre os dois serviçais, que logo puxaram uma cortina para o lado, Klaus Heinrich desceu dois ou três degraus.

Um perfume de plantas o envolveu e ouviu-se o murmúrio suave de água. Mas, no instante em que a cortina se fechou às suas costas, começou um latido tão súbito e tão ensandecido que Klaus Heinrich, meio ensurdecido por um instante, se deteve junto aos degraus. Perceval, o collie, lançava-se contra ele em fúria desmedida. Ele babava, sofria, não sabia como se portar diante de seu insuportável dilaceramento íntimo, virava-se, agitava a cauda, golpeando seus próprios flancos, pressionava o assoalho com as patas dianteiras e, cegado pela paixão, dava voltas em torno de si mesmo e parecia querer dissolver-se em barulho e loucura. Uma voz — não era a voz de Imma — o chamou de volta e Klaus Heinrich viu-se então num jardim de inverno sob uma pérgola de vidro sustentada por delgadas colunas de mármore, e cujo piso era revestido de grandes ladrilhos de mármore quadrados e reluzentes. Palmeiras de todos os tipos o preenchiam, árvores cujos troncos e folhas muitas vezes se erguiam até junto do teto envidraçado. Um canteiro de flores, formado por um sem-número de vasinhos colocados um junto do outro, como pedras de um mosaico, espalhava-se sob a intensa luz lunar das lâmpadas, enchendo o ar de perfume. De uma fonte feita de pedra delicadamente esculpida sussurravam jatos de água prateados precipitando-se numa piscina de mármore, e patos com penugens raríssimas que pareciam obras de arte flutuavam na superfície iluminada da água. Um caminho revestido de pedras com nichos e pilares envolvia o fundo do jardim.

Era a condessa Löwenjoul que vinha em direção ao recém-chegado, fazendo-lhe uma reverência e sorrindo.

— Alteza real, queira perdoar-nos — disse ela. — Nosso Percy é tão estabanado. E não está mais acostumado com visitas. Mas ele não faz nada de mal a ninguém. Posso pedir a sua alteza real... A srta. Spoelmann logo deve voltar. Ainda agora se encontrava aqui. Mas foi requisitada. Seu pai mandou chamá-la. O sr. Spoelmann vai se alegrar muito...

Com isso ela conduziu Klaus Heinrich até o lugar onde havia um conjunto de poltronas de vime com almofadas de linho bordado diante de um grupo de palmeiras. Falava alto, num tom vívido, inclinando para o lado a cabecinha coberta por uma cabeleira rala, de um loiro acinzentado, e sorria, mostrando os dentes brancos. Trajando um vestido marrom, acompanhando Klaus Heinrich até as cadeiras enquanto esfregava as mãos animadamente, ela tinha os gestos joviais e elegantes de uma esposa de oficial, e fazia uma figura decididamente nobre. Só em seus olhos, cujas pálpebras piscava nervosamente, havia algo de astúcia ou desconfiança, algo incompreensível. Sentaram-se, um diante do outro, à mesinha redonda sobre a qual repousavam alguns livros. Perceval, exausto pelo acesso que sofrera, acomodou-se encaracolado sobre o tapete estreito, pálido e reluzente como uma pérola sobre o qual se encontravam os móveis. Sua pelagem negra e sedosa se tornava branca nas patas, no peito e no focinho. Tinha uma espécie de juba em torno do pescoço, olhos dourados e algo parecido a uma crina ao longo das costas. Klaus Heinrich entabulou uma conversação cujo propósito estava no próprio ato de conversar, um diálogo formal que tratava de assuntos irrelevantes, como era de seu feitio.

— Espero, condessa, que eu não tenha chegado numa hora inconveniente. Pelo menos posso me dar por satisfeito por não estar me sentindo um intruso injustificado. Não sei se a srta. Spoelmann lhe falou... Ela teve a bondade de me encorajar a fazer uma visita. Tratava-se dos belos vidros que o sr. Spoelmann teve a generosidade de doar para o bazar ontem. A srta. Spoelmann foi da opinião de que seu pai não se oporia a me mostrar sua coleção. E aqui estou eu...

A condessa não respondeu à questão de Klaus Heinrich, nem disse se Imma lhe falara a respeito daquele convite. Ela disse:

— Agora é a hora do chá nesta casa, alteza real. Como seria possível, então, que o senhor estivesse chegando num momento inadequado? Mesmo se, o que eu espero que não aconteça, o sr. Spoelmann se veja impedido de recebê-lo, por causa de seu estado de saúde...

— Ah! Ele está adoentado?

Na verdade, Klaus Heinrich desejava um pouco que o sr. Spoelmann se visse impedido. Ser apresentado a ele despertava nele uma vaga preocupação.

— Hoje esteve adoentado, alteza real. Infelizmente teve febre, tremedeiras e até um pequeno desmaio. Durante a manhã o dr. Watercloose esteve junto dele por um bom tempo e procedeu a uma injeção de morfina. A questão, agora, é saber se haverá ou não necessidade de uma nova cirurgia.

— Lamento muito — disse Klaus Heinrich, com sinceridade. — Uma operação. Isso é terrível. — E, em seguida, a condessa respondeu, desviando o olhar:

— Certamente. Mas há coisas mais terríveis na vida — há muitas coisas que são bem mais terríveis do que isso.

— Sem dúvida — disse Klaus Heinrich. — Acredito no que a senhora está dizendo.

Ele sentia que sua imaginação era estimulada de uma maneira geral e incerta pelas alusões da condessa.

Ela voltou seu olhar a ele, inclinando a cabeça para o lado, e sobre seu rosto pairava uma expressão de desprezo. E então seus olhos cinzentos e um pouco inflamados se desviaram um pouco para o lado, era impossível saber para onde se dirigiam, com aquele sorriso misterioso que Klaus Heinrich já conhecia, e que tinha algo de estranhamente sedutor.

Ele sentiu a necessidade de retomar a conversação.

— Há tempo que a senhora vive com os Spoelmann, condessa? — perguntou ele.

— Há bastante tempo — respondeu ela, e era possível ver que estava tentando calcular. — Bastante tempo. Já vivi muitas coisas, tive muitas experiências, e naturalmente não posso lhe dizer exatamente quanto tempo faz. Mas foi logo depois da benevolência — logo depois que me foi feita a benevolência.

— A benevolência? — perguntou Klaus Heinrich.

— Sim — disse ela com determinação e talvez até um pouco

irritada. — Pois a benevolência me foi feita quando minhas experiências já eram excessivas e quando o arco já estava a ponto de se romper, por assim dizer. O senhor ainda é tão jovem — continuou ela, esquecendo-se distraidamente de se dirigir a ele usando seu título —, tão inconsciente no que diz respeito às misérias e aos pecados do mundo, que o senhor não seria capaz de imaginar que tipo de coisas fui obrigada a suportar. Na América, estive envolvida num processo ao qual tiveram que comparecer muitos generais. Meu espírito não estava preparado para as coisas que vieram à tona. Fui obrigada a fazer faxina em todas as casernas sem que, com isso, tenha sido capaz de expulsar todas as vagabundas. Elas se escondiam nos armários, algumas delas também se escondiam debaixo dos assoalhos, e dessa maneira continuam a me atormentar durante a noite. Se não fossem as goteiras eu teria me recolhido imediatamente a meus castelos na Borgonha. E os Spoelmann sabiam disso, e por isso foi tão compreensivo da parte deles hospedar-me provisoriamente enquanto minha única tarefa é advertir a tão ingênua Imma acerca dos perigos do mundo. Só que evidentemente minha saúde sofre com isso, com essas mulheres que à noite se sentam sobre o meu peito e me obrigam a olhar para suas caretas indecentes. E é por esse motivo que eu lhe peço para me chamar, simplesmente, de sra. Meier — disse ela, sussurrando, inclinando-se para a frente e tocando o braço de Klaus Heinrich com a mão. — As paredes têm ouvidos e é absolutamente necessário que eu conserve o pseudônimo que tive que adotar para me proteger das aparições noturnas daquelas criaturas pecadoras. O senhor vai atender ao meu pedido, não é verdade? Faça de conta que se trata de uma brincadeira... de um jogo que não faz mal a ninguém... Por que não...

Ela se calou.

Klaus Heinrich permanecia sentado diante dela na poltrona de vime, aprumado, sem qualquer sinal de descontração, e a observava. Antes de deixar seus aposentos retilíneos, ele se vestira com todo o cuidado, com a ajuda de seu camareiro Neumann, para envergar aquele traje necessário a seu ser, continuamente exposto aos olhares alheios. Partindo de sobre seu olho esquerdo, sua cabeleira, penteada em diagonal por sobre a cabeça, passava pelo seu vórtice sem que, lá no alto, fios soltos ou chumaços pudessem se erguer; à direita, os cabelos estavam escovados a partir da testa. Envergando o paletó da farda, cujo colarinho alto e cujo caimento justo favoreciam uma postura contida, permanecia sentado com as insígnias prateadas de major sobre os ombros estreitos, levemente reclinado, sem se permitir uma distensão confortável, composto, concentrado, um pé um pouco à frente do outro, e cobria a mão esquerda que repousava sobre a empunhadura do sabre com a direita. Seu rosto jovem parecia um pouco cansado pela falta de objetividade, pela solidão, pelo rigor e pela dificuldade de sua vida, enquanto olhava para o rosto da condessa com uma expressão amigável, transparente e necessariamente controlada.

Ela se calou. A sobriedade e a tristeza se assenhorearam de seus traços, e, enquanto parecia que algo como ódio a Klaus Heinrich inflamava momentaneamente seus olhos cinzentos e noturnos, a cor de seu rosto se alterou de maneira estranha, muito raramente observada, pois uma de suas faces empalideceu enquanto a outra enrubesceu. Baixando as pálpebras, ela respondeu:

— Estou há três anos na casa da família Spoelmann, alteza real.

Perceval se ergueu, apressado. Saltitando com um andar oscilante, que parecia alado, aproximou-se de sua dona — pois Imma Spoelmann acabava de entrar — e, erguendo-se com muita dignidade, saltou com as patas dianteiras no peito dela. Sua boca estava completamente aberta e em meio a seus dentes esplendidamente brancos pendia sua língua vermelha como sangue. Assim, de pé diante dela, ele parecia um daqueles animais que figuram em brasões.

Ela estava esplendidamente vestida: usava uma túnica doméstica de seda crua cor de tijolo, com mangas largas e pendentes, enquanto o corpete era inteira e pesadamente bordado a ouro. Do colar de pérolas em seu pescoço nu, cuja pele tinha a cor de espuma do mar esfumaçada, pendia uma grande pedra preciosa oval. Seu cabelo negro-azulado, penteado para o lado e preso num coque muito simples, tendia a despencar em chumaços lisos sobre sua testa e sobre suas têmporas. Enquanto segurava com as belas mãos estreitas, infantis e livres de adornos, a cabeça de grifo de Perceval, ela dizia, aproximando-se de seu rosto:

— Sim... sim... bom dia, meu amigo. Que saudades! Que saudades tínhamos um do outro, passamos por todos os sofrimentos da separação, nós dois. Bom dia! E agora, pode voltar para o seu lugar.

E enquanto afastava as patas do cão dos bordados de ouro sobre seu peito e dava um passo para o lado, fez com que ele voltasse a se colocar sobre as quatro patas.

— Oh! príncipe! — disse ela. — Bem-vindo a Delphinenort. Vejo que o senhor abomina a falta de palavra! Vou me sentar a seu lado. Seremos avisados quando o chá estiver pronto... Certamente infringi todas as regras ao fazê-lo esperar por mim. Mas meu pai mandou me chamar — e, além disso, o senhor estava em boa companhia nesse meio-tempo... — Seus olhos brilhantes se moviam, um pouco incertos, entre Klaus Heinrich e a condessa.

— Claro — disse ele —, em boa companhia.

E então ele indagou a respeito do estado de saúde do sr. Spoelmann, e recebeu uma resposta satisfatória. O sr. Spoelmann terá o prazer de ser apresentado a Klaus Heinrich à hora do chá, e até lá ele pede desculpas... Mas que belo par de cavalos estes que estão atrelados a seu cupê! E então eles passaram a conversar a respeito de cavalos, do bem-humorado cavalo castanho Florian, nascido entre os cavalos da corte de Hollerbrunn, e da égua árabe branca como leite da srta. Spoelmann, chamada Fatme, que o sr. Spoelmann recebera de presente de um príncipe do Oriente, e dos velozes cavalos malhados húngaros que ela atrelava em sua carruagem de quatro cavalos...

— A senhora conhece esta região? — perguntou Klaus Heinrich. — A senhora já esteve na casa do Caçador da Corte? No jardim do Fasanerie? Há belos passeios a se fazer aqui.

Não, a srta. Spoelmann era terrivelmente inepta em descobrir novos caminhos, e a condessa não era por natureza nem um pouco afeita a aventuras. Por isso elas seguiam sempre pelos mesmos caminhos no Jardim Municipal. Talvez isso fosse monótono, mas a srta. Spoelmann nunca tinha sido mimada com grandes novidades ou aventuras. Ele então disse que, num desses dias, teriam que sair juntos para cavalgar quando o tempo estivesse bom para conhecer o Caçador da Corte ou o castelo Fasanerie, ao que ela respondeu, empurrando os lábios para a frente, que certamente poderiam pensar nisso. E então veio o mordomo e anunciou, num tom sério, que o chá estava servido.

Atravessaram o salão das tapeçarias com a lareira de mármore, conduzidos pelo *butler*, que caminhava pomposamente, acompanhados por Percy, que saltitava como se estivesse dançando, e pela condessa Löwenjoul.

— A condessa esteve tagarelando um pouco, ainda agora? — perguntou Imma, enquanto caminhava, sem tomar cuidados excessivos com a voz.

Klaus Heinrich se assustou e baixou o olhar em direção ao chão.

— Mas ela está ouvindo! — disse ele, em voz baixa.

— Não, ela não está ouvindo — respondeu Imma. — Eu a conheço bem. Quando ela anda com a cabeça assim, inclinada, para o lado e se põe a piscar os olhos, significa que ela está ausente, mergulhada nos próprios pensamentos. Ela tagarelou um pouco, ainda agora?

— Momentaneamente — disse Klaus Heinrich. — Tive a impressão de que a senhora condessa perdeu, por alguns instantes, o controle.

— Ela sofreu muito na vida. — E Imma olhou para ele com seus olhos grandes, escuros e curiosos, assim como fizera no Hospital Infantil Grã-Duquesa Dorothea enquanto caminhavam. — Em outra oportunidade eu vou lhe contar. É uma longa história.

— Sim — disse ele. — Em outra oportunidade. Da próxima vez. Talvez quando estivermos a caminho.

— A caminho?

— Sim, a caminho do Caçador da Corte ou do Fasanerie.

— Ah! Esqueci quão consciencioso o senhor é com relação a tudo o que deixa combinado, príncipe. Sim, claro, a caminho. Agora precisamos descer.

Encontravam-se na parte posterior do castelo. Partindo de uma galeria com paredes ornamentadas por grandes pinturas, que eles atravessaram, degraus atapetados conduziam ao salão branco e dourado que dava para o jardim, atrás de cuja porta envidraçada, que se alçava até junto ao teto, encontrava-se o terraço. Tudo ali, o grande lustre de cristal que pendia do centro do forro branco e rebuscado lá no alto, as cadeiras simetricamente dispostas com suas armações douradas e seus estofados de gobelina, as cortinas de seda branca que desabavam pesadas, o solene relógio de pé e os vasos e os castiçais dourados, sustentados pela prateleira de mármore acima da lareira diante do espelho de parede que se elevava até o alto, e os imponentes candelabros dourados sobre patas de leão que se erguiam de ambos os lados dos degraus que davam acesso àquele salão: tudo lembrava Klaus Heinrich do Velho Castelo e dos aposentos destinados à representação nos quais, desde a infância, costumava se encontrar para desempenhar suas funções — exceto que as velas aqui eram imitações com lâmpadas elétricas que brilhavam, douradas, em lugar de pavios, e que tudo era novo e impecavelmente mantido na residência dos Spoelmann no castelo Delphinenort. Um serviçal trajando libré com bainhas de penas de cisne acabava de preparar a mesa para o chá, num canto do aposento. Klaus Heinrich observava o bule elétrico a respeito do qual lera no *Mensageiro*.

— O sr. Spoelmann foi avisado? — perguntou a filha da família...

O *butler* fez uma reverência.

— Então não há motivo para esperarmos — disse ela, à sua maneira rápida e sarcástica —, vamos tomar nossos lugares e começar sem ele. Venha, condessa! Príncipe, vou lhe sugerir livrar-se de suas armas, a menos que haja motivos que me sejam desconhecidos e que o impeçam de fazê-lo...

— Obrigado — disse Klaus Heinrich. — Não, não há nada a me impedir. — E incomodou-se por não ser esperto o suficiente para encontrar uma resposta mais desinibida.

O serviçal apanhou seu sabre e o levou embora através da galeria. Acomodaram-se junto à mesa do chá sob os olhares do *butler*, que segurava as cadeiras pelos encostos, ajudando os comensais a se acomodarem. E então retirou-se para o alto dos degraus, permanecendo ali, imóvel como uma peça de decoração.

— Preciso lhe contar, príncipe — disse a srta. Spoelmann, enquanto derramava a água quente no bule de chá —, que meu pai só toma o chá que eu mesma preparo. Ele suspeita de qualquer chá que já lhe seja servido pronto, em xícaras. Isso é algo que desaprovamos. O senhor terá que se conformar com isso.

— Ah, mas é mais bonito assim — disse Klaus Heinrich —, é muito mais agradável e menos cerimonioso, assim, na mesa de família... — Interrompeu o que estava dizendo, perguntando-se por que, enquanto dizia essas palavras, um olhar lateral cheio de ódio o atingia, vindo dos olhos da condessa Löwenjoul. — E como vão seus estudos — perguntou ele —, bondosa senhorita, se me permite perguntar? Matemática, a quanto eu saiba. Isso não a deixa exaurida? Não é terrivelmente difícil para a cabeça?

— Absolutamente — disse ela. — Não conheço nada mais belo. É como se a gente estivesse brincando no ar, ou já fora da atmosfera, de qualquer forma, numa região livre de poeira. Há, ali, um frescor semelhante ao das montanhas Adirondack...

— Como? Onde?

— Os Adirondacks. Trata-se de geografia, meu príncipe. Uma região de florestas e de lindos lagos, do outro lado do Atlântico. Temos uma casa de campo ali.

— Seja como for — disse ele —, posso testemunhar que a senhora é uma estudante dedicada. A senhora não tolera nenhum tipo de impedimento que tenha como consequência atrasos nas aulas. Aliás, ainda não lhe perguntei se, outro dia, a senhora conseguiu chegar pontualmente.

— Outro dia?

— Sim, há algumas semanas. Depois daquele impedimento diante da vigia do castelo.

— Por Deus, príncipe, agora o senhor também vai começar com isso? Ao que parece, essa história se disseminou pelo palácio tanto quanto pelas choças. Se eu soubesse quanto espalhafato isso haveria de provocar, teria preferido circundar três vezes a praça do Castelo. Até mesmo o jornal publicou uma notícia a respeito, segundo ouvi dizer. E, agora, a cidade inteira pensa que eu sou um demônio selvagem e violento. E, no entanto, sou a criatura mais pacífica que existe na face da terra e só não gosto de ser comandada. Por acaso sou um demônio, condessa? Peço-lhe que responda com brevidade.

— Não, a senhora é bondosa — disse a condessa Löwenjoul.

— Bem, bondosa talvez seja excessivo. Isso já vai longe demais na direção oposta, condessa...

— Não — disse Klaus Heinrich —, não, não vai longe demais. Eu acredito nas palavras da condessa...

— Fico muito honrada. Mas como é que a notícia dessa aventura alcançou sua alteza? Por meio do jornal?

— Fui testemunha ocular — disse Klaus Heinrich.

— Testemunha ocular?

— Sim, bondosa senhorita. Casualmente me encontrava junto à janela da sala de vigia dos oficiais e presenciei o episódio inteiro, do começo ao fim.

A srta. Spoelmann corou. Não havia dúvidas de que a pele branca como pérola de seu rostinho de feições estrangeiras adquirira uma coloração mais escura.

— Veja, príncipe, suponho — disse ela — que naquele instante o senhor não tivesse nada melhor para fazer.

— Melhor? — exclamou ele. — Mas foi tão interessante de ver! Vou lhe dar minha palavra, bondosa senhorita, nunca, em toda minha vida...

Perceval, que permanecia deitado ao lado da srta. Spoelmann com suas patas dianteiras graciosamente cruzadas, ergueu a cabeça com um ar tenso, golpeando o tapete com a cauda. No mesmo instante, o *butler* se colocou em movimento. Tão rápido quanto lhe permitia o peso do corpo, desceu os degraus que conduziam à porta lateral do lado oposto da mesa do chá, agarrando a cortina espessa de seda branca enquanto erguia seu queixo duplo numa expressão orgulhosa. Samuel Spoelmann, o bilionário, entrava.

Tinha um porte delicado e a fisionomia era peculiar. Seu nariz brotava de forma estranha, horizontalmente, do rosto escanhoado com faces afogueadas, e, acima dele, os olhos pequenos e redondos se encontravam muito próximos um do outro, numa tonalidade metálica e indefinida entre o azul e o negro, como os de crianças pequenas ou os de animais, e olhavam, irritadiços e dispersos. A parte superior do crânio era calva, mas em sua parte posterior e junto às têmporas o sr. Spoelmann tinha uma abundante cabeleira grisalha, penteada de maneira desconhecida entre nós. Seu cabelo não era curto e tampouco comprido, mas era esvoaçante, abundante, aparado à navalha somente junto à nuca e em torno das orelhas. Sua boca era pequena e de contornos delicados. Trajando um paletó preto com um colete de veludo, sobre o qual se via a corrente fina e longa, em estilo antiquado, de um relógio de bolso, e calçando sapatos macios em seus pezinhos diminutos, aproximou-se rapidamente da mesa do chá, levando no rosto a expressão mal-humorada de alguém muito ocupado. Mas seu rosto se iluminou, tomando uma expressão suave e contente, tão logo avistou a filha. Imma se levantara e caminhava a seu encontro.

— Bom dia, honorável paizinho — disse ela; e seus bracinhos morenos de criança, dos quais pendiam as mangas largas cor de tijolo, abraçaram sua nuca enquanto ela o beijava na calva, que lhe foi oferecida enquanto ele baixava a cabeça.

— Você certamente já sabia — continuou ela — que o príncipe Klaus Heinrich viria para o chá hoje?

— Não, não sabia, me alegro, me alegro — disse o sr. Spoelmann, apressadamente e com uma voz que rangia. — Por favor, não se incomodem! — disse também.

E enquanto apertava a mão do príncipe, que permanecia em pé numa postura solene junto à mesa (a mão do sr. Spoelmann era magra e permanecia parcialmente coberta pelo punho branco e não engomado da camisa), ele se inclinou várias vezes para o lado desajeitadamente. Essa era sua maneira de saudar Klaus Heinrich. Era estrangeiro, doente e excepcional por sua riqueza. Estava desculpado e livre de todos os outros deveres — Klaus Heinrich compreendeu e se empenhou, sinceramente, em superar a perturbação íntima que o atingira.

— ... aqui o senhor está, de certa forma, em sua própria casa — disse ainda o sr. Spoelmann, enquanto engolia as palavras com as quais caberia dirigir-se à alteza real, e por um instante uma expressão maligna surgiu em seus lábios barbeados.

E então, dando ele mesmo o exemplo, convidou todos a se sentarem. O *butler* o acomodou na cadeira que estava entre Imma e Klaus Heinrich, diante da porta que dava para a varanda e da condessa.

Como o sr. Spoelmann parecia não se lembrar de pedir desculpas pelo atraso, Klaus Heinrich disse:

— Soube, com tristeza, que o senhor não se sentiu bem hoje, sr. Spoelmann. Espero que o senhor esteja melhor agora.

— Obrigado, sim, melhor, mas ainda não bem — respondeu o sr. Spoelmann, gemendo. — Quantas colheres você pôs? — perguntou ele à sua filha. Com isso se referia à quantidade de chá que fora colocada no bule.

Ela tinha enchido a xícara, alcançando-a ao pai.

— Quatro — disse. — Uma para cada um. Ninguém haverá de dizer que faço meu velho paizinho passar necessidade.

— Imagine — respondeu o sr. Spoelmann. — Eu não sou velho. Sua língua deveria ser podada.

E ele apanhou uma espécie de torrada de uma lata de prata, que parecia estar ali especialmente para ele, partiu-a e a mergulhou, irritado, no chá dourado, que ele tomava sem creme e sem açúcar, assim como a filha.

Klaus Heinrich recomeçou.

— Estou ansioso para apreciar sua coleção, sr. Spoelmann.

— Certo — respondeu o sr. Spoelmann. — O senhor quer ver meus vidros? O senhor é um apreciador de vidros? Talvez seja também um colecionador?

— Não — disse Klaus Heinrich. — Apesar de apreciar os vidros, ainda não me tornei colecionador.

— Falta-lhe tempo para tal? — perguntou o sr. Spoelmann... — Os deveres militares lhe tomam tanto tempo assim?

Klaus Heinrich respondeu:

— Não estou mais na ativa, sr. Spoelmann. Encontro-me na reserva de meu regimento. Apenas envergo a farda. Isso é tudo.

— Ah, é por causa das aparências — disse o sr. Spoelmann, gemendo. — E o que o senhor faz o dia inteiro?

Klaus Heinrich parou de tomar o chá, afastando de si a xícara durante aquela conversa, que exigia toda sua atenção. Permanecia ereto respondendo, enquanto sentia que os olhos grandes, negros e curiosos de Imma Spoelmann se voltavam sobre ele.

— Tenho minhas obrigações na corte, em festas e em cerimônias. E tenho deveres de representação militar, nos juramentos dos recrutas, nas solenidades da bandeira. Além disso, cabe-me receber diversas pessoas, como representante de meu irmão, o grão-duque. E há também as viagens de trabalho a diversas localidades do país, para descerramentos e inaugurações e outras solenidades públicas.

— Ah é? — disse o sr. Spoelmann. — Cerimônias. Solenidades.

Tudo para os olhos da multidão. Devo dizer que não compreendo essas coisas. Vou lhe dizer, *once for all*,* que acho que seu ofício não vale nada. *That's my standpoint, sir.*

— Compreendo perfeitamente — disse Klaus Heinrich. Ele se mantinha ereto em sua farda de major e sorria dolorosamente.

— Bem, isso também faz parte — prosseguiu o sr. Spoelmann com um pouco mais de delicadeza. — Ao que parece, faz parte da vida aprender e praticar esses gestos. Quanto a mim, enquanto viver vou me irritar sempre que for obrigado a me sujeitar aos olhos da multidão...

— Espero — disse Klaus Heinrich — que nossa população não lhe tenha faltado com o respeito...

— Obrigado, tudo bem — respondeu o sr. Spoelmann. — Ao menos aqui as pessoas parecem ter boa índole. Quando elas nos olham, não é a vontade de nos assassinar o que imediatamente vemos estampado em seus olhos.

— Aliás, agrada-me muito ouvir, sr. Spoelmann — e Klaus Heinrich se sentia melhor desde que a forma do diálogo mudara e lhe cabia fazer perguntas —, que o senhor gosta daqui, apesar das circunstâncias diferentes das que lhe são habituais.

— Obrigado — disse o sr. Spoelmann. — Estou *at ease*.** E a água daqui é a única coisa capaz de me ajudar um pouco.

— Não lhe foi difícil deixar a América?

Um olhar atingiu Klaus Heinrich, um olhar rápido e desconfiado, um olhar intimidado, de baixo para cima, que Klaus Heinrich não foi capaz de interpretar.

— Não — disse o sr. Spoelmann, gemendo, num tom cortante. Isso foi tudo o que respondeu à pergunta que lhe tinha sido feita sobre a dificuldade de se despedir da América.

Fez-se uma pausa. A condessa Löwenjoul inclinou para o lado sua cabecinha coberta por cabelos lisos e sorriu, ausente, como uma imagem de Nossa Senhora. A srta. Spoelmann observava Klaus Heinrich fixamente com seus olhos grandes, negros e reluzentes como se estivesse examinando os efeitos que as palavras espantosamente grosseiras do pai provocavam no hóspede — sim, Klaus Heinrich tinha a impressão de que ela aguardava, com tranquilidade e compreensão, pelo instante em que ele se levantaria para se despedir e nunca mais voltar. O sr.

* [...] de uma vez por todas [...] Essa é minha opinião, senhor. (N. T.)
** Estou tranquilo. (N. T.)

Spoelmann, por sua vez, apanhou um estojo de ouro, tirando de seu interior um cigarro largo que, tão logo aceso, passou a emanar um aroma refinado.

— Quer fumar? — perguntou ele, então...

E como Klaus Heinrich achou que aquilo não tivesse importância, também se serviu do estojo depois do sr. Spoelmann.

E, antes que passassem à visita dos vidros, conversaram sobre diversos assuntos — principalmente Klaus Heinrich e a srta. Spoelmann, pois a condessa se encontrava longe dali, em seus próprios pensamentos, e o sr. Spoelmann só ocasionalmente interferia com alguma palavra, gemendo. Falaram sobre o Teatro da Corte e sobre o grande vapor no qual os Spoelmann tinham feito a travessia para a Europa. Não, eles não tinham utilizado seu iate para esse fim. O iate servia principalmente para que, durante o calor do verão, quando Imma e a condessa se encontravam em Newport e o sr. Spoelmann se via constrangido a permanecer na cidade por causa dos negócios, ele pudesse sair ao anoitecer para navegar e passar as noites no convés. Agora, porém, o iate se encontrava novamente em Veneza. Mas foram trazidos pelo oceano a bordo de um gigantesco vapor, um hotel flutuante equipado com salas de concerto e quadras esportivas. A srta. Spoelmann disse que tinha cinco andares.

— Contando-se de baixo para cima? — perguntou Klaus Heinrich.

E ela, imediatamente, respondeu:

— Certamente, contando-se de cima para baixo eram seis.

Ele ficou confuso, não entendeu nada e demorou a perceber que estava sendo alvo de sarcasmo. E então tentou explicar-se, justificar sua pergunta simplória, deixando claro que quisera perguntar se todos os andares faziam parte daquela soma, incluindo os que ficavam sob a linha d'água, ou seja, os porões — para tentar provar que não lhe faltava inteligência; por fim, juntou-se ao riso que resultou dessa tentativa. Quanto às apresentações no Teatro da Corte, a srta. Spoelmann franziu os lábios e balançou a cabecinha de um lado para outro enquanto expressava a opinião de que à atriz que representava o papel de mulher ingênua deveria ser recomendada vivamente uma cura de águas em Marienbad, junto com um curso de dança e de boas maneiras, enquanto ao ator que representava o papel de herói deveria ser dito que alguém com uma voz tão agradável quanto a dele deveria usá-la com o maior dos cuidados, até mesmo em sua vida particular... sem prejuízo do grande respeito que a srta. Spoelmann tinha pela instituição cultural da qual falavam.

Klaus Heinrich riu e se espantou, sentindo uma certa dor no coração diante de tanta destreza no uso das palavras. Como ela falava bem e como usava as palavras com habilidade! Falaram também sobre os espetáculos de ópera e sobre as peças de teatro que haviam sido apresentadas durante o inverno, e Imma Spoelmann contradizia as opiniões de Klaus Heinrich, contradizia-o sempre, como se lhe parecesse vergonhoso não contradizê-lo, derrotando-o num instante com o divertido poder superior de sua língua, e seus grandes olhos negros, no rostinho pálido como uma pérola, reluziam de alegria enquanto falava, e o sr. Spoelmann permanecia reclinado, com seu largo cigarro entre os lábios barbeados, observando sua filha através da fumaça, os olhos reluzentes de satisfação.

Mais de uma vez Klaus Heinrich sentiu em seu rosto aquele mesmo espasmo discreto e doloroso que percebera no rosto da irmã superiora e ainda assim se imaginava capaz de reconhecer que o propósito de Imma Spoelmann não era o de ofendê-lo, que ela não considerava que estivesse humilhando aqueles que eram incapazes de enfrentá-la com as palavras, e que ela tomava as respostas que ele lhe dava como quem acredita que não necessitava da arma do chiste — e que só ela necessitava daquela arma. Mas como? E por quê? Diante da loquacidade dela, ele se lembrava de Überbein, do eloquente e articulado dr. Überbein, que tinha sido um desastre desde o dia de seu nascimento e crescera em meio a circunstâncias que ele classificava como as mais favoráveis. Uma juventude miserável, solidão e infelicidade, excluído pela sorte, pelo caráter aleatório da sorte — quem vivia assim não acumulava gorduras, não conhecia confortos e via-se na contingência de ter que recorrer, com clareza e diligência, às próprias capacidades, o que certamente era uma vantagem diante daqueles que "não precisavam disso". Mas Imma Spoelmann permanecia sentada à mesa da sala em seu vestido vermelho-dourado numa postura relaxada, fazendo caras de jovem mimada e intempestiva, sentindo-se segura em meio à opulência, enquanto suas palavras tão ácidas soavam como as que convêm àquelas situações nas quais a vida exige clareza, dureza e espírito vigilante. Por que isso era assim? Klaus Heinrich empenhava-se, em seu íntimo, em compreender por que motivo isso seria assim enquanto conversavam a respeito de transatlânticos e peças de teatro. Sentado numa postura ereta e contida, sem se permitir um relaxamento confortável, ele permanecia junto à mesa, escondendo sua mão esquerda, e às vezes era atingido pelo olhar torto e cheio de ódio da condessa Löwenjoul.

Um serviçal apareceu e entregou ao sr. Spoelmann um telegrama sobre uma bandeja de prata. O sr. Spoelmann o abriu irritado, leu-o enquanto piscava os olhos, com a ponta do cigarro pendendo de um canto da boca, e o atirou novamente sobre a bandeja com uma breve instrução: "Sr. Phlebs". Em seguida, acendeu mais um cigarro, mal-humorado. A srta. Spoelmann disse:

— Apesar das recomendações prudentes do médico, este é o quinto cigarro que você está fumando nesta tarde. Não vou esconder de você o fato de que essa paixão irrestrita com a qual você se entrega ao vício não se coaduna com seus cabelos grisalhos.

Via-se que o sr. Spoelmann tentava rir e via-se que não conseguia fazê-lo, que não suportava o tom enérgico e severo com que a filha o repreendia, e que o sangue lhe subia à cabeça.

— Cale-se! — rosnou ele, furioso e amargurado. — Você acha sempre que tem o direito de dizer o que quiser com suas piadas? Mas eu lhe ordeno que se abstenha dessas insolências, sua tagarela!

Klaus Heinrich olhou chocado para Imma, cujos olhos espantados olhavam para o rosto enfurecido do pai, e que depois baixou, entristecida, sua cabecinha escura. Ela certamente não tinha nenhum tipo de má intenção, tinha se deleitado com as palavras sombrias, grandiloquentes e estranhas que empregava com tanto sarcasmo, esperando despertar a alegria, e era só por acaso que as coisas tinham saído tão mal.

— Papaizinho, querido papaizinho! — disse ela, num tom suplicante, e se pôs a acariciar as faces afogueadas do sr. Spoelmann.

— Ora! — resmungou ele, ainda —, você também não faz melhor do que isso.

Mas então ele se rendeu à adulação da filha, ofereceu-lhe a calva para que ela a beijasse, e deu-se por satisfeito. Klaus Heinrich se lembrou dos vidros quando a paz voltou a ser estabelecida, e assim todos deixaram a mesa do chá e se dirigiram à sala contígua onde ficava exposta a coleção, com exceção da condessa Löwenjoul, que se retirou com uma profunda reverência. O sr. Spoelmann mandou acender as velas elétricas dos lustres na sala adjacente.

Belíssimos armários, feitos conforme o gosto que imperava em todo o castelo, bojudos e com portas de vidro recurvas, ocupavam o aposento, alternando-se com esplêndidas cadeiras revestidas de seda, e continham a coleção de objetos de arte de vidro do sr. Spoelmann. Sim, esta era evidentemente a mais completa coleção de ambos os mundos, e o cálice que fora adquirido por Klaus Heinrich era com certeza apenas uma pequena amostra daquilo. A coleção começava num canto da sala, com os mais antigos produtos de luxo da arte da vidraria, descobertas ornamentadas com pinturas pagãs provenientes de escavações arqueológicas, e então continuava com obras de arte do Oriente e do Ocidente, de todos os períodos, ostentando também vasos e cálices ornamentados com guirlandas, rebuscados, de formas opulentas, provenientes das vidrarias de Veneza, bem como peças preciosas das oficinas da Boêmia, além de canecas alemãs, copos decorados com brasões de corporações e de príncipes eleitores, entremeados por formas de animais cheias de caretas e imagens cômicas, grandes taças de cristal que lembravam a balada de Ludwig Uhland *Das Glück von Edenhall** e cuja superfície lapidada refletia as cores do arco-íris, vidros das mais recentes criações da arte da vidraria, flores de vidro excessivamente delicadas, sustentadas por caules de infinita fragilidade e vidros decorativos ao gosto moderno, recobertos por camadas reluzentes de cores produzidas por vapores de metais preciosos sublimados. Os três, acompanhados por Perceval, que também observava, seguiam devagar por sobre os tapetes circundando a sala, e o sr. Spoelmann explicava, com sua voz que rangia, a origem de algumas das peças, enquanto as retirava, cuidadosamente, das prateleiras revestidas de veludo com suas mãos semicobertas pelos punhos não engomados da camisa.

Klaus Heinrich estava habituado a fazer visitas, a ouvir explicações e a expressar seu mais alto reconhecimento e, por esse motivo, conseguiu, ao mesmo tempo que visitava a coleção, refletir sobre a maneira de falar de Imma Spoelmann, que chamava dolorosamente sua atenção. Que coisas ela era capaz de dizer empurrando os lábios para a frente! Que palavras pronunciava com tanta leviandade! "Paixão", "vício", como era possível que ela dominasse aquele vocabulário e que dele fizesse uso com tanta ousadia? Acaso a condessa Löwenjoul, que à sua maneira desorientada também falava de coisas desse tipo e que evidentemente tivera experiências terríveis em sua vida, não a descrevera como uma pessoa que nada sabia da vida? Não havia dúvida de que o que a condessa dissera era a verdade, pois ela era, tanto quanto ele, um caso excepcional por nascimento, uma pessoa que, assim como ele, crescera em meio à pureza e à fineza, isolada da vida das pessoas comuns, sem partilhar da selvageria que na vida real correspondia àquelas palavras

* Trata-se de versos muito populares do poeta alemão, musicados por Robert Schumann em 1852. (N. T.)

grandiloquentes e sombrias. Mas, mesmo assim, ela se assenhoreara daquelas palavras e as apresentava em discursos bem polidos ao mesmo tempo que parecia divertir-se com elas. Sim, ela era assim, aquela criatura atrevida e adorável, com seu vestido vermelho-dourado. Ela vivia por meio de suas expressões faladas, não conhecia da vida mais do que as palavras, e brincava com as palavras mais sérias e mais terríveis como quem brinca com pedrinhas coloridas, e não compreendia o que se passava quando despertava a ira das pessoas! O coração de Klaus Heinrich se enchia de compaixão enquanto ele pensava assim.

Já eram quase sete horas quando mandou buscar seu coche, um pouco preocupado com as repercussões de sua longa permanência para a corte e para o público. Sua partida desencadeou um novo e terrível acesso em Perceval, o collie. Qualquer tipo de interrupção ou de alteração nas circunstâncias parecia privar o nobre animal de seu equilíbrio espiritual. Agitando a cauda e latindo loucamente, impermeável a todas as tentativas de tranquilizá-lo, ele corria em fúria pelos aposentos e pelo saguão, subindo e descendo a escadaria, de maneira que as palavras de despedida desfaleciam em meio ao ruído. O *butler* deu ao príncipe a honra de acompanhá-lo até o saguão onde ficavam expostas as imagens de divindades. O sr. Spoelmann não deu um passo sequer para acompanhá-lo. A srta. Spoelmann conseguiu fazer com que ouvisse a seguinte frase:

— Tenho certeza de que a visita ao seio de nossa família foi um deleite para o senhor, príncipe.

E permanecia em dúvida se o seu sarcasmo se referia às palavras "o seio da nossa família" ou à visita propriamente dita. Recostado num canto de seu cupê, um pouco ofendido, exaurido mas também estimulado pelo tratamento pouco habitual que recebera, dirigiu-se à sua casa, atravessando o Jardim Municipal já escuro a caminho do Eremitage, retornando a seus contidos aposentos em estilo Empire onde jantou em companhia dos srs. Von Schulenburg-Tressen e Braunbart-Schellendorf. No dia seguinte, leu a notícia no *Mensageiro*. Ali constava simplesmente que ontem sua alteza real o príncipe Klaus Heinrich fora ao castelo Delphinenort à hora do chá e que contemplara a coleção de vidros artísticos do sr. Spoelmann.

E Klaus Heinrich continuou a conduzir sua vida pouco objetiva e a exercer sua elevada vocação. Proferia suas bondosas palavras, descrevia seus gestos com as mãos, representava na corte e no baile na casa do presidente do Conselho, concedia audiências livres, almoçava no refeitório dos oficiais da Guarda dos Granadeiros, mostrava-se ao público no Teatro da Corte e concedia a esta e àquela localidade do país sua presença solene. Sorrindo, e com os saltos juntos, preservava as formalidades e cumpria suas obrigações difíceis, sempre com uma atitude contida, muito embora houvesse, àquela época, muitos pensamentos a ocupar sua mente: pensava no colérico sr. Spoelmann, na atordoada condessa Löwenjoul, no enlouquecido Percy e, sobretudo, em Imma, a filha da família. Até agora, ainda não tinha sido capaz de encontrar respostas a algumas das perguntas que foram despertadas por ocasião de sua primeira visita ao castelo Delphinenort, e essas respostas só surgiram gradativamente à medida que prosseguia seu convívio com os membros da família Spoelmann, convívio que continuou a cultivar em meio ao tenso e, por fim, febril interesse do público, e cuja continuação imediata se deu certo dia quando, logo ao amanhecer, para o espanto dos donos da casa, da criadagem e de si mesmo, e, de certa forma, involuntariamente, como que arrastado pelo destino, apareceu, sozinho e a cavalo, em Delphinenort a fim de levar para um passeio a cavalo a senhorita, a quem, além disso, perturbou em seus estudos de matemática.

Naquele ano, cuja lembrança perduraria para sempre, a força do inverno se rompera cedo. Depois de um janeiro de clima ameno, já em meados de fevereiro teve início, em meio ao canto dos pássaros, ao dourado do sol e à doçura do ar, uma primavera precoce e, quando Klaus Heinrich, na manhã do primeiro desses dias esperançosos, despertou em seu amplo e antigo leito de mogno sustentado por quatro pilares, do topo de um dos quais já havia despencado e se perdido a ornamentação esférica do castelo Eremitage, sentiu-se como que tocado por uma mão forte, irresistivelmente impelido a gestos inusitados.

Puxou a campainha chamando Neumann (pois no Eremitage havia apenas sinos acionados por meio de tirantes) e o instruiu para que dentro de uma hora Florian estivesse pronto. Se era necessário aprontar, também, um cavalo para o lacaio? Não. Não era necessário. Klaus Heinrich explicou que desejava cavalgar desacompanhado. E então se entregou às mãos conscienciosas de Neumann para os cuidados matinais, tomou impaciente o café da manhã no pavimento inferior, no aposento que dava para o jardim, e, ao pé do pequeno terraço, montou em seu cavalo. Com suas botas de cavalgada equipadas com esporas apoiadas nos estribos, segurando as rédeas amareladas em sua destra coberta por uma luva marrom e com a mão esquerda apoiada sobre o quadril por debaixo do sobretudo, seguiu a passo pela delicada manhã enquanto buscava com os olhos, em meio à ramagem ainda desfolhada das árvores, os pássaros cujo canto se ouvia. Cruzou aquela parte do parque cujo acesso era franqueado ao público, o Jardim Municipal e o terreno de Delphinenort. Às nove e meia chegou, para a grande surpresa de todos.

Junto ao portão principal entregou Florian aos cuidados de um cavalariço inglês. O *butler*, que estava atravessando o saguão com piso de mosaicos, ocupado com assuntos concernentes à manutenção da casa, estacou perplexo ao avistar Klaus Heinrich. Indagado pelo príncipe, com sua voz clara e ao mesmo tempo exaltada, acerca do paradeiro das damas, ele nada respondeu, dirigindo-se confuso à escadaria de mármore, olhando de Klaus Heinrich para o topo da escadaria, pois ali se encontrava o sr. Spoelmann.

Aparentemente, este acabara de tomar seu café da manhã e se encontrava bem-disposto. Suas mãos permaneciam enfiadas nos bolsos da calça, e assim puxava para trás as abas do robe, afastando-as do colete de veludo, e a fumaça azulada que se erguia do cigarro que pendia entre os lábios fazia seus olhos piscarem.

— Ora, o jovem príncipe? — disse ele, olhando para baixo...

Klaus Heinrich aproximou-se dos degraus, caminhando apressadamente pela passadeira vermelha, e o saudou. Era como se só por meio da rapidez e, por assim dizer, com ímpeto, ele fosse capaz de dominar aquela situação inusitada.

— O senhor vai se espantar, sr. Spoelmann — disse ele —, a esta hora... — Faltava-lhe o fôlego, algo que o assustou sobremaneira, pois um estado de espírito como aquele não lhe era habitual.

O sr. Spoelmann respondeu-lhe fazendo trejeitos com a face e com os ombros, dando-lhe a entender que era capaz de se controlar, mas que ainda assim aguardava ansiosamente uma explicação.

— Trata-se de algo que foi combinado... — disse Klaus Heinrich. Ele se encontrava dois degraus abaixo do bilionário e lhe falava olhando para cima. — Um convite para um passeio a cavalo que fiz à srta. Imma... Prometi às senhoras que as levaria a uma visita a Fasanerie ou ao Caçador da Corte... A srta. Imma não conhece quase nada das redondezas, segundo me disse. Estava combinado que, no primeiro dia de bom tempo... E hoje o tempo está tão bonito... Evidentemente, seu consentimento se faz necessário...

O sr. Spoelmann ergueu os ombros ao mesmo tempo que fazia com a boca uma expressão como se quisesse dizer: "Consentimento? Como assim?".

— Minha filha é adulta — disse ele. — Não costumo lhe dizer o que deve ou não fazer. Se ela quer andar a cavalo, que ande a cavalo. Mas acho que ela não dispõe de tempo para isso agora. O senhor terá que se informar por si mesmo. Ela está lá dentro. — E o sr. Spoelmann, afastando-se para o lado, apontou com o queixo para a mesma porta coberta por uma cortina pela qual Klaus Heinrich já passara uma vez.

— Obrigado! — disse Klaus Heinrich. — Então irei, eu mesmo, me informar.

Com essas palavras terminou de galgar a escadaria, puxou a cortina com suas franjas com um gesto decidido, abrindo-a, e desceu os degraus que conduziam ao ensolarado Jardim de Inverno, no qual pairava um aroma de plantas.

Diante da fonte murmurante e do espelho d'água com os patos cujas penugens pareciam obras de arte estava sentada Imma Spoelmann, com as costas quase inteiramente voltadas para a entrada, inclinada sobre uma mesinha. Seu cabelo negro-azulado e reluzente estava solto, derramando-se sobre os dois lados da cabeça, assim cobrindo como um véu a parte superior do corpo e apenas deixando à mostra uma sombra de seu perfil obtuso e infantil, que brilhava pálido como o marfim, contrastando com a escuridão dos cabelos. Sob o abrigo desse véu se dedicava aos estudos, trabalhava sobre as anotações de um caderno que jazia sobre a mesa, a seu lado, conduzindo a caneta e pressionando-a com o indicador esticado enquanto os lábios repousavam sobre o dorso estreito da mão esquerda.

A condessa também estava presente e dedicava-se igualmente à escrita. Estava acomodada a certa distância sob as palmeiras, bem ali onde Klaus Heinrich conversara com ela da primeira vez, e escrevia com uma postura ereta, a cabeça inclinada para o lado, em folhas avulsas de papel, das quais havia uma pequena pilha a seu lado, todas coalhadas de palavras. O tinir das esporas de Klaus Heinrich fez com que levantassem o olhar. Ela o fitou por dois segundos, apertando os olhos e segurando na mão a comprida caneta-tinteiro em forma de fuso. E então se levantou, fazendo uma reverência.

— Imma — disse ela. — Sua alteza real o príncipe Klaus Heinrich está aí.

A srta. Spoelmann voltou-se num gesto ágil em sua cadeira de vime, balançou a cabeça, afastando os cabelos para trás, e olhou para o intruso com olhos arregalados e assustados, sem dizer palavra, até que Klaus Heinrich desejasse às senhoras um bom dia, fazendo uma saudação militar. E então ela disse, com sua voz sussurrante:

— Desejo-lhe, também, um bom dia, príncipe. Mas o senhor chegou tarde demais para o café da manhã. Há tempo que já terminamos.

Klaus Heinrich riu.

— Não tem importância — disse — que as senhoras já tenham tomado o café da manhã. Pois assim poderemos sair imediatamente para passear a cavalo.

— Passear a cavalo?

— Sim, conforme combinamos.

— Combinamos?

— Não, não é possível que a senhora tenha se esquecido disso! — disse ele num tom de súplica. — Pois eu não prometi à senhora que lhe mostraria as redondezas? Não pretendíamos sair para um passeio a cavalo tão logo o tempo estivesse bom? Hoje o dia está esplêndido. Olhe lá fora...

— O tempo não está ruim — disse ela —, mas o senhor me parece intempestivo, príncipe. Lembro-me de que dissemos algo sobre um passeio a cavalo — mas já? Que tal se o senhor, ao menos, tivesse me mandado um pequeno aviso, um convite, se sua alteza me permite usar a palavra? O senhor há de concordar comigo que não posso sair para um passeio a cavalo pelas redondezas vestida assim.

E ela se ergueu para lhe mostrar seus trajes matinais, que consistiam em uma túnica de seda reluzente solta na cintura que parecia jorrar por sobre seu corpo e um bolero aberto de veludo verde.

— Não — disse ele —, infelizmente isso a senhora não poderá fazer. Mas eu posso aguardar aqui enquanto as senhoras se trocam. Ainda é cedo...

— Muito cedo. Mas, além disso, eu estava me dedicando um pouco à minha inofensiva ocupação, como o senhor pode ver. Devo participar de um seminário às onze horas.

— Não — exclamou ele. — Hoje a senhora não poderá se dedicar à álgebra, srta. Imma, nem brincar no vácuo, como a senhora diz. Veja o sol!... Posso...? — E se aproximou da mesinha, apanhando o caderno.

O que ele viu ali o deixou atordoado. Um abracadabra fantástico, um sabá de feiticeiras de runas emaranhadas, composto de uma escrita infantil e grosseira, na qual era possível reconhecer a maneira de Imma Spoelmann segurar sua caneta, preenchia aquelas páginas. Letras do alfabeto grego estavam justapostas a letras latinas e algarismos dispostos em diferentes alturas, intercaladas com cruzes e travessões, acima e abaixo de linhas horizontais dispostas de maneira fragmentária, cobertas por outras linhas como que por tendas, e igualadas por tracinhos duplos, combinadas por meio de parênteses arredondados, congregadas em grandes fórmulas por meio de colchetes angulosos. Algumas letras, avançando à frente de outras como batedores, encontravam-se à direita, fora dos grupos contidos pelos colchetes, e acima deles. Sinais cabalísticos, totalmente incompreensíveis para um leigo, envolviam com seus braços letras e algarismos, enquanto frações os precediam e algarismos e letras pairavam junto aos seus pés e cabeça. Sílabas peculiares e abreviaturas de palavras secretas estavam espalhadas por toda parte, e em meio às colunas de necromancia encontravam-se frases e observações escritas em linguagem cotidiana, mas cujo sentido se encontrava tão além de todos os assuntos humanos que, ao lê-las, não seria possível compreender mais do que se compreenderia ante os murmúrios de algum feiticeiro.

Klaus Heinrich olhou para aquela figura diminuta que, em seu traje reluzente, sobre o qual desabavam as cortinas negras dos seus cabelos, encontrava-se a seu lado e em cuja misteriosa cabecinha tudo aquilo fazia sentido e possuía uma vida elevada e lúdica. Ele disse:

— E a senhora pretende perder esta linda manhã por causa destas artes heréticas?

Ela o mirou com espanto por alguns instantes, com seus olhos grandes e loquazes. E então respondeu, esticando os lábios para a frente:

— Me parece que sua alteza busca uma desforra pela falta de consideração que recentemente foi expressa, aqui, relativamente ao seu próprio ofício.

— Não — disse ele —, não, não se trata disso! Vou lhe dar minha palavra: tenho o maior respeito por seus estudos. Devo admitir, porém, que me assustam. Jamais fui capaz de compreender algo a esse respeito. Admito igualmente que hoje seus estudos me parecem um tanto detestáveis, por serem capazes de nos privar de nosso passeio a cavalo...

— Ah, não serei eu a única a quem o senhor arranca de seus afazeres, príncipe. Há aqui uma terceira pessoa, a condessa. Ela estava escrevendo. Está anotando suas memórias, não para divulgá-las ao mundo, mas apenas para um público restrito, e posso lhe garantir que disso sairá uma obra por meio da qual tanto o senhor, príncipe, quanto eu mesma teremos a oportunidade de aprender muitas coisas novas.

— Tenho absoluta certeza a esse respeito. Mas também tenho certeza de que a senhora condessa não seria capaz de recusar um pedido seu.

— E meu pai? Essa é a quarta questão. O senhor conhece o

temperamento leonino de meu pai. Estará ele disposto a nos dar seu consentimento?

— Ele já nos deu seu consentimento. Se quer andar a cavalo, que ande a cavalo. Estas foram as palavras dele...

— O senhor se assegurou com ele antecipadamente? Agora realmente começo a admirar sua prudência, príncipe. O senhor agiu como um general, muito embora o senhor não seja realmente um soldado, mas apenas envergue a farda por questões de aparência, como o senhor mesmo nos contou outro dia. Mas há um quinto motivo, e esse motivo é decisivo. Vai chover.

— Não, o que a senhora está dizendo não se sustenta. O céu está radiante...

— Vai chover. O ar está suave demais. Eu constatei isso durante nossa ida ao Jardim das Fontes, antes do café da manhã. Acompanhe-me até o barômetro, se o senhor não acredita nas minhas palavras. Ele se encontra no saguão...

Efetivamente saíram para o saguão atapetado onde, junto à lareira de mármore, pendia um grande barômetro. A condessa os acompanhou. Klaus Heinrich disse:

— O ponteiro subiu.

— Sua alteza parece comprazer-se em enganar-se — respondeu a srta. Spoelmann. — A paralaxe o está iludindo.

— Não sei do que se trata, srta. Imma. É como com os Adirondacks. Não estudei muito, isso é parte da minha maneira de ser. A senhora precisa ter paciência.

— Oh! Peço-lhe, humildemente, que me desculpe. Deveria ter me lembrado que é preciso falar com sua alteza numa linguagem um pouco mais popular. O senhor se encontra em linha diagonal em relação ao mostrador e por isso tem a impressão de que o ponteiro subiu. Se o senhor resolvesse colocar-se diante do aparelho, em linha reta, perceberia que o ponteiro preto de maneira nenhuma ultrapassou o ponteiro dourado, mas que, ao contrário, até recuou um pouco.

— Acredito, realmente, que a senhora tenha razão — disse Klaus Heinrich, perturbado. — Portanto, a pressão do ar está, mesmo, mais alta do que eu imaginava.

— Ela está mais baixa do que o senhor imaginava.

— Mas, se o mercúrio cedeu...

— O mercúrio cede sob pressão atmosférica mais reduzida e não sob pressão mais elevada, alteza real.

— Agora não compreendo mais nada.

— Acredito, príncipe, que o senhor esteja exagerando sua própria ignorância de forma humorística para, assim, embaçar suas fronteiras. Mas, já que a pressão atmosférica está tão elevada que o mercúrio está cedendo, o que evidentemente aponta para um severo equívoco da natureza, vamos sair para um passeio a cavalo. Condessa — o que a senhora acha? Não quero me responsabilizar por despachar o príncipe de volta para casa, já que ele veio até aqui. Ele que espere um pouco lá dentro, enquanto nós nos aprontamos...

Quando Imma Spoelmann e a condessa voltaram para o Jardim de Inverno, ambas estavam adequadamente trajadas para o passeio a cavalo: Imma trajando um vestido fechado de lã com bolsos no peito que combinava com um chapéu de três pontas preto, e a condessa com um xale preto, uma camisa masculina engomada e uma cartola. Desceram juntas a escadaria, atravessando o saguão com piso de mosaicos, e saíram para o ar livre. Entre o portal ladeado por colunas e o grande espelho d'água, dois cavalariços aguardavam com as montarias. Mas elas ainda não tinham se acomodado sobre as selas quando, em meio aos uivos e aos ganidos que eram a expressão de suas paixões mais extremas, Perceval, o collie, babando e correndo furiosamente como se fosse a divindade mitológica do vento, deixou rugindo o castelo para dar início a uma coreografia enlouquecida em torno dos cavalos, que lançavam indóceis a cabeça para trás.

— Pronto, pronto — disse Imma em meio ao barulho, dando tapinhas no pescoço da intimidada Fatme. — Não fomos capazes de nos esconder dele. No último instante, ele descobriu tudo. E agora vai nos acompanhar, e não o fará sem certo espalhafato. Vamos, príncipe?

Muito embora Klaus Heinrich entendesse que poderiam também enviar um serviçal à sua frente, tocando trompete e a cavalo, para despertar, por meio desses sons, a atenção do público para aquele passeio a cavalo, disse num tom desafiador e alegre que Perceval poderia acompanhá-los, pois fazia parte do grupo e também precisava conhecer a região.

— Então para onde? — perguntou Imma, enquanto seguia, a passo, pela vasta alameda de castanheiras. Ela cavalgava entre Klaus Heinrich e a condessa. Perceval ia à frente ruidosamente. O cavalariço inglês, com um chapéu à moda inglesa ornamentado com uma roseta, e calçando botas amarelas com a bainha virada, seguia-os a certa distância.

— O Caçador da Corte é um estabelecimento muito bonito — respondeu Klaus Heinrich —, mas o passeio até o castelo Fasanerie é um pouco mais extenso e temos tempo até a hora do almoço. Gostaria de mostrar o castelo às senhoras. Vivi lá por três anos quando era menino. Era um internato, a senhora me entende, com professores e colegas. Foi lá que conheci meu amigo Überbein, o dr. Überbein, meu professor predileto.

— O senhor tem um amigo? — perguntou a srta. Spoelmann, um tanto espantada, olhando para ele. — O senhor precisa me contar a respeito dele um dia desses — acrescentou. — E o senhor foi educado no castelo Fasanerie? Então precisamos visitá-lo, pois evidentemente esta é também sua opinião. Trotando! — disse ela, já que tinham alcançado uma trilha de terra batida para cavalos. — Ali se encontra seu retiro, meu príncipe... E no lago há alimento em abundância para os patos...* Acho que deveríamos, se isso for possível, nos afastar em diagonal do Jardim das Fontes.

Klaus Heinrich mostrou-se satisfeito com a sugestão, e assim deixaram a região do parque trotando em direção à estrada que conduzia ao destino estabelecido em direção noroeste. No Jardim Municipal, foram saudados e admirados por algumas pessoas que passeavam, e agradeceram, Klaus Heinrich levando a mão à viseira do quepe e Imma Spoelmann com acenos sérios e um pouco intimidados de sua cabecinha pálida coberta pela cabeleira negra e pelo chapéu de três pontas. Agora se encontravam numa região deserta, onde novos encontros já não eram mais esperados Ocasionalmente, o veículo de algum camponês passava pelo calçamento, ou algum ciclista encurvado se esforçava pelo caminho. Mas se mantinham à margem da estrada sobre a ravina, onde era possível cavalgar com maior liberdade e suavidade. Perceval saltitava, recuando diante dos cavalos em perpétua excitação, em febril expectativa, sempre abanando sua cauda, dando voltas em torno de si mesmo, caminhando. Ofegante, deixava a língua pender do focinho, babando, e às vezes o tormento insensato de seus nervos se dissolvia em uivos breves que tinham alguma semelhança com suspiros. Em seguida, punha-se a correr em disparada pelos campos abertos perseguindo, com as orelhas em pé e dando saltos curtos e elevados, algum ser vivo no solo, numa caçada selvagem atrás de alguma lebre que fugia enquanto seus latidos intempestivos ecoavam sob o céu aberto.

* A srta. Spoelmann refere-se, aqui, às algas que há no lago. (N. T.)

Falavam a respeito de Fatme, que Klaus Heinrich via de tão perto pela primeira vez, admirando-a, emocionado. O pescoço longo e musculoso da égua sustentava uma cabeça pequena, com a qual acenava orgulhosamente enquanto os olhos fogosos olhavam à sua volta. Ela tinha os cascos delicados típicos dos cavalos árabes e uma cauda prateada. Branca como um raio de lua, portava uma sela branca, arreios brancos e rédeas brancas. Florian, um cavalo castanho um tanto sonolento, de dorso curto, crina bem aparada e rédeas amarelas, parecia tão comum quanto um jumento comparado àquela nobre estrangeira, muito embora fosse tratado com muito cuidado. A condessa Löwenjoul cavalgava uma grande égua cinzenta chamada Isabeau. Ela parecia muito bem a cavalo, sustentada por sua figura alta e ereta, mas inclinava sua cabecinha coberta por um chapéu masculino para o lado e suas pálpebras semicerradas piscavam. Às costas da srta. Spoelmann, Klaus Heinrich lhe dirigiu a palavra, inclinando-se para trás em sua sela, mas ela não lhe respondeu, continuando a mirar à sua frente com olhos semicerrados e uma expressão angelical no rosto. Imma disse então:

— Deixemos a condessa em paz, príncipe. Ela está distraída.

— Espero — disse ele — que a senhora condessa não esteja nos acompanhando a contragosto. — Ele ficou sinceramente chocado ao ouvir a resposta despreocupada de Imma Spoelmann:

— Para dizer a verdade, é bem capaz que esteja.

— Por causa das anotações dela? — perguntou ele.

— Ah! As anotações! Não são tão urgentes assim, são um passatempo mais do que qualquer outra coisa, ainda que secretamente eu espere poder aprender alguma coisa com elas. Mas não vou lhe esconder o fato, príncipe, de que a condessa não tem muita simpatia pelo senhor. Ela falou comigo a esse respeito. Disse que o senhor é severo e impiedoso e que o senhor lhe causou antipatia.

Klaus Heinrich corou.

— Eu sei — disse ele, em tom sussurrante, baixando o olhar para suas rédeas — que não desperto muita simpatia nas pessoas, srta. Imma, ou que, se tanto, sou simpático quando visto de longe... Mas isso está ligado ao meu tipo de existência, como já lhe disse. Mas não me recordo de ter sido severo nem impiedoso com a condessa.

— Provavelmente não com suas palavras — respondeu ela. — Mas o senhor não lhe permitiu deixar-se levar um pouco, não teve a bondade de tagarelar um pouco com ela; é por isso que está ressentida. E sei muito bem que o senhor fez isso, que o senhor tornou as coisas difíceis para ela e que foi antipático com ela. Sei disso muito bem — repetiu ela, afastando dele seu olhar.

Klaus Heinrich se calou. Apoiou a mão esquerda no quadril. Seus olhos estavam cansados.

— A senhora sabe disso muito bem? — disse ele. — Então por acaso também sou antipático com a senhora, srta. Imma?

— Vou adverti-lo, senhor — disse ela sem pensar, com sua voz quebrada, empurrando os lábios para a frente e balançando sua cabecinha para um lado e para outro —, a não superestimar os efeitos que sua presença provoca em mim, príncipe.

E subitamente incitou Fatme a galopar e voou com tanta velocidade sobre a planície, avançando com tal ímpeto em direção à massa escura da distante floresta de coníferas, que nem a condessa nem Klaus Heinrich foram capazes de alcançá-la. Só quando já se encontravam às margens da floresta atravessada pela estrada ela se deteve, virou sua montaria e pôs-se a olhar para os dois, que tinham ficado para trás, com uma expressão de sarcasmo.

A condessa Löwenjoul, montada na grande Isabeau, foi a primeira a alcançar a fugitiva. Veio em seguida Florian, fungando, profundamente perplexo com aquela ousadia incomum. Riram, ofegantes, cavalgando em meio à floresta ressonante. A condessa despertara e tagarelava com grande animação em meio a gestos vivazes e nobres, mostrando seus dentes brancos. Falava em tom de brincadeira com Perceval, cuja alma fora novamente dilacerada por aquela cavalgada ensandecida e que se revirava furiosamente em meio aos troncos, precedendo os cavalos.

— Alteza real — disse ela —, o senhor tem que ver como ele salta... como dá saltos artísticos... ele é capaz de cruzar valas e rios com seis metros de largura com uma elegância e uma leveza encantadoras. Mas só por vontade própria, que fique claro, só espontaneamente, pois acho que ele preferiria ser morto a ter que se submeter a qualquer tipo de adestramento, desempenhando suas artes sob as ordens de alguém... Quero dizer com isso que ele é naturalmente adestrado e educado de nascença, e que nunca é grosseiro, mesmo que seja um tanto indisciplinado. Trata-se de um cavalheiro, um nobre bem-nascido, de caráter extremamente austero. Sim, ele é orgulhoso, parece louco, mas sabe muito bem como se controlar. Jamais alguém o viu gritar de dor, seja causada por ferimentos, seja causada por castigos. E ele só se alimenta quando está com fome, desprezando em outras ocasiões os melhores petiscos. De manhã, toma creme de leite... é preciso alimentá-lo. Ele devora a si mesmo por dentro e sob seu pelo sedoso é tão magro que é possível sentir cada uma de suas costelas. E, infelizmente, é preciso admitir que ele não viverá muito, pois cedo será vitimado pela tuberculose... A escória o persegue, se amontoa à sua volta e o procura em todas as ruas, porém ele, selvagem, mas nunca vulgar, escapa e só quando há manifestações de hostilidade aberta chega a ponto de distribuir mordidas com seus dentes esplêndidos — mordidas das quais o populacho não se esquece nunca. Tanto cavalheirismo aliado a tanta pureza é algo adorável.

Imma confirmava as palavras da condessa com expressões que, sem dúvida, eram as mais sérias e as mais sinceras que ele jamais ouvira de sua boca.

— Sim — disse ela —, Percy, você é meu amigo querido e vou permanecer para sempre ao seu lado. Alguém, um especialista, declarou que ele é louco, dizendo que isso acontece com alguma frequência entre cães de raça, e nos recomendou mandar matá-lo porque seria impossível e nos levaria ao desespero, dia após dia. Mas ninguém vai tirar meu Percy de mim. Sim, ele é impossível e às vezes difícil de suportar. Mas, apesar disso, ele é doce e valente e conta com toda minha estima.

Em seguida, a condessa ainda disse isso e aquilo a respeito da natureza dos collies, mas logo suas palavras se tornaram confusas e estranhas, e ela passou a um solilóquio, acompanhado por gestos vivazes e elegantes, e, depois de lançar em direção a Klaus Heinrich um olhar por entre os olhos semicerrados, mergulhou novamente em ausência.

Klaus Heinrich se sentia satisfeito e consolado, seja por causa daquela cavalgada intensa — durante a qual, aliás, tinha sido obrigado a se concentrar em demasia, pois, muito embora soubesse se colocar sobre um cavalo de maneira atraente, na verdade não era um cavaleiro muito seguro, já por causa de sua mão esquerda —, seja talvez por algum outro motivo. Logo depois de terem deixado a floresta de coníferas, enquanto seguiam a passo pela estrada silenciosa em meio a ravinas e a terras aradas, passando ocasionalmente pela casa de algum camponês ou por um sítio, e dirigindo-se à floresta subsequente, ele perguntou, com voz contida:

— A senhora não quer cumprir sua promessa e me contar a respeito da condessa, srta. Imma? Como foi que ela se tornou sua dama de companhia?

— Ela é minha amiga — respondeu ela — e, de certa maneira, também minha professora, ainda que apenas tenha vindo viver conosco quando eu já era adulta. Isso foi há três anos, em Nova York, e a condessa se encontrava então numa situação terrível. Estava a ponto de morrer de fome — disse Imma Spoelmann, e, enquanto dizia essas palavras, dirigia os olhos negros a Klaus Heinrich com uma expressão curiosa e chocada.

— Realmente a ponto de morrer de fome? — perguntou ele, respondendo a seu olhar... — Por favor, continue a contar!

— Sim, foi isso que eu também disse naquela ocasião quando ela se aproximou de nós, e, muito embora eu evidentemente tivesse percebido que o juízo dela não estava bem em ordem, ela causou sobre mim uma impressão tão forte que instei meu pai a me dá-la como acompanhante.

— E como ela chegou à América? Ela é condessa de nascença? — perguntou Klaus Heinrich.

— Condessa não, mas vem de uma família nobre e teve uma infância suave, num bom ambiente, abrigada e protegida de todos os ventos, como me contou, mesmo porque desde a infância foi uma pessoa frágil e delicada que precisava de proteção. Mas então se casou com o conde Löwenjoul, oficial, capitão da Cavalaria, e ele era um aristocrata um tanto peculiar, segundo ela me contou, e não exatamente uma personalidade exemplar, para dizer o mínimo.

— Que tipo de pessoa terá sido ele... — perguntou Klaus Heinrich.

— Sim, príncipe, não seria capaz de lhe dizer exatamente. O senhor precisa levar em consideração o fato de que a condessa costuma contar suas histórias de maneira um tanto obscura. Mas, a julgar pelo que ela me deu a entender, ele deve ter sido uma pessoa tão selvagem e desavergonhada que é difícil de se imaginar, um licencioso, o senhor me entende?

— Sim — disse Klaus Heinrich —, aquilo que se costuma chamar de um libertino, um depravado, um devasso, um dissoluto, algo do gênero.

— Sim, digamos um libertino, mas no sentido mais extremo e ilimitado da palavra, pois, segundo me deu a entender a condessa, não existem limites nessa direção...

— Sim, compartilho de sua impressão — disse Klaus Heinrich. — Conheci muitas pessoas desse tipo: sujeitos danados, como se costuma dizer. Ouvi falar sobre um que costumava estabelecer ligações amorosas a bordo de seu automóvel em movimento.

— O senhor ouviu isso de seu amigo Überbein?

— Não, de outra pessoa. Überberin não consideraria adequado me permitir contemplar coisas assim.

— Então ele deve ser um amigo inútil, príncipe.

— Se eu lhe contar mais a respeito dele, srta. Imma, a senhora aprenderá a apreciá-lo. Mas, por favor, continue!

— Não sei se Löwenjoul agia exatamente da mesma forma que o seu libertino. Seja como for, ele agia mal...

— Posso imaginar que bebia e jogava.

— Sem dúvida! É de supor que sim. E, além disso, evidentemente também estabelecia relações amorosas, como o senhor diz, e traía a condessa com mulheres dissolutas, das quais há muitas em toda parte — de início às escondidas e depois sem sequer disfarçar, de maneira aberta e desavergonhada, sem qualquer tipo de compaixão pelos sofrimentos dela.

— Mas diga-me: por que ela se casou com ele?

— Ela o fez contra a vontade dos pais porque estava apaixonada, segundo me contou. Pois, em primeiro lugar, ele era um homem bonito quando ela o conheceu, e só mais tarde se degenerou também exteriormente. Em segundo lugar, corria a fama de que ele era um bon vivant e, ao que parece, conforme ela contou, isso exercia sobre ela uma atração irresistível, pois, apesar de ela ter sido sempre tão abrigada e protegida, não havia nada que fosse capaz de fazê-la voltar atrás em sua decisão a partilhar a vida com ele. E, se pensarmos um pouco a respeito, conseguiremos compreender algo assim.

— Sim — disse ele —, consigo compreender. Ela sentia vontade de, por assim dizer, revirar, queria conhecer tudo. E assim ficou conhecendo bem a vida e o mundo.

— Podemos dizer que sim. Apesar de essa expressão me parecer um pouco divertida demais para se referir àquilo que ela passou. O marido dela a maltratava.

— A senhora quer dizer que batia nela?

— Sim, ele a maltratava corporalmente. Mas há mais uma coisa, príncipe, a respeito da qual acredito que o senhor nunca tenha ouvido falar. Ela deu a entender que ele não só a maltratava em seus acessos de cólera, quando estava enfurecido e brigava com ela, mas também sem motivos desse tipo, isto é, apenas por seu próprio prazer, quer dizer, de tal forma que os maus-tratos equivaliam a medonhas carícias.

Klaus Heinrich se calou. Ambos estavam muito sérios. Por fim, ele indagou:

— A condessa teve filhos?

— Sim, teve dois, que morreram muito cedo, ambos logo em suas primeiras semanas de vida, e essa foi a mais terrível das suas experiências. Segundo deu a entender, foi por culpa das mulheres dissolutas com as quais seu marido a traía que as crianças logo morreram.

Ambos permaneceram calados, com olhares pensativos.

— Além disso — continuou Imma Spoelmann —, ele desperdiçou, com o jogo e com as mulheres, o dote considerável dela e, depois da morte dos pais da condessa, dissipou também toda a sua herança. Parentes dela ainda o ajudaram quando ele estava a ponto de ser forçado a deixar o serviço militar por causa das dívidas. Mas então veio à tona uma história, uma história muito estranha e ofensiva na qual esteve envolvido, e que o derrubou de vez.

— E o que terá sido isso? — perguntou Klaus Heinrich.

— Não sou capaz de lhe dizer com exatidão, príncipe. Mas, de acordo com o pouco que a condessa falou a esse respeito, tratava-se de uma transgressão das mais extremas — já concordamos que não existem limites nessa direção.

— E então ele foi para a América?

— Sim, príncipe, o senhor adivinhou. Não posso deixar de admirar sua inteligência.

— Senhorita, por favor continue a contar. Nunca ouvi uma história semelhante a essa da condessa...

— Eu também nunca tinha ouvido algo assim, e por esse motivo o senhor pode imaginar a impressão que ela me causou quando a conheci. O conde Löwenjoul, que estava na mira da polícia, fugiu para a América, evidentemente deixando para trás dívidas consideráveis. E a condessa o acompanhou.

— Ela o acompanhou? Por quê?

— Porque permanecia apegada a ele, apesar de tudo — e ainda permanece assim até hoje — e porque queria compartilhar a vida com ele a qualquer custo. Mas ele a levou consigo porque com isso, enquanto ela permanecesse a seu lado, teria chances de obter ajuda dos parentes dela. E, de fato, os parentes ainda lhe enviaram uma vez certa quantia de dinheiro para o outro lado do oceano, mas depois nunca mais — recolheram as mãos, por assim dizer, afastando-se deles, e quando o conde Löwenjoul viu que sua mulher já não tinha mais qualquer utilidade, abandonou-a —, deixou-a completamente sozinha, entregue à miséria, e sumiu.

— Eu sabia — disse Klaus Heinrich —, eu já imaginava. Assim é a vida.

Mas Imma Spoelmann continuou:

— E então ela se viu assim, sozinha, privada de todos os recursos, completamente desamparada. E como nunca aprendera a ganhar a própria vida, ficou entregue à carestia e à fome, sem misericórdia. E a vida, lá do outro lado do oceano, é muito mais dura e mesquinha do que aqui em seu país, e, além disso, é preciso considerar que ela sempre foi uma mulher muito frágil e delicada, e que ficou desamparada por anos a fio. Em outras palavras, não estava preparada de maneira nenhuma para enfrentar o que a vida lhe apresentou. E então ocorreu a benevolência.

— Sim! Que benevolência? Ela também me falou sobre isso. Que benevolência foi essa, a srta. Imma?

— A benevolência consiste no fato de seu espírito ter ficado perturbado e, em meio aos piores sofrimentos, alguma coisa dentro dela ter se transformado irreversivelmente — ela mesma usou essa expressão falando comigo — de maneira que não se via mais obrigada a confrontar a vida com clareza e com sobriedade, mas, por assim dizer, passou a ter permissão para se deixar levar, para conceder a si mesma algum descanso, para tagarelar um pouco. Em resumo, a benevolência consistiu no fato de ela ter se tornado um pouco estranha.

— Realmente, tive a impressão — disse Klaus Heinrich — de que a senhora condessa se deixa levar um pouco quando se põe a tagarelar.

— É isso o que acontece, príncipe. Ela sabe exatamente quando está tagarelando, e em meio às suas palavras sorri ou insinua que, ao tagarelar, não está fazendo mal a ninguém. Sua estranheza é uma perturbação do espírito benigna, que a condessa é, até certo ponto, capaz de controlar. Trata-se, se o senhor quiser, de uma falta de...

— Uma falta de compostura — disse Klaus Heinrich, baixando os olhos em direção às rédeas.

— Sim, de compostura — repetiu ela, olhando-o. — Parece que essa falta não é algo que o senhor aprove, príncipe.

— Devo dizer que, na minha opinião — respondeu ele, baixando a voz —, não é admissível deixar-se levar, sem se incomodar com isso, e que cabe a cada um, sejam quais forem as circunstâncias, manter a compostura.

— Sua alteza — respondeu ela — expressa um comportamento austero que é merecedor de todos os elogios. — E então empurrou os lábios para a frente e, enquanto balançava a cabecinha de um lado para o outro, com o rosto pálido e os cabelos negros cobertos pelo chapéu de três pontas, acrescentou com sua voz sussurrante: — Agora vou dizer algo a sua alteza e lhe peço que preste atenção. Se sua alteza não estiver disposta a demonstrar um pouco de compaixão e um pouco de respeito e um pouco de delicadeza, serei obrigada a me abster, em definitivo, de sua nobre companhia.

Ele baixou a cabeça e seguiram cavalgando, em silêncio, por algum tempo.

— A senhora não quer me contar — perguntou ele, por fim — como foi que a condessa se aproximou da senhora?

— Não, não quero lhe falar a esse respeito — disse ela, olhando para a frente. Mas, como ele pedira com muita gentileza, ela terminou de contar sua história e disse: — Isso foi bastante simples. A condessa veio e se fez anunciar, na Quinta Avenida, porque ouvira dizer que eu estava à procura de uma dama de companhia alemã. E, muito embora cinquenta outras mulheres tenham se candidatado, minha preferência (pois cabia a mim escolher) imediatamente recaiu sobre ela, pois logo após nossa primeira conversa ela me cativou. Na hora percebi que ela era um pouco estranha, mas a causa disso era seu conhecimento excessivo do sofrimento e da maldade, isso ficava evidente em cada uma de suas palavras, e, quanto a mim, sempre vivi um pouco solitária e isolada, sem saber muito das coisas, exceto pelos meus estudos universitários...

— É mesmo, a senhora sempre viveu um pouco solitária e um pouco isolada! — repetiu Klaus Heinrich, e uma expressão de prazer era audível em sua voz.

— É o que eu dizia. Eu levava, e continuo a levar, uma vida um tanto monótona e simplória, pois não houve muitas mudanças e, de um modo geral, tudo permanece igual em todo lugar. Havia ocasiões sociais em companhia de estrelas do mundo das artes, bailes, e às vezes eu ia à ópera, a bordo de um veloz automóvel fechado, e lá me sentava num dos pequenos camarotes acima da plateia para que todos pudessem me ver, de corpo inteiro, *for show*, como se diz lá do outro lado do oceano. Isso era parte de minhas atribuições.

— *For show*?

— Sim, *for show*. Isso se refere à obrigação de se exibir, de não se esconder das pessoas por detrás de uma muralha, de fazê-las olharem para os jardins e para o gramado e para o terraço onde estamos sentados tomando nosso chá. Meu pai, o sr. Spoelmann, detestava isso. Mas nossa posição nos obrigava a fazê-lo.

— E fora isso, como era sua vida lá, srta. Imma?

— Bem, na primavera costumávamos viajar para nosso castelo nas Adirondacks e, no verão, para o castelo em Newport, junto ao mar. Claro que ali se realizavam *garden parties*,* desfiles em carros abertos decorados com flores e torneios de tênis, e também passeios a cavalo, em carruagem e de automóvel, e as pessoas se detinham e ficavam

* Festas no jardim. (N. T.)

olhando fixamente porque eu era a filha de Samuel Spoelmann. E havia também quem praguejasse às minhas costas.

— Praguejavam?

— Sim, certamente tinham seus motivos. De qualquer maneira, a vida que levávamos era um tanto destacada e bastante exposta aos comentários.

— E, em meio a tudo isso — disse ele —, a senhora se dedicava a brincar pelos ares, não é verdade, ou mesmo já fora da atmosfera, em regiões livres de poeira...

— Era o que eu fazia. Sua alteza possui uma mente extremamente aberta. Mas, depois de tudo isso, o senhor há de imaginar como a condessa foi bem recebida por mim ao apresentar-se na Quinta Avenida. É verdade que ela não se expressa de forma muito clara, e sim de maneira misteriosa, e nem sempre é possível distinguir claramente o ponto a partir do qual ela começa a tagarelar. Mas isso me parece correto e instrutivo, pois nos dá uma boa ideia do caráter ilimitado do sofrimento e da maldade do mundo. Não é verdade que o senhor me inveja por causa da condessa?

— Invejar... a senhora parece supor, srta. Imma, que eu nunca soube nada sobre a vida.

— E o senhor sabe algo sobre a vida?

— Talvez sim, uma coisa ou outra. Por exemplo, ouvi a respeito de nossos lacaios certas coisas sobre as quais mal seria capaz de sonhar.

— Os lacaios são tão maus assim?

— Maus? Eles são imprestáveis, essa é a palavra certa. Em primeiro lugar, são corruptos e traiçoeiros e cobram propinas dos fornecedores...

— Bem, príncipe, isso é algo relativamente inofensivo.

— Sim, sim, nada que possa ser comparado às experiências da condessa...

Eles se puseram a trotar e, depois de uma tabuleta, deixaram a estrada que subia e descia suavemente em meio ao pinheiral, pela qual estavam seguindo, e tomaram uma picada arenosa, um pouco esburacada, cercada em suas bordas elevadas por ramos de amoreiras, e que desembocava na ravina diante do castelo Fasanerie. Klaus Heinrich se sentia em casa nessa região e esticava o braço, o braço direito, por sobre a paisagem para mostrar tudo à sua acompanhante, ainda que não houvesse muito o que mostrar ali. Lá adiante se encontrava o castelo, fechado e silencioso, com seu telhado e seus para-raios, às bordas da floresta. E num lugar afastado encontravam-se o cercado dos faisões, que dava nome ao lugar, e a taverna de Stavenüter, com suas mesas no jardim, onde se sentara às vezes em companhia de Raoul Überbein. Sobre os prados úmidos brilhavam os raios delicados de sol de uma primavera precoce, dissolvendo a neve nas florestas que circundavam a ravina à distância.

Detiveram o passo de suas montarias, colocando-se lado a lado diante do jardim da estalagem, e Imma Spoelmann examinou o castelo, aquela modesta casa de campo denominada castelo Fasanerie.

— Ao que parece — disse ela, franzindo os lábios —, sua juventude não transcorreu em meio a um esplendor atordoante.

— Não — disse ele, rindo. — Não há nada que valha a pena ser visto no castelo. O interior é igual ao exterior. Não há comparação com Delphinenort, mesmo antes da reforma que a senhora fez...

— Então vamos descansar um pouco — disse ela. — Não é verdade, condessa? Durante um passeio é preciso fazer uma pausa para descansar. Vamos apear, príncipe. Estou com sede e quero ver que bebidas seu amigo Stavenüter tem para nos oferecer.

Ali estava o sr. Stavenüter em seu avental verde, com as calças enfiadas dentro das botas de camponês. Ele se curvou, enquanto segurava sua boina de tricô junto ao peito com as duas mãos, rindo de emoção e mostrando suas gengivas completamente desdentadas.

— Alteza real! — disse ele com uma voz cheia de felicidade. — Sua alteza real me dá novamente a honra? E a bondosa senhorita! — continuou ele, com um tom devotado, pois conhecia muito bem a filha de Samuel Spoelmann, tendo lido, com o mesmo interesse de todos os outros no grão-ducado, as notícias de jornal que mencionavam lado a lado os nomes do príncipe Klaus Heinrich e de Imma.

Stavenüter ajudou a condessa a apear, já que Klaus Heinrich, que apeara primeiro, voltara-se para a senhorita, e chamou um cavalariço, que tratou dos cavalos junto com o criado dos Spoelmann, que trajava libré. E então Klaus Heinrich conduziu as saudações e a recepção, como era seu hábito. Numa postura um tanto solene, dirigiu ao subserviente sr. Stavenüter algumas perguntas formais, indagou de maneira cativante sobre sua saúde e sobre o andamento de seus negócios e ouviu as respostas assentindo vigorosamente com a cabeça, como convém a alguém que parece objetivamente interessado. Imma Spoelmann, torcendo seu chicote de um lado para o outro com ambas as mãos, observava essa atitude fria e artificial com olhos reluzentes e curiosos.

— Permito-me lembrá-lo de que estou sofrendo de sede — disse ela, por fim, com uma voz penetrante e desafinada, e assim passaram para o jardim, perguntando-se se deveriam entrar na estalagem ou sentar-se do lado de fora.

Klaus Heinrich era da opinião de que sob as árvores ainda havia umidade em excesso, mas Imma fez questão de se sentar ao ar livre e escolheu ela mesma uma das mesas estreitas e compridas, com bancos de ambos os lados, que o sr. Stavenüter se apressou em cobrir com uma toalha branca.

— Limonada! — disse ele. — É o que há de melhor para matar a sede. E se trata de um produto puro! Sem nada de prejudicial, alteza real e minhas senhoras, apenas sucos naturais adoçados, os mais próprios à digestão!

Era preciso puxar a rolha ornamentada com uma esfera de vidro da boca da garrafa, e, enquanto os nobres hóspedes provavam da bebida, o sr. Stavenüter ainda permaneceu um pouco junto à mesa, para servir-lhes, também, algumas palavras. Enviuvara havia muito tempo e seus três filhos, que uma vez tinham cantado debaixo das árvores a canção que falava da humanidade e que assoavam o nariz com os dedos, também tinham saído de casa — o filho se tornara soldado na cidade e, das filhas, uma se casara com o administrador de uma propriedade vizinha e a outra trabalhava como doméstica numa casa na cidade, porque era ambiciosa. E assim o sr. Stavenüter tratava de sua vida, sozinho, em meio a esse lugar isolado, exercendo três ofícios de uma só vez: arrendatário da taverna do castelo, castelão e guardião dos faisões. Estava satisfeito com sua sorte. E se o tempo continuasse assim, logo começaria a temporada dos ciclistas e dos que vinham passear por ali, enchendo o jardim de sua estalagem aos domingos. E então os negócios floresciam. E será que os nobres senhores gostariam de fazer uma visita à criação de faisões?

Sim, gostariam de fazer isso um pouco mais tarde e assim o sr. Stavenüter se retirou por enquanto, recatado, depois de colocar uma tigela com leite para Perceval junto à mesa.

Durante o passeio, o collie caíra num pântano e estava com uma aparência medonha. Suas pernas pareciam magras por causa do pelo molhado e a parte branca de sua pelagem malhada estava suja. A boca aberta babava, o focinho, com o qual tinha remexido a terra à procura de ratos, estava preto até a goela e a língua vermelho-escura como a de um grifo, cuja ponta se alargava em forma de triângulo, pendia, gotejando. Ele se refrescou avidamente com o conteúdo da tigela e, em seguida, precipitou-se no solo junto de sua dona, agitando os flancos, depois se deitou de lado e lançou para trás a cabeça, ansioso por um pouco de descanso.

Klaus Heinrich afirmou que ao se entregar assim, sem agasalhar-se, depois de cavalgar, à enganosa atmosfera primaveril Imma estava cometendo uma irresponsabilidade.

— Vista meu casaco! — disse ele.

— Por Deus, não preciso de casaco. Estou com calor e meu traje é acolchoado por dentro, no peito!

Ela não lhe deu ouvidos, mas, como ele continuasse a lhe pedir insistentemente, acabou por concordar e lhe permitiu agasalhá-la com o casaco militar cinzento em cujos ombros estavam as insígnias de major. Assim abrigada, apoiou a cabecinha de pele pálida e os cabelos negros cobertos pelo chapéu de três pontas na palma da mão enquanto observava o príncipe, com o braço estendido em direção ao castelo, enquanto ele lhe descrevia a vida que uma vez levara ali.

No térreo, onde se viam as janelas altas, havia sido o refeitório. Mais adiante, a sala de aula e, em cima, o quarto de Klaus Heinrich, com o torso de gesso sobre a estufa azulejada. E ele também contou sobre o professor Kürtchen e a sistemática tão cheia de consideração e de tato que concebera para sua participação nas aulas, e contou-lhe sobre a esposa do capitão Amelung, sobre os nobres "faisões" que declaravam ser tudo uma "porcaria" e, especialmente, sobre Raoul Überbein, seu amigo, um tema ao qual Imma Spoelmann o exortou várias vezes a retornar.

Falou sobre a origem obscura do doutor e sobre o dinheiro que havia sido entregue a seus pais adotivos a título de compensação, sobre a criança no brejo ou no pântano e sobre a Medalha da Salvação, sobre a carreira corajosa e ambiciosa que Überbein descrevera, sob aquelas circunstâncias difíceis que dele exigiam desempenho e que costumava considerar como boas circunstâncias, e sobre a ligação dele com o dr. Sammet, a quem Imma conhecia. Ele descreveu a aparência pouco atraente do doutor e justificou, com palavras alegres, a simpatia e a atração que sentira desde o início por esse professor, descrevendo suas atitudes perante ele, Klaus Heinrich — essa atitude de camaradagem e eloquência cordial que se distinguia de maneira tão marcada do comportamento de todos os demais —, e incluiu, em seu discurso, na medida em que isso lhe era possível, este ou aquele aspecto da vida de Überbein e, por fim, expressou sua tristeza diante do fato de, aparentemente, o doutor não gozar da estima verdadeira de seus concidadãos.

— Acredito no que o senhor está dizendo — disse Imma.

Ele ficou espantado e perguntou por que ela dizia aquilo.

— Porque tenho certeza — respondeu ela, balançando sua cabecinha de um lado para outro — de que esse Überbein, com todo seu falatório alegre, é uma pessoa infeliz. Ele se põe a falar, príncipe, mas o que diz não tem nenhum fundamento, e por esse motivo isso não vai terminar bem.

Depois de ouvir essas palavras, Klaus Heinrich permaneceu por algum tempo pensativo e aborrecido. Em seguida, voltou-se para a condessa, que, sorrindo, voltava a si depois de uma de suas ausências, e lhe disse algumas palavras gentis sobre sua habilidade ao cavalgar, pelas quais ela lhe agradeceu com palavras joviais e cavalheirescas. Ele disse que era perceptível que, em seu tempo, ela aprendera a se sentar sobre o dorso de um cavalo e ela confirmou, dizendo que as horas na pista de equitação tinham representado uma parcela significativa de sua educação. Ela falava com clareza e animação, mas, gradativamente e de modo quase imperceptível, desviava-se do verossímil, pondo-se a narrar coisas estranhas a respeito de ousadas cavalgadas que fizera como tenente na última batalha e, de maneira totalmente inesperada, também a respeito da mulher indescritivelmente preguiçosa de um sargento do Regimento dos Granadeiros que estivera em seu quarto naquela noite, e que lhe arranhara o peito da forma mais cruel possível enquanto dizia coisas que ela mesma, a condessa, via-se no dever de não repetir. Klaus Heinrich perguntou, em voz baixa, se a porta e a janela de seu quarto estavam fechadas.

— Sem dúvida, mas há uma vidraça! — respondeu ela, apressadamente.

E como diante dessa resposta uma das faces da condessa empalidecesse e a outra enrubescesse, ele concordou, assentindo com a cabeça e dizendo palavras suaves. Sim, baixando os olhos ele se ofereceu para chamá-la, um pouco, enquanto isso, de "sra. Meier", uma sugestão que ela aceitou com pressa e de maneira impetuosa e também com um sorriso confiante, um olhar lateral em direção ao desconhecido, que tinha algo de sedutor. Em seguida, saíram para visitar a criação de faisões depois que Klaus Heinrich recebeu de volta seu casaco, e quando deixaram o jardim, Imma Spoelmann disse:

— Então o senhor tinha razão, príncipe. O senhor está fazendo progressos.

Esses elogios coraram suas faces, proporcionando-lhe mais alegria do que o mais belo relato jornalístico acerca do efeito engrandecedor de sua personalidade solene que lhe poderia ter sido apresentado pelo conselheiro Schustermann.

O sr. Stavenüter acompanhou seus hóspedes ao cercado feito de estacas em meio ao qual, entre a ravina e os arbustos, as seis ou sete famílias de faisões levavam suas vidas burguesas abastadas, e eles observaram o comportamento daquelas aves coloridas, de olhos vermelhos e caudas eretas, visitaram a casinha onde eram criados os filhotes e assistiram à alimentação dos animais, à qual o sr. Stavenüter procedeu, para a alegria dos hóspedes, ao pé de um pinheiro solitário, e depois da qual Klaus Heinrich expressou sua mais viva satisfação ante o que lhe fora mostrado. Imma Spoelmann o observava com seus olhos grandes, escuros e inquisitivos enquanto ele cumpria com mais essa formalidade. E então voltaram às suas montarias diante do jardim do estalajadeiro e tomaram o caminho de volta a casa, precedidos por Perceval, que se agitava e uivava como se tivesse enlouquecido.

Durante esse percurso, porém, Klaus Heinrich ainda haveria de receber, por meio de palavras, uma indicação significativa acerca do caráter e da natureza de Imma Spoelmann, um esclarecimento indireto acerca de determinados aspectos de sua personalidade que lhe proporcionaria assunto para reflexões contínuas.

Pois tão logo deixaram para trás o caminho esburacado rodeado pelas amoreiras para cavalgar de novo pela estrada suavemente ondulada, Klaus Heinrich voltou a um assunto que tinha sido mencionado de forma estranhamente breve por ocasião da primeira visita de Klaus Heinrich a Delphinenort, enquanto conversavam à mesa do chá, e que desde então não cessara de preocupá-lo.

— Aliás — disse ele —, permita-me fazer uma pergunta, srta. Imma. A senhora não deve se sentir obrigada a responder, se não desejar.

— Vamos ver — respondeu ela.

— Há quatro semanas — começou ele —, quando tive pela primeira vez o prazer de conversar com seu pai, o sr. Spoelmann, dirigi-lhe uma pergunta que ele respondeu de maneira tão breve e abrupta que fui levado a temer ter dado um passo em falso ao fazê-la.

— O que foi que o senhor perguntou?

— Eu lhe perguntei se não lhe fora difícil deixar a América.

— Sim, veja, príncipe, essa é uma pergunta que combina bem com o senhor, uma pergunta em tudo principesca. Se o senhor conhecesse um pouco melhor a ciência do pensamento, evidentemente teria chegado sozinho à conclusão de que, se não fosse algo fácil e prazeroso para meu pai deixar a América, ele simplesmente não o teria feito.

— Pode ser verdade, srta. Imma, queira me desculpar, meu jeito de pensar não é mesmo muito preciso. Mas devo me dar por realmente satisfeito se, com minha pergunta, apenas tiver cometido um erro de pensamento, sem ter dado com ela um passo em falso. A senhora pode me tranquilizar a esse respeito?

— Não, príncipe, nem mesmo isso sou capaz de fazer — disse ela, olhando-o subitamente com seus olhos grandes, negros e reluzentes.

— A senhora vê? A senhora vê? Mas qual é a explicação para isso, srta. Imma? Explique-me o que há para ser explicado aqui. A senhora deve isso à nossa amizade!

— Somos amigos?

— Pensei que sim — disse ele, em tom de súplica...

— Bem, bem, paciência! Eu não sabia que éramos amigos. Gosto, porém, que me ensinem coisas novas. Mas, para voltar a meu pai, ele realmente se irritou com sua pergunta. Ele se irrita com facilidade e teve a oportunidade de adquirir uma grande experiência nesse tipo de perturbação do espírito. O fato é que a opinião pública a nosso respeito e o clima que pairava à nossa volta não eram dos melhores na América. Há boatos que correm... gostaria de observar que não conheço bem o assunto, mas está em curso uma intensa atividade política que tem como objetivo incitar contra nós as grandes massas, o senhor entende, todas aquelas pessoas que não tiveram sorte, e isso levou ao surgimento de hostilidades legais e constantes adversidades que estragaram a vida de meu pai por lá. O senhor bem sabe, príncipe, que não foi ele quem construiu nossa situação e sim meu terrível avô com seu *Paradise nugget* e sua Blockhead Farm. Meu pai não teve nisso nenhuma responsabilidade, ele herdou seu destino e não lhe foi fácil suportá-lo, pois é bastante tímido e delicado por natureza e teria preferido dedicar-se apenas a tocar órgão e a colecionar vidros, sim, acredito que o ódio em meio ao qual vivíamos em decorrência dos boatos, e que chegava ao ponto de levar o povo a praguejar contra mim quando eu passava em meu automóvel — acredito que esse ódio foi a causa das pedras nos rins de meu pai, é bem capaz que sim.

— Tenho a mais cordial simpatia por seu pai — disse Klaus Heinrich, enfaticamente.

— Espero poder contar com essa graça, príncipe, se é que queremos ser amigos. Mas então houve mais uma coisa que agravou ainda mais nossa situação lá, tornando-a um pouco difícil, e isso estava ligado à nossa origem.

— À sua origem?

— Sim, príncipe, nós não somos faisões nobres, tampouco descendentes de Washington ou dos primeiros imigrantes...

— Não, a senhora e seu pai são alemães.

— Ah, sim, mas mesmo assim nem tudo está em ordem. Tenha a condescendência de me observar com atenção. Acaso lhe parece honorável possuir cabelos tão negros e azulados como os meus, cujos chumaços sempre caem onde não devem?

— Deus sabe que a senhora tem cabelos lindíssimos, srta. Imma! — disse Klaus Heinrich. — Também sei que a senhora descende, em parte, de gente do sul, pois, segundo li, seu avô se casou na Bolívia ou nessa região.

— Efetivamente. Mas é aí que se encontra o problema. Eu sou uma *quinterone*.

— A senhora é o quê?

— Uma *quinterone*.

— Mais uma palavra para se juntar a Adirondacks e a paralaxe, srta. Spoelmann. Não sei o que isso significa. Eu já lhe disse que não sou uma pessoa muito estudada.

— Meu avô, ingênuo como era, casou-se lá no sul com uma senhora que tinha sangue indígena!

— Sangue indígena!

— Sim! Pois essa senhora era da terceira geração de descendentes de índios, era a filha de um branco e de uma meio índia e, portanto, uma *terzerone*, como se diz. Parece que era uma pessoa espantosamente bonita! E essa foi minha avó. E os netos de avós assim são denominados *quinterones*. Assim é.

— Sim, isso é notável. Mas a senhora disse que isso teria influenciado o comportamento das pessoas diante da senhora?

— Ah, príncipe, o senhor não sabe de nada. Mas o senhor deveria saber que lá o sangue indígena significa um defeito grave, um tal defeito que amizade e laços de amor se rompem em meio a insultos e vergonha quando se revela que uma das partes possui tal ascendência. Nossa situação não é tão ruim assim, pois no caso de uma *quarterone** — em nome de Deus, nesse caso o mal não é tão grande assim e um *quinterone* já pertence quase que totalmente ao grupo daqueles que não possuem defeitos. Mas

* *Quarterone*, no caso, refere-se a alguém que é somente um quarto indígena; já *quinterone* é uma pessoa que nasce da união entre alguém que tem um quarto de ascendência indígena, isto é, um *quarterone*, com alguém que é branco. (N. T.)

em nosso caso, como estávamos muito expostos aos mexericos, a coisa se deu de outra maneira, e muitas vezes, quando os insultos surgiam à minha passagem, ouvi dizer que eu seria uma negra. Em suma, isso ficou como uma deficiência, como uma dificuldade que nos separava daqueles poucos que se encontravam numa situação comparável à nossa — sempre havia algo para esconder, algum papel para representar. Meu avô representava bem esse papel, ele tinha essa capacidade e sabia bem o que estava fazendo. Também, ele possuía sangue puro e só sua bela esposa tinha o defeito. Meu pai, porém, foi o filho dela e, colérico e irritadiço como é, desde a juventude só com dificuldades suportou ser admirado e odiado simultaneamente, meio objeto de admiração de todos, meio infâmia, como ele mesmo costuma dizer, e por isso estava farto da América em todos os sentidos. Esta é a história, príncipe — disse Imma Spoelmann — e agora o senhor já sabe por que meu pai se irritou com sua tão inteligente pergunta.

Klaus Heinrich lhe agradeceu pela explicação, e ainda diante do portal de Delphinenort, enquanto se despedia das senhoras, levando a mão ao quepe — já era chegada a hora do almoço —, repetiu seus agradecimentos por aquilo que ela lhe dissera e então seguiu, cavalgando a passo, de volta para sua casa, refletindo sobre os acontecimentos daquela manhã.

Trajando seu vestido vermelho-dourado, Imma Spoelmann permanecia sentada à mesa da sala, numa postura distendida, com uma expressão mimada e mal-humorada, em opulenta segurança, enquanto suas palavras ferinas pareciam adequadas àquelas situações da vida que exigem clareza, força, senso de humor e esperteza. Por quê? Agora Klaus Heinrich compreendia melhor aquilo e, a cada dia que passava, via-se ocupado em compreender isso melhor com seu coração. Admirada, odiada e desprezada a um só tempo, meio objeto da admiração de todos, meio infâmia, assim ela tinha passado sua vida inteira, e por isso sua maneira de falar se tornara tão espinhosa, tão ferina e tão irônica. Aquilo era uma maneira de se defender quando se sentia atacada e que provocava dolorosas contrações na face daqueles de quem ela não teria precisado se defender por meio do sarcasmo. Ela fora capaz de despertar nele a pena e a compaixão pela pobre condessa, que se deixava levar. Mas ela mesma precisava de pena e compaixão, porque era uma criatura solitária que vivia em meio a dificuldades — assim como ele. E ao mesmo tempo em que tecia essas considerações, despertou nele uma lembrança, uma lembrança dolorosa de algo que acontecera no salão do bufê do Bürgergarten, de algo que terminou com a tampa de uma terrina...

— Irmãzinha! — disse ele, consigo mesmo, afastando-se, apressadamente, daquela memória. — Irmãzinha!

Mas ele pensava sobretudo em como poderia fazer para estar novamente e o quanto antes em companhia de Imma Spoelmann.

E isso logo voltou a acontecer, em várias circunstâncias. Fevereiro chegou ao fim e vieram o mês de março, carregado de presságios, e o mês de abril, com suas mudanças de clima, e então o suave mês de maio. E durante todo esse tempo Klaus Heinrich frequentou o castelo Delphinenort pelo menos uma vez por semana, de manhã ou à tarde, e na verdade sempre com aquela mesma irresponsabilidade que marcara a visita matinal que fizera em fevereiro aos Spoelmann, independente de sua vontade, como se tivesse sido levado pelo destino. A proximidade entre os castelos favorecia os encontros, pois era possível descrever o curto percurso através do parque que separava Eremitage de Delphinenort a cavalo ou a bordo da charrete de caça sem despertar, de maneira significativa, a atenção das pessoas. E à medida que se aproximava o verão e se tornava cada vez mais difícil sair para passear a cavalo sem chamar a atenção, dado o aumento no número de frequentadores nas redondezas, a disposição íntima do príncipe durante esse período foi mudando, até chegar ao ponto de poder ser compreendida como uma completa indiferença e uma imprudência cega com relação ao mundo, à corte, ao Estado e ao país. Só mais tarde o interesse do público passou a desempenhar um papel mais importante em seus pensamentos e atitudes — um papel mais importante e também mais gratificante.

Depois do primeiro passeio a cavalo, ao despedir-se das senhoras, ele já disse que tinha em vista um novo passeio, ao que Imma Spoelmann esticou para a frente seus lábios, balançou sua cabecinha de um lado para outro e disse que não tinha nada de sério a opor a essa sugestão. E assim ele logo voltou e cavalgaram juntos até o Caçador da Corte, uma estalagem situada às margens setentrionais do Jardim Municipal, e tornou a voltar e cavalgaram em direção a outro destino que podia igualmente ser alcançado sem passar pela cidade. E então, quando a primavera passou a seduzir os moradores da capital, levando-os a buscarem o ar livre, e os jardins das estalagens se encheram, eles passaram a dar preferência a um caminho afastado e singular que, na verdade, não era um caminho e sim um dique ou uma margem da ravina junto a um aterro florido que se estendia em direção ao norte, ao lado de um canal cuja água corria em grande velocidade. A maneira mais discreta de alcançar esse lugar era seguir cavalgando ao longo da parte posterior do castelo Eremitage, atravessando o brejo às margens do lado setentrional do Jardim Municipal até a altura da Casa do Caçador; mas, então, ao alcançar a comporta do canal, em vez de atravessar a ponte de madeira sobre o canal, seguia-se pelo lado de cá da água. Deixava-se para trás, à direita, o terreno da estalagem e seguia-se o tempo todo em meio a um bosque de árvores jovens. À esquerda, estendiam-se ravinas cheias de flores brancas e coloridas de cicutas, dentes-de-leão, ranúnculos e campânulas, trevos, margaridas e amores-perfeitos. A torre da igreja de uma aldeia se erguia em meio aos campos de cultivo e, mais ao longe, seguia uma estrada movimentada da qual, porém, permaneciam afastados. Mais adiante surgiam, à esquerda, os campos e os arbustos das aveleiras junto ao aterro, formando uma barreira à visão de tal forma que eles podiam cavalgar completamente protegidos, solitários, na maior parte das vezes lado a lado. Seguidos pela condessa, já que o caminho era estreito, cavalgavam conversando ou em silêncio, enquanto Perceval, estendendo as patas dianteiras, saltava aqui e acolá sobre a água ou se banhava, saciando a sede com goles apressados. Voltaram pelo mesmo caminho que haviam percorrido na ida.

Mas quando, por causa da baixa pressão atmosférica, a coluna de mercúrio do barômetro baixava, quando estava prestes a chover e, ainda assim, Klaus Heinrich considerava necessário rever Imma Spoelmann, ele embarcava em sua carroça de caça e se dirigia à hora do chá a Delphinenort, e eles permaneciam no castelo. Só duas ou três vezes o sr. Spoelmann também apareceu à mesa do chá. Nos últimos tempos sua doença se agravara e em alguns dias ele se via obrigado a permanecer no leito, envolto em compressas quentes. Quando aparecia, dizia: "Então, meu jovem príncipe", mergulhava, com sua mão magra e coberta até a metade pelo punho mole da camisa, uma torrada de doente na xícara de chá, interferia, vez por outra, na conversação com uma palavra pronunciada em voz rangente e, por fim, oferecia ao hóspede sua cigarreira dourada, deixando, a seguir, outra vez o Jardim de Inverno acompanhado pelo dr. Watercloose, que permanecia o tempo todo sentado à mesa, em silêncio e sorrindo. Às vezes, aliás, mesmo o dia estando ensolarado, eles preferiam ater-se ao parque, distraindo-se com um jogo de bola na quadra bem aplainada e dividida ao meio por uma rede que ficava abaixo do terraço. Sim, e uma vez até mesmo saíram para um passeio em alta velocidade a bordo do automóvel dos Spoelmann, ultrapassando bastante os limites do castelo Fasanerie.

Certo dia, Klaus Heinrich perguntou:

— É verdade, senhorita, o que li a respeito de seu pai, que ele recebe diariamente uma quantidade chocante de cartas e pedidos?

E então ela lhe contou a respeito das coletas e das listas de subscrições que chegavam ininterruptamente ao Delphinenort e cujas solicitações eram atendidas na medida do possível, e das pilhas de pedidos de esmolas que chegavam todos os dias pelo correio da Europa e da América e que eram examinados pelo sr. Phlebs e pelo sr. Slipper, e dos quais uma amostra era apresentada ao sr. Spoelmann. Às vezes, disse ela, ele se concedia o prazer de examinar aquelas pilhas e ler as mensagens, que frequentemente tinham um caráter fantástico. Pois já nos envelopes os remetentes, necessitados ou especulativos, tentavam superar-se uns aos outros em suas fórmulas corteses e em suas expressões de respeito, e todas as misturas imagináveis de títulos e designações de nobreza se encontravam nas cartas. Um solicitante, porém, recentemente superara todos os demais ao escrever em sua missiva: "Sua alteza real o sr. Samuel Spoelmann". A propósito, não recebera nem um centavo a mais do que os outros...

Em outra ocasião ele falou, baixando o tom de voz, da Câmara das Corujas no Velho Castelo, confiando-lhe que recentemente tinham voltado a ser ouvidos barulhos ali, algo que apontava para acontecimentos importantes na família de Klaus Heinrich. Então Imma Spoelmann riu e apresentou a ele uma explicação científica enquanto empurrava os lábios para a frente e balançava sua cabecinha de um lado para outro, assim como fizera quando lhe desvendara os mistérios do barômetro. Aquilo não tinha sentido, disse ela, e provavelmente o que acontecia era que uma parte do aposento que ressoava tinha uma forma elipsoide, e uma segunda superfície elipsoide com curvatura semelhante e com uma fonte de ruído em seu centro de gravidade se encontrava fora, em alguma parte, motivo pelo qual rumores que não eram ouvidos ali por perto se tornavam audíveis no interior do aposento assombrado. Klaus Heinrich ficou bastante desapontado com a explicação e só com muita má vontade estava disposto a abrir mão da crença, compartilhada por todos, de que havia uma ligação entre os ruídos e o destino de sua família.

Assim conversavam um com o outro, e a condessa também participava da conversa, às vezes de forma compreensível, às vezes à sua maneira confusa, já que Klaus Heinrich se esforçava para não intimidá-la e não afastá-la com sua presença, chamando-a de "sra. Meier" sempre que ela imaginava precisar disso para precaver-se das perseguições das mulheres viciosas. Ele contou às duas sobre sua vida pouco objetiva, sobre as belas reuniões de bebida com seus irmãos de corporação, sobre as refeições em comum e sobre sua viagem de formação, sobre os parentes, sobre a mãe, que um dia fora tão bela e que ele visitava vez por outra em Segenhaus, onde ela mantinha sua triste corte, sobre Albrecht e sobre Ditlinde. Imma Spoelmann respondia com algumas observações a respeito de sua juventude esplêndida e peculiar e a condessa às vezes interferia com algumas palavras misteriosas a respeito do pavor e do mistério da vida, as quais ambos ouviam com expressões de seriedade e devoção em suas faces.

Havia uma espécie de jogo de que gostavam especialmente: tentar adivinhar formas de vida, tentar avaliar aproximadamente a que estrato do mundo burguês pertenciam os passantes que viam de longe, quando faziam seus passeios a cavalo ou quando se encontravam no terraço dos Spoelmann, na medida, é claro, de seu conhecimento. Quem seriam esses jovens? Qual seria sua atividade? A que lugar pertenceriam? Decerto não se tratava de alunos da escola de comércio. Talvez fossem estudantes de tecnologia ou especialistas em reflorestamento ou ainda, conforme certas características, estudantes da Faculdade de Agronomia, rapazes um pouco grosseiros mas diligentes que haveriam de seguir seus caminhos com retidão. Mas aquela jovem baixinha e desarrumada que passava por ali certamente era uma operária ou uma costureira. Em geral, jovens assim costumavam ter amantes pertencentes ao mesmo círculo social e as levavam aos domingos para tomar um café no jardim de algum estabelecimento. E, além disso, contavam um ao outro tudo o mais que sabiam a respeito das pessoas, falavam com respeito sobre o tema e se sentiam mais estimulados por esse passatempo do que por passeios e jogos de bola.

Quanto ao passeio em alta velocidade a bordo do automóvel, Imma Spoelmann declarou, enquanto se encontravam a caminho, que só convidara Klaus Heinrich para lhe mostrar o chofer, um jovem americano todo vestido com roupas de couro marrom que ela alegava se parecer com o príncipe. Klaus Heinrich respondeu, sorrindo, que, vendo-o de costas, não era capaz de julgar, e exortou a condessa a expressar sua opinião. Esta, depois de negar por algum tempo a existência de qualquer semelhança com indignação cortês, tendo sido pressionada por Imma, afinal acabou por concordar com ela, lançando um olhar lateral em direção a Klaus Heinrich com olhos semicerrados. Em seguida, a srta. Spoelmann contou que aquele rapaz jovem, sério, sóbrio e diligente primeiro fora chofer particular de seu pai, conduzindo-o diariamente da Quinta Avenida até a Broadway e também a outros destinos. Mas como o sr. Spoelmann sempre fizera questão de uma velocidade extremamente alta, quase igual à de um trem expresso, a tremenda tensão que a exigência provocava no motorista em meio ao tumulto de Nova York se tornara, com o passar do tempo, excessiva para ele. No entanto, nenhum acidente tinha chegado a ocorrer e o jovem resistira, realizando com extrema atenção seu perigosíssimo trabalho. Mas, por fim, repetidas vezes ele tivera que ser retirado de seu assento ao volante inconsciente quando de sua chegada ao término do percurso, e então revelou-se a que ponto vivera após dias sob um estado de tensão excessiva. Para não ter que dispensá-lo, o sr. Spoelmann o nomeara chofer particular de sua filha, serviço bem menos exigente, que ele continuava a desempenhar em seu novo lugar de residência. Imma percebera a semelhança entre ele e Klaus Heinrich ao ver o príncipe pela primeira vez. Evidentemente, não se tratava de uma semelhança de traços, mas sim de expressão. A condessa concordara com ela... Klaus Heinrich disse que não tinha absolutamente nada contra as semelhanças, já que aquele jovem de caráter heroico contava com toda a sua simpatia. Continuaram a falar sobre a existência tensa e difícil de um chofer, sem que a condessa Löwenjoul voltasse a participar da conversa. Durante aquele passeio de automóvel ela se absteve de tagarelar e, em vez disso, disse mais tarde algumas coisas corretas em meio a gestos joviais.

Aliás, a necessidade de velocidade do sr. Spoelmann parecia ter passado em certa medida também para a filha, pois aquele galope desenfreado do primeiro passeio a cavalo que fizeram juntos repetia-se a cada nova oportunidade, e como Klaus Heinrich, incitado pelo sarcasmo de Imma, exortava o perturbado e desprezado Florian a dar o máximo de si para não ficar para trás, essas cavalgadas sempre adquiriam um caráter belicoso, tornavam-se competições que Imma Spoelmann constantemente provocava de maneira inesperada e mal-humorada. Várias dessas competições desenvolviam-se ao longo daquele aterro solitário na ravina à beira d'água e uma delas foi extraordinariamente demorada e renhida. Seguiu-se um breve diálogo sobre a popularidade de Klaus Heinrich, que Imma Spoelmann iniciara de forma tão súbita quanto o interrompera. De um instante para outro, ela perguntou:

— É verdade, príncipe, o que ouvi, que o senhor é tão extraordinariamente querido pela população? Que todos os corações batem pelo senhor?

Ele respondeu:

— Assim se diz. Determinadas características, que não necessariamente são vantajosas, bem podem ser a razão disso. Aliás, não sei se devo acreditar nisso e nem mesmo se devo me alegrar com isso. Duvido que isso diga algo a meu favor. Meu irmão, o grão-duque, diz que a popularidade é uma porcaria.

— Sim, o grão-duque deve ser um homem orgulhoso e tenho muito respeito por ele. E então o senhor se encontra em meio à multidão e todos o amam... *Go on*!* — gritou ela, subitamente, e um golpe forte com o chicote de couro branco atingiu Fatme, que disparou, dando início à corrida.

A corrida se estendeu bastante. Nunca tinham seguido até tão longe ladeando o curso d'água. À esquerda, a vista já tinha se cerrado havia tempo. Torrões de terra e chumaços de grama se erguiam sob os cascos dos cavalos. Logo, a condessa ficou para trás. Quando, por fim, contiveram os cavalos, Florian estava trêmulo depois de ter dado o melhor de si, e eles mesmos estavam pálidos e ofegantes. Voltaram em silêncio.

Na véspera de seu aniversário daquele ano, Klaus Heinrich recebeu a visita de Raoul Überbein no Eremitage. O doutor veio para lhe dar os parabéns, pois no dia seguinte estaria impedido de fazê-lo por causa de seu trabalho. Passearam juntos pelos caminhos de pedregulhos na parte posterior do parque, o professor vestido com um paletó e uma gravata branca, Klaus Heinrich trajando uma farda leve de verão. A grama estava para ser aparada sob os raios diagonais do sol vespertino, e as tílias estavam floridas. Num canto, junto ao cercado que separava o terreno das ravinas sem graça do subúrbio, encontrava-se um pequeno templo apodrecido construído de cascas de árvore.

Klaus Heinrich falava sobre suas visitas a Delphinenort, pois esse era o assunto ao qual dedicava suas atenções nos últimos tempos. Narrava com grande vivacidade sem, no entanto, mostrar-se capaz de contar qualquer novidade ao doutor, pois este se mostrava informado sobre o assunto. De onde? — Ah, de diferentes fontes. Überbein não sabia mais do que todos os outros. — Portanto, na capital falava-se muito sobre esse assunto?

— Não, por Deus, Klaus Heinrich, ninguém pensa nesse assunto. Nem nas cavalgadas, nem nas visitas à hora do chá, nem nos passeios

* Continue! (N. T.)

de automóvel. Coisas desse tipo seriam incapazes de pôr em movimento a língua de qualquer pessoa.

— Mas nós somos sempre tão discretos!

— *Nós é esplêndido, Klaus Heinrich*, e isso que você fala a respeito da discrição também. Aliás, sua excelência Von Knobelsdorff se mantém sempre informado a respeito de tudo o que o senhor faz.

— Knobelsdorff?

— Knobelsdorff.

Klaus Heinrich se calou.

— E como é que o barão Knobelsdorff reage a esses relatos? — indagou ele.

— Veja, o velho senhor ainda não teve motivos para interferir no andamento das coisas.

— Mas e a opinião pública? As pessoas?

— Sim, as pessoas mantinham-se muito atentas.

— E o senhor, o senhor em pessoa, caro dr. Überbein?!

— Eu estou esperando pela tampa da terrina — respondeu o doutor.

— Não! — exclamou Klaus Heinrich num tom alegre. — Não, dr. Überbein, nada vai acontecer com a tampa da terrina porque estou feliz, feliz, não importa o que aconteça — o senhor me entende? O senhor me ensinou que a felicidade não é assunto que me interesse e me puxou pelas orelhas, colocando-me de volta em meu lugar quando fiz minhas primeiras tentativas, e fiquei-lhe indizivelmente grato por isso, pois aquilo foi terrível, terrível, e jamais esquecerei. Mas isto aqui não é um passeio até o salão de dança do Bürgergarten do qual se volta humilhado e com maus sentimentos, isto não é um equívoco nem um descarrilamento nem um rebaixamento. O senhor não vê que essa mulher a respeito de quem estamos falando não tem seu lugar no Bürgergarten nem entre os nobres faisões, nem em nenhum outro lugar do mundo, exceto ao meu lado — que ela é uma princesa, dr. Überbein, alguém da mesma estatura que eu e que, portanto, não há como falar sobre tampas de terrinas? O senhor me ensinou que é ocioso afirmar que todos somos apenas seres humanos e que de nada adiantaria eu agir como se isso fosse verdade, e que uma felicidade proibida necessariamente terminaria de maneira vergonhosa. Mas isto aqui não é a felicidade ociosa e proibida. É, pela primeira vez em minha vida, a felicidade permitida, esperançosa e serena, dr. Überbein, à qual posso me entregar de boa vontade, aconteça o que acontecer...

— *Adieu*, príncipe Klaus Heinrich — disse o dr. Überbein, sem no entanto ir embora. Ao contrário, permanecia com as mãos nas costas e com a barba ruiva afundada sobre o peito, caminhando à esquerda de Klaus Heinrich.

— Não — disse Klaus Heinrich. — Adieu não, dr. Überbein, esse é o ponto! Quero permanecer seu amigo, amigo do senhor, que enfrentou tantas dificuldades durante toda a vida e que se orgulha tanto de seu destino e de sua força e que também me orgulha por me tratar como camarada. Agora que encontrei a felicidade, não pretendo me acomodar, mas quero, sim, permanecer fiel ao senhor e a minha elevada vocação...

— Não será possível — disse o dr. Überbein em latim, balançando sua cabeça feia, com suas orelhas espetadas e compridas.

— Sim, dr. Überbein, tenho certeza de que será possível encontrar a felicidade e me manter fiel. E quanto ao senhor, o senhor não deveria seguir caminhando ao meu lado tão frio e ausente num momento em que estou tão feliz. E, ainda por cima, na véspera do meu aniversário. Diga-me... O senhor já teve tantas experiências e conhece tão bem o mundo e a vida, mas nunca teve nenhuma experiência nesse sentido... O senhor já sabe... O senhor nunca foi tomado por algo semelhante ao que me toma agora?

— Hum — disse o dr. Überbein, apertando os lábios e fazendo com que sua barba ruiva se erguesse e que os músculos das faces saltassem. — É possível que isso tenha acontecido uma vez, assim, bem discretamente.

— O senhor está vendo? O senhor está vendo? Então me conte, dr. Überbein! Hoje o senhor tem que me falar a esse respeito!

E como aquela era uma hora ensolarada, de seriedade e silêncio, preenchida também pelo perfume das tílias, Raoul Überbein contou sobre um episódio em sua trajetória que nunca tinha mencionado nos relatos feitos anteriormente e que, talvez, tivera um significado decisivo em sua vida. Acontecera naquele tempo remoto no qual Überbein dava aulas às crianças pequenas e trabalhava também por conta própria, apertando o cinto e dando aulas particulares às gordas crianças das famílias burguesas para poder adquirir livros. Sempre com as mãos às costas e a barba afundada sobre o peito, o doutor falou de modo resumido e num tom penetrante, apertando os lábios entre uma frase e outra.

Àquela época o destino o ligara com força extraordinária a uma mulher, uma mulher bonita e branca, esposa de um homem notável, de caráter nobre, e mãe de três filhos. Ele chegara à casa dela como preceptor dos filhos e, mais tarde, tornara-se amigo da família e convidado frequente à mesa. Tinha igualmente trocado impressões cordiais com o marido. O que se estabeleceu entre o professor e a mulher branca permaneceu, por muito tempo, inconsciente e, por ainda mais tempo, mudo, por debaixo de todas as palavras, por assim dizer. Mas, em meio ao silêncio, a coisa se intensificou ainda mais e se tornou avassaladora; certa vez, ao entardecer, numa ocasião em que o marido se atrasara por causa dos negócios, numa hora doce e perigosa, aquilo explodira em chamas, quase entorpecendo-os. E naquele instante só se ouviam os gritos de seus desejos de felicidade, da felicidade avassaladora de sua união. Mas, aqui e ali, observou o dr. Überbein, aconteciam no mundo atitudes decentes. Tiveram pena de ingressar no mau e ridículo caminho da traição, ludibriando, como se dizia, o ingênuo marido e destruindo sua vida. Tampouco sentiam-se inclinados a pedir dele libertação, dando direitos às suas paixões. Em suma, por causa das crianças, por causa do bom e nobre homem a quem ambos apreciavam muito, abstiveram-se, privando-se um do outro. Sim, coisas assim também aconteciam, mas evidentemente era necessário um certo ranger de dentes. Überbein ainda visitava ocasionalmente essa mulher branca. Jantava ali sempre que tinha tempo, jogava cartas com seus amigos, beijava a mão da dona da casa e dizia boa-noite!... Mas, depois de contar isso, disse ainda uma última coisa, de maneira ainda mais breve e incisiva do que antes, enquanto os músculos nos cantos da boca se retesavam ainda mais. Pois, naquela ocasião em que ele e a mulher branca renunciaram um ao outro, Überbein dera um adeus definitivo, para todo o sempre, à "busca pela felicidade", que era como ele denominava aquilo desde então. Como não quisera ou não pudera conquistar a mulher branca, jurara a si mesmo honrar a ela e aquilo que o ligava a ela, levando aquele sentimento adiante engrandecendo-o por meio do trabalho; então dedicara sua vida ao trabalho e apenas ao trabalho e assim se tornara quem era. Este era o segredo ou era, pelo menos, uma contribuição para desvendar o enigma do permanente incômodo de Überbein, o incômodo de sua pretensão e de sua diligência. Klaus Heinrich assustou-se ao ver a que ponto o rosto dele se tornara verde quando se despediu, fazendo uma profunda reverência e dizendo:

— Saudações à pequena Imma, Klaus Heinrich!

Na manhã seguinte, o príncipe recebeu no salão amarelo os cumprimentos de todos os funcionários do castelo e, mais tarde, também os parabéns do sr. Von Braunbart-Schellendorff e do sr. Von Schulenburg-Tressen. Durante a manhã, os membros da casa grão-ducal se apresentaram em Eremitage para parabenizá-lo, e à uma hora Klaus

Heinrich se dirigiu em sua carruagem para o almoço de família na casa do príncipe e da princesa Zu Ried-Hohenried, tendo sido saudado pelo público ao longo do caminho de maneira excepcionalmente calorosa. Os membros da dinastia de Grimmburg encontravam-se todos reunidos no gracioso palácio da Albrechtstrasse. O grão-duque também veio, trajando um paletó, saudou a todos com sua cabeça estreita, sugando levemente seu lábio superior com o inferior, e bebeu leite misturado com água mineral para acompanhar a refeição. Retirou-se quase imediatamente após o almoço. O príncipe Lambert viera sem a companhia da esposa. O velho apreciador de balé estava grisalho, emagrecido, trêmulo, e sua voz parecia vir do túmulo. Na medida do possível, seus parentes o ignoraram.

À mesa, a conversa gravitou, por algum tempo, em torno de assuntos que diziam respeito à vida na corte; em seguida, em torno do crescimento da pequena princesa Philippine; e, mais tarde, quase que exclusivamente em torno dos grandes empreendimentos econômicos do príncipe Phillip. O delicado homenzinho falava sobre suas cervejarias, suas fábricas, seus moinhos e, em particular, sobre suas minas de turfa, e descrevia as melhorias que haviam sido implantadas em suas empresas. Falava em cifras sobre investimentos e retornos, e suas faces enrubesciam enquanto os parentes da esposa o ouviam com expressões curiosas, benevolentes ou sarcásticas.

Enquanto se tomava o café no grande salão florido, a princesa aproximou-se do irmão segurando sua xicrinha dourada, e disse:

— Você nos abandonou nos últimos tempos, Klaus Heinrich.

O rosto em forma de coração de Ditlinde, com os ossos da face típicos da dinastia de Grimmburg, já não era mais tão transparente como antes, tendo adquirido um pouco de cor depois do nascimento de sua filhinha, e a cabeça parecia suportar com um pouco menos de esforço o peso das madeixas loiro-acinzentadas.

— Eu abandonei vocês? — disse ele. — Sim, perdoe, Ditlinde, é bem capaz. Mas estive muito ocupado e soube que você andava muito ocupada, pois agora não é só das suas flores que você precisa cuidar.

— Sim, as flores foram privadas de sua soberania e já não penso mais muito nelas. Agora há outra vida e outro florescimento mais belos que me ocupam, e acredito que minhas faces tenham corado um pouco por causa disso, assim como as do meu bom Philipp por causa de sua turfa (a respeito da qual falou durante todo o almoço, o que não considero digno de elogios, mas é sua paixão). E como estava tão ocupada e cheia de tarefas, não me aborreci com o fato de você nunca mais ter aparecido, seguindo pelos seus próprios caminhos, ainda que tais caminhos me tenham parecido um tanto peculiares...

— Mas você sabe por onde tenho andado, Ditlinde?

— Sim, e infelizmente não por seu intermédio. Mas Jettchen Isenschnibbe sempre me mantém informada (você sabe que ela sabe de tudo o que se passa) e, no início, fiquei muito assustada, não tenho como negar. Mas, afinal, eles vivem em Delphinenort e ele tem um médico particular e Phillip também é da opinião de que, à maneira deles, pertencem ao mesmo estatuto que nós. Acho que, no passado, manifestei uma opinião negativa a respeito deles, Klaus Heinrich, dizendo algo como "Pássaro das Mil e Uma Noites", se não me engano, e também fiz alguma piada com o termo "cidadão tributário". Mas se você considera que essas pessoas sejam merecedoras da sua amizade, certamente devo ter me enganado e volto atrás em tudo o que disse e doravante vou tentar pensar sobre eles de outra maneira, isso posso lhe prometer... Você sempre gostou de "revirar"... — continuou ela, enquanto ele beijava sua mão, sorrindo — e eu era obrigada a acompanhá-lo, e meu vestido (você ainda se lembra do meu vestido de veludo vermelho?) sofria as consequências. E agora, Klaus Heinrich, você "revira" sozinho, e Deus permita que você não encontre nada de terrível ao fazê-lo.

— Oh, Ditlinde, na verdade, acho que sempre vale a pena, independente do que se encontra, seja bom ou mau. Mas o que tenho experimentado é bom...

Às quatro e meia, o príncipe voltou a deixar o castelo Eremitage a bordo de sua carroça de caça, que ele mesmo conduzia junto a um lacaio. Fazia calor e Klaus Heinrich usava calça branca e paletó com duas fileiras de botões. Distribuindo saudações para ambos os lados, dirigiu-se de volta à cidade — mais exatamente ao Velho Castelo. Ignorou os portões que davam para a Albrechtsplatz e entrou no complexo por meio de um portão lateral, atravessou dois pátios e se deteve naquele onde se encontrava a roseira.

Um silêncio pétreo pairava ali. As torres, com suas escadarias e suas janelas em diagonal, suas balaustradas em ferro fundido e suas lindas esculturas, erguiam-se nos cantos, e, à luz e à sombra, o antigo edifício o circundava, em parte cinza e decrépito, em parte com aparência renovada, com empenas e peitoris em forma de caixotes, balcões abertos e amplas janelas em arco, através das quais era possível ver saguões com tetos abobadados e fileiras de colunas atarracadas.

No centro, porém, encontrava-se a roseira e ela floria, pois aquele ano fora generoso com ela.

Klaus Heinrich entregou as rédeas ao serviçal, aproximou-se e observou as escuras rosas. Eram de uma beleza incomum — carnudas e aveludadas, de formas nobres, verdadeiras obras de arte da natureza. Muitas já estavam completamente abertas.

— Por favor, chame o sr. Hesekiel — disse Klaus Heinrich a um porteiro barbudo que, com a mão junto a seu chapéu de três pontas, aproximara-se.

Hesekiel veio, o guardião da roseira. Era um velho de setenta anos, vestido com um avental de jardineiro, de olhos fundos e costas encurvadas.

— O senhor tem uma tesoura consigo, Hesekiel? — indagou Klaus Heinrich em voz alta. — Gostaria de obter uma rosa.

E Hesekiel sacou uma tesoura de jardim de um grande bolso de seu avental.

— Esta aqui — disse Klaus Heinrich —, esta é a mais bonita.

E, com as mãos trêmulas, o velho cortou o cabo espinhoso.

— Vou molhá-la, alteza real — disse ele, e dirigiu-se, arrastando os pés, a um canto do pátio onde havia uma torneira. Quando voltou, gotas de água reluziam sobre as pétalas da rosa como sobre as asas de aves aquáticas.

— Obrigado, Hesekiel — disse Klaus Heinrich apanhando a rosa. — E o senhor? Sempre forte? Tome aqui! — E deu ao velho uma moeda, subiu na charrete, pôs-se a caminho cruzando o pátio, com a rosa a seu lado sobre o assento, e voltou, na opinião de todos os que o viram, do Velho Castelo, onde tivera um encontro com o grão-duque, para Eremitage.

De lá, porém, atravessou o Jardim Municipal em direção a Delphinenort. O céu escurecera e grandes gotas de chuva já se precipitavam sobre as folhas. Ao longe, trovejava.

As senhoras estavam sentadas à mesa do chá quando Klaus Heinrich apareceu na galeria, conduzido pelo mordomo barrigudo, e desceu os degraus que levavam ao Jardim de Inverno. Como já se tornara um hábito nos últimos tempos, o sr. Spoelmann não estava presente. Permanecia acamado, envolto em compressas. Perceval, que estava encaracolado no chão junto à cadeira de Imma, saudou abanando várias vezes sua cauda sobre o tapete. O dourado dos móveis estava opaco, pois, além da porta de vidro, o parque se encontrava encoberto pelas nuvens.

Klaus Heinrich trocou um aperto de mãos com a filha da casa e beijou a mão da condessa, ao mesmo tempo que lhe pedia para erguer-se da cortês reverência em que mergulhara, como era seu hábito.

— Chegou o verão — disse a Imma Spoelmann, oferecendo-lhe a rosa. Ele nunca havia lhe trazido flores.

— Mas que gesto cavalheiresco! — disse ela. — Obrigada, príncipe! E que linda ela é! — prosseguiu, com sincera admiração (quando, normalmente, nunca elogiava nada), e apanhou entre as mãos estreitas, livres de ornamentos, a esplêndida flor, cujas pétalas cobertas de orvalho eram preciosamente enroladas nas bordas. — Não sabia que havia rosas tão lindas por aqui! Onde o senhor a conseguiu? — E inclinou, ávida, sua cabecinha pálida, coberta pelos cabelos negros, sobre a flor.

Seus olhos estavam apavorados quando voltou a erguê-la.

— Ela não tem perfume! — disse, e uma expressão de nojo surgiu em sua boca. — Espere... ela cheira a mofo! — disse. — O que é isto que o senhor está me trazendo, príncipe?

E seus olhos grandes e negros sobre o rosto pálido como uma pérola pareciam incandescentes de indignação e curiosidade.

— Sim — disse —, perdoe-me, são as rosas que temos por aqui. Esta vem de uma roseira que fica num dos pátios do Velho Castelo. A senhora nunca ouviu falar a respeito dessas rosas? Há algo de extraordinário a seu respeito. O povo diz que um dia ela começará a exalar um perfume delicioso.

Ela não parecia ouvi-lo.

— É como se não tivesse alma — disse ela, olhando para a rosa. — Mas é lindíssima, é preciso admitir... Trata-se de um jogo duvidoso da natureza, príncipe. Seja como for, muito obrigada por sua atenção. E se ela provém do castelo de seus ancestrais, é preciso fazer-lhe uma reverência...

Ela colocou a rosa num vaso junto a seu lugar, à mesa. Um criado de libré com bainhas de penas de cisne trouxe ao príncipe uma xícara e um prato. E à mesa do chá conversaram sobre a roseira amaldiçoada e, a seguir, sobre outros assuntos mais comuns, sobre o Teatro da Corte, sobre os cavalos dela, discutindo a respeito de todos os tipos de assuntos irrelevantes nos quais Imma Spoelmann sempre o contradizia, introduzindo expressões refinadas em suas falas e, assim, divertindo-se às custas dele, deixando-o pasmo com suas palavras, que pareciam tiradas de livros e jorravam de sua boca numa voz quebrada enquanto ela balançava, mal-humorada, a cabecinha de um lado para outro. Mais tarde, trouxeram a ela um pacote pesado, embrulhado em papel branco, que fora despachado por um encadernador de livros para a srta. Imma contendo uma quantidade de obras que mandara encadernar com capas bonitas e duráveis. Ela abriu o pacote e os três passaram a examinar o conteúdo para ver se o artesão tinha feito um bom trabalho.

Tratava-se, em sua quase totalidade, de livros acadêmicos, alguns que em seu interior pareciam tão mágicos quanto os cadernos de Imma Spoelmann, e outros que tratavam da doutrina das almas a partir de um ponto de vista científico, que faziam astuciosas análises a respeito dos assuntos da vida interior, e estes tinham sido luxuosamente encadernados com os mais preciosos materiais, com pergaminho e couro prensado, com lombadas douradas, papéis especiais e marcadores de página em seda. Imma Spoelmann mostrou-se razoavelmente satisfeita com o trabalho apresentado, mas Klaus Heinrich, que nunca vira livros tão esplêndidos, só tinha elogios.

— E agora estes livros serão colocados na estante? — perguntou ele... — Junto dos outros lá em cima? A senhora possui muitos livros? E todos são tão bonitos quanto estes? Deixe-me ver como a senhora os organiza! Ainda não tenho como ir embora, pois a chuva está pairando no ar e ameaça minha calça branca. Nem sei como a senhora vive aqui em Delphinenort. Nunca visitei seu estúdio. A senhora quer me mostrar seus livros?

— Isso depende da condessa — disse ela, enquanto empilhava os novos volumes. — Condessa, o príncipe gostaria de ver meus livros. Posso lhe pedir para dizer o que pensa a respeito?

A condessa Löwenjoul permanecia sentada com uma expressão ausente no rosto. Com a cabecinha inclinada em direção ao ombro, olhou para Klaus Heinrich com olhos semicerrados e um ar maligno e, em seguida, dirigiu o olhar a Imma Spoelmann, enquanto a expressão de seu rosto mudava e um ar delicado, compassivo e preocupado tomava conta dele. Sorrindo, voltou a si e então aninhou em sua mão um pequeno relógio, tendo-o retirado do interior de seu vestido marrom e justo.

— Às sete horas — disse num tom jovial — o sr. Spoelmann a espera, Imma, para a sessão de leitura. Resta-lhe meia hora para satisfazer o desejo de sua alteza real.

— Venha, então, príncipe, visitar meu estúdio! — disse Imma. — E, aproveitando, o senhor pode ajudar a levar os livros, na medida em que isso seja permissível para sua alteza. Vou levar metade deles...

Mas Klaus Heinrich levou todos os livros. Apanhou-os com os dois braços, ainda que seu braço esquerdo não lhe fosse de muita utilidade, e a altura da pilha de livros ultrapassava seu queixo. Assim, cuidadosamente, inclinando-se para trás para não perder nada ao longo do caminho, seguiu Imma, acompanhando-a em direção àquela ala do castelo que se estendia em direção à alameda pela qual se alcançava o castelo, e em cujo andar superior se encontravam os aposentos particulares da srta. Spoelmann e da condessa Löwenjoul.

No aposento grande e acolhedor no qual entraram depois de passarem por uma porta pesada, ele se desfez de sua carga, depositando-a no tampo hexagonal de uma mesa de ébano diante de um sofá massivo revestido de tecido bordado a ouro. A decoração do estúdio de Imma Spoelmann não acompanhava o estilo histórico do restante do castelo, mas fora feita de acordo com o gosto moderno, sem ornamentos, com uma mobília generosa, senhorial e utilitária. Forrado com lambris de madeiras nobres que se alçavam até o teto e enfeitado com antigos objetos de cerâmica, que reluziam junto ao teto sustentados por cornijas, tinha o assoalho coberto por tapetes orientais, uma lareira revestida de mármore negro acima da qual se encontravam vasos de formatos graciosos e um relógio dourado, e poltronas amplas revestidas de veludo bordado, além de cortinas feitas do mesmo tecido que o do revestimento do sofá. A grande escrivaninha encontrava-se diante da janela em forma de arco, a partir da qual se descortinava a vista sobre o grande espelho d'água com fonte que havia diante do castelo. Uma das paredes era totalmente coberta por livros, porém a biblioteca principal se encontrava no aposento contíguo, menor, cujo assoalho era coberto por tapetes, cujo interior era visível do outro lado de uma porta de correr e cujas paredes estavam completamente tomadas por prateleiras de livros que se alçavam até o teto.

— Veja, príncipe, esta é a minha eremitagem — disse Imma Spoelmann. — Espero que lhe agrade!

— Sim, esplêndida — disse ele.

Na verdade, ele sequer olhava à sua volta, mas somente para ela, que estava recostada no apoio de braço do sofá junto à mesa hexagonal. Ela trajava uma de suas bonitas túnicas domésticas, uma túnica estival feita de um tecido branco como neve, pregueada, com mangas abertas e um bordado amarelo sobre o peito. A pele dos braços e do pescoço parecia marrom como espuma do mar esfumaçada, em contraste com a brancura do traje. Em seus olhos arregalados, sérios e reluzentes, estranhas histórias infantis pareciam falar numa língua corrente e ininterrupta e um chumaço liso de seu cabelo negro-azulado caía de lado sobre a testa. Ela segurava nas mãos a rosa de Klaus Heinrich.

— Sim, ela é esplêndida — disse ele diante dela, e não sabia a que estava se referindo. Seus olhos azuis, pressionados pelos ossos da face característicos de seu povo, estavam embaçados, como se ele estivesse sentindo dor. — A senhora possui tantos livros — acrescentou ele — quantas são as flores de minha irmã Ditlinde.

— A princesa possui tantas flores assim?

— Sim, mas ultimamente ela lhes tem dado menos importância do que antes.

— Bem, vamos arrumar os livros — disse ela, apanhando os volumes.

— Não, espere — disse ele, com um peso no peito. — Tenho tantas coisas a lhe dizer e o tempo de que dispomos é demasiado breve. A senhora deveria saber que hoje é meu aniversário — e foi por esse motivo que vim visitá-la e lhe trouxe esta rosa.

— Oh — disse ela —, isso é notável! Hoje é seu aniversário? Agora tenho certeza de que o senhor recebeu todos os cumprimentos com a decência que lhe é característica. Aceite, também, os meus! Foi um lindo gesto seu trazer hoje esta rosa, ainda que ela tenha algo de suspeito... — Ela experimentou, mais uma vez, com uma expressão temerosa, o cheiro de mofo. — Quantos anos o senhor completa hoje, príncipe?

— Vinte e sete — respondeu ele. — Nasci em Grimmburg há vinte e sete anos. E, desde então, vivi sempre de maneira bastante austera e solitária.

Ela se calou. E, subitamente, ele viu como o olhar dela, sob as sobrancelhas um pouco perturbadas, olhavam para algo em seu lado — sim, muito embora ele, como de costume, tivesse se colocado um pouco em diagonal em relação a ela, voltando-lhe seu ombro direito, não foi capaz de impedir que o olhar dela, silenciosamente inquisitivo, pousasse sobre seu lado esquerdo e sobre sua mão esquerda, que ele conservava apoiada na parte posterior de seu quadril.

— O senhor tem isso de nascença? — perguntou ela, em voz baixa.

Ele empalideceu. Mas, com um ruído que soava como um ruído de salvação, abaixou-se diante dela, abraçando-a com os dois braços. Ali estava ele, com sua calça branca e seu paletó azul e vermelho com as insígnias de major sobre os ombros estreitos.

— Irmãzinha... — disse ele. — Irmãzinha...

Ela respondeu empurrando os lábios para a frente.

— Compostura, príncipe. Sou da opinião de que não é permissível deixar-se levar, mas de que é preciso manter a compostura sob quaisquer circunstâncias.

Mas, entregue, com o rosto erguido em direção a ela, e com olhos cegos, ele não dizia nada além de:

— Imma... pequena Imma...

E então ela tomou sua mão, a mão esquerda deformada, sua deficiência, o impedimento no exercício de sua tão elevada vocação, que desde a juventude ele se habituara a esconder com arte e com atenção — tomou-a e beijou-a.

Corriam pelo país boatos em tom sério a respeito do estado de saúde do ministro das Finanças dr. Kippenreuther. Falava-se de esgotamento nervoso e de uma doença progressiva no estômago que parecia efetivamente confirmada pelo aspecto amarelado e frouxo de suas faces... O que é a grandeza? Os trabalhadores diaristas, os moleques de rua não invejavam o título, as condecorações, a posição na corte desse dignitário que era torturado por sua doença, e nem seu esplêndido cargo, ao qual ascendera com tanto esforço para nele desgastar-se. Sua renúncia já fora anunciada repetidas vezes como iminente — segundo se dizia, o único motivo pelo qual essa renúncia ainda não ocorrera era a má vontade do grão-duque com relação a novos rostos e a consideração de que uma mudança de titular no Ministério não seria capaz de melhorar em nada a situação atual. O dr. Krippenreuther passara as férias de verão numa estação climática nas montanhas, mas, se é que fora capaz de recuperar-se um pouco por lá, tão logo voltou ao trabalho, as forças que se haviam acumulado rapidamente foram de novo dissipadas, pois logo no início do ano parlamentar houve discórdias entre o ministro e a comissão de orçamento — terríveis desentendimentos, que certamente não tinham sido causados pela falta de flexibilidade dele e sim pelas circunstâncias desastrosas que imperavam.

Em meados de setembro, Albrecht II presidiu a sessão inaugural do Conselho Nacional, como era costume, no Velho Castelo. A cerimônia fora precedida por um serviço religioso conduzido pelo pregador da corte dom Wislizenus na igreja do castelo. Em seguida, acompanhado do príncipe Klaus Heinrich, o grão-duque dirigiu-se junto com um cortejo solene à Sala do Trono, onde os membros das duas câmaras, os ministros, os membros da corte e muitos outros senhores, trajando farda ou roupas civis, saudaram os príncipes irmãos dando vivas três vezes, obedecendo às exortações do presidente da primeira câmara, um certo conde Prenzlau.

Albrecht desejara ardentemente abdicar do papel que lhe cabia naquela formalidade em favor de seu irmão e só por insistência do sr. Von Knobelsdorff, que se opunha à ideia, concordou em seguir com o cortejo atrás dos cadetes vestidos como pajens. Ele se sentia a tal ponto constrangido pela jaqueta de hussardo que trajava, pelas calças bufantes e por toda aquela parafernália, que a irritação e a vergonha se tornavam evidentes em seu rosto. Seu nervosismo fizera com que suas omoplatas se deslocassem enquanto galgava os degraus em direção ao trono. E então se colocou diante da cadeira de teatro, sob o baldaquim estragado, sugando o lábio superior. Acima do colarinho branco, que ultrapassava bastante a gola prateada da jaqueta de hussardo, repousava sua cabeça estreita com a barba pontiaguda, de aspecto nada militar, e os olhos azuis não olhavam para ninguém. O tinir das esporas do ajudante de ordens, que lhe alcançou a folha com o manuscrito do discurso que deveria ser proferido no trono, ecoou pela sala, na qual se constelara um silêncio. E, em voz baixa, ciciando um pouco, sendo interrompido várias vezes por acessos de rouquidão, o grão-duque leu o texto de que fora incumbido.

Aquele era o texto mais cauteloso que jamais fora ouvido, contrapondo a cada fato deprimente de natureza externa alguma característica notável do caráter do povo. Começava com um elogio ao espírito de diligência comum ao país, admitindo em seguida que nem todos os setores da atividade econômica ostentavam real crescimento, de tal maneira que as receitas financeiras não apresentavam resultados tão bons quanto era desejável. Observava também, com satisfação, que a preocupação com o bem-estar comum e a disposição em realizar sacrifícios de ordem financeira se espalhavam mais e mais entre a população, e terminava declarando, sem muitos rodeios, que, "apesar da certamente bem-vinda elevação nas receitas do Estado graças à imigração de estrangeiros com bom potencial de pagamentos de impostos" — (com o que se queria dizer o sr. Spoelmann) —, não era possível pensar, por ora, em qualquer tipo de redução nas exigências que se fazia ao recentemente elogiado espírito de sacrifício do povo. Mesmo assim, prosseguia o discurso, nem todos os objetivos da política financeira tinham sido atingidos no orçamento e, se ainda não tinha sido possível alcançar o ritmo desejado na amortização das dívidas públicas, o governo considerava que a continuação de uma política moderada de tomada de novos empréstimos era o melhor caminho para se afastar dos embaraços nas contas públicas. Seja como for, apesar das difíceis circunstâncias, o governo se sentia apoiado pela confiança popular e por aquela esperança no futuro que sempre fora característica da nossa gente... E assim que possível, o discurso se afastou do desagradável tema das questões econômicas para se voltar a assuntos menos embaraçosos, como a Igreja, a educação e o direito. O ministro de Estado Von Knobelsdorff declarou inaugurada, em nome do monarca, a sessão do conselho nacional. E os gritos de viva que acompanharam Albrecht quando deixou a sala tinham um tom perplexo e desafiador.

Como ainda era verão, ele logo voltou a Hollerbrunn, de onde fora obrigado a vir para a cidade. Fizera o que lhe cabia fazer, e o que restava era assunto do sr. Krippenreuther e do Conselho Nacional. Como foi dito, logo ocorreram desentendimentos por causa de diversas questões de uma só vez: o imposto sobre o patrimônio, o imposto sobre o consumo de carne e os salários do funcionalismo.

Como os representantes do povo não se dispunham a concordar com um aumento da tributação por nada deste mundo, o espírito inquieto do dr. Krippenreuther passou a defender uma transformação na forma de tributação dos rendimentos atualmente em vigor, substituindo-a por uma tributação sobre o patrimônio que, com a alíquota de treze e meio por cento, proporcionaria um aumento das receitas do Estado da ordem de cerca de um milhão. A grande urgência e o caráter inadiável de um aumento dessa ordem nas receitas do Estado ficavam evidentes também por meio de um exame do orçamento principal para o corrente ano fiscal, o qual, já antes de serem levadas em conta as novas despesas de caixa do Estado, já resultava num déficit de tal monta que o coração de qualquer pessoa que tivesse algum senso econômico estremeceria ao vê-lo. Porém, como era claro que o ônus do imposto sobre o patrimônio recairia quase que exclusivamente sobre as cidades, toda a indignação dos representantes das cidades se voltou contra a alíquota de treze e meio por cento, e eles passaram a exigir a extinção dos tributos sobre o consumo de carne como compensação, classificando-os como hostis ao povo e antediluvianos. Além disso, a comissão insistiu tenazmente na sempre prometida e sempre adiada majoração dos salários do funcionalismo, pois era inegável que os salários dos funcionários administrativos, dos sacerdotes e dos professores do grão-ducado eram de dar pena. Mas o dr. Krippenreuther não era capaz de fazer ouro — “não aprendi a fazer ouro", disse, literalmente — e, assim como não lhe era possível abrir mão da tributação sobre o consumo de carne, tampouco sabia o que fazer para amenizar a situação do funcionalismo público. A única alternativa que lhe restava era insistir em sua alíquota de treze e meio por cento, muito embora soubesse muito bem que, mesmo se aprovada, ela não ajudaria na resolução dos problemas financeiros de maneira significativa. Pois a situação era séria e pessoas mais austeras a descreviam com palavras ainda mais sombrias.

Quanto aos resultados da colheita dos últimos anos, a *Revista do Escritório de Estatísticas do Grão-Ducado* trazia dados assustadores. A agricultura registrava uma série de anos ruins: intempéries, granizo, seca e chuvas em excesso tinham atingido os camponeses; um inverno extraordinariamente frio, mas com poucas nevascas, provocara o congelamento das colheitas, e os críticos mais severos alegavam, ainda que sem provas, que o desflorestamento já provocara mudanças prejudiciais no clima. De qualquer maneira, as cifras comprovavam que a renda produzida pelas colheitas de grãos recuara da forma mais preocupante. O fornecimento de forragem, que, aliás, não estava disponível em quantidade suficiente, deixava a desejar, conforme a expressão oficial. As estatísticas referentes à colheita de batatas estavam bem abaixo da média das últimas décadas, sem dizer que nada menos do que dez por cento desses produtos agrícolas tinham sido atingidos por pragas. Quanto ao plantio de pastagens, os números dos dois últimos anos tinham sido os piores de toda a série histórica, tanto em termos de quantidades produzidas quanto de receitas obtidas com o plantio de trevo e de alfafa, e a situação das colheitas de colza e feno tampouco era melhor. A decadência da agricultura encontrava sua manifestação mais crassa no aumento observado nas falências, cujo número crescera de forma assustadora durante o período abrangido por aquele relatório. E essa situação desfavorável tinha como decorrência um decréscimo na arrecadação, que, se seria recebido com preocupação em outro lugar, aqui tornava-se verdadeiramente desastroso.

As florestas? Nenhum rendimento fora obtido com elas. Um desastre se sucedia ao outro. Pragas como a das mariposas tinham atingido as florestas em diversas ocasiões — e também não era necessário relembrar o fato de que, por meio da extração excessiva de madeira, as florestas tinham sofrido perdas em seu valor.

As minas de prata? Havia tempos que não produziam nada. Forças destrutivas da natureza tinham interrompido sua exploração, e, como a retomada dos trabalhos implicaria custos elevados, e como os resultados obtidos pela exploração nunca correspondiam aos investimentos, não houve alternativa senão decretar uma suspensão temporária dos trabalhos, ainda que isso significasse privar de seus empregos um grande número de operários, prejudicando enormemente uma grande região do país.

Basta! Com isso foi explicada a situação das finanças do Estado durante esse período de provações. A crise que se insinuava, os déficits acumulados de ano fiscal para ano fiscal, tornaram-se gritantes, catastróficos, em decorrência da situação difícil, da hostilidade dos elementos e do decréscimo na arrecadação de tributos, e, diante da busca perplexa por uma solução ou por um meio de atenuar a situação, o estado lamentável das finanças revelava-se em toda a sua extensão ao mais tolo dos olhares. Não era possível sequer pensar em permitir novos gastos. Incapaz de gerar impostos por natureza, o país encontrava-se exaurido nesse momento, sua capacidade de pagar tributos estava paralisada. Os críticos mais severos afirmavam que, no interior, a visão de pessoas subnutridas se tornava cada vez mais frequente, sendo a responsabilidade sobre esse fenômeno atribuída, em primeiro lugar, aos revoltantes impostos sobre os alimentos e, em segundo, à carga tributária direta que, como era sabido, obrigava os criadores de gado a vender todo o leite que produziam. Mas, quanto àquele outro recurso contra a falta de dinheiro, menos ético mas sedutoramente cômodo, conhecido pela ciência econômica, isto é, o empréstimo, era chegada a hora em que o uso exagerado e leviano de tal instrumento começava a se vingar amargamente.

Depois de um período durante o qual a amortização das dívidas fora conduzida com pouca habilidade e de maneira prejudicial, ela foi praticamente deixada de lado sob o governo de Albrecht II, enquanto os buracos cada vez maiores no orçamento eram remendados de modo improvisado por meio de novos empréstimos e da emissão de títulos da dívida pública, de maneira que se apresentavam dívidas cada vez mais ameaçadoras e assustadoras, dívidas de curto prazo cujo montante em relação ao número de habitantes do país era escandaloso. O dr. Krippenreuther não tivera medo de adotar as medidas que necessariamente devem ser tomadas por um Estado diante de uma situação como essa. Ele se abstivera de emitir novos títulos, recorrera à conversão compulsória dos títulos existentes e, ao mesmo tempo que impusera uma redução na taxa de juros, transformara, a despeito dos credores, dívidas de curto prazo em dívidas permanentes sobre as quais recaíam juros perpétuos. Mas esses juros perpétuos precisavam igualmente ser pagos, e, enquanto tais obrigações oneravam de maneira insuportável nossa economia, a queda na taxa de câmbio fizera com que a cada nova emissão de títulos da dívida pública os recursos obtidos pelo caixa do Estado se tornassem mais escassos. E havia ainda mais: a crise econômica no grão-ducado tivera como resultado a tentativa, por parte dos credores estrangeiros, de obter a amortização de seus créditos o quanto antes, o que provocava uma queda ainda maior no câmbio e, consequentemente, um acréscimo no ônus da dívida pública. As bancarrotas estavam na ordem do dia no mundo dos negócios.

Em uma palavra: nosso crédito estava combalido, o valor de mercado de nossos papéis estava muito abaixo de seu valor nominal, e, mesmo que o conselho nacional tivesse preferido aprovar um novo empréstimo em vez de novos impostos, as condições impostas pelos credores internacionais sobre o país eram tão severas que a efetivação dos créditos parecia difícil, se não impossível. Pois, somando-se a todas as desgraças, aquela era a época da qual todos ainda se lembram e na qual a economia mundial se encontrava abalada e as taxas de juros passavam por constantes elevações.

O que fazer para conseguir um solo firme onde pisar? A quem dirigir-se para aplacar a falta de dinheiro que estava nos devorando? A venda das minas de prata, atualmente desativadas, e a utilização dos recursos assim obtidos para a amortização de títulos da dívida pública com juros elevados já tinham sido cogitadas havia tempo. Porém, por meio dessa venda, que, diante da atual situação, necessariamente teria que ser desvantajosa, não só seria perdido quase na totalidade o capital já investido nas minas como também o Estado seria privado de todos os lucros que, mais cedo ou mais tarde, poderiam vir a ser gerados pela exploração das jazidas. E, além disso, um comprador não haveria de ser encontrado de um dia para outro. Por um instante — foi um instante de fraqueza —, cogitou-se até mesmo a venda das florestas do Estado. Mas aqui é preciso dizer que ainda havia no país bom senso em nível suficiente para evitar que nossas florestas fossem entregues à iniciativa privada.

E para que nada seja deixado de lado: surgiam boatos a respeito de outras vendas, boatos que levavam à conclusão de que as dificuldades não se detinham diante de âmbitos que o respeitoso povo imaginava estarem imunes aos desastres do tempo. O *Mensageiro*, que não tinha como hábito sacrificar informações em nome da sensibilidade, foi o primeiro a divulgar a notícia de que estavam à venda dois dos castelos do grão-duque, situados em regiões afastadas, o Zeitvertreib* e o Favorita. Considerando que essas duas propriedades já não mais eram cogitadas para servirem como residências à família real, e que ano após ano exigiam mais e mais recursos, a administração dos negócios da coroa recomendara aos órgãos competentes tomar as medidas necessárias para que se realizasse a venda. O que significava isso? Evidentemente, a situação era diferente daquela relativa à venda de Delphinenort, que se dera em decorrência de uma oferta absolutamente incomum e muito vantajosa e que, além disso, tinha sido um negócio realizado com astúcia pelo Estado. As pessoas duras o suficiente para chamarem as coisas pelos verdadeiros nomes, nomes diante dos quais as sensibilidades mais finas se afastam com temor, afirmavam que os responsáveis pelas finanças da corte estavam sendo assediados de maneira agressiva por credores inquietos e que a recomendação para realizar tais vendas decorria de pressões insuportáveis.

A que ponto tinham chegado as coisas? Em que mãos haveriam de cair os castelos? Justo aquelas pessoas de boa vontade que faziam perguntas como essas tendiam a considerar consoladora outra notícia divulgada pelos sabichões e pelos espertalhões: a de que o comprador seria ninguém menos que Samuel Spoelmann — uma notícia completamente sem fundamento, vinda sabe-se lá de onde, mas que demonstrava o papel adquirido no mundo da imaginação popular por aquele homenzinho solitário e doente que se estabelecera em seu meio para viver como um príncipe.

Ali vivia ele, acompanhado por seu médico particular, seu órgão elétrico e sua coleção de vidros, por detrás das colunas, das janelas em arco e das folhagens entalhadas em pedra de seu castelo que, graças a um piscar de olhos seu, fora salvo da decadência. Quase nunca era visto, permanecia acamado e envolto em compressas. Mas via-se sua filha, essa criatura estranha que fazia caretas mal-humoradas, vivia como se fosse membro de uma família real, tinha uma condessa como dama de companhia, dedicava-se aos estudos de álgebra e que enfrentara, desimpedida e furiosa, os membros da Guarda Palaciana. Era vista por todos e, a seu lado, via-se também, às vezes, o príncipe Klaus Heinrich.

Raoul Überbein fora muito incisivo ao declarar, certa vez, que, diante de tal aparição, o público "prendia a respiração". Mas estava certo ao afirmar semelhante coisa e pode-se até dizer que a população

* Algo como "passatempo". (N. T.)

de nossa capital nunca acompanhara nenhum assunto, social ou público, com tal paixão e tal curiosidade a ponto de deixarem de lado todos os demais assuntos e se devotarem às visitas que Klaus Heinrich fazia a Delphinenort. O próprio príncipe, até certo ponto — isto é, até o dia em que teve determinada conversa com o ministro de Estado Von Knobelsdorff —, agia cegamente, sem nenhum tipo de precaução com relação ao seu entorno, obedecendo apenas aos próprios impulsos. Mas seu professor o ridicularizara, à sua maneira paternal, porque ele parecia imaginar que seus passos pudessem permanecer ocultos aos olhos do mundo, pois, seja porque os criados de ambas as residências não se abstivessem de fazer fofocas, seja por meio da observação imediata por parte do público, sempre que acontecia um encontro entre Klaus Heinrich e a srta. Spoelmann — e isso já desde aquele primeiro encontro no Hospital Grã-Duquesa Dorothea —, ele era notado e comentado por todos. Notado? Não! Investigado, observado e agarrado com voracidade! Comentado? Mais certo seria dizer inundado por rios de palavras. Esses encontros eram o assunto das conversas de todos os que participavam da vida da corte, dos salões, das salas de estar e dos quartos de dormir, dos salões das barbearias, das estalagens, das oficinas e dos quartos dos criados, dos carroceiros em seus pontos de parada e das empregadas no limiar das casas, e ocupavam a atenção tanto de homens quanto de mulheres, ainda que naturalmente houvesse diferenças decorrentes de variantes nas formas de compreensão típicas de cada um dos gêneros. Esse interesse e sua inaudita unanimidade igualavam a todos, abrangiam a todos, superavam os abismos sociais e às vezes até acontecia de o cobrador do bonde dirigir-se na plataforma a um passageiro bem-vestido para indagar-lhe se já sabia que ontem à tarde o príncipe voltara a passar uma hora em Delphinenort.

Mas o que era tanto notável em si mesmo quanto decisivo para o futuro em meio a tudo isso era o fato de, em nenhum momento, ter-se tido a impressão de que houvesse algum tipo de indisposição no ar ou de que toda essa movimentação de línguas estivesse de alguma maneira ligada àquela paixão vulgar pelos fatos repelentes ocorridos nas altas esferas — não, desde o princípio, ainda antes que pudesse brotar qualquer tipo de expectativa com relação ao futuro, os milhares de línguas excitadas que falavam sobre aquele assunto apenas e sempre pronunciavam palavras de elogio e de concordância. Se o príncipe estivesse inclinado a conhecer a opinião pública, logo teria a satisfação de saber que o povo aprovava sem restrições suas atitudes. Pois quando se referira, numa conversa com seu professor, à srta. Spoelmann como a uma princesa, dissera precisamente aquilo que o povo pensava, como aliás lhe convinha — aquele povo que, em toda parte, sabe compreender o incomum e o onírico com espírito poético. Sim, aos olhos do povo, aquela criatura preciosa e singularmente adorável, de faces pálidas e cabelos negros, e de sangue multicolorido, que viera do outro lado do mundo a fim de levar sua vida isolada e incomparável entre nós — para o povo, tratava-se de uma filha de príncipes ou de fadas, vinda de algum lugar fabuloso, tratava-se de uma princesa no sentido mais peculiar da palavra. E tudo — tanto seu comportamento quanto a maneira pela qual o mundo se relacionava com ela — contribuía para fazer com que ela parecesse uma princesa, no sentido comum da palavra. Acaso ela não vivia em companhia de uma dama de honra que era uma condessa, em seu castelo, como convinha a qualquer princesa? Ela não se dirigia, a bordo de seu esplêndido automóvel ou de sua carruagem de quatro cavalos, às instituições de caridade, aos lares dos cegos, dos órfãos e das diaconisas, à cozinha popular, à leiteria popular, para visitá-los e assim elevar os espíritos de todos e informar-se sobre o que acontecia ali, como convinha a qualquer princesa? Ela não amparara tanto os inundados quanto os queimados com quantias provenientes de seu tesouro particular, cujo montante era idêntico ao que fora destinado pelo grão-duque, conforme noticiado pelo *Mensageiro*? Os jornais não davam notícia, quase todo dia, e logo abaixo das notícias a respeito da corte, sobre as variações no estado de saúde do sr. Spoelmann — se as cólicas o tinham mantido acamado ou se retomara suas visitas matinais ao Jardim das Fontes? As librés brancas de sua criadagem não faziam parte da paisagem das ruas da cidade tanto quanto as librés marrons dos lacaios do grão-duque? E os turistas estrangeiros não seguiam, com seus guias em mãos, até Delphinenort para mergulhar nas vistas da residência dos Spoelmann — muitos deles, inclusive, antes mesmo de visitarem o Velho Castelo? E não eram os dois castelos, tanto o Velho quanto Delphinenort, lugares quase igualmente elevados e de importância fulcral na cidade? Qual era o lugar social que cabia àquele ser humano distante de qualquer comunidade e diferente de todos, que nascera como filha de Samuel Spoelmann? A quem ela haveria de ligar-se? Com quem haveria de conviver? Nada era menos estranho e nada era mais natural e mais razoável do que ver Klaus Heinrich a seu lado. E até mesmo aqueles que não os tinham visto juntos regozijavam-se ao pensar naquela cena e a imaginavam em detalhes: a figura esbelta, solene e conhecida por todos do príncipe ao lado da filha e herdeira do incomum e pequeno estrangeiro que, doente e irritado, possuía um patrimônio cujo valor era de aproximadamente o dobro de todas as dívidas de nosso Estado!

E então aconteceu de uma lembrança, um espantoso oráculo, tomar conta da consciência pública... ninguém seria capaz de dizer quem se referiu a ele pela primeira vez, quem se lembrou dele — isso não se sabe. Talvez tenha sido uma mulher, talvez uma criança com olhar crédulo a quem aquela história tenha sido contada ao pé da cama. Só Deus sabe. Mas uma fantasmagoria ganhou vida na imaginação do povo: a sombra de uma velha cigana, de cabelos cinzentos e desgrenhados, encurvada, com os olhos voltados para dentro, que desenhara na areia com sua bengala aquelas palavras que tinham sido passadas de geração em geração... "A grande sorte?" Ela haveria de recair sobre o país por meio de um príncipe "maneta". Segundo se dizia, ele haveria de dar a seu país, com sua única mão, mais do que os outros, que tinham as duas, haviam sido capazes de dar... Com uma? Mas não estava tudo em ordem na figura esbelta e solene de Klaus Heinrich? Pensando bem, não havia em sua pessoa uma falha, uma fraqueza da qual se costumava afastar o olhar ao saudá-lo, em primeiro lugar, por vergonha e, em segundo, porque ele mesmo, com grande amabilidade, facilitava a todos esses desvios do olhar? Ele era visto a bordo de sua carruagem, cobrindo o antebraço esquerdo, que ia apoiado na empunhadura de seu sabre, com o direito. Era visto apresentando-se sob um baldaquim ou sobre uma tribuna da qual pendiam bandeiras, voltando-se ligeiramente para o lado esquerdo, e com a mão esquerda apoiada de certa maneira sobre o quadril. Seu braço esquerdo era curto demais, sua mão, deformada, todos o sabiam e todos também conheciam diferentes explicações acerca da causa daquela deficiência, sem que, no entanto, o respeito e o distanciamento permitissem observá-la claramente ou, até mesmo, admitir sua existência. Mas agora todos a viam. Nunca será possível saber quem foi o primeiro a lembrar, sussurrando, esse fato, relacionando-o à profecia — se foi uma criança, uma moça ou um velho já no limiar do além. O que se sabe é que aquela associação foi feita em meio ao povo e que foi o povo quem primeiramente instilou e então impôs, de baixo para cima, certas ideias e certas esperanças — dentre as quais estava também sua maneira particular de compreender a srta. Spoelmann — às classes sociais mais cultas e até mesmo aos dirigentes do país. E que a crença livre do povo, independentemente de preconceitos, proporcionou a tudo o que viria a acontecer posteriormente uma base ampla e sólida. "Maneta?", perguntava o povo. "A grande sorte?" O povo via, em sua imaginação, Klaus Heinrich ao lado de Imma Spoelmann com a mão esquerda apoiada no quadril, e antes mesmo que pudesse concluí-los, estremecia já com a metade desses pensamentos.

Àquela época, tudo estava pairando no ar e ninguém concluía os pensamentos — nem mesmo as pessoas mais próximas e diretamente envolvidas. Pois as coisas tinham tomado um rumo inesperado entre Klaus Heinrich e Imma Spoelmann, e os pensamentos dela — e os dele também — não poderiam de antemão estar voltados para nenhum objetivo palpável. Na verdade, aquele acontecimento na véspera do aniversário do príncipe, no qual, com poucas palavras, a srta. Spoelmann lhe mostrara seus livros, mudara muito pouco — na verdade, quase nada — o relacionamento dos dois, e ainda que Klaus Heinrich tenha voltado ao Eremitage naquele estado pulsante, acalorado e encantado tão característico dos jovens em ocasiões daquele tipo, imaginando que algo de decisivo tivesse acontecido, não tardou até descobrir que sua busca por aquilo que denominava sua felicidade apenas começava. Mas essa busca, como já foi dito, ainda não podia contar com nenhum resultado objetivo, nenhuma promessa confiável ou algo desse gênero — tudo isso ainda se encontrava além do concebível. E, além disso, eles viviam afastados demais das questões práticas para ter em mente coisas assim. Pois a partir de então o que Klaus Heinrich pedia, com seus olhares e suas palavras, não era que a srta. Spoelmann retribuísse os sentimentos que ele lhe demonstrava — mas simplesmente que ela se decidisse a reconhecer a veracidade e a vivacidade de tais sentimentos. E isso ela não fazia.

Ele esperou até que se passassem duas semanas antes de visitar Delphinenort outra vez e, durante esse tempo, sua vida interior se nutrira do que acontecera. Ele sentia não haver pressa em fazer com que aquele acontecimento parecesse antigo, acrescentando-lhe outros mais recentes. E, além disso, uma série de tarefas de representação o ocupou durante aqueles dias, dentre as quais o Festival de Tiro com Espingarda, do qual fora declarado patrono e de cuja festa anual costumava participar vestido com trajes verdes, como se a coisa mais importante em sua vida fosse o tiro ao alvo, sendo recebido pelos membros da sociedade com entusiasmadas salvas de tiros, e apresentando-se diante dos estandes para participar a contragosto de uma pequena refeição junto com os senhores da diretoria para, por fim, com a postura graciosa de um especialista, disparar tiros em direção a vários alvos. Quando, depois disso — já estavam em meados de junho —, apresentou-se novamente na casa dos Spoelmann à hora do chá, Imma portou-se de maneira extremamente sarcástica, expressando-se por meio de palavras incomuns, típicas da retórica e do linguajar livrescos. O sr. Spoelmann também se encontrava na ocasião e, muito embora sua presença frustrasse o desejo de Klaus Heinrich de se ver a sós com a filha da família, isso acabou ajudando o príncipe, de maneira inesperada, a suportar a tristeza que o comportamento rude de Imma lhe provocava, pois o sr. Spoelmann se portou de maneira bondosa e quase delicada com ele.

Tomaram o chá no terraço acomodados em cadeiras de palha de formas modernas e delicadamente envolvidos pelos perfumes do jardim de flores. O proprietário do castelo se encontrava abrigado por um cobertor de seda verde, com bordados de papagaios e forrado de peles, recostado junto à mesa, reclinando-se sobre uma espreguiçadeira de junco com almofadas de seda. Erguera-se do leito para desfrutar do ar suave, mas hoje suas faces não estavam afogueadas e sim pálidas e amareladas, e seus olhinhos, turvos. Seu queixo era pontiagudo e seu nariz, ressaltado e retilíneo, parecia mais comprido do que o habitual, e seu humor não estava irritadiço como de costume, mas, antes, melancólico, algo que de maneira alguma poderia ser compreendido como um bom sinal. Junto à sua cabeceira estava postado, com toda a extensão de sua altura e sorrindo delicadamente, o dr. Watercloose.

— E então, jovem príncipe… — disse o sr. Spoelmann com uma voz cansada. Indagado sobre seu estado de saúde, respondeu apenas com um leve rangido.

Imma, trajando uma reluzente túnica doméstica com cintura alta e um bolero de veludo verde, verteu a água da chaleira elétrica no bule. Ela cumprimentou o príncipe, empurrando os lábios para a frente, parabenizando-o pelo sucesso pessoal no torneio de tiro ao alvo. Disse que tomara conhecimento daquilo "com grande satisfação, por meio da imprensa diária", e que lera para a condessa a descrição de seu desempenho como atirador. Esta estava sentada numa postura ereta junto à mesa, trajando seu vestido marrom de corte justo, e manuseava sua colherinha com gestos nobres sem se deixar levar de maneira nenhuma. Quem estava falante hoje era o sr. Spoelmann. Como já dito, ele falava de maneira delicada, até melancólica, e a causa disso eram as dores de que padecia.

Ele narrou um episódio, uma experiência pela qual passara anos antes, mas com a qual era incapaz de chegar a termos e que sempre voltava a ocupar, dolorosamente, seus pensamentos em dias de má saúde — narrou a história breve e simples por duas vezes seguidas, aborrecendo-se da segunda vez ainda mais do que da primeira. Àquela época, ele pretendia criar uma de suas fundações — não se tratava de uma fundação de primeira categoria, mas ainda assim de uma fundação respeitável —, então comunicara por escrito a uma grande fundação filantrópica dos Estados Unidos que, como apoio a seus bons esforços, pretendia destinar-lhe um milhão em ações de uma companhia ferroviária, papéis seguros da Companhia Ferroviária do Pacífico Sul, disse o sr. Spoelmann, batendo com uma mão na palma da outra para tornar visíveis aqueles papéis. E o que fizera a instituição filantrópica? Recusara a doação, rejeitara-a, negara-se a aceitá-la — e isso depois de acrescentar expressamente que preferia abster-se de aceitar um patrocínio proveniente de um patrimônio que fora adquirido de maneira questionável e violenta. Foi o que fizeram. Os lábios do sr. Spoelmann estremeciam enquanto narrava, tanto da primeira quanto da segunda vez, e, ansiando por consolo, cheio de desprezo, olhava à sua volta circundando a mesa de chá com seus olhinhos pequenos, metálicos e muito próximos um do outro.

— Isso não foi muito filantrópico da parte da instituição filantrópica — disse Klaus Heinrich. — Não, não foi.

E balançava a cabeça com tanta decisão, seu descontentamento e sua empatia eram tão evidentes que o sr. Spoelmann se alegrou um pouco e declarou que hoje o tempo estava lindo lá fora e que as flores lá embaixo exalavam um perfume delicioso. Sim, imediatamente aproveitou a oportunidade para mostrar seu reconhecimento ao jovem hóspede, expressando-lhe sua boa vontade da maneira mais enfática. Pois com o clima quente, que neste verão se alternava com tempestades abruptas, geladas e com granizo, Klaus Heinrich se resfriara, sua garganta estava inflamada, ele sentia dores ao engolir, e como sua elevada vocação e uma certa delicadeza na vigilância de sua pessoa destinada à representação necessariamente o haviam tornado um pouco delicado, era-lhe impossível deixar de falar sobre o assunto, queixando-se de sua dor de garganta.

— Então o senhor precisa fazer compressas úmidas — disse o sr. Spoelmann. — O senhor tem folhas de guta-percha?

Mas Klaus Heinrich não as tinha. Então o sr. Spoelmann atirou o cobertor com bordados de papagaios para o lado, levantou-se e se dirigiu à parte interna do castelo. Não respondeu a nenhuma das perguntas que lhe foram dirigidas, não se deixou deter e foi. Durante sua ausência, todos se perguntavam o que ele poderia ter em mente, e o dr. Watercloose, certamente temendo que um acesso de dor causara a saída de seu paciente, seguiu-o de perto. Mas quando o sr. Spoelmann voltou, tinha em mãos uma folha de guta-percha, de cuja existência em alguma gaveta desde há muito se lembrara, uma folha já um pouco quebradiça que entregou ao príncipe, explicando-lhe detalhadamente como deveria ser usada para lhe proporcionar os benefícios esperados. Klaus Heinrich lhe agradeceu amigavelmente e o sr. Spoelmann voltou a reclinar-se, satisfeito. Desta vez permaneceu ali e, depois que todos tinham tomado o chá, convidou-os para dar um passeio pelo parque, durante o qual o sr. Spoelmann caminhava, com seus sapatos macios, entre Imma e Klaus Heinrich, enquanto a condessa Löwenjoul e o dr. Watercloose os seguiam a certa distância. Quando o príncipe se despediu, Imma Spoelmann ainda lhe disse alguma coisa agressiva a respeito de sua garganta e das compressas úmidas, recomendou-lhe com um sarcasmo disfarçado cuidar-se e tomar muito cuidado com sua sagrada pessoa. Mas, ainda que Klaus Heinrich não soubesse como lhe responder de maneira adequada — coisa que, aliás, ela não esperava que fizesse —, ele embarcou bastante satisfeito em sua carroça de caça, pois aquele frágil pedacinho de guta-percha enfiado no bolso do paletó da farda lhe parecia ser o sinal de um futuro feliz, sem que pudesse explicar claramente a si mesmo por que pensava assim.

Seja como for, sua luta, na verdade, estava apenas começando. Era uma luta pela crença de Imma Spoelmann, uma luta para que ela confiasse nele o suficiente para ser capaz de tomar a decisão de deixar as esferas puras e gélidas onde costumava brincar, os reinos da álgebra e do sarcasmo verbal, e ousasse ingressar com ele num território desconhecido, naquela região mais calorosa, úmida e fértil à qual ele lhe apontava. Pois seu medo de tomar semelhante decisão era gigantesco.

Na vez seguinte, viu-se a sós com ela, ou quase a sós, ou seja, a três, com a condessa Löwenjoul. Era uma manhã fresca e encoberta, depois de uma tempestade noturna. Saíram para cavalgar ao longo do aterro junto à ravina, Klaus Heinrich calçando botas de montaria, com o cabo do chicote pendendo entre os botões do sobretudo cinzento. A comporta lá adiante, junto à ponte de madeira, estava fechada e o leito do canal, vazio, deixando seus pedregulhos à mostra. Perceval, cujo primeiro acesso de latidos e uivos já havia passado, saltava de um lado para outro sobre o canal vazio e trotava, à maneira canina, um pouco de lado, adiante dos cavalos. A condessa, montada em sua Isabeau, sorria com a cabeça ligeiramente inclinada para o lado. Klaus Heinrich disse:

— Dia e noite penso em algo que certamente deve ter sido um sonho. Estou deitado à noite e ouço Florian respirando no estábulo, tal é o silêncio. E então penso que certamente não foi um sonho. Mas quando vejo a senhora, como hoje, como outro dia, à mesa do chá, sou obrigado a pensar que não pode ter sido outra coisa.

Ela respondeu:

— Isso demanda uma explicação, príncipe.

— A senhora me mostrou seus livros há dezenove dias, srta. Imma? Ou não?

— Há dezenove dias? Preciso calcular. Não, deixe-me ver, foram dezesseis dias e meio, se não me engano...

— Mas a senhora me mostrou seus livros?

— Sem dúvida, isso está correto, príncipe. E confio que o senhor os tenha apreciado.

— Imma! A senhora não precisa falar dessa maneira, não agora, e não comigo! Sinto um peso em meu coração e ainda tenho tanto a lhe dizer, coisas que não fui capaz de dizer há dezenove dias, quando a senhora me mostrou seus livros... seus muitos livros. Quero continuar do ponto onde paramos, e esquecer tudo o que aconteceu de lá até aqui...

— Por Deus, príncipe, melhor seria esquecer o que aconteceu naquele dia! A que coisas o senhor deseja voltar! De que coisas o senhor se lembra — e lembra a mim! O senhor teria bons motivos para manter, em torno dessas coisas, o mais absoluto silêncio. Como o senhor pode deixar-se levar a tal ponto! Como pode perder assim a compostura!

— Se a senhora soubesse, Imma, quão indizivelmente bem me fez perder a compostura!

— Eu lhe agradeço! O senhor está me ofendendo, sabia? Faço questão de que o senhor também mantenha a compostura diante de mim, a mesma compostura que o senhor mostra a todo mundo. Não estou aqui para que o senhor possa encontrar um descanso momentâneo do fardo de sua natureza principesca.

— Mas que mal-entendido, Imma! Mas bem sei que a senhora não está me interpretando mal deliberadamente e que o faz apenas por ironia, e isso mostra que a senhora não confia em mim e que não leva a sério o que eu digo...

— Não, príncipe, isso realmente seria pedir demais! O senhor não me contou a respeito de sua vida? O senhor frequentou a escola só por uma questão de aparências, o senhor frequentou a universidade só por uma questão de aparências, o senhor serviu como soldado por uma questão de aparências, e, ainda hoje, o senhor usa essa farda por uma questão de aparências. Por uma questão de aparências o senhor concede audiências e por uma questão de aparências faz o papel de atirador e Deus sabe do que mais. O senhor veio ao mundo por uma questão de aparências e agora quer que, de uma hora para outra, eu acredite que o senhor leva alguma coisa a sério?

Enquanto ela falava assim, surgiram lágrimas nos olhos dele, a tal ponto o feriam aquelas palavras. Ele respondeu em voz baixa:

— A senhora tem razão, Imma, há muitas mentiras em minha vida. Mas a senhora precisa levar em consideração que não fui eu quem fez isso e que não fui eu quem escolheu isso, e que cumpri com minhas obrigações tais e quais me foram impostas, com rigor e precisão, para a edificação das pessoas. E como não bastassem as dificuldades, as proibições e as privações que enfrentei, agora também tenho que suportar, como vingança, sua incredulidade.

— O senhor se orgulha — disse ela — de sua vocação e de sua vida, príncipe, eu bem sei, e não seria capaz de desejar que o senhor rompesse a fidelidade que tem por si mesmo.

— Oh! — exclamou ele —, deixe esse assunto por minha conta, e não se preocupe com isso! Tenho experiência. Já fui infiel comigo mesmo e já tentei contornar as proibições e isso terminou de maneira vergonhosa. Mas desde que a conheço eu sei, e o sei pela primeira vez em minha vida, que, pela primeira vez sem me arrepender e sem prejudicar aquilo que se chama de minha elevada vocação, posso me deixar levar como qualquer pessoa, ainda que o dr. Überbein afirme, até mesmo em latim, que isso não é permitido...

— O senhor veja bem o que seu amigo lhe disse!

— A senhora mesma não o chamou de pessoa infeliz, que vai terminar mal? Ele possui um caráter nobre e eu o aprecio muito e devo a ele muitos esclarecimentos a meu respeito e a respeito das coisas. Mas nos últimos tempos tenho pensado nele com frequência, e, naquela ocasião em que a senhora se referiu a ele dessa maneira, eu refleti por várias horas a respeito de sua opinião, e fui obrigado a lhe dar razão. Pois devo lhe dizer, Imma, qual é a explicação para o caso do dr. Überbein: ele é inimigo da felicidade — é isso.

— Esta parece-me uma inimizade decente — disse Imma Spoelmann.

— Decente — respondeu ele —, mas desgraçada, como a senhora mesma disse, e, além disso, pecaminosa — pois é um pecado contra algo que é mais esplêndido do que a rigorosa decência dele, agora sei disso, e ele quis me educar para que eu cometesse esse mesmo pecado, com todo o seu paternalismo. Mas agora superei sua educação. É neste ponto que me encontro. Agora sou independente e sei melhor das coisas, e mesmo que não tenha sido capaz de persuadir Überbein — vou persuadi-la, Imma, seja hoje, seja mais tarde...

— Sim, príncipe, isso sou obrigada a admitir! O senhor é muito persuasivo, seu empenho é avassalador! O senhor disse dezenove dias, não é? Acho que, na verdade, são dezoito dias e meio, mas dá na mesma. Durante esse período, o senhor dignou-se a aparecer uma única vez em Delphinenort... há quatro dias...

Ele a encarou, assustado.

— Mas Imma! A senhora precisa ter paciência comigo, e também um pouco de cuidado... Lembre-se de que ainda sou um principiante... trata-se de um território desconhecido! Não sei como isso aconteceu... Acho que eu queria dar-nos um pouco de tempo. E então recaiu sobre mim uma série de obrigações...

— Claro, por uma questão de aparências o senhor precisou atirar nos alvos, li a respeito. E, como sempre, o senhor obteve sucessos significativos. O senhor se apresentou ali fantasiado, entregando-se ao amor de toda uma ravina tomada por gente...

— Pare, Imma, por favor, sem galopes hoje!... É impossível dizer uma palavra... Amar, diz a senhora. Mas que espécie de amor é esse? Um amor de ravina, um amor aproximado e superficial, um amor à distância que não tem nenhum significado, um amor em traje de gala e sem qualquer tipo de intimidade! Não, a senhora certamente não precisa encolerizar-se porque me submeto a esse tipo de amor, pois não sou eu quem se beneficia dele e sim as pessoas, que são elevadas por meio desse amor, e é isso que desejam. Mas também tenho meus próprios desejos, Imma, e é à senhora que me dirijo com eles...

— Como posso servi-lo, príncipe?

— Ah, a senhora sabe muito bem! Com sua confiança, Imma; será que a senhora não poderia confiar um pouco em mim?

Ela olhou para ele, e seus olhos escuros e excessivamente grandes jamais haviam, até então, investigado nada de maneira tão inquisitiva. Mas, apesar da urgência do pedido mudo que ele lhe dirigira, ela desviou o olhar e disse, fechando o rosto:

— Não, príncipe Klaus Heinrich, isso eu não posso fazer.

Ele soltou um ruído de dor e sua voz tremia ao perguntar:

— E por que a senhora não pode fazê-lo?

E ela respondeu:

— Porque o senhor me impede.

— Mas como é que eu a impeço? Por favor, diga-me!

E, sempre com o rosto fechado e com olhar baixo voltado para as rédeas brancas, que os passos de seu cavalo faziam oscilar suavemente, ela respondeu:

— De todas as maneiras: por meio de seu comportamento, do seu jeito de ser, de toda a sua nobre personalidade. O senhor ainda se lembra de como impediu a pobre condessa de deixar-se levar, obrigando-a a portar-se de forma clara e sóbria, muito embora as benevolências da loucura e da estranheza lhe tenham sido concedidas por causa de suas experiências excessivamente intensas — e que eu lhe disse que sabia muito bem que o senhor tinha começado a intimidá-la? Sim, sei muito bem disso, pois o senhor também intimida a mim constantemente e de todas as maneiras por meio de suas palavras, por meio de seu olhar, por meio de seu jeito de se sentar e de permanecer em pé, e me é totalmente impossível confiar no senhor. Tive a oportunidade de observá-lo em seu relacionamento com outras pessoas, mas fossem elas o dr. Sammet, no Hospital Grã-Duquesa Dorothea, ou o sr. Stavenüter, no jardim de Fasanerie, o que vi foi sempre a mesma coisa, e sempre senti frieza e temor ao observá-lo. O senhor se mantém numa postura ereta e faz perguntas, mas não porque tenha algum interesse, o que lhe importa não é o conteúdo das perguntas, o senhor não se interessa por nada e não há nada que lhe importe de verdade. Eu observei isso várias vezes: o senhor fala, o senhor expressa alguma opinião, mas poderia igualmente expressar alguma outra opinião, pois na realidade o senhor não possui nem opinião nem convicção, e a única coisa que lhe importa é sua compostura principesca. Às vezes, o senhor afirma que sua vocação não é fácil, mas como o senhor me desafiou, então quero observar que tudo lhe seria mais fácil se o senhor tivesse alguma opinião e alguma convicção, príncipe. Isso é o que penso e é nisso que acredito. Como seria possível confiar no senhor? Não, não é confiança o que o senhor inspira, e sim frieza e rigidez, e, ainda que eu me esforçasse para me aproximar do senhor, esse tipo de rigidez e de incapacidade me impediria — agora lhe respondi.

Ele a ouvira com uma tensão dolorosa, olhara várias vezes para o rostinho pálido dela enquanto ela falava, e novamente quando ela baixara o olhar até as rédeas.

— Obrigado, Imma — respondeu ele então —, por ter falado com tanta seriedade, pois a senhora sabe muito bem que nem sempre é assim e que, na maior parte das vezes, a senhora só fala fazendo sarcasmos e que, à sua maneira, conduz seus assuntos com tão pouca seriedade quanto eu conduzo os meus.

— E de que outra maneira é possível falar com o senhor, senão por meio de sarcasmos, príncipe?

— E às vezes a senhora é até agressiva e cruel, como foi por exemplo com a irmã superiora no Hospital Grã-Duquesa Dorothea, a quem a senhora deixou tão atordoada.

— Ah, eu sei que também tenho meus defeitos e que precisaria de alguém capaz de me ajudar a corrigi-los.

— Eu quero ser essa pessoa, Imma, vamos nos ajudar, um ao outro...

— Não acho que sejamos capazes de ajudar um ao outro, príncipe.

— Sim, somos capazes. A senhora já não falou com seriedade e sem qualquer sarcasmo? Mas, quanto a mim, a senhora já não está mais certa ao dizer que nada me importa e nada me fala ao coração, pois a senhora me importa e a senhora me fala ao coração, e como esse assunto é para mim de uma seriedade indizível, certamente acabarei por conquistar sua confiança. A senhora sabe o quanto me agradou ouvir o que disse a respeito de esforçar-se e de aproximar-se? Sim, esforce-se um pouco e nunca mais volte a deixar-se enganar por aquele tipo de incapacidade, ou seja lá o que for que a senhora tão facilmente sente diante de mim! Eu sei bem, sei bem até demais quanta culpa me cabe nisso! Mas ria de mim e ria de si mesma se lhe desperto um sentimento desse tipo e permaneça a meu lado! A senhora me promete que vai se esforçar um pouco?

Mas Imma Spoelmann não prometeu nada e, por fim, insistiu em seu galope, e várias outras conversas posteriores permaneceram sem resultados, assim como essa.

Às vezes, depois de Klaus Heinrich tomar seu chá em Delphinenort, eles saíam para passear no parque, o príncipe, a srta. Spoelmann, a condessa e Perceval. O nobre collie mantinha-se ao lado de Imma com uma expressão contida no rosto, e a condessa Löwenjoul caminhava dois ou três passos atrás dos jovens senhores. Pois logo após o início do passeio ela se detinha por um instante para tocar em algum galho, esticando seus dedos tortos, e a distância que assim se estabelecia entre eles não voltava a ser totalmente recuperada. Dessa forma, Klaus Heinrich e Imma caminhavam à frente dela, entretidos por sua conversação. E depois de percorrerem certa distância, faziam meia-volta, de maneira que então a condessa seguia dois ou três passos à frente deles, e Klaus Heinrich reforçava seus esforços verbais ao tocar, cuidadosamente e sem olhá-la, a mão estreita e livre de adornos de Imma Spoelmann, envolvendo-a então com ambas as mãos, incluindo a esquerda, na qual já não mais pensava e que já não lhe era mais um impedimento, como acontecia quando estava representando — enquanto perguntava, insistentemente, se ela se esforçara, se fizera progressos no sentido de confiar nele. Era com má vontade que ouvia dela que tinha estudado, que tinha se dedicado à álgebra, brincado naquelas regiões frias desde seu último encontro, e então pedia-lhe cordialmente que deixasse por ora seus livros de lado, aqueles livros que só faziam distraí-la, que eram capazes de desviá-la do assunto que ora demandava toda a força do seu pensamento. E ele lhe falava também de si mesmo, da intimidação e da rigidez que, segundo ela mesma dissera, emanavam de seu ser, tentava explicá-las e, dessa forma, atenuá-las. Falava-lhe da existência fria, austera e pobre que levara até então e descrevia como todos sempre tinham estado à sua volta só por estar, só para olhar, enquanto sua elevada vocação sempre tinha sido mostrar-se e ser visto, o que sem dúvida era o mais difícil. E esforçava-se por fazê-la reconhecer que a cura daquilo que nele intimidara a condessa e a impedira de deixar-se levar, daquilo que, para sua grande tristeza, a afastava dele — que essa cura somente poderia ser realizada por ela, que unicamente ela seria capaz daquilo, que aquilo se encontrava inteiramente em suas mãos. Ela o olhou, seus olhos excessivamente grandes brilhavam, escuros, inquisitivos, e era evidente que ela, também, estava lutando. Mas então ela balançava a cabeça ou interrompia o que estava dizendo e, ao empurrar para a frente os lábios, dava início a um discurso em cujas palavras achava graça, permanecendo incapaz de encontrar em si mesma o sim pelo qual ele suplicava, aquela entrega indefinida que, da maneira como se encontravam as coisas, na verdade não a obrigaria a nada.

Ela não o impedia de vir visitá-la uma ou duas vezes por semana, não o impedia de lhe falar e nem de lhe dirigir pedidos, fazer protestos ou, ocasionalmente, segurar sua mão entre as dele. Mas ela simplesmente tolerava tudo aquilo, permanecia estática, o medo de tomar algum tipo de decisão, o receio em deixar seu reino frio e sarcástico e de declarar-se a ele parecia insuperável, e chegou mesmo a acontecer que ela, exausta e abatida, irrompesse com as seguintes palavras:

— Ah, príncipe, jamais deveríamos ter nos conhecido, isso teria sido o melhor! Então o senhor continuaria a exercer tranquilamente sua elevada vocação e eu também teria meu próprio sossego, e não estaríamos torturando um ao outro!

Foi preciso muito esforço para fazê-la voltar atrás em suas palavras, para fazê-la admitir que não devia necessariamente arrepender-se de tê-lo conhecido. Mas assim o tempo passava. O verão se aproximava do fim, geadas noturnas prematuras arrancavam a folhagem ainda verde das plantas, e os cascos de Fatme, Florian e Isabeau agora farfalhavam nas folhas vermelhas e douradas quando os dois saíam para passear a cavalo, e o outono chegou com suas névoas e seus perfumes intensos — e ninguém seria capaz de prever algum tipo de conclusão ou de mudança decisiva naquele assunto, que permanecia pairando de forma tão singular.

O mérito por ter assentado as coisas sobre o solo firme da realidade, e por ter conduzido os acontecimentos em direção a um final feliz, terá sempre que ser atribuído a um homem que, ocupando uma posição elevada, até então mantivera-se sabiamente afastado, mas que, no momento adequado, interferiu com mão firme e cuidadosa no curso dos acontecimentos. Tratava-se de sua excelência Von Knobelsdorff, ministro do Interior, do Exterior e da Casa Grão-Ducal.

O professor Überbein estava correto ao insistir para que o presidente do Conselho se inteirasse dos passos pessoais e passionais de Klaus Heinrich. Mais ainda: o velho senhor, bem servido por funcionários subalternos inteligentes e experientes, sabia exatamente qual era a opinião pública, qual era o papel nela desempenhado por Samuel Spoelmann e por sua filha, qual era o estatuto real que lhes era atribuído pela imaginação popular, sabia da tensão enorme e supersticiosa com a qual a população acompanhava a movimentação entre os castelos Eremitage e Delphinenort, da popularidade de que gozava tal movimentação, que se manifestava de forma evidente para todos nas conversas e nos boatos, não só na capital mas em todo o país. Um incidente significativo bastou para que o sr. Von Knobelsdorff se assenhoreasse dos fatos.

Pois no início de outubro — o Parlamento fora aberto havia duas semanas e as dissensões na comissão do orçamento se encontravam a pleno vapor —, Imma Spoelmann adoeceu e, segundo se dizia, no começo tratava-se de uma doença muito grave. Revelou-se que a imprudente senhorita — só Deus sabe movida por que humor ou por que disposição —, durante um passeio a cavalo junto com sua dama de companhia, tivera a ousadia de galopar, montada em sua branca Fatme, por quase meia hora enfrentando uma impetuosa ventania que soprava do noroeste e, consequentemente, contraíra um enfisema pulmonar que ameaçava nada menos que sufocá-la. Dentro de poucas horas, a notícia circulava por toda parte. Dizia-se que a jovem corria risco de vida, afirmação que felizmente logo se mostrou um grande exagero. Se algum membro da dinastia de Grimmburg ou se o próprio grão-duque tivesse sofrido um acidente grave, a tristeza e a simpatia generalizada não teriam sido maiores. Não se falava de nenhum outro assunto. Nas regiões mais humildes da cidade, por exemplo, nas redondezas do Hospital Grã-Duquesa Dorothea, ao anoitecer as mulheres se colocavam diante do portão de casa apertando o peito com as mãos espalmadas e ofegavam, para mostrar claramente umas às outras o que acontecia quando faltava o fôlego a alguém. Os jornais vespertinos traziam notícias detalhadas e cheias de informações médicas sobre o estado de saúde da srta. Spoelmann, que eram passadas de mão em mão, lidas nas mesas das tavernas e das casas de família, mencionadas nos bondes. O repórter do *Mensageiro* fora visto a bordo de uma charrete correndo em direção a Delphinenort, onde tinha sido recebido no saguão com piso de mosaico pelo *butler* dos Spoelmann e com quem conversara em inglês, ainda que isso não fosse nada fácil para ele. Aliás, não se poderia poupar a imprensa da crítica de ter exagerado as coisas, causando a todos preocupações desnecessárias. Não se poderia realmente falar em perigo de vida. Bastariam seis dias de repouso, sob os cuidados do médico particular dos Spoelmann, para que a inflamação dos vasos fosse curada e para que os pulmões da senhorita se recuperassem por completo. Mas esses seis dias bastaram também para revelar com clareza o significado que os Spoelmann, e em especial a pessoa da srta. Imma, tinham adquirido em meio ao nosso público. Todas as manhãs, emissários dos jornais, encarregados da curiosidade geral, reuniam-se no saguão com piso de mosaicos do Delphinenort para ouvir o breve relato diário apresentado pelo *butler*, que depois era elaborado e ampliado em seus jornais, de maneira a atender aos desejos do público. Liam-se notícias sobre saudações e votos de melhoras que tinham chegado a Delphinenort, enviados por diversas instituições beneficentes que haviam sido visitadas e apoiadas por meio de generosos donativos de Imma Spoelmann (e os engraçadinhos observavam que, na verdade, a secretaria da Fazenda Grão-Ducal deveria ter aproveitado a oportunidade para manifestar igualmente sua gratidão). Lia-se também — e então os jornais eram abaixados para que os leitores pudessem trocar olhares significativos — sobre um "esplêndido arranjo floral" que o príncipe Klaus Heinrich enviara junto com um cartão seu — (quando, na verdade, o príncipe não enviara flores a Delphinenort somente uma vez, mas sim diariamente enquanto a srta. Spoelmann permanecia acamada, fato que, para evitar comoções excessivas, era ocultado por aqueles que dele tinham conhecimento). Lia-se, além disso, que a jovem paciente, amada por todos, deixara o leito pela primeira vez, e, por fim, noticiou-se que sua primeira saída do castelo já era iminente. Essa saída, porém, que aconteceu numa manhã ensolarada de outono oito dias depois que a senhorita adoecera, ensejaria expressões de sentimentos por parte da população que chegaram a ser consideradas exageradas por pessoas de caráter mais austero. Pois em torno do gigantesco automóvel verde-oliva equipado com estofados de couro cor de tijolo, que aguardava diante do portão principal de Delphinenort tendo ao volante um jovem chofer de feições anglo-saxãs, em cujas faces pairava uma expressão pálida e contida, formara-se uma multidão considerável; e no instante em que a srta. Spoelmann surgiu ao ar livre, acompanhada pela condessa Löwenjoul e seguida por um lacaio que carregava uma coberta, efetivamente ouviu-se uma explosão de vivas acompanhada do lançamento de bonés e de acenos com lenços que se repetiram e perduraram até que o veículo conseguisse abrir caminho em meio à multidão, por meio de buzinadas, deixando os manifestantes para trás, envoltos em vapores de gasolina. É preciso admitir que o grupo que gritava era constituído por aqueles elementos não muito dignos que costumam se reunir em ocasiões como essa: moleques de rua, adolescentes, algumas mulheres carregando sacolas de feira, escolares, batedores de carteiras e desocupados de vários tipos. Mas o que é o povo, e o que deve constituí-lo para que se torne exemplar? Além disso, havia outra alegação a respeito da qual não seria adequado silenciar completamente e que mais tarde passou a ser divulgada por pessoas de caráter sarcástico, segundo a qual em meio à multidão que se aglomerara em torno do automóvel estaria um agente a serviço do sr. Von Knobelsdorff, um membro da polícia secreta que coordenara os vivas e que os sustentara com grande diligência. Seria possível acrescentar essa informação e, assim fazendo, conceder alguma satisfação àqueles que se comprazem em diminuir os acontecimentos significativos. No pior dos casos, isto é, se as alegações fossem verdadeiras, aquilo teria sido a expressão mecânica de sentimentos que, no entanto, ainda assim teriam que existir para que pudessem ser expressos. Seja como for, aquela aparição de Imma Spoelmann, evidentemente descrita em detalhe na imprensa diária, não deixou de produzir efeitos sobre todos, e as pessoas dotadas de um olhar atento para o contexto não tiveram dúvidas de que outra notícia, que ocupou a atenção pública poucos dias depois, teria que estar diretamente relacionada a todas essas aparições e sinais.

A notícia dizia respeito à audiência que sua alteza real o príncipe Klaus Heinrich concedera à sua excelência o ministro de Estado Von Knoblesdorff no castelo Eremitage, que se estendera de maneira ininterrupta das três da tarde às sete da noite. Quatro horas inteiras! E do que se tratara? Certamente não do próximo baile da corte. Sim, é verdade que dentre outros assuntos também tinham conversado a respeito do baile da corte.

O sr. Von Knobelsdorff solicitara uma conversação confidencial com o príncipe por ocasião de uma caçada da corte que se realizara no dia 10 de outubro no castelo Jägerpreis, nas florestas da região oeste do país, e da qual Klaus Heinrich, assim como seus primos ruivos, participara trajando uma farda verde, uma cartola e botas de salto, e levando um binóculo pendurado no pescoço, além de um punhal, uma faca de caça, um cinturão de munição e uma pistola no coldre. O sr. Von Braunbart-Schellendorf tinha sido convocado a opinar e o encontro foi marcado para as três horas da tarde do dia 12 de outubro. Aliás, Klaus Heinrich se oferecera para ir ao encontro do velho senhor em seu apartamento funcional, mas o sr. Von Knobelsdorff preferira dirigir-se ao Eremitage, tendo chegado pontualmente e tendo sido recebido com todo o respeito e toda a cortesia que Klaus Heinrich considerava formalmente necessários diante do idoso conselheiro de seu pai e de seu irmão. O cenário da audiência foi aquele salão pequeno e sóbrio no qual se encontravam as três bonitas poltronas de mogno em estilo Empire, estofadas com o tecido de fundo amarelo sobre o qual se encontravam liras bordadas em azul.

Já não distante dos setenta anos, sua excelência Von Knobelsdorff era um homem robusto, tanto do ponto de vista físico quanto do ponto de vista mental. Seu paletó caía-lhe perfeitamente, liso e bem recheado, sobre o corpo atarracado e bem nutrido. Era um homem amigável e bem-humorado. Seu traje em nada se parecia com aqueles paletós de velhos descarnados que se enchem de vincos. Seu cabelo bem preservado, liso e repartido ao meio, era de um branco limpo, assim como o bigode erguido nos cantos, e o queixo era dividido de forma simpática por uma cavidade que poderia ser considerada uma covinha. As ruguinhas que formavam leques nos cantos dos olhos continuavam a brincar como antigamente e, com o passar do tempo, tinham adquirido novas ramificações e novas linhas paralelas de tal modo que aquela rede de rugas animadas emprestava a seus olhos azuis uma expressão de permanente bom humor. Klaus Heinrich gostava do sr. Von Knobelsdorff, muito embora nenhum tipo de relação mais próxima tivesse se estabelecido entre os dois. É verdade que o ministro de Estado supervisionava e dirigira o percurso da vida do príncipe, tendo inicialmente designado o conselheiro Dröge para o cargo de seu primeiro professor e, depois, criando para ele o internato Fasanerie, e mais tarde o enviando à universidade junto com o dr. Überbein, tendo também resolvido o assunto de seu serviço militar aparente e até lhe destinado o castelo Eremitage como moradia — mas tudo isso fora feito de maneira indireta e com raros contatos pessoais; sim, quando, durante aqueles anos de formação, o sr. Von Knobelsdorff se encontrava com Klaus Heinrich, certamente lhe perguntava sobre as decisões e os planos para o futuro do príncipe, como se nada soubesse a respeito, e talvez tenha sido essa ficção constantemente sustentada por ambos os lados o que mantivera seu relacionamento mútuo sempre dentro dos limites da formalidade.

O sr. Von Knobelsdorff, que tomara a liderança na conversa com uma postura confortável mas, ainda assim, respeitosa, enquanto Klaus Heinrich tentava adivinhar qual seria o propósito da visita, começou falando sobre a caçada na antevéspera, lembrando-se com prazer dos resultados obtidos, para então, do nada, mencionar seu excelente colega, o ministro das Finanças dr. Krippenreuther, que também participara da caçada e cuja péssima aparência lamentou. Em Jägerpreis, o sr. Krippenreuther não acertara um único tiro.

— Sim, as preocupações tornam a mão insegura — observou o sr. Von Knobelsdorff, e com isso sinalizou o início de uma breve explicação sobre essas preocupações.

Falou do considerável déficit no orçamento do Estado, dos desentendimentos na comissão de orçamento, dos novos impostos sobre o patrimônio, da alíquota de treze e meio por cento e da reação furiosa dos representantes dos municípios, da tributação antediluviana sobre o consumo de carne e das reclamações indignadas por melhores salários dos funcionários públicos, e Klaus Heinrich, de início repelido por tanta objetividade, ouviu-o assentindo com a cabeça, séria e atentamente.

Os dois senhores, o velho e o jovem, estavam sentados lado a lado em um sofá delicado, um pouco duro, estofado com um tecido amarelo e com ferragens de bronze em forma de coroa, atrás da mesa redonda do lado oposto da estreita porta envidraçada que dava para o terraço e atrás da qual o parque, já meio desfolhado, e o lago dos patos pareciam submergir na neblina outonal. Uma estufa de azulejos de baixa altura, simples e branca, em cujo interior o fogo estalava, espalhava pelo aposento austero e parcimoniosamente mobiliado um calor suave. Klaus Heinrich, não sendo capaz de compreender inteiramente aquela conferência a respeito da situação política, mas ainda assim feliz e orgulhoso por estar sendo entretido de maneira tão séria pelo experiente dignitário, sentia-se tomado cada vez mais por uma disposição agradecida e confiante. O sr. Von Knobelsdorff falava de maneira agradável a respeito dos temas mais desagradáveis, sua voz era benfazeja e a estrutura de seu discurso revelava habilidade, seduzindo-o — e subitamente Klaus Heinrich se deu conta de que os temas econômicos tinham sido deixados de lado, e que o tema passara das preocupações do dr. Krippenreuther para o bem-estar pessoal dele, Klaus Heinrich. Acaso o sr. Von Knobelsdorff estava enganado? Ultimamente, o que via com os olhos às vezes o deixava inquieto. Mas lhe parecia que a aparência de sua alteza real já estivera melhor, mais jovial, mais alegre. Havia nele um traço inconfundível de cansaço, de preocupação... o sr. Von Knobelsdorff temia parecer invasivo, mas era preciso dizer que esperava que por trás desses sinais não estivesse nenhuma doença corporal ou mental séria.

Klaus Heinrich voltou-se para a neblina lá fora. Seu olhar permanecia inescrutável. Mas, embora permanecesse sentado sobre o sofá duro com o torso voltado para o sr. Von Knobelsdorff, as pernas cruzadas e a mão direita apoiada sobre a esquerda, a compostura irredutível e a presença de espírito de sempre, essa compostura interior se relaxou naquele instante, e, cansado como estava de sua luta estranhamente delicada e vã, faltou pouco para que lhe viessem lágrimas aos olhos. Sentia-se tão só e perplexo. O dr. Überbein ultimamente mantinha-se afastado do Eremitage... Klaus Heinrich disse, ainda:

— Oh, Excelência, este é um assunto excessivamente demorado.

Mas o sr. Von Knobelsdorff respondeu:

— Excessivamente demorado? Não, sua alteza real não deve recear ter que falar com detalhes demais. Devo admitir que estou mais bem informado a respeito das experiências mais recentes de sua alteza real do que pareço. Excetuando-se aqueles detalhes e particularidades para os quais não há lugar nos boatos, sua alteza real terá pouco de novo a me contar. Mas se fizer bem à sua alteza real abrir seu coração a um velho criado que já o carregou em seus braços... pode ser que eu não seja completamente incapaz de amparar sua alteza real com meus conselhos e com meus gestos.

E então aconteceu que tudo o que estava preso no interior do peito de Klaus Heinrich se soltou, passando a fluir com grande violência na forma de uma confissão, e ele contou tudo o que havia para ser contado ao sr. Von Knobelsdorff. Falou como alguém cujo coração está repleto e cujos lábios são assediados de uma vez por tudo o que há para ser narrado, isto é, não de maneira exatamente muito bem planejada, não de acordo com uma sequência, demorando-se mais do que seria adequado em questões irrelevantes, mas da maneira mais enfática e com aquela intensidade corpórea que resulta das paixões. Começou sua narrativa pelo meio, voltou inesperadamente para o início, apressou-se em chegar ao final (que ainda não existia), precipitou-se e dispersou-se mais do que uma vez. Mas as informações de que o sr. Von Knobelsdorff já dispunha facilitaram sua compreensão e lhe possibilitaram interferir com perguntas adequadas, de maneira que o relato prosseguisse e, ao final, o quadro completo das experiências de Klaus Heinrich, com todas as pessoas envolvidas e todos os acontecimentos, com as figuras de Samuel Spoelmann, da atordoada condessa Löwenjoul e até mesmo do nobre collie Perceval, e, especialmente, a de Imma Spoelmann, se encontrava exposto em toda sua grande complexidade, perfeito e sem qualquer lacuna, para que fosse avaliado. Até mesmo o pedaço de guta-percha foi mencionado em detalhes, pois o sr. Von Knobelsdorff parecia lhe dar importância e nada do que acontecera entre aquela aparição tão impressionante na hora da troca da guarda e as mais recentes disputas íntimas e torturantes, levadas a cabo durante os passeios a pé ou a cavalo, foi deixado de lado. Klaus Heinrich estava muito acalorado quando concluiu, e seus olhos, azuis como aço, pressionados pelos ossos da face típicos daquele povo, lacrimejavam. Deixara seu assento no sofá, assim obrigando o sr. Von Knobelsdorff a erguer-se também, e, por causa do calor que sentia, queria abrir a porta envidraçada que dava para a pequena varanda, coisa que o sr. Von Knobelsdorff o impediu de fazer por causa do grande perigo de contrair um resfriado. Ele dirigiu ao príncipe o mais humilde pedido para que voltasse a se sentar, pois sua alteza real não poderia furtar-se a uma reflexão serena acerca da situação. E assim ambos se acomodaram novamente sobre o magro estofado.

O sr. Von Knobelsdorff pensou por alguns instantes, e a expressão de seu rosto estava tão séria quanto era possível a alguém que tinha aquele queixo com uma cavidade no meio e aquelas ruguinhas em torno dos olhos. Interrompendo o silêncio, começou agradecendo, de forma comovida, ao príncipe pela honra que tinha lhe demonstrado com sua confiança. Imediatamente depois, o sr. Von Knobelsdorff começou sua explicação, enfatizando cada uma de suas palavras: fosse qual fosse o posicionamento que o príncipe esperava da parte do sr. Von Knobelsdorff com relação ao assunto, ele, o sr. Von Knobelsdorff, não era alguém que se oporia aos desejos e às esperanças do príncipe, mas sim alguém que estava em tudo disposto a facilitar, na medida em que isso lhe fosse possível, os caminhos que sua alteza real teria a percorrer para alcançar seus objetivos.

Fez-se um prolongado silêncio. Klaus Heinrich olhou, desanimado, nos olhos do sr. Von Knobelsdorff, que tinham ruguinhas que pareciam raios brotando dos cantos. Então ele tinha desejos e esperanças? Havia, então, um objetivo? Ele não sabia o que estava ouvindo. Ele disse:

— Sua excelência é muito amigável...

E então o sr. Von Knobelsdorff acrescentou à sua demorada explicação algumas palavras a respeito de uma condição, e disse: só sob uma condição ele, como o funcionário mais importante do Estado, poderia exercer sua modesta influência no sentido desejado por sua alteza real...

Sob uma condição?

— Sob a condição de que sua alteza real não pense apenas, de maneira egoísta e insignificante, em sua própria felicidade, mas que, como convém a alguém com uma vocação tão elevada, considere seu destino pessoal do ponto de vista da totalidade, da grandeza.

Klaus Heinrich calou-se. Seus olhos estavam pesados e pensativos.

— Permita-me, alteza real — continuou o sr. Von Knobelsdorff depois de uma pausa —, que deixemos de lado, por um momento, esse assunto tão delicado e ainda tão imprevisível para nos voltarmos a temas mais gerais! Esta é uma hora de confiança e de entendimento mútuos... peço-lhe, da maneira mais respeitosa, que me permita aproveitá-la. Sua alteza real, por meio de seu nobre destino, encontra-se afastada dos rudes acontecimentos do mundo real, encontra-se apartada deste mundo graças a todos os tipos de proteções. Portanto, não vou me esquecer de que esses acontecimentos não são assuntos que digam respeito a sua alteza real ou, se dizem respeito, fazem-no apenas de maneira indireta. Ainda assim, parece-me ter chegado o momento no qual convém a sua alteza real contemplar diretamente e refletir a respeito de, pelo menos, um dos aspectos deste mundo áspero, dada sua própria importância. Peço-lhe antecipadamente que tenha a bondade de me perdoar se, por meio das minhas informações, eu atingir sua alteza real de maneira indelicada...

— Por favor, fale, excelência! — disse Klaus Heinrich, não sem certo desânimo. Involuntariamente, corrigiu a postura na cadeira, como alguém que corrige a postura na cadeira do dentista e contém sua própria natureza para enfrentar uma intervenção dolorosa.

— É preciso manter sigilo a esse respeito — disse o sr. Knobelsdorff, num tom quase austero.

E então, seguindo-se ao relato dos desentendimentos da comissão de orçamento, veio aquele discurso claro, abrangente e direto, aquela aula e lição a respeito da situação econômica do país e do Estado, em meio à qual foram introduzidos cifras, explicações sobre a situação e termos técnicos, e que revelou aos olhos do príncipe, em toda a sua extensão e com uma clareza sem misericórdia, a magnitude dos nossos sofrimentos. Evidentemente, todas aquelas coisas não eram novidade para ele, e não lhe eram desconhecidas, e era verdade que em suas funções de representação a situação tinha lhe servido como tema e como assunto para aquelas perguntas formais que costumava dirigir ao prefeito Ackerbürger e a outros altos funcionários, e para as quais recebia respostas que eram dadas por serem dadas e não para esclarecerem o assunto, e que também eram acompanhadas daquele tipo de sorrisos que conhecia desde a infância, e que diziam tacitamente: "Ah! Você! Puro e fino!". Mas aquele assunto, em toda extensão e objetividade nua, nunca havia penetrado em sua alma de maneira a exigir toda sua seriedade e toda sua capacidade de pensar. O sr. Von Knobelsdorff não se deu por satisfeito apenas com o assentimento silencioso e habitual e consolador de Klaus Heinrich. Ele foi preciso, deixou de dar atenção às palavras do jovem, permitiu-se repetir explicações, manteve-o, sem excesso de zelo, estritamente dentro dos limites da objetividade, e era como se um dedo indicador enrugado e ressecado se mantivesse apegado a um único ponto, não o deixando até que fosse confirmada sua perfeita compreensão.

O sr. Von Knobelsdorff começou pelos fundamentos e falou do país e do parco desenvolvimento de seu comércio e sua indústria, falou do povo, do povo de Klaus Heinrich, esse povo inteligente e honesto, saudável e atrasado. Falou dos déficits no orçamento do Estado, das ferrovias pouco rentáveis, dos estoques insuficientes de carvão. Chegou ao tema do reflorestamento, da caça e dos pastos, falou da situação das florestas e da extração excessiva de madeira, do excesso de tributos, do declínio nas reservas, da queda nos rendimentos proporcionados pela exploração das florestas. E então explicou detalhadamente a questão da nossa política monetária, mencionou a incapacidade natural do povo em pagar impostos, reconheceu a desastrosa administração financeira de períodos anteriores. E então passou ao tema da dívida pública, o qual o sr. Von Knobelsdorff se sentiu obrigado a repetir várias vezes ao príncipe. Eram seiscentos milhões. A aula estendeu-se também sobre os temas dos títulos da dívida pública, sobre os juros e as condições de amortização impostas pelos credores, em seguida voltou ao tema da aflição atual do dr. Krippenreuther e fez uma descrição das pesadas dificuldades enfrentadas no momento atual. Fazendo uso da *Revista do Escritório Estatal*, que subitamente puxou do bolso, o sr. Von Knobelsdorff apresentou a seu aluno o tema dos resultados registrados pelas colheitas dos últimos anos, enumerando as intempéries que tinham causado aqueles resultados desastrosos, destacou a consequente queda na arrecadação de impostos, e chegou até mesmo a mencionar as figuras subnutridas vistas com frequência cada vez maior no interior do país. E então passou ao tema do mercado financeiro, que expôs em traços gerais, explicou em detalhes o aumento da taxa de juros e o pessimismo generalizado que imperava na economia. E assim Klaus Heinrich ficou sabendo da queda na taxa de câmbio, da inquietação dos credores, da evasão de divisas, das bancarrotas, viu nosso crédito combalido, nossos papéis desvalorizados, e compreendeu perfeitamente que a concessão de novos empréstimos seria quase impossível.

Era chegada a hora do crepúsculo e já passava das cinco horas quando o sr. Von Knobelsdorff concluiu sua conferência sobre a situação econômica. A essa hora, Klaus Heinrich costumava tomar seu chá, mas só pensou nisso momentaneamente, e ninguém ousava interromper uma conversa cuja importância se tornava evidente por meio de sua duração. Klaus Heinrich ouvia e ouvia. Ele ainda não se dera conta de quanto aquilo o perturbava. Mas como era possível que alguém ousasse lhe falar sobre tudo aquilo? Ele não tinha sido chamado de alteza real uma única vez durante aquela aula, e até fora de certa forma tratado com violência. Sua pureza e sua fineza tinham sido brutalmente feridas. Mas, ainda assim, tudo aquilo lhe parecia bom e ele se sentia intimamente aquecido por ouvir tudo aquilo e por ser obrigado a se aprofundar naqueles temas... Esqueceu-se de mandar acender as luzes, tão demandada fora sua atenção.

— Eram essas circunstâncias — concluiu o sr. Von Knobelsdorff — que eu tinha em mente quando exortei sua alteza real a sempre considerar seus desejos e pensamentos particulares a partir do ponto de vista de todos. Sua alteza real haverá de beneficiar-se desta hora e do conteúdo que tive a oportunidade de lhe dar, tenho certeza disso. E, confiando nisso, peço a sua alteza real permissão para voltar a seus assuntos de caráter mais pessoal.

O sr. Von Knobelsdorff esperou por um gesto da mão de Klaus Heinrich que lhe permitisse prosseguir e então continuou:

— Se é que algum futuro está destinado a esse assunto, é preciso que ele atinja um novo patamar em seu desenvolvimento. A situação se encontra estagnada, permanece tão disforme e tão privada de perspectiva quanto a neblina lá fora. E isso é insuportável. É preciso dar-lhe uma forma, é preciso torná-la mais clara, é preciso que ela se torne visível, com maior clareza, aos olhos do mundo...

— Sim! Sim! Dar-lhe uma forma... torná-la mais clara... é isso! Isso é absolutamente necessário! — confirmou Klaus Heinrich, fora de si, levantando-se novamente do sofá e pondo-se a andar de um lado para outro no salão. — Mas como? Diga-me, excelência, pelo amor de Deus, como!

— O próximo avanço externo — disse o sr. Von Knobelsdorff, permanecendo sentado, tão incomum era aquela hora — terá que ser uma visita dos Spoelmann à corte.

Klaus Heinrich o deteve.

— Nunca — disse ele —, pelo que conheço do sr. Spoelmann, ele nunca será levado a visitar a corte!

— O que não significa, porém — respondeu o sr. Von Knobelsdorff — que a senhorita filha dele nos privará deste prazer. Não falta muito tempo para o Baile da Corte, e está em suas mãos, alteza real, convidar a srta. Spoelmann a participar desse acontecimento. A dama de companhia dela é uma condessa... é verdade que não está livre de certas peculiaridades, mas é condessa e isso torna tudo mais fácil. Se sua alteza real garantir a concordância da corte, posso falar, em comum acordo com sua alteza, com o senhor mestre de cerimônias chefe Von Bühl zu Bühl...

E assim, por mais três quartos de hora a conversação tratou de questões relativas aos lugares que seriam ocupados por cada um dos convidados à mesa do banquete e das exigências do cerimonial relativas à condução dos hóspedes e à sua apresentação. Era fundamental que a distribuição dos cartões ficasse a cargo da mestre superior da corte da princesa Katharina, a velha condessa Trümmerhauff, que presidia sobre o mundo das mulheres nas festividades no Velho Castelo. Mas quanto ao ato das apresentações propriamente dito, o sr. Von Knobelsdorff tinha sido capaz de fazer algumas concessões de caráter deliberado e mesmo arrojado. Não havia nenhum encarregado de negócios norte-americano ali — mas isso, conforme explicou o sr. Von Knobelsdorff, não era motivo para que as damas fossem apresentadas pelo primeiro camareiro que se mostrasse disponível: não, o mestre de cerimônias chefe em pessoa pedia para que lhe fosse concedida a honra de apresentá-las pessoalmente ao grão-duque. Quando? Em que momento da sequência prescrita? Não havia dúvidas de que as circunstâncias incomuns exigiam ainda outra novidade. Primeiro, ou seja, em primeiro lugar, antes de todos os novos convidados pertencentes aos diferentes graus de nobreza. Klaus Heinrich poderia assegurar à senhorita essa regra extraordinária. Isso certamente daria muito o que falar. Provocaria a atenção da corte e da cidade. Melhor assim. Atenção não era, de maneira nenhuma, indesejável. Atenção era útil, era necessária...

O sr. Von Knobelsdorff partiu. Já estava tão escuro à hora de sua despedida que já havia se tornado praticamente impossível se verem um ao outro. Klaus Heinrich, que foi o primeiro dos dois a se dar conta dessa circunstância, pediu desculpas, um tanto perturbado, mas o sr. Von Knobelsdorff declarou que não importava em nada sob qual tipo de iluminação tinha transcorrido a conversa. Tomou a mão que Klaus Heinrich lhe estendeu, segurando-a entre as suas.

— Nunca — disse ele, em tom caloroso, e estas foram as últimas palavras que pronunciou antes de se retirar —, nunca a sorte de um príncipe esteve mais inseparavelmente ligada à sorte de seu país. Em tudo o que sua alteza real considerar e fizer, queira lembrar-se de que a felicidade de sua alteza real se tornou, por meio de uma disposição do destino, a condição para o bem-estar do povo e que também, por seu lado, sua alteza real deve reconhecer, no bem da nação, a condição fundamental e a justificativa para sua felicidade.

Profundamente comovido e ainda incapaz de organizar os pensamentos que o assediavam aos milhares, Klaus Heinrich permaneceu em seus parcimoniosos aposentos em estilo Empire.

Passou uma noite inquieta e, na manhã seguinte, não obstante o tempo nebuloso e lamacento, fez um longo e solitário passeio a cavalo. O sr. Von Knobelsdorff falara de maneira clara e abundante, expusera fatos e se informara sobre fatos. Mas para fundir, imaginar e elaborar interiormente essa matéria-prima multifacetada, apenas fizera algumas alusões breves que pareciam ter a forma de provérbios, e Klaus Heinrich foi obrigado a fazer um pesado trabalho mental durante as horas da noite que passou em claro, e também mais tarde, enquanto cavalgava sobre Florian.

Tendo voltado ao Eremitage, fez algo notável. Escreveu a lápis numa folhinha de papel uma ordem, uma certa encomenda, e despachou seu camareiro, o lacaio Neumann, com aquela nota em mãos para a cidade, para a Livraria Acadêmica, na rua da Universidade. O que Neumann trouxe de volta, encurvado sob o peso da encomenda, foi um grande pacote de livros que Klaus Heinrich mandou colocar em seu escritório e a cuja leitura imediatamente deu início.

Tratava-se de obras de aparência modesta que se pareciam com livros escolares, com capas em papel brilhante, lombadas de couro feias e papel grosseiro, cujo conteúdo se encontrava minuciosamente dividido em seções, capítulos, subcapítulos e parágrafos. Seus títulos não soavam alegres. Tratava-se de livros e manuais de ciência econômica e finanças públicas e de apresentações sistemáticas de economia política. E com esses textos o príncipe se fechou em seu gabinete e deu ordens de não ser incomodado em hipótese alguma.

Era um outono chuvoso e Klaus Heinrich se sentia um pouco tentado a deixar Eremitage. No sábado, dirigiu-se ao Velho Castelo para conceder uma audiência livre. Exceto por isso, permaneceu como senhor de seu tempo durante aquela semana inteira, e soube tirar proveito dessa circunstância. Trajando sua farda, permanecia sentado junto à sua *sécretaire* antiquada e raramente usada, desfrutando do calor da pequena estufa azulejada, e, com as têmporas apoiadas nas mãos, lia seus livros de finanças. Lia a respeito de gastos públicos e a respeito das naturezas desses gastos, de receitas públicas e de suas origens, quando se tinha a sorte de estas existirem, e percorreu todos os capítulos acerca de políticas tributárias. Mergulhou na doutrina do planejamento financeiro e do orçamento, do balanço, do superávit e especialmente do déficit fiscal, deteve-se, demorada e detalhadamente, no tema da dívida pública e de suas variantes, e no tema dos empréstimos, da relação entre taxa de juros, capital e amortização — e, de quando em quando, erguia a cabeça dos livros e sonhava, sorrindo, a respeito do que estava lendo, como se se tratasse da mais colorida poesia.

Aliás, não achou difícil compreender aquilo tudo, com um pouco de dedicação. Não, toda essa realidade séria da qual agora participava, essa constelação de interesses simples e obtusa, esse edifício de necessidades e de contingências encadeadas por meio de uma lógica tão simples e que um número incontável de pessoas jovens e comuns precisavam compreender em sua cabeça voltada para a vontade de viver a fim de poderem ser aprovadas em seus exames — tudo aquilo era bem menos difícil de compreender do que imaginara, em suas alturas. Representar lhe parecia mais difícil. E as delicadas disputas com Imma Spoelmann, travadas a cavalo e a pé, pareciam-lhe ainda muito mais embaraçosas e difíceis do que aquilo. Sim, seus estudos o alegravam, e sentia que sua diligência lhe enrubescia as faces, como acontecia com seu cunhado Zu Ried-Hohenried e sua turfa.

Depois que os fatos que lhe tinham sido informados pelo sr. Von Knobelsdorff receberam, dessa maneira, uma justificativa de caráter geral e acadêmico, tendo igualmente desencadeado um trabalho mental significativo no sentido do estabelecimento de relações internas e de consideração de possibilidades, ele voltou a frequentar Dephinenort à hora do chá. As lâmpadas incandescentes dos candelabros com pés de leão e o grande lustre de cristal brilhavam no salão que dava para o jardim. As senhoras se encontravam a sós.

Depois das primeiras perguntas e respostas a respeito do estado de saúde do sr. Spoelmann e do mal-estar passageiro de Imma — Klaus Heinrich repreendeu vivamente sua peculiar imprudência, ao que ela respondeu empurrando os lábios para a frente e dizendo que, a quanto sabia, era senhora de si mesma e tinha o direito de fazer com sua saúde o que bem entendesse —, passaram a conversar a respeito do outono, do tempo chuvoso que impedia as cavalgadas, do adiantado do ano e da aproximação do inverno, e, do nada, Klaus Heinrich mencionou o Baile da Corte, instante em que lhe ocorreu indagar se as senhoras — se fosse o caso de, infelizmente, o sr. Spoelmann se ver impedido de fazê-lo por causa de seu estado de saúde — não gostariam de participar. Mas quando Imma respondeu: não, realmente não, dizendo que não desejava ofendê-lo, mas que, infelizmente, não tinha a menor vontade de participar, não insistiu, deixando de lado por enquanto aquele assunto.

O que ele tinha feito nos últimos dias? — Ah, estivera muito ocupado, poderia dizer que havia trabalhado muitíssimo. — Trabalhado?

Certamente estava se referindo à caçada em Jägerpreis. — Sim, a caçada... Não, tinha se dedicado a estudos verdadeiros, que, aliás, ainda estavam longe de ser concluídos. Ainda estava mergulhado naquela matéria... E Klaus Heinrich começou a falar sobre seus livros feios, sobre seus conhecimentos da ciência das finanças, e falava a respeito dessa disciplina com tanto prazer e com tanto respeito que Imma Spoelmann arregalava os olhos ao observá-lo. Mas quando ela o indagou a respeito da causa e do motivo dessa nova ocupação — o que fez com certa timidez —, ele respondeu que assuntos urgentes, que se encontravam na ordem do dia, tinham-no levado a isto: contingências e circunstâncias que, infelizmente, não eram adequadas a uma conversação serena à mesa do chá. Essas palavras ofenderam Imma Spoelmann de maneira evidente. Em que tipo de constatações, perguntou ela em tom incisivo, balançando a cabecinha de um lado para outro, baseava-se a convicção dele de que ela só se interessava ou de que ela se interessava preferencialmente por assuntos amenos? E mais do que pediu, mandou-o ter a gentileza de se manifestar relativamente àquelas questões urgentes que se encontravam na ordem do dia.

E então Klaus Heinrich ostentou tudo aquilo que aprendera do sr. Von Knobelsdorff e pôs-se a discorrer sobre o país e sua situação. Sabia explicar exatamente cada um dos pontos sobre os quais o dedo enrugado se detivera, destrinchando as circunstâncias desfavoráveis que tinham sido causadas pela natureza e as que poderiam ser imputadas a erros humanos, expondo também as circunstâncias de caráter geral e de caráter particular, as que se arrastavam e as que se agravavam, enfatizando as cifras da dívida pública e a pressão que exerciam sobre a economia — tratava-se de seiscentos milhões —, sem esquecer nem mesmo as figuras subnutridas vistas com frequência cada vez maior no interior.

Não disse tudo em sequência — Imma Spoelmann o interrompia com perguntas e o ajudava a avançar em seu discurso com outras questões, acompanhava-o com atenção e pedia explicações acerca daquilo que não compreendia imediatamente. Trajando sua túnica doméstica com mangas abertas e o grande bordado sobre o peito, com uma antiga condecoração espanhola pendendo do pescoço infantil, ela permanecia sentada, inclinada sobre a mesa do chá, cujos cristais e pratarias e preciosas porcelanas reluziam, com um cotovelo apoiado sobre o tampo da mesa e o queixo ancorado em sua mão delicada e livre de ornamentos, e ouvia com toda sua alma enquanto os olhos, tão exageradamente grandes, tão negros e reluzentes, olhavam-no, de maneira inquisitiva.

Mas enquanto ele falava, sendo indagado pela boca e pelos olhos de Imma, esforçando-se, dedicando-se inteiramente a seu tema, a condessa Löwenjoul parou de se sentir compelida à clareza e à sobriedade pela presença do príncipe e, deixando-se levar, concedeu a si mesma o benefício do tagarelar enlouquecido. E assim, em meio a gestos nobres e com os olhos estranhamente semicerrados, ela declarou que a culpa pelo malogro das colheitas, pelas dívidas e pelo aumento nas taxas de juros era das mulheres desavergonhadas que estavam por toda parte, e em grande número, e que, infelizmente, também tinham sido capazes de encontrar seu caminho no assoalho do castelo, como ocorrera na noite passada, quando a mulher de um sargento da caserna dos Fuzileiros da Guarda lhe arranhara o peito e a torturara com seus gestos horrendos. A seguir, mencionou seus castelos na Borgonha, cujos telhados estavam cheios de goteiras, e chegou a ponto de narrar sua atuação como tenente numa batalha contra os turcos, durante a qual tinha sido a única a não "perder a cabeça". Imma Spoelmann e Klaus Heinrich lhe diziam, de quando em quando, alguma palavra benevolente, prometiam-lhe chamá-la, por enquanto, de "sra. Meier" e não permitiam que suas intervenções os incomodassem.

Ambos estavam com as faces afogueadas quando Klaus Heinrich terminou de dizer tudo o que sabia — sim, mesmo no rosto de Imma Spoelmann, que normalmente tinha a palidez das pérolas, era possível ver um halo de rubor. E então permaneceram calados, e a condessa também se calou, com a cabecinha inclinada em direção ao ombro, fitando o vazio com seus olhinhos semicerrados. Klaus Heinrich brincava com o galho de uma orquídea que estava dentro de um calicezinho a seu lado sobre a toalha de mesa de um branco faiscante. Mas, tão logo ergueu a cabeça, cruzou com os olhos de Imma Spoelmann, aqueles olhos grandes demais, flamejantes, que proferiam, sem piscar, um discurso fluente.

— Foi muito agradável sua visita hoje — disse ela, com sua voz quebrada, enquanto ele se despedia, e ele sentiu como sua mãozinha estreita, de ossos delicados, envolvia a dele com um aperto forte. — Se sua alteza for voltar a honrar nossa humilde morada com sua presença, o senhor deveria trazer consigo um daqueles bons livros que adquiriu. — Ela era incapaz de deixar de lado os sarcasmos, mas lhe pediu seus livros de finanças. E ele os levou até ela.

Levou dois deles, os que considerava os mais ricos em ensinamentos e os mais abrangentes, levou-os alguns dias depois a bordo de seu cupê, atravessando o úmido Jardim Municipal, e ela lhe agradeceu. Logo que terminaram de tomar o chá, retiraram-se para um canto do salão, onde, enquanto a condessa permanecia em seu estado de ausência junto à mesa do chá, acomodaram-se em duas cadeiras parecidas com tronos junto a uma mesinha dourada, e, inclinados sobre a primeira página do livro intitulado *Ciência das finanças*, deram início a seus estudos conjuntos. Leram até os prefácios à primeira e à sexta edição, alternando-se, em voz baixa, frase por frase. Pois Imma Spoelmann era da opinião de que era necessário proceder com método e começar pelo princípio.

Klaus Heinrich, preparado como estava, dirigia a leitura dos parágrafos, e ninguém seria capaz de segui-lo de maneira mais lúcida e ágil que Imma.

— É fácil! — disse ela, e ergueu o olhar, risonha. — Muito me admira ver como isso, na verdade, é tão fácil. A álgebra é muito mais difícil, príncipe...

Mas como estudavam com tanta profundidade, não foram capazes de avançar muito em uma hora e assinalaram, no livro, de onde deveriam recomeçar da próxima vez.

E assim aconteceu: a partir de então, as visitas que o príncipe fazia a Delphinenort se preencheram com conteúdos dos mais objetivos. Sempre que o sr. Spoelmann se abstinha de se apresentar à mesa do chá ou logo que, tendo mergulhado no chá sua torrada de enfermo, tivesse se retirado em companhia do dr. Watercloose, Imma e Klaus Heinrich se ajeitavam junto à mesinha dourada para se aprofundarem lado a lado nas ciências da economia e das finanças. Mas, ao avançarem em seus estudos, comparavam os ensinamentos absorvidos com a realidade, aplicavam aquilo que tinham lido sobre a realidade do país, conforme era exposta por Klaus Heinrich, e estudavam com proveito, muito embora acontecesse com frequência que suas pesquisas fossem interrompidas por observações de caráter pessoal.

— Portanto — disse Imma — a emissão pode ser feita de maneira direta ou indireta; sim, isso faz sentido. Ou bem o Estado se dirige diretamente aos capitalistas e abre as subscrições... sua mão tem o dobro da largura da minha — disse ela —, veja, príncipe!

E então se entreolhavam, rindo, alegrando-se simplesmente em olharem para suas mãos, a mão direita dele e a mão esquerda dela, que se encontravam lado a lado sobre o tampo da mesa.

— Ou — prosseguiu Imma — o empréstimo é realizado por meio

de negociações, e os títulos da dívida pública são entregues a um grande banco ou a um consórcio...

— Espere! — disse ele, em voz baixa. — Espere, Imma, e responda a uma pergunta! Será que a senhora não está negligenciando o principal? A senhora está se esforçando e está progredindo? Como estão as coisas com relação à intimidação e ao constrangimento, minha querida, pequena Imma? Agora a senhora confia um pouco mais em mim?

Seus lábios proferiam aquela pergunta junto aos cabelos dela, que exalavam um perfume precioso, e ela mantinha a cabecinha pálida e negra de criança imóvel e inclinada sobre o livro, enquanto se abstinha de responder diretamente à pergunta.

— Mas é preciso que seja um banco ou um consórcio? — refletia ela. — Não consta nada aí a esse respeito, mas me parece que, na prática, isso não seja necessário...

Naquele momento, falava num tom sério e sem preceder suas palavras por uma introdução, já que ela, por sua vez, também precisava dominar aquelas mesmas ideias sobre as quais Klaus Heinrich refletira depois de sua conversa com o sr. Von Knobelsdorff. E quando, algumas semanas mais tarde, ele voltou à mesma pergunta, indagando se ela não desejava participar do Baile da Corte, informando-a das condições cerimoniais que tinham sido estabelecidas para aquele caso, aconteceu de ela lhe responder que sim, desejava participar, e que amanhã faria uma visita à idosa condessa Trümmerhauff em companhia da condessa Löwenjoul para lhe apresentar seus cartões de visita.

Naquele ano, o Baile da Corte realizou-se antes do habitual: já no fim de novembro — uma medida que, conforme foi dito, devia-se a desejos por parte da casa grão-ducal. O sr. Von Bühl zu Bühl lamentou amargamente essa precipitação, que o obrigava, e a seus subalternos, a realizar às pressas os preparativos para a mais importante de todas as solenidades da corte, sobretudo os reparos nos salões de festas do castelo, dos quais havia necessidade tão urgente. Todavia, aquele desejo do membro em questão da família soberana contara com o apoio do sr. Von Knobelsdorff, e o marechal da corte foi obrigado a obedecer. Mas as coisas se deram de tal forma que houve tempo suficiente para que todos os espíritos se preparassem para aquilo que era o principal acontecimento da noite, comparado ao qual a mudança na data de realização do Baile da Corte parecia não ter significado algum: sim, quando o *Mensageiro* noticiou em letras garrafais a entrega dos cartões e os convites — não sem expressar, em letras um pouco mais discretas, mas com palavras calorosas, seu prazer diante do evento, dando as boas-vindas à filha de Spoelmann à corte —, essa noitada importante já era iminente, e, antes que as línguas tivessem tempo de se colocar em movimento, tudo já se tornara fato consumado.

Nunca houve semelhante inveja das quinhentas pessoas agraciadas, cujos nomes constavam da lista do Baile da Corte, nunca os cidadãos tinham devorado com maior voracidade as notícias publicadas a esse respeito pelo *Mensageiro*, essas colunas reluzentes que, ano após ano, eram compostas por um nobre degenerado pela bebida, e cuja leitura opulenta levava a gente a pensar que estava contemplando o mundo dos contos de fadas quando, na verdade, o baile no Velho Castelo transcorria sem exageros e até mesmo com certa austeridade. Mas o relato chegava somente até a ceia, listando a sequência de pratos franceses que constava do cardápio, e tudo o que ocorrera depois, assim como todas as sutilezas e todos os imprevistos do grande acontecimento permaneceram, necessariamente, restritos à transmissão oral.

As damas, desembarcando de um colossal automóvel cor de oliva que freou diante do portão que dava para a Albrechtsplatz, chegaram ao castelo com bastante pontualidade, ainda que esta não tenha sido suficiente para livrar o sr. Von Bühl zu Bühl de ter tempo para se preocupar. A partir das sete e quinze, trajando seu uniforme de gala coberto de condecorações até a cintura, com o topete castanho reluzente e o pincenê de ouro sobre o nariz, em meio ao Salão dos Cavaleiros, cercado por armaduras, onde também se encontravam reunidos os membros da família grão-ducal e seu grande séquito, e alternando o peso do corpo entre uma perna e outra, ele enviou diversas vezes seu camareiro até o Salão de Baile para verificar se a srta. Spoelmann ainda não tinha chegado. Fez conjecturas inauditas. Se essa Rainha de Sabá chegasse atrasada — e o que não se poderia esperar daquela que avançara caminhando sobre a tropa dos membros da guarda? —, então a entrada do cortejo grão-ducal teria que ser adiada, e a corte teria que esperar por ela, pois agora era necessário que fosse a primeira a ser apresentada, e era impossível que ingressasse no Salão de Baile depois do grão-duque... Mas, graças a Deus, pouco menos de um minuto antes das sete e meia ela chegou em companhia de sua condessa (e houve uma grande agitação enquanto os camareiros encarregados da recepção dos convidados as colocaram junto dos diplomatas e, portanto, à frente dos nobres, das damas do palácio, dos ministros, dos generais, do presidente da Câmara e de todos os membros da sociedade da corte), e o ajudante de ordens Von Platow foi buscar o grão-duque em seus aposentos, e, no Salão dos Cavaleiros, Albrecht, trajando sua farda de hussardo, saudou os membros de sua família, dando o braço a sua tia Katharina, e, em seguida, depois que o sr. Von Bühl zu Bühl bateu três vezes com o bastão no assoalho junto ao limiar da porta, o cortejo tomou a direção do Salão de Baile.

Testemunhas oculares garantiriam, mais tarde, que a desatenção generalizada do público durante a passagem do cortejo dos soberanos chegara às raias do vergonhoso. Para onde quer que Albrecht olhasse, de braços dados com sua tia, que caminhava com tanta dignidade, deparava-se com acenos de cabeça e reverências, mas, para além disso, todos os rostos se voltavam, com curiosidade incandescente, a um único ponto do salão, e todos os olhos se dirigiam, também com curiosidade ardente, a esse mesmo ponto... Aquela que se encontrava ali tinha seus inimigos no salão, pelo menos entre as mulheres, os membros do sexo feminino de famílias como Trümmerhauff, Prenzlau, Wehrzahn e Platow, que abanavam seus leques ali e a mediam com olhares femininos penetrantes e frios. Mas agora a posição que ocupava já estava consolidada de maneira a silenciar as críticas, ou talvez sua própria personalidade fora capaz de superar aquela resistência secreta, e uma única voz imperava: aquela que dizia que Imma Spoelmann era bela como a filhinha do Rei da Montanha.* Na manhã seguinte, os moradores da capital sabiam de cor como ela estivera trajada, tanto o escrivão no Ministério quanto o vigia na esquina. Tratava-se de um vestido de crepe da China verde-pálido com bordados de prata, enfeitado no peito com uma renda de prata antiga de valor fabuloso. Um pequeno diadema de brilhantes, como uma pequena coroa, reluzia multicolorido sobre os cabelos negro-azulados que tendiam a escorregar sobre a testa em chumaços lisos, e um longo colar, com aquele mesmo tipo de gemas, dava duas e três voltas em torno do pescoço bronzeado. Pequena e infantil, mas com uma aparência de criança admiravelmente séria e inteligente, com o rostinho pálido e os olhos grandes demais que se expressavam de maneira singularmente penetrante, ela permanecera em seu lugar de honra ao lado da condessa Löwenjoul, que, como sempre, trajava um vestido marrom, dessa vez feito de veludo. Com uma graça um tanto frágil de pajem, aludira a uma

* Uma comparação que remete ao tema mítico e lendário da filha do Rei da Montanha, talvez uma alusão à bela filha do Rei da Montanha que aparece no segundo ato da peça de teatro *Peer Gynt*, de Ibsen. (N. T.)

reverência cortês no instante em que o cortejo se aproximara dela, sem, no entanto, realizá-la. Mas, no instante em que o príncipe Klaus Heinrich, ostentando a faixa amarelo-limão e a corrente de sua condecoração sobre a farda militar, e com a estrela de prata do Grifo de Grimmburg sobre o peito, levando pelo braço sua prima pálida que só era capaz de proferir a palavra "sim", passou por ela logo depois do grão-duque, ela lhe sorrira com os lábios cerrados, acenando-lhe com a cabeça como se faz com um camarada — um gesto que provocou então algo como uma convulsão em todos os convidados ali reunidos.

Pois, após a saudação aos diplomatas pelos soberanos, tiveram início as apresentações — começaram com Imma Spoelmann, muito embora estivessem, dentre os que tinham sido convidados pela primeira vez, duas condessas Hundskeel e uma dama da corte Von Schulenburg-Tressen. Agitando-se e sorrindo com seus dentes postiços, o sr. Von Bühl apresentara a filha de Spoelmann a seu senhor. E enquanto sugava levemente o lábio superior com o inferior, curto e arredondado, Albrecht olhara para baixo em direção à reverência frágil de pajem que ela fazia e da qual ela voltara a erguer-se para observar, com seus olhos escuros e eloquentes, o enfermiço coronel dos Hussardos em seu silencioso orgulho. O grão-duque lhe tinha dirigido várias perguntas quando, normalmente, sempre se dava por satisfeito com uma única, indagara-lhe acerca do estado de saúde do pai e dos efeitos das águas da Fonte Ditlinde, e também se com o passar do tempo ela se sentia bem entre nós, perguntas às quais ela respondeu, empurrando os lábios para a frente, balançando a cabecinha negra e pálida de um lado para outro e com uma voz quebrada. Em seguida, depois de uma pausa, talvez destinada a alguma disputa interna, Albrecht expressou seu prazer em vê-la na corte: e então a condessa Löwenjoul, desviando para o lado seu olhar, também teve a oportunidade de fazer sua genuflexão.

Essa apresentação de Imma Spoelmann a Albrecht permaneceu por muito tempo um assunto preferido de conversações e, muito embora tivesse transcorrido sem nada de excepcional, como era de esperar, seu interesse e seu significado não poderiam ser menosprezados. Mas não foi o ponto alto da noite. Aos olhos de muitos, esse foi a Quadrilha de Honra; aos de outros, a ceia — quando, na verdade, foi um diálogo confidencial entre os dois protagonistas do acontecimento, uma troca de palavras breve cujo conteúdo e cujos resultados objetivos a opinião pública apenas era capaz de intuir — o final de certas disputas delicadas, travadas a cavalo e a pé...

Quanto à Quadrilha de Honra, houve, no dia seguinte, quem alegasse que a srta. Spoelmann participara dela ao lado do príncipe Klaus Heinrich. Mas só a primeira parte dessa alegação era verdadeira. A senhorita participara daquela dança solene, mas fora conduzida pelo encarregado de negócios inglês diante do príncipe Klaus Heinrich. Ainda assim, aquilo era notável, e mais notável ainda era o fato de a maioria dos convidados presentes ao baile não considerar aquilo algo inaudito mas, ao contrário, algo quase evidente. Sim, a posição de Imma Spoelmann estava consolidada e as ideias populares a seu respeito — conforme o povo ficaria sabendo no dia seguinte — predominaram no Salão de Bailes da Corte, e, além disso, o sr. Von Knobelsdorff cuidara para que essas ideias, com toda a atração que exerciam — coisa que considerava desejável —, acabassem por se tornar manifestas e visíveis. Imma Spoelmann não fora tratada com cuidado e não fora tratada com distinção, mas sim de forma cerimoniosa, e isso com uma ênfase deliberada e proposital. Os dois mestres de cerimônias que atuaram durante o baile, ambos pertencentes à classe dos camareiros, escolheram cuidadosamente os parceiros de dança destinados a Imma Spoelmann, e, tão logo ela tivesse deixado o lugar que lhe fora designado, adjacente ao pódio forrado de vermelho sobre o qual os membros da família grão-ducal se encontravam acomodados em cadeiras adamascadas, para dançar ao lado de um cavalheiro, os responsáveis pela direção do baile se dedicaram a abrir-lhe um espaço sob o lustre central do salão, de maneira a protegê-la de qualquer encontrão — o que, aliás, fora uma tarefa simples, pois, mesmo sem essa medida, a cada vez que ela dançava um círculo de curiosos que a protegiam formava-se à sua volta.

Foi relatado que, da primeira vez que o príncipe Klaus Heinrich convidara a srta. Spoelmann para dançar, um suspiro impetuoso, um verdadeiro silvo de excitação se tornara audível no salão, e que os condutores da dança tiveram dificuldades em manter o baile nos trilhos, evitando que todos se colocassem em torno do casal, movidos por uma curiosidade ardente. Sobretudo as mulheres acompanhavam aquele casal solitário com um deleite exaltado que, se Imma Spoelmann fosse apenas um pouco mais fraca, sem dúvida teria tomado a forma da fúria e do ódio. Mas cada um dos quinhentos convidados da festa se encontrava sob o poder e sob a influência da opinião pública, daquela violenta inspiração vinda de baixo, de maneira que era impossível que aquela representação fosse observada com olhos que não fossem os olhos do povo. O príncipe não parecia ter sido orientado a agir de maneira contrária a seu desejo. Seu nome — por meio da abreviatura K. H. — constara duas vezes no cartão da srta. Spoelmann para duas danças inteiras, e, além disso, ele também se colocara várias vezes para conversar a seu lado. O braço moreno dela estivera apoiado na faixa de seda cor de limão que passava sobre o ombro de Klaus Heinrich, e o braço direito dele abraçara sua figura leve e peculiarmente infantil, enquanto, como era seu hábito, dançava mantendo o braço esquerdo apoiado no quadril e conduzindo com uma mão só a sua parceira. Com uma mão só...

E assim era chegada a hora da ceia, e tornou-se manifesta uma nova disposição do cerimonial preparado pelo sr. Von Knobelsdorff para a visita de Imma Spoelmann ao Baile da Corte, causando uma nova comoção. Tratava-se daquela disposição que dizia respeito à ordem à mesa. Pois, enquanto a grande maioria dos convidados fora acomodada em mesas instaladas na Galeria de Pinturas e no Salão dos Doze Meses, em mesas compridas, a família grão-ducal, os diplomatas e os membros superiores da corte tinham sua mesa no Salão de Prata. Solenemente ordenados como no instante em que ingressaram no Salão de Baile, Albrecht e os seus se dirigiram para lá às onze horas em ponto. E passando pelos lacaios camareiros, que se mantinham junto às portas impedindo a passagem dos que não estavam autorizados, Imma Spoelmann foi conduzida pelo braço do encarregado de negócios inglês ao Salão de Prata para acomodar-se à mesa da família grão-ducal.

Aquilo era um acontecimento inaudito — e ao mesmo tempo, depois de tudo o que o precedera, tão forçosamente lógico que qualquer tipo de surpresa, ou mesmo revolta, teria sido considerada insensata. Hoje, o que contava era apenas mostrar-se intimamente preparado para grandes sinais e aparições... Mas depois de servida a ceia, quando o grão-duque se retirou e a princesa Griseldis deu início à dança do *cotillon* acompanhada por um camareiro, as expectativas voltaram a se tornar febris, pois todos se perguntavam se fora permitido ao príncipe oferecer a Spoelmann um pequeno buquê de flores. Ele evidentemente tinha sido instruído a não lhe entregar o primeiro buquê. Antes, ele entregara um buquê à sua tia Katharina e outro a uma de suas primas ruivas. Mas em seguida colocou-se diante de Imma Spoelmann, tendo nas mãos um pequeno buquê de violetas provenientes dos jardins da corte. Ao aproximar aquele lindo ramalhete de seu narizinho, ela hesitara por motivos desconhecidos, com uma expressão de temor na face, e, só depois de ter sido exortada a fazê-lo por meio de um aceno sorridente com a cabeça, decidira-se a provar o perfume. E então, conversando tranquilamente, os dois dançaram juntos por um bom tempo.

Foi durante essa dança, todavia, que ocorreu entre os dois aquele diálogo que ninguém ouviu, aquela conversação de conteúdo confiável e palpável com resultados objetivos... aqui está ela.

— Desta vez, Imma, a senhora está satisfeita com as flores que eu lhe trouxe?

— Sim, príncipe, suas violetas são lindas e o perfume que exalam é normal. Me agradam muito.

— De verdade, Imma? Mas a pobre roseira, lá embaixo no pátio, me dá pena porque suas rosas lhe desagradam com seu cheiro de mofo.

— Não quero dizer que elas não me agradem, príncipe.

— Mas elas a intimidam e repelem, não?

— Sim, talvez.

— Acaso lhe contei a respeito da crença popular segundo a qual aquela roseira haverá de ser redimida num dia de felicidade geral e dará rosas que, além de sua grande beleza, também serão dotadas com um adorável perfume natural?

— Sim, príncipe, teremos que esperar pela chegada desse dia.

— Não, Imma, precisamos agir para ajudar sua chegada! Temos que nos decidir e renunciar às dúvidas, pequena Imma! Diga-me... diga-me hoje: a senhora confia em mim?

— Sim, príncipe, nos últimos tempos adquiri confiança no senhor.

— A senhora está vendo!... Deus seja louvado!... Eu não lhe disse que acabaria conseguindo isso?... Então a senhora acredita, agora, que minhas intenções são sérias, realmente sérias, no que diz respeito à senhora e a nós?

— Sim, príncipe, acho que nos últimos tempos sou capaz de acreditar nisso.

— Enfim, enfim, minha pequena e indecisa Imma!.... Oh! Eu lhe sou grato do fundo do coração!... Mas a senhora então tem coragem e quer se declarar minha, diante de todo o mundo, já que a senhora me pertence?

— Declare-se a mim, alteza real, se lhe aprouver.

— Isto eu farei, Imma, em alto e bom som. Mas só me é permitido fazê-lo sob a condição de que não pensemos apenas, de maneira egoísta e insignificante, em nossa própria felicidade, mas que pensemos do ponto de vista da totalidade, da grandeza. Pois veja, o bem-estar público e nossa felicidade são um a condição do outro.

— O senhor falou muito bem, príncipe. Pois sem nossos estudos a respeito do bem-estar público eu dificilmente teria me decidido a confiar no senhor.

— E sem a senhora, Imma, que me aquece tanto o coração, eu dificilmente teria me dedicado a esses estudos tão sérios.

— Então veremos o que seremos capazes de fazer, cada qual no lugar que lhe cabe, príncipe. O senhor no seu e eu — junto a meu pai.

— Irmãzinha — disse ele, com uma expressão tranquila no rosto, aproximando-a um pouco mais de si durante a dança —, noivinha...

E de fato aquele foi um diálogo de noivado incomum.

Evidente que com isso nem tudo aconteceu — na verdade, aconteceu muito pouco e, olhando retrospectivamente, seria preciso dizer que, diante da conjuntura como um todo, a exclusão de um fator ou a mudança de algum aspecto faria com que o todo ainda corresse o perigo de desfazer-se no nada. O cronista sente-se tentado a exclamar: "Que sorte! Que sorte o assunto ser conduzido por um homem a quem o tempo tornou firme e destemido, um homem que encara as coisas com ousadia e não considera que alguma coisa seja impossível simplesmente porque nunca aconteceu antes!".

Aquela aula que, cerca de oito dias antes do memorável Baile da Corte, fora apresentada por sua excelência Von Knobelsdorff a seu soberano, o arquiduque Albrecht II, no Velho Castelo, tem seu lugar na História. Na véspera, o presidente do Conselho presidira uma reunião do Ministério de Estado a respeito da qual o *Mensageiro* fora capaz de noticiar que nela tinham sido debatidas questões relativas às finanças e aos assuntos particulares da família grão-ducal, e que — e isso foi acrescentado pelo jornal em letras miúdas — fora alcançada entre os ministros uma unanimidade absoluta. Com isso, o sr. Von Knobelsdorff se encontrara, durante aquela audiência, numa posição de força diante do jovem monarca, pois tinha a seu favor não apenas a abundante massa popular, mas também a manifestação unânime dos membros do governo.

A conversa no gélido escritório de Albrecht se estendera apenas por um pouco menos de tempo do que aquela anterior no pequeno Salão Amarelo do castelo Eremitage. Foi preciso até mesmo fazer um intervalo, durante o qual foi oferecido ao grão-duque um copo de limonada e ao sr. Von Knobelsdorff um cálice de vinho do Porto, junto com biscoitos. A longa duração da conferência deve ser atribuída unicamente à magnitude dos assuntos a serem discutidos e não à resistência do monarca, que não se opôs a nada. Em seu paletó fechado, com as mãos magras e delicadas cruzadas sobre o colo, sua cabeça orgulhosa e fina erguida, o cavanhaque pontiagudo e as têmporas estreitas e de pálpebras baixadas, ele sugava levemente o lábio superior com o inferior, curto e arredondado, e acompanhava as explicações do sr. Von Knobelsdorff, assentindo a cada tanto com um gesto delicado da cabeça, expressando ao mesmo tempo sua concordância e sua recusa, uma concordância desinteressada e objetiva, sob a silenciosa e fria reserva de sua inatingível dignidade pessoal.

O sr. Von Knobelsdorff foi direto ao assunto, passando a falar das visitas do príncipe Klaus Heinrich ao castelo Delphinenort. Albrecht estava informado a esse respeito. Um eco abafado dos acontecimentos que mantinham a cidade e o país em suspense alcançara até mesmo a solidão em que vivia. Além disso, conhecia bem seu irmão Klaus Heinrich, que "revirara" o Velho Castelo e conversara com os lacaios e que, ao bater a testa na grande mesa de jogo, chorara de dó da própria testa. Ciciando, enrubescendo momentaneamente, deu a entender ao sr. Von Knobelsdorff que não precisava de maiores informações e acrescentou que, como até agora não interferira de nenhuma forma para impedir aquele relacionamento e que, ao contrário, até aproximara Klaus Heinrich da filha do bilionário, concluía que o sr. Von Knobelsdorff estava amparando as iniciativas do príncipe sem que ele, o grão-duque, fosse capaz de antever quais seriam as consequências. O sr. Von Knobelsdorff respondeu que o governo se colocaria numa posição prejudicial e alheia à vontade do povo caso se opusesse às intenções do príncipe.

— Isso significa que meu irmão tem em mente alguma intenção?

O sr. Von Knobelsdorff afirmou que havia tempos o príncipe vinha agindo sem planos, seguindo unicamente os desejos do coração, mas que, desde que se encontrara junto ao povo no território da realidade, seus desejos tinham assumido uma forma prática.

— Com tudo isso, o senhor quer dizer que a opinião pública aprova os passos do príncipe?

— A opinião pública os aclama, alteza real, e neles deposita suas esperanças mais íntimas!

E então o sr. Von Knobelsdorff desenrolou uma vez mais o sombrio quadro da situação do país, da carestia, do grande embaraço em que se encontravam. De onde haveriam de vir ajuda e salvação? Ela se encontrava unicamente ali, no Jardim Municipal, no segundo centro da capital, na morada do enfermiço príncipe do dinheiro, nosso hóspede e residente, cuja pessoa estava envolta nos sonhos do povo e para quem seria fácil dar um fim a todas nossas dificuldades. Se fosse possível levá-lo a assumir a economia de nosso Estado, a saúde de nossas finanças estaria assegurada. Seria possível levá-lo a isso? Mas o destino provocara um encontro sentimental entre a única filha do poderoso e o príncipe Klaus Heinrich! E cabia a nós desprezar essa disposição sábia e bondosa? Por causa de convenções rígidas e obsoletas haveríamos de impedir um relacionamento que trazia em si mesmo bênçãos incomensuráveis para o país e para o povo? Pois não havia dúvidas a respeito de tais bênçãos, e era nelas que se encontravam as justificativas e as vantagens daquele relacionamento. Mas uma vez satisfeita essa condição, se Samuel Spoelmann, para falar sem rodeios, se mostrasse disposto a assumir o financiamento do Estado, então aquela ligação — já que agora se falava assim — não só era permissível mas necessária, era a salvação, o bem do Estado a exigia, e muito além das fronteiras do país, em todos os lugares onde havia interesse na recuperação das nossas finanças e em evitar um pânico econômico, aquela era a solução que todos suplicavam aos céus.

Nesse momento, o grão-duque fez uma pergunta em voz baixa, sem erguer os olhos e com um sorriso sarcástico.

— E a sucessão do trono?

— A lei — respondeu o sr. Von Knobelsdorff, impassível — coloca em suas mãos a possibilidade de anular as restrições dinásticas. A concessão de títulos de nobreza e até mesmo de equivalência de estatuto de nascimento também faz parte, entre nós, das prerrogativas do soberano — e quando é que já houve, em toda nossa história, um melhor motivo para o exercício de tais direitos? Essa ligação possui um caráter genuíno em si mesma, pois tem sido preparada há tempos no espírito do povo, e seu pleno reconhecimento por parte do direito de Estado e do direito grão-ducal não representaria para o povo nada além de uma confirmação externa de seus sentimentos mais íntimos.

E assim o sr. Von Knobelsdorff passou a falar da popularidade de Imma Spoelmann, das eloquentes manifestações por ocasião de sua cura de um mal-estar passageiro, do caráter nobre que essa criatura extraordinária adquirira na imaginação popular — e as ruguinhas nos cantos dos seus olhos brincavam enquanto ele lembrava Albrecht da antiga profecia, que vivia em meio ao povo, e que falava do príncipe maneta que haveria de dar ao país, com uma mão, mais do que outros com duas mãos jamais tinham sido capazes de dar, e expunha com eloquência de que maneira a ligação entre Klaus Heinrich e a filha de

Spoelmann era entendida pelo povo como a realização de um oráculo e, portanto, como algo desejado por Deus e como algo justo.

O sr. Von Knobelsdorff disse ainda muitas outras palavras sábias, livres e boas. Mencionou a origem múltipla do sangue de Imma Spoelmann — pois, além de sangue alemão, português e inglês também corria, conforme se dizia, um pouco do nobre sangue original dos índios em suas veias — e enfatizou que tinha grandes esperanças com relação aos efeitos vitalizantes que a mistura de raças era capaz de proporcionar às antigas linhagens, algo que prometia benefícios à dinastia. Mas os momentos mais significativos do discurso foram, para o destemido velho senhor, aqueles em que falou a respeito das mudanças inauditas e abençoadas que o ousado casamento do herdeiro do trono ocasionaria na situação econômica da própria corte, da nossa endividada e constrangida corte. Pois foi nesse instante que Albrecht sugou o lábio superior de maneira mais orgulhosa. A taxa de câmbio estava em queda, as despesas aumentavam conforme uma lei da economia que valia tanto para o orçamento da administração da corte quanto para qualquer orçamento doméstico, e um acréscimo nas receitas era impossível. Não importava que o patrimônio do soberano tivesse se tornado inferior ao de alguns de seus súditos. No sentido monárquico, porém, era inadmissível que a residência do fabricante de sabão Unschlitt já estivesse há tempos equipada com aquecimento central e o Velho Castelo ainda não. Tornara-se necessária ajuda, em mais de uma situação, e tinha sorte uma casa real à qual uma ajuda tão grandiosa quanto aquela se oferecia! Observava-se, em nosso tempo, que todos os antigos pudores relativos à administração dos assuntos da corte estavam em vias de desaparecer. Aquele antigo costume das famílias nobres de se vender a si mesmas, por meio do qual haviam sido feitos no passado os mais dolorosos sacrifícios de forma a manter sua situação patrimonial longe dos olhos intimidadores do público, não era mais adequado, e processos, desapropriações e vendas questionáveis estavam na ordem do dia. Uma ligação com a riqueza soberana não seria preferível a adaptações mesquinhas e pequeno-burguesas desse gênero? Uma ligação que colocaria a alteza para sempre acima de todos os tipos de questões econômicas comezinhas, estabelecendo uma situação que lhe permitiria tornar-se conspícua, diante do povo, ostentando todos aqueles sinais externos de riqueza que dela eram esperados?

Assim indagava o sr. Von Knobelsdorff, e ele mesmo respondia às perguntas que fazia com afirmativas diretas. Em suma, seu discurso foi tão sábio e irresistível que ele não deixou o Velho Castelo sem levar consigo autorizações e permissões, que lhe foram ciciadas e bastavam para garantir decretos extraordinários, se Imma Spoelmann se dispusesse a fazer a parte que lhe cabia.

E assim as coisas avançavam por seus caminhos memoráveis em direção a um final feliz. Ainda antes do fim de dezembro, foram mencionados os nomes daquelas pessoas que tinham visto (e não apenas ouvido falar), numa manhã sombria sob uma nevasca às onze horas da manhã, o sr. Von Bühl zu Bühl trajando um casaco de peles e uma cartola sobre o topete castanho, o pincenê dourado sobre o nariz, desembarcando de uma carruagem da corte diante de Delphinenort e desaparecendo no interior do castelo. No início de janeiro perambulavam pela cidade indivíduos que juravam que aquele senhor que, também numa hora matinal, e igualmente trajando um casaco de peles e uma cartola, passara pelo negro sorridente e trajado de veludo ao deixar o portal de Delphinenort e, com olhos febris, se lançara numa carroça que o aguardava era, sem sombra de dúvida, nosso ministro das Finanças, o dr. Krippenreuther. E ao mesmo tempo surgiram no oficioso *Mensageiro* as primeiras observações de caráter preliminar a respeito de rumores cujo conteúdo era um noivado iminente no âmbito da família grão-ducal — hesitantes anúncios que, em cuidadoso progresso, se tornavam cada vez mais claros e que por fim ostentavam os dois nomes, o de Klaus Heinrich e o de Imma Spoelmann, lado a lado, nitidamente impressos... Não se tratava mais de uma novidade, mas ainda assim vê-la impressa daquela maneira, preto sobre branco, tinha um efeito semelhante ao do vinho.

Aliás, o mais cativante de tudo era observar a maneira pela qual, nas referências feitas pela imprensa, que a partir dali começaram a se tornar cada vez mais inofensivas, nossos jornalistas, livres-pensadores esclarecidos, começaram a se posicionar com relação ao aspecto folclórico do assunto, isto é, à profecia que adquirira um significado excessivamente político, de maneira a obrigar a cultura e a inteligência a se entenderem com a superstição. Adivinhação, quiromancia e outros tipos semelhantes de bruxaria, declarou o *Mensageiro*, eram, no que dizia respeito ao indivíduo, práticas que em absoluto tinham lugar nos âmbitos sombrios das crendices, práticas que pertenciam à sombria Idade Média e não havia como escarnecer suficientemente de todas aquelas pessoas ensandecidas que se deixavam privar de seus tostões por batedores de carteira consumados para que estes lessem suas mãos, adivinhassem seus futuros medíocres por meio de cartas ou da borra do café, fizessem rezas para curá-las de doenças, tratassem-nas com a homeopatia ou livrassem seu gado da possessão demoníaca — coisas que, evidentemente, não aconteciam mais nas cidades. Como se o apóstolo já não tivesse perguntado: "Acaso Deus se preocupa com os bois?". Porém, unicamente em se tratando de grandes questões, como mudanças decisivas no destino de povos inteiros ou de dinastias, um pensamento educado e científico não necessariamente haveria de se opor à ideia de que, como o tempo é apenas uma ilusão, e como vistos de forma verdadeira todos os acontecimentos se encontram ancorados na eternidade, as transformações que repousam no colo do futuro são capazes de comover o espírito humano antecipadamente, revelando-lhe sua face. E para provar o que afirmava, a diligente publicação divulgou um artigo, gentilmente disponibilizado por um de nossos professores universitários, que oferecia uma visão panorâmica a respeito de todos os casos que constam da história da humanidade nos quais oráculos, horóscopos, sonambulismo, clarividência, sonhos proféticos, visões, ocultismo e inspirações haviam desempenhado papéis significativos — um memorando em tudo digno de gratidão e que não deixou, evidentemente, de exercer sua influência sobre os círculos cultos.

Todos marchavam juntos, em completo acordo. A imprensa, o governo, a corte e o público, e o *Mensageiro* decerto teria se mantido calado caso seus serviços de natureza filosófica ainda tivessem sido prematuros e politicamente arriscados — se, em uma palavra, as negociações levadas a cabo em Delphinenort ainda não tivessem avançado bastante na direção propícia. Hoje, sabe-se bastante bem como se deu o desenvolvimento dessas negociações, e que situação difícil e mesmo constrangedora foi enfrentada pelos administradores dos nossos assuntos em seu transcurso: tanto por aquele a quem, como pessoa de confiança da corte, coube a delicada tarefa de preparar o terreno para o pedido do príncipe Klaus Heinrich quanto pelo responsável superior por nossas finanças, que, apesar de sua saúde profundamente abalada, não deixou de cuidar dos interesses do país junto a Samuel Spoelmann. Em primeiro lugar, é preciso levar em consideração a disposição de espírito colérica e irritadiça do sr. Spoelmann e, em segundo, que o colossal homenzinho nem de longe estava tão interessado numa conclusão propícia das negociações quanto nós. À parte o amor do sr. Spoelmann pela filha, que lhe abrira seu coração e lhe anunciara seu belo desejo de tornar-se útil por meio do amor, nossos mandatários não dispunham de um trunfo sequer em seu jogo contra ele, e não havia absolutamente nada naquela situação que permitisse, por exemplo, ao dr. Krippenreuther impor seus desejos como condições de troca por aquilo que o sr. Von Bühl tinha a oferecer... Referindo-se ao príncipe Klaus Heinrich, o sr. Spoelmann usava sempre a expressão "o jovem", manifestando tão pouca satisfação diante da perspectiva de dar sua filha como esposa a uma alteza real que tanto o dr. Krippenreuther quanto o sr. Von Bühl viram-se em mais de uma ocasião numa situação mortalmente constrangedora.

— Se pelo menos ele tivesse aprendido alguma coisa, se tivesse alguma ocupação decente! — resmungava ele, desgostoso. — Mas um jovem que não sabe fazer nada a não ser ouvir vivas...

Ele se mostrou realmente enfurecido quando, pela primeira vez, falou-se a respeito de um casamento morganático.* Sua filha, declarou ele "*once for all*", não era uma concubina e não se destinava à mão esquerda. Se fosse para casar, então que se casassem com ela... Mas nesse caso, os interesses da dinastia e os interesses do país coincidiam exatamente com os dele: a criação de descendentes que tivessem direito à sucessão era uma necessidade e o sr. Von Bühl tinha em mãos todos os poderes que o sr. Von Knobelsdorff fora capaz de fazer o grão-duque lhe delegar. Mas, no tocante à missão do dr. Krippenreuther, certamente não fora a eloquência de seu responsável o que garantira o sucesso, e sim unicamente a ternura paterna do sr. Spoelmann — a boa vontade de um homem doente, cansado e há muito tempo tomado por uma disposição de espírito paradoxal ante sua própria existência de animal exótico, diante de sua filha única e herdeira que, afinal das contas, queria escolher sozinha os títulos do tesouro nacional nos quais desejava investir seu patrimônio.

E foi assim que se concretizaram aqueles pactos que, de início, permaneceram cercados pelo mais profundo sigilo e que apenas gradativamente, apenas por meio dos próprios acontecimentos, vieram à luz, mas que aqui podem ser apresentados por meio de palavras serenas.

O noivado de Klaus Heinrich com Imma Spoelmann foi aprovado e reconhecido por Samuel Spoelmann e pela casa de Grimmburg. Junto com o anúncio do noivado no *Diário do Estado* foi divulgada a concessão do título de condessa à noiva, sob um nome fantasioso de tom nobre e romanesco parecido com aquele que Klaus Heinrich utilizara durante sua viagem

* Forma de casamento presente na legislação alemã até 1919, na qual um membro da nobreza se casa com uma mulher de estatuto social inferior, no qual a mão esquerda possui um significado ritual. (N. T.)

de formação aos belos países do sul, e, no dia de seu casamento, a esposa do príncipe herdeiro do trono passaria a ostentar o título de princesa. A concessão de ambos os títulos seria levada a cabo com isenção dos impostos correspondentes, cujo montante teria sido de quatro mil e oitocentos marcos. Apenas provisoriamente, e para que o mundo tivesse tempo de se habituar, o casamento seria realizado com a mão esquerda, pois, no dia em que ficasse demonstrado que o casal estava a ponto de ser abençoado com descendentes, Albrecht II, levando em consideração as circunstâncias incomparáveis, decretaria que a esposa morganática de seu irmão pertencia ao mesmo estatuto que ele, concedendo-lhe o grau de princesa da casa grão-ducal e o título de alteza real. O novo membro da família soberana abriria mão de todos os apanágios. Quanto ao cerimonial da corte, estava previsto para a festa do casamento com a mão esquerda que apenas um número restrito de membros da corte seria convidado, mas que, por ocasião da solenidade de declaração de igualdade de estatuto, a corte inteira seria convidada a desfilar, o que representava a forma mais elevada e completa de homenagem. Samuel Spoelmann, porém, por seu lado concedeu ao Estado um empréstimo no valor de trezentos e cinquenta milhões de marcos — e o fez sob condições tão paternais que esse empréstimo possuía quase todas as características que tipificam um donativo.

Foi o grão-duque Albrecht quem informou o herdeiro do trono de todas essas disposições. Uma vez mais, Klaus Heinrich estava no gélido escritório do irmão, sob os afrescos rachados no teto, como ocorrera antes naquela ocasião em que Albrecht lhe transmitira as obrigações de representação, e, com uma postura contida e oficial, tomou conhecimento das grandes novidades. Para participar daquela audiência vestira uma farda de major dos Fuzileiros da Guarda, enquanto o grão-duque agora usava, com seu sobretudo negro, um manicoto de lã vermelho-escuro que lhe fora tricotado por sua tia Katharina, para assim proteger-se do vento frio que entrava pelas janelas do Velho Castelo. Quando Albrecht terminou, Klaus Heinrich deu um passo ao lado para saudá-lo novamente, juntando os saltos de suas botas, e disse:

— Peço-lhe, querido Albrecht, permissão para manifestar, a seus pés, os agradecimentos mais cordiais e obedientes em meu nome e em nome do país inteiro. Pois, afinal das contas, é você quem nos possibilita todas essas bênçãos, e o amor do povo haverá de recompensá-lo em dobro por suas tão cordiais decisões.

Ele apertou a mão magra e delicada que o irmão lhe estendeu, mantendo-a junto ao peito e sem afastar o antebraço do corpo. O grão-duque empurrara para o alto seu lábio inferior curto e arredondado e suas pálpebras estavam abaixadas. Ele respondeu, em voz baixa, ciciando:

— Estou, por isso mesmo, ainda menos inclinado a me iludir com relação ao amor do povo, pois posso me privar, sem que isso me cause dores, deste amor questionável. E sequer me pergunto acerca de meu merecimento deste amor. Quando é a hora de partir, dirijo-me à estação de trens e aceno — isso é menos meritório do que tolo, mas faz parte dos meus deveres. Mas seu caso é totalmente outro. Você nasceu num domingo. Tudo dá certo para você... Desejo-lhe sorte — disse ele, erguendo as pálpebras dos olhos azuis e solitários.

E nesse instante tornava-se evidente que ele amava Klaus Heinrich.

— Desejo-lhe sorte, Klaus Heinrich, mas não em excesso, e possa você não descansar com deleite excessivo em meio ao amor do povo. Aliás, como já disse, tudo dá certo para você. A moça que você escolheu é um tipo bastante estranho, bem pouco simples, bem diferente, afinal, do nosso povo. Ela possui um sangue misturado... ouvi dizer que em suas veias corre até mesmo sangue índio. Talvez isso seja bom. Com uma companheira desse tipo você corre menos riscos de se acomodar.

— Nem a felicidade — disse Klaus Heinrich — nem o amor do povo jamais serão capaz de fazer com que eu deixe de ser seu irmão.

Ele saiu. Ainda tinha à frente uma hora difícil, uma conversa particular com o sr. Spoelmann, seu pedido formal de casamento com Imma. E nessa ocasião cabia-lhe engolir tudo o que já fora engolido pelos negociadores, pois Samuel Spoelmann não deu mostras de qualquer alegria e lhe disse, gemendo, muitas verdades estimulantes. Mas isso também teve seu fim e chegou a manhã na qual o noivado se encontrava publicado no *Diário do Estado*. E então a prolongada tensão se dissolveu em júbilo infinito, e então homens bem-postos na vida acenavam uns aos outros com seus lenços e trocavam abraços em meio ao mercado, e então ergueram-se os mastros e as bandeiras...

No mesmo dia, porém, chegou ao castelo Eremitage a notícia de que Raoul Überbein tinha se matado.

Tratava-se de uma história indigna, uma história ridícula que não valeria a pena ser contada se seu fim não tivesse sido tão terrível. A questão das dívidas fica desde já excluída. Junto à sepultura do doutor formaram-se dois partidos. Comovidos por aquele gesto desesperado, alguns alegavam que ele fora levado à morte, enquanto outros diziam, dando de ombros, que seu comportamento era impossível e louco e que seu castigo fora uma consequência direta disso. Que fique dito isso. Seja como for, não havia nada que pudesse justificar aquele final trágico. Sim, para um homem com os dons de Raoul Überbein, tratava-se de uma ocasião que era, em tudo, indigna de levá-lo a deixar-se abater... Segue a história.

À época da Páscoa, no ano passado, o professor titular do segundo ano de nosso colégio clássico, um homem que sofria do coração, obtivera uma licença e fora aposentado antecipadamente por causa de sua doença. Apesar da relativa juventude do dr. Überbein, e levando em consideração apenas seu empenho profissional e o sucesso inegavelmente notável em seu trabalho com a classe intermediária, o cargo de titular que pertencera ao aposentado lhe foi atribuído. Foi um gesto acertado, como ficou demonstrado pelo desempenho da classe naquele ano, que alcançou níveis nunca antes registrados. O professor aposentado, que aliás fora um colega estimado, era, apesar de um tanto mal-humorado, um senhor também irresponsável e obtuso, talvez por causa de sua doença; por sua vez, ela estava ligada a uma inclinação que, sendo simpática em si mesma, tornava-se suspeita por causa de seu exagero, ou seja: a inclinação à cerveja. Sendo alguém que não levava as coisas com seriedade excessiva, conduzira ano após ano alunos bastante mal preparados para o terceiro ano. Com o titular substituto, um novo espírito se introduzira na classe — o que não espantou a ninguém. Todos sabiam de seu grande empenho profissional e de sua diligência unilateral e insaciável. Previa-se que ele não haveria de desperdiçar aquela oportunidade para se destacar, à qual, sem dúvida, associava a esperança por honrarias. Assim, naquela turma, tanto a preguiça quanto o tédio tiveram um final súbito. As exigências do dr. Überbein eram elevadas, e sua arte em despertar o entusiasmo até mesmo entre os alunos mais renitentes se tornara irresistível. Os jovens o adoravam. Seu jeito superior, paternal e cordial de falar e sua eloquência os fascinavam, ele os estimulava, fazia com que segui-lo como professor por todos os difíceis caminhos propostos se tornasse uma questão de honra para eles. Ele os cativava por meio de passeios dominicais, durante os quais lhes era permitido fumar tabaco, e ao mesmo tempo encantava sua imaginação com seus discursos entusiasmados, sinceros e joviais a respeito da grandeza e da austeridade da vida selvagem. E, quando chegava a segunda-feira, eles se encontravam novamente com seu experiente camarada de ontem para trabalhar com alegria e paixão.

E assim se passaram três quartos do ano letivo. Antes da chegada do Natal, foi anunciado que o professor aposentado, bastante bem curado, pretendia retornar ao trabalho, reassumindo seu cargo de titular da classe intermediária. Mas nesse meio-tempo as capacidades do dr. Überbein tinham ficado evidentes e ele demonstrara suficientemente a que viera, com a cor esverdeada de seu rosto e sua disposição de espírito sincera e orgulhosa. Ele se opusera, encaminhara uma queixa e protestara, em voz alta e de maneira formalmente questionável, contra o fato de o privarem do cargo de titular naquele momento, no último trimestre, depois de ele se habituar à classe por três quartos do ano letivo, tendo compartilhado com ela o trabalho e o descanso e tendo-a conduzido quase até o objetivo do ano letivo, enquanto o cargo que exercera era atribuído novamente a um funcionário que passara três quartos do ano aposentado. Aquilo era compreensível e humanamente aceitável. Não havia dúvidas de que ele pretendia entregar ao diretor do colégio, que era também o titular do terceiro ano, uma classe exemplar, cujo desenvolvimento e cuja formação excelentes tornariam evidentes suas capacidades, acelerando assim seu avanço na carreira, e a ideia de que um outro haveria de colher os frutos de seu trabalho certamente o incomodava. Porém, se sua indisposição era desculpável, sua fúria não o era, e infelizmente as coisas se deram de tal forma que, como o diretor permaneceu surdo às suas ideias, ele necessariamente se enfureceu. Perdeu a cabeça, perdeu o equilíbrio, mobilizou os céus e o inferno para que aquele vagabundo, aquele beberrão, aquele sapateiro desprovido de amor, maneiras pelas quais designava imprudentemente o professor aposentado, não o privasse de sua classe, e enquanto foi incapaz de obter apoio por parte do conselho dos professores — o que não poderia ter surpreendido um espírito solitário como o dele —, o pobre homem se esqueceu a tal ponto de si mesmo que se tornou um agitador dos próprios alunos. Ele lhes perguntava, do alto de sua cátedra, quem dos dois eles queriam que fosse seu professor durante o último trimestre — ele mesmo ou aquele outro? Fanatizados por sua excitação pulsante, os alunos gritaram que queriam a ele. Então que tivessem a gentileza de tomar aquele assunto nas próprias mãos, posicionando-se e agindo em conjunto, dissera ele — e sabe Deus no que pensava ao dizer essas palavras em sua agitação excessiva. Mas quando, terminadas as férias, o professor titular retornou e entrou em sua sala de aula, eles se puseram a gritar o nome do dr. Überbein por minutos a fio — e assim o escândalo se estabeleceu.

Não foram cometidos exageros desnecessários. Os revoltosos praticamente não foram punidos, já que o próprio dr. Überbein protocolou sua confissão na investigação à qual se deu início sem demora. Mas também no que dizia respeito a ele mesmo, o doutor, os funcionários encarregados do assunto pareciam claramente inclinados a fechar um olho. Sua diligência e suas capacidades eram apreciadas, e certos trabalhos acadêmicos que produzira, e que eram frutos de seu labor noturno, tinham-no tornado conhecido, e os que ocupavam posições hierárquicas elevadas o apreciavam — pessoas, convém notar, com as quais nunca tivera contato direto e que, portanto, não tinham se indisposto com ele por causa de suas atitudes paternalistas. Além disso, o papel que desempenhara como professor do príncipe Klaus Heinrich também era levado em consideração — em resumo, de maneira alguma, como, seria de esperar, cogitou-se demiti-lo. O Conselho Superior de Educação Grão-Ducal, diante do qual foi exposta a questão, repreendeu-o severamente, e o dr. Überbein, que interrompeu suas atividades docentes tão logo se deu aquele episódio escandaloso, foi provisoriamente licenciado de suas atividades. Contudo, pessoas bem informadas asseguraram mais tarde que apenas estava prevista a transferência do professor para outro colégio e que, entre os ocupantes dos postos hierárquicos mais elevados, o único desejo era de que o assunto fosse esquecido, de maneira a deixar em aberto para o doutor um futuro importante. Tudo poderia ter se resolvido de maneira favorável.

Mas se os funcionários dos órgãos competentes se mostraram compreensivos, foi o conselho dos professores que tomou uma posição hostil contra o emprego do dr. Überbein. A União dos Professores convocou imediatamente um tribunal de honra cujo propósito era obter satisfações para seu querido membro, o professor titular desprezado pelos alunos, aquele que tinha paixão por cerveja. A declaração por escrito entregue ao reservado Überbein, que vivia em seu quarto alugado, tinha o seguinte teor: como ele se irritara por ter que restituir ao colega que substituíra o posto de professor titular da classe intermediária, e como ele, além disso, mobilizara-se contra esse colega e, no final, chegara até a incitar os alunos a se rebelarem contra ele, Überbein se tornara culpado por um tipo de comportamento a tal ponto contrário ao espírito colegial que ele teria que ser considerado desonroso, não apenas no sentido estritamente profissional, mas também no sentido geral da cidadania. Eis o conteúdo da declaração. A consequência que se esperava com semelhante declaração era que o dr. Überbein, que sempre fizera parte da União dos Professores apenas formalmente, declarasse sua saída da corporação — e com isso, conforme muitos supunham, o assunto estaria encerrado.

Mas, seja porque aquele homem solitário não tomara conhecimento da boa vontade que existia com relação a ele nas esferas mais elevadas, apesar de tudo o que acontecera, seja porque imaginava que sua situação fosse mais desesperadora do que realmente era, ou ainda porque não suportava o ócio e a perda prematura de sua amada classe, ou talvez porque a expressão "desonroso" lhe envenenara o sangue, ou porque seu espírito não estava preparado de forma alguma para enfrentar a agitação daquele momento, passadas cinco semanas do ano-novo, seus senhorios o encontraram jazendo sobre o precário tapete que havia em seu quarto, não mais verde do que de costume, porém com uma bala cravada no coração.

Assim foi o fim de Raoul Überbein, assim ele tropeçou, essa foi a causa de seu desaparecimento. Simples assim! Essas eram as palavras que predominavam em todas as explicações acerca de seu lamentável colapso. Aquele homem irrequieto e incomodado, que nunca se sentara com os pares como um igual entre iguais à mesa da taverna, que desprezava, orgulhoso, qualquer tipo de intimidade, que conduzira a vida com frieza olhando apenas para o desempenho de suas funções e que, por isso mesmo, julgava ter o direito de tratar o mundo inteiro de forma paternal — ali jazia ele: o primeiro contratempo, o primeiro malogro no campo profissional o conduzira a um fim miserável. Poucos lamentaram seu desaparecimento e ninguém entre os cidadãos derramou lágrimas por ele — com uma única exceção, o médico chefe do Hospital Grã-Duquesa Dorothea, o amigo de Überbein que era seu irmão espiritual — e talvez também uma mulher branca com a qual às vezes ele costumava jogar cartas. Klaus Heinrich, porém, sempre conservou uma lembrança honrosa e íntima de seu infeliz professor.

E Spoelmann financiou o Estado. O procedimento era simples e claro em seus traços fundamentais e uma criança teria sido capaz de compreendê-lo — e efetivamente pais radiantes de felicidade o explicavam aos filhos enquanto os balançavam sobre os joelhos.

Samuel Spoelmann fez um sinal, os srs. Phlebs e Slippers se puseram em movimento e suas instruções portentosas estremeceram sob as ondas do oceano, dirigindo-se ao continente do hemisfério ocidental. Resgatou um terço de sua participação no truste do açúcar, um quarto do truste do petróleo, a metade do truste do aço. Deu ordens para que o capital assim liquidado fosse transferido para vários bancos locais e, de um só golpe, adquiriu por trezentos e cinquenta milhões novos títulos da dívida pública do sr. Krippenreuther pelo valor de face, a uma taxa de juros de três e meio porcento. Isso fez Spoelmann.

Quem conhece o efeito que os estados de espírito produzem sobre os órgãos humanos acreditará que o dr. Krippenreuther floresceu e dentro de pouco tempo havia se tornado irreconhecível. Andava livre e ereto, caminhava e parecia flutuar, a coloração amarelada desapareceu do rosto, que se tornou branco e rubro, os olhos brilhavam, e, passados poucos meses, seu estômago se recuperou de tal forma que o ministro, como se ficou sabendo por meio dos amigos, novamente podia comer repolho roxo e salada de pepinos sem que isso lhe causasse quaisquer problemas. Essa era uma consequência satisfatória, mas de caráter puramente pessoal, da intervenção de Spoelmann em nossas finanças, consequência que parecia leve em comparação aos efeitos que tal intervenção produziria em nossa vida econômica e política.

Uma parte do empréstimo foi direcionada ao orçamento de despesas correntes, e as dívidas mais urgentes do Estado foram liquidadas. Mas isso não teria sido realmente necessário para fazer com que, de todos os lados, soprassem agora ar fresco e novos créditos sobre nós, pois, apesar de toda a discrição com a qual o assunto foi tratado pelos funcionários, tão logo se tornou conhecido que Samuel Spoelmann efetivamente havia se tornado, tanto de fato quanto de direito, o banqueiro do Estado, o céu sobre nossas cabeças se iluminou e todo nosso sofrimento se transformou em alegria e felicidade. Acabara a liquidação temerosa de títulos da dívida pública, a taxa de juros caiu, nossas subscrições passaram a ser desejadas como investimentos, e de um dia para outro o valor dos nossos títulos emitidos com taxas de juros elevadas aumentou, partindo da cotação lamentável em que se encontravam para alcançar um valor de mercado bem superior ao valor de face. A pressão, o pesadelo que se estendia havia décadas foi afastado de nossa economia, e, com o peito estufado, o sr. Krippenreuther discursava no Parlamento em prol de um alívio generalizado na carga tributária — proposta que foi aprovada por unanimidade e, para o júbilo de todos aqueles que tinham alguma sensibilidade social, a antediluviana tributação sobre o consumo de carne foi finalmente sepultada. Uma melhoria significativa nos salários dos funcionários públicos, dos professores, dos sacerdotes e de todos os funcionários das empresas públicas foi aprovada com grande agilidade. Já não havia mais falta de recursos para reativar as minas de prata abandonadas, centenas de trabalhadores voltaram a obter o pão de cada dia, e, inesperadamente, foram encontradas novas e lucrativas jazidas. O dinheiro, o dinheiro estava ali, a ética na vida econômica recuperou-se, novas florestas foram plantadas, o adubo natural das florestas deixou de ser retirado, os pecuaristas não eram mais forçados a vender todo o leite que produziam e bebiam parte dele, e era em vão que os críticos mais severos se dirigiriam ao interior em busca de figuras subnutridas. O povo mostrava-se grato aos soberanos, que tinham trazido tal quantidade de bênçãos sobre o país e sobre o povo. O sr. Von Knobelsdorff não teve que proferir muitas palavras para persuadir o Parlamento da necessidade de uma elevação da dotação anual destinada à coroa. A disposição que recomendava a venda dos castelos Zeitvertreib e Favorita foi revogada. Hábeis artesãos se dirigiram ao Velho Castelo para equipá-lo, de cima a baixo, com um sistema de aquecimento a vapor. Nossos representantes junto a Spoelmann, o sr. Von Bühl e o dr. Krippenreuther, foram condecorados com a Grande Cruz da Ordem de Albrecht, recebendo medalhas com brilhantes, e, além disso, ao ministro foi concedido um título de nobreza, enquanto o sr. Von Knobelsdorff foi agraciado com um quadro em tamanho natural retratando o casal real — realizado pelas velhas mãos de artista do professor Von Lindemann, com uma moldura preciosa.

Depois do noivado, a imaginação do povo passou a inflamar-se quando o assunto era o dote que Imma Spoelmann receberia do pai. A gente se encontrava em meio a um frenesi, possuída por uma loucura, e cifras verdadeiramente astronômicas circulavam de boca em boca. Mas o dote era um dote terreno, ainda que de dimensões bastante satisfatórias. O montante era de cem milhões.

— Deus me livre! — disse Ditlinde zu Ried-Hohenried, quando ouviu falar daquilo pela primeira vez. — E meu bom Phillip com sua turfa...

Havia outros que pensavam da mesma forma, mas o ódio nervoso que talvez pudesse despertar em corações simplórios diante de cifras tão colossais era tranquilizado pela filha de Spoelmann, que não se esquecia de exercer a beneficência e de divulgá-la. Logo no dia do noivado público, ela criou uma fundação com um patrimônio de quinhentos mil marcos, cujos rendimentos seriam anualmente distribuídos pelos quatro distritos administrativos do país e destinados a finalidades benevolentes e de interesse público...

A bordo de um dos automóveis verde-oliva dos Spoelmann, equipado com assentos estofados de couro cor de tijolo, Klaus Heinrich e Imma visitavam os membros da dinastia de Grimmburg. Um chofer jovem dirigia aquele veículo esplêndido — o mesmo que, conforme dissera Imma, era um pouco parecido com Klaus Heinrich. Mas a tensão que esse motorista tinha de suportar durante aqueles trajetos era limitada, pois se fazia necessário restringir tanto quanto fosse possível as forças gigantescas do automóvel e manter uma velocidade reduzida — tantas eram as homenagens que os cercavam por todos os lados. Sim, e como os demais criadores de nossa felicidade, como o grão-duque Albrecht e Samuel Spoelmann se escondiam do povo, cada qual à sua maneira, o povo prodigava seu amor e sua gratidão sobre a cabeça do casal real de noivos. Por trás dos vidros lapidados do automóvel, os bonés dos rapazes eram lançados para o ar, o ruído do júbilo de homens e de mulheres penetrava na cabine, claro e ressonante, e Klaus Heinrich, com a mão junto à viseira do quepe, dizia em tom de advertência:

— Você também tem que saudar, Imma, do seu lado, senão eles vão considerá-la fria.

Pois, impaciente como era desde que tinham travado aquela conversa no Baile da Corte, ele a tratava de você, muito embora ela o repreendesse, assustada e ainda não habituada a esse tratamento caloroso — e quão facilmente lhe saía da boca aquela palavra, que antes sempre tinha sido errada e impossível!

Em sua visita à princesa Katharina foram recebidos com dignidade. A tia disse ao sobrinho que seu irmão, Weiland, o grão-duque Johann Albrecht, jamais teria permitido uma coisa assim. Mas os tempos tinham mudado e ela pedia a Deus que sua noiva pudesse se habituar à vida na corte. Foram visitar a princesa Zu Ried-Hohenried e ela os recebeu com amor. O orgulho típico da dinastia de Grimmburg de Ditlinde tranquilizava-se diante da certeza de que a filha do Leviatã poderia até vir a se tornar princesa da casa grão-ducal e alteza real, porém nunca seria princesa grão-ducal como ela. Além disso, estava encantada em saber que Klaus Heinrich encontrara algo de tão precioso e gracioso e, como esposa de Phillip com sua turfa, sabia muito bem louvar as vantagens desse casamento e ofereceu à cunhada amizade cordial e fraternidade. Foram também à morada do príncipe Lambert e, enquanto a condessa-noiva se empenhava em entabular uma conversação com a graciosa porém muito ignorante dama Von Rohrdorf, o velho mulherengo parabenizou, com sua voz que parecia vir do túmulo, o sobrinho por sua escolha livre de preconceitos e também por ter sido capaz de escapar dessa forma, com tanta esperteza, das imposições da corte e das altezas.

— Eu não escapei das imposições da alteza, tio, e nem pensei de maneira insignificante apenas em minha própria felicidade, mas considerei tudo do ponto de vista da totalidade, da grandeza — disse Klaus Heinrich de forma bastante reservada, e então ambos partiram e se dirigiram ao castelo Segenhaus, onde Dorothea, a pobre grã-duquesa mãe, mantinha sua triste corte.

Ela chorou ao beijar a testa da jovem noiva, sem que ela mesma soubesse por quê.

Enquanto isso, Samuel Spoelmann permanecia em Delphinenort, cercado de plantas e desenhos de mobília e mostruários de forrações de seda e desenhos de talheres dourados. Ele sequer tinha tempo para se dedicar a tocar órgão, esquecia-se de suas cólicas renais, e, de tão ocupado que estava, suas faces quase enrubesceram. Pois, ainda que sua opinião a respeito do "jovem" não fosse muito elevada, e ainda que desse mostras de que jamais seria visto na corte, sua filhinha estava para se casar e ele queria preparar a casa dela de acordo com o que lhe possibilitavam seus recursos. As plantas eram para o novo castelo Eremitage, onde Klaus Heinrich vivera como solteiro e que deveria ser inteiramente demolido para dar lugar a um novo castelo, espaçoso e bem iluminado e mobiliado, de acordo com o desejo de Klaus Heinrich, num estilo que mesclava o Empire e o moderno, a austeridade distanciada e o aconchego. Depois de tomar suas águas no Jardim das Fontes, o sr. Spoelmann apareceu pessoalmente, certa manhã, no Eremitage, trajando seu paletó de cor equivocada, para verificar se havia alguma peça de mobília que pudesse servir para a decoração do novo castelo.

— Deixe-me ver, jovem príncipe, o que o senhor tem! — disse ele, gemendo.

E Klaus Heinrich lhe mostrou tudo o que havia em seus aposentos parcimoniosamente mobiliados, os magros sofás, as mesas de pernas desajeitadas, as mesinhas com tampos de mármore nos cantos.

— Isso tudo é tralha — disse o sr. Spoelmann em tom de desprezo — e não presta para nada.

Apenas três poltronas do pequeno salão amarelo, feitas de mogno maciço e cujos braços tinham ornamentos encaracolados, estofadas de seda amarela com bordados de liras azuis, obtiveram graça a seus olhos.

— Estas aqui podemos colocar no hall de entrada — disse ele, e Klaus Heinrich apreciou que três poltronas provenientes da herança familiar dos Grimmburg seriam acrescentadas à mobília, pois evidentemente teria sido um tanto constrangedor para ele se o sr. Spoelmann tivesse que arcar com absolutamente tudo.

Também o parque de Eremitage, que se encontrava em estado semisselvagem, e seu jardim de flores deveriam ser reformados com a introdução de novas clareiras e de novos tipos de cuidados de jardinagem. Especificamente com relação ao jardim de flores, uma nova ornamentação foi concebida, algo que Klaus Heinrich pedira de presente de casamento a seu irmão, o grão-duque. Pois no grande canteiro central, diante da entrada, deveria ser replantada a roseira do Velho Castelo, onde, não mais cercada por paredes bolorentas mas exposta ao sol, ao ar fresco e ao melhor dos solos calcários, ele haveria de ver que tipo de rosa floresceria ali, punindo as mentiras que corriam na boca do povo quando se tornasse suficientemente forte e orgulhoso.

E, passados os meses de março e abril, chegou o mês de maio e com ele a grande festa do casamento de Klaus Heinrich e Imma. Glorioso e gracioso, com nuvenzinhas douradas sobre o azul-celeste, chegou o dia, e a música de um coral, vindo da torre do Parlamento, saudou seu despertar. A bordo de todos os trens, a pé e em carruagens o povo chegava à capital vindo de todos os lados, esse povo loiro e atarracado, saudável e atrasado, com olhos azuis pensativos e maçãs do rosto largas e um pouco altas demais, vestindo seus tradicionais trajes ornamentados, os homens trajando jaquetas vermelhas, botas de salto alto e chapéus de veludo negro de abas largas, as mulheres em corpetes com bordados multicoloridos e saias grossas e com enormes laços pretos enfeitando a cabeça — e se somavam à multidão citadina nas ruas que separavam o Jardim das Fontes do Velho Castelo, que tinham se transformado numa única rua destinada ao cortejo, toda decorada com guirlandas, tribunas ornamentadas com coroas de flores e obeliscos de madeira pintados de branco cheios de enfeites de plantas. Desde o amanhecer, as bandeiras das corporações profissionais, das guildas de atiradores e das ligas desportivas eram ostentadas ao longo das ruas. Os membros do Corpo de Bombeiros, com seus capacetes reluzentes, estavam a postos. Viam-se os responsáveis pela Corporação dos Estudantes em todo seu esplendor circulando com suas bandeiras em carruagens abertas. Viam-se grupos de velhas damas de honra segurando rosas nas mãos. Nos escritórios e nas oficinas celebrava-se. As escolas estavam fechadas. E as edições matinais, tanto do *Mensageiro* quanto do *Diário do Estado*, continham, ao lado dos artigos de fundo, o anúncio de uma anistia abrangente, por meio da qual muitas pessoas que haviam sido condenadas à prisão eram indultadas, total ou parcialmente, pelo grão-duque. Até mesmo o assassino Gudehus, que fora condenado à morte e cuja pena fora posteriormente convertida em prisão perpétua e trabalhos forçados, foi libertado por bom comportamento. Porém, passado pouco tempo, ele teve que ser novamente detido.

Às duas horas seria o banquete dos cidadãos no Salão do Museu, acompanhado de música de entretenimento e telegramas de homenagem. E diante dos portões o povo era entretido com doces fritos e pão de passas, com um mercado festivo, estandes de tiro ao alvo e tômbolas, com corridas de saco e competições de pau de sebo para os jovens rapazes, recompensadas com pães de mel. Mas então chegou a hora em que Imma Spoelmann se dirigiu de Delphinenort ao Velho Castelo em meio a um cortejo solene.

As bandeiras tremulavam ao vento primaveril, as espessas guirlandas se entrelaçavam, decoradas com rosas vermelhas, pendendo de um obelisco a outro, e a multidão se apinhava nas tribunas, nos telhados, nas calçadas, e entre as fileiras dos atiradores e dos bombeiros, das guildas, das ligas de estudantes e de crianças em idade escolar, o cortejo nupcial avançava vagaroso sobre a avenida festivamente coberta de areia, cercado de júbilo por todos os lados. Em primeiro lugar vinham dois cavaleiros portando chapéus atados ao queixo e condecorações, conduzidos por um mestre cavalariço com um grande bigode e um chapéu de três pontas. Uma carruagem com quatro cavalos os sucedia, na qual estava acomodado o comissário grão-ducal, funcionário do Ministério do Interior, encarregado de apanhar a noiva, acompanhado de um camareiro. Uma segunda carruagem com quatro cavalos, na qual se encontrava a condessa Löwenjoul, que olhava de lado, enciumada, para as duas damas de honra que a acompanhavam e de cujo comportamento ela desconfiava, vinha a seguir. E então era a vez de dez trompetistas a cavalo, trajando calças amarelas e fraques azuis, que sopravam em seus instrumentos de metal a melodia de "Acenamos para você com a coroa de flores das donzelas".* Doze pálidas donzelas seguiam-se e espalhavam pelas ruas pequenas rosas e folhas de tuia. E, por fim, seguida por cinquenta mestres artesãos em esplêndidas montarias, puxada por seis cavalos, vinha a transparente carruagem da noiva. Orgulhoso, o cocheiro, com suas faces rubras, do alto da boleia revestida de veludo branco, portando um chapéu atado ao queixo, estendia seus culotes segurando as rédeas com braços igualmente estendidos. Cavalariços calçando botas com bainhas conduziam as parelhas de cavalos brancos a pé, e dois lacaios em traje de gala estavam dispostos em pé na parte posterior da carruagem que tinia, e, olhando para seus rostos inacessíveis, ninguém seria capaz de supor que a corrupção e a dissimulação fizessem parte de suas vidas cotidianas. E por detrás do vidro e de uma moldura dourada encontrava-se Imma Spoelmann, com véu e grinalda, e ao seu lado, como dama de honra, uma velha senhora do palácio. Seu vestido de seda brilhante reluzia como a neve ao sol, e em seu colo ela segurava um buquê de flores que lhe tinha sido enviado uma hora antes pelo príncipe Klaus Heinrich. Seu peculiar rostinho de criança estava pálido como uma pérola marinha e, aparecendo sob o véu, um chumaço liso de cabelo negro-azulado caía sobre a testa enquanto os olhos, tão negros e tão grandes, falavam numa língua fluente, dirigindo-se à multidão. E o que era aquilo que corria furiosamente, babava e fazia um ruído tremendo ao lado da porta da carruagem? Era Perceval, o collie — mais fora de si do que nunca! A agitação e a viagem o

* Coro das noivas da ópera *O franco-atirador*, de Carl Maria von Weber. (N. T.)

excitavam além de qualquer medida, privavam-no de toda serenidade e dilaceravam completamente seu interior. Ele corria, dançava, sofria, agitava-se, cego, embriagado pelo próprio nervosismo — e em ambos os lados, sobre as tribunas, nas ruas, sobre os telhados, o júbilo transbordava enquanto o povo o reconhecia.

Assim Imma adentrou o Velho Castelo, com o zumbido e as badaladas dos sinos misturando-se aos gritos de vivas do povo e aos latidos enlouquecidos de Perceval. Atravessaram a passo a Albrechtsplatz e o portão do Velho Castelo. No pátio interno, as corporações que iam a cavalo se dividiram, organizando-se em formação de parada e, sob a marquise com colunas que se encontrava diante do desgastado portal, o grão-duque Albrecht, envergando sua farda de coronel dos Hussardos, recebeu a noiva junto com o irmão e com os demais príncipes, e então lhe deu o braço e a conduziu pela escadaria de pedras cinzentas aos salões de recepção, cujas portas eram vigiadas por guardiões trajados de gala e onde se encontrava reunido o Tribunal. As princesas da família aguardavam na Sala dos Cavaleiros e foi lá que o sr. Von Knobelsdorff, cercado pela família grão-ducal, presidiu à cerimônia do casamento civil. Mais tarde, comentou-se que nunca as ruguinhas nos cantos de seus olhos foram vistas brincando com mais vivacidade do que naquele instante em que declarava oficialmente a união entre Klaus Heinrich e Imma. Tão logo foi concluída essa cerimônia, Albrecht II ordenou o início da celebração religiosa.

O sr. Von Bühl zu Bühl fizera tudo o que estava a seu alcance para formar um cortejo impressionante — o cortejo nupcial que levava, pela escada de Heinrich, o Opulento, e por um corredor coberto, até a igreja da corte. Encurvado pelo peso dos anos, mas com seu topete castanho, e agitando-se jovialmente, ele seguia com o peito coberto por condecorações até a cintura, empunhando à sua frente o bastão, precedido pelos camareiros que caminhavam calçados com meias de seda, cada um segurando sob o braço seu chapéu com penacho e levando as chaves dependuradas na cintura. O jovem casal se aproximava: em meio ao branco reluzente, a noiva, com sua aparência estrangeira, e trajando o uniforme dos Granadeiros da Guarda, com a faixa amarelo-limão atravessando o peito e as costas, Klaus Heinrich, o herdeiro do trono. Quatro donzelas da nobreza interiorana carregavam, com expressões confusas, a cauda do vestido de Imma Spoelmann, acompanhadas da condessa Löwenjoul, que olhava de lado, desconfiada. E o sr. Von Schulenburg-Tressen e o sr. Von Braunbart-Schelendorf seguiam imediatamente depois do noivo. O mestre dos caçadores da corte Von Stieglitz e a manca excelência dos teatros, por sua vez, precediam o jovem monarca, que sugava silenciosamente o lábio superior, ladeado por sua tia Katharina e seguido pelo ministro do Interior Von Knobelsdorff, pelo ajudante de ordens, pelo casal principesco Zu Ried-Hohenried e pelos demais membros da família. Ao final vinham mais camareiros.

Na igreja da corte, decorada com plantas e tecidos, os convidados aguardavam pela chegada do cortejo nupcial. Eram diplomatas com suas esposas, membros da nobreza da corte e do interior, a Corporação dos Oficiais da capital, os ministros, em meio aos quais era possível reconhecer o rosto radiante do sr. Von Krippenreuther, os Cavaleiros da Grande Ordem do Grifo de Grimmburg, os presidentes do Parlamento e todos os tipos de detentores de honrarias. E como o Escritório Superior de Administração dos Assuntos da Corte enviara convites a membros de todas as classes sociais, encontravam-se ali também, ocupando seus assentos, comerciantes, fazendeiros e simples artesãos com o coração entusiasmado. Mais à frente, junto ao altar, os parentes do noivo se acomodaram em cadeiras de braço estofadas de veludo vermelho formando um semicírculo. Delicado e puro, o canto do coro da catedral ecoava sob as abóbadas, e então, acompanhada pelo rugir do órgão, a comunidade inteira entoou um cântico de louvor. Enquanto este ainda ecoava, só se ouvia a voz do presidente do conselho eclesiástico dom Wislizenus, que, com sua cabeleira grisalha, ostentando uma estrela recurva sobre a túnica de seda, proferia artisticamente um sermão diante do nobre casal. Seu discurso tinha uma estrutura musical, por assim dizer, que explorava um tema sob diferentes aspectos. E o tema com o qual lidava era o salmo que diz: "Ele viverá e lhe darão do ouro da rica Arábia".* Não havia, em toda a igreja, um único olho que permanecesse seco.

E então dom Wislizenus realizou o casamento, e no instante em que o casal trocava suas alianças ressoaram fanfarras de trompetes e deu-se início a três sequências de doze tiros que ecoaram sobre a cidade e sobre o país, disparados pelos militares sobre a muralha da cidadela. Logo a seguir, o Corpo de Bombeiros também realizou disparos com os canhões de saudação da cidade. Mas houve demoradas pausas entre

* O salmo aqui citado é o n. 72, versículo 15, atribuído ao rei Salomão. "Arábia", porém, não provém do contexto bíblico e sim do lendário. (N. T.)

uma detonação e a seguinte, de maneira que a população dispôs de uma inesgotável fonte de gargalhadas.

Depois de proferida a bênção, o cortejo voltou a se organizar na Sala dos Cavaleiros, onde os membros da dinastia de Grimmburg cumprimentaram os recém-casados. Então teve início o cerimonial da corte, e, de braços dados, Klaus Heinrich e Imma percorreram os Belos Aposentos, onde tinha sido instalado o Tribunal, dirigindo palavras aos cavalheiros e às damas, sorrindo para todos e guardando certa distância sobre o assoalho reluzente, e Imma, empurrando os lábios para a frente, agitava a cabecinha de um lado para outro enquanto dirigia algumas palavras a alguém que se inclinava numa reverência e respondia de maneira adequada. Concluída essa solenidade, foi servido o banquete de cerimônia no Salão de Mármore e no Salão dos Doze Meses, com as mais caras iguarias, em consideração aos hábitos da esposa de Klaus Heinrich. Perceval também, tendo recuperado o juízo, estava presente no banquete e um assado lhe foi oferecido. Terminada a ceia, os estudantes e o povo prepararam uma homenagem ao jovem casal com serenatas e cortejo de tochas na Albrechtsplatz. Uma luz faiscante e um ruído tremendo imperavam lá fora.

Os lacaios puxaram as cortinas do Salão de Prata, abrindo completamente as janelas que chegavam quase até o chão, e Klaus Heinrich e Imma se aproximaram de uma janela aberta assim como estavam, pois a noite lá fora era amena e primaveril. A seu lado, com uma postura nobre e uma expressão séria no rosto, Perceval, o collie, olhava para baixo assim como eles.

Todas as corporações de músicos da capital tocavam seus instrumentos na praça iluminada e completamente tomada pelo povo, e os rostos, voltados para cima, pareciam cobertos de um tom escuro de vermelho, iluminados pelas tochas fumarentas dos estudantes que desfilavam diante do castelo. Houve uma explosão de júbilo quando os recém-casados apareceram à janela. Eles saudaram e agradeceram. E então permaneceram ali ainda por algum tempo, olhando e ao mesmo tempo exibindo-se. Mas, de baixo, o povo os via movimentar os lábios falando. Eles diziam:

— Ouça, Imma, como eles estão agradecidos por não termos esquecido de seus sofrimentos e de suas dificuldades. Tanta gente! Ai estão, e nos saúdam. Muitos certamente são gente do povo, que se enganam uns aos outros e que precisam, com urgência, de algo que os eleve da vida cotidiana e de sua mesquinhez. Se nós não nos mostrarmos alheios aos seus sofrimentos e às suas necessidades eles ficarão muito agradecidos.

— Mas somos tão tolos e solitários, príncipe, vivemos nas alturas humanas como, segundo eu soube, o dr. Überbein costumava dizer, e nada sabemos sobre a vida!

— Nada, pequena Imma? Mas então o que foi que, afinal, levou você a confiar em mim, e que me levou a me dedicar, assim, a estudos verdadeiros sobre o bem-estar social? Alguém que conhece o amor nada sabe sobre a vida? É a isso que devemos nos dedicar de agora em diante, ambos, à alteza e ao amor — a uma felicidade austera.

FIM

POSFÁCIO

Luis S. Krausz

Hermann Kurzke* afirma que o desprezo com que a arte da Europa de língua alemã, na passagem do século XIX para o século XX, olhava para a esfera da política é algo difícil de se imaginar em nossos dias. "Política era o não poético e o não estético *par excellence*, o âmbito da grosseria e do palpável, da banalidade insensível e da 'verdade' brutal, ao qual se opunha a arte como o terreno do gosto, das finas nuanças e do puro onirismo, da liberdade total e descomprometida dos movimentos da imaginação", escreve o crítico.

E as obras criadas por Thomas Mann nos anos crepusculares da monarquia guilhermina — como os romances *Os Buddenbrook* e *Sua alteza real* — caracterizam-se pelo predomínio da estética e da psicologia, em detrimento da política e da sociologia: são livros escritos a partir de um ponto de vista estético e metafísico — e não político —, que buscam os efeitos estéticos, não o insight sociológico.

O artista, na visão de Mann, tinha o *dever* de desembaraçar-se da tirania da realidade, de evitar qualquer tipo de comprometimento político no conteúdo de sua obra, de elevar-se acima da trivialidade e da banalidade, da causalidade e da materialidade da vida para alcançar as esferas superiores do puramente estético.

Sua alteza real, lançado em 1909, é o primeiro romance que Thomas Mann publicou depois do enormemente bem-sucedido *Os Buddenbrook*, de 1901. É, também, o menos conhecido dos romances de Mann — e aquele que, com maior frequência, é menosprezado. Mann começou a trabalhar

* KURZKE, Hermann. *Einleitung*, em MANN, Thomas. *Essays: Politik*. Frankfurt am Main: Fischer Taschenbuch Verlag, 1977, p. 7.

neste livro depois de se casar com Katia Pringsheim, em fevereiro de 1905, e as diferentes formas de referência à sua vida particular presentes no texto têm sido amplamente comentadas pelos críticos e estudiosos.

Os paralelos entre os acontecimentos da vida de Mann e o enredo do romance são bastante evidentes: aqui estão representadas a intensa ligação do escritor com sua irmã Julia e sua rivalidade com seu irmão Heinrich; seu amor por Paul Ehrenberg e sua ligação com Katia Pringsheim, assim como o confronto de um filho de uma família tradicional de Lübeck com o ambiente de uma casa da alta burguesia judaica de Munique — aquela da família de sua futura esposa, cujo patriarca guarda algumas semelhanças com o caricaturesco Samuel Spoelmann. Trata-se de um romance escrito por um homem jovem, recém-casado, que, segundo as palavras do próprio autor, "gravita em torno do tema central da minha juventude, o tema artístico da solidão e da singularidade [...] no espírito de uma serena reconciliação entre austeridade e felicidade".*

Portanto, além do tema familiar e matrimonial, Mann retoma aqui uma discussão que o ocupava desde a novela *Tonio Kröger* (1903) e que aparecerá igualmente, de maneira recorrente, em toda sua obra posterior — de *A morte em Veneza* a *Doutor Fausto*: o tema da existência do homem extraordinário, do homem superior que vive no âmbito estético, isto é, o tema da alteza — condição correspondente à do estatuto social do aristocrata, ainda relativamente intacto na Alemanha Imperial da juventude de Mann, mas que diz respeito, igualmente, às peculiaridades da condição do artista, na visão pessoal do escritor.

A situação existencial do verdadeiro artista presta-se, no entendimento de Mann, e de acordo com uma concepção típica do romantismo tardio, a analogias e à identificação com aquela do príncipe. Ambos são seres próximos e em muitos sentidos semelhantes, em função de seus poderes extraordinários, e predestinados a existências apartadas da multidão. O isolamento, a estigmatização e, ao mesmo tempo, a admiração que cerca tanto os príncipes quanto os verdadeiros artistas são aspectos do destino que Mann aborda nesta narrativa. E são, igualmente, aspectos daquilo que Mann considera a verdadeira nobreza.

No centro da narrativa de *Sua alteza real* encontra-se um príncipe solitário, um homem que contempla o mundo à sua volta do alto de sua dignidade, assim como acontece com o artista que se vê obrigado a uma forma de vida singular, que se vê obrigado a suportar a incompatibilidade

**Apud* BLÖDORN, Andreas; MARX, Friedelm. *Thomas Mann Buch*. Stuttgart: J. B. Metzler, 2015, p. 26.

às vezes dilacerante entre a arte e a vida, o que faz dele um ser incomum, cuja existência, assim como a do príncipe, está voltada para a forma e para a formalidade, independe da objetividade e é superior à objetividade.

À nobreza dessas figuras, que adquirem uma estatura lendária, e que são representantes vivos de forças míticas, opõe-se, na narrativa, aquela do grande capitalista norte-americano Samuel Spoelmann, um homem insensível, pragmático, materialista, irritadiço, crasso e doente, cujos traços de caráter o levam a permanecer cego à nobreza inata, à sensibilidade, à delicadeza, à castidade — valores da tradição europeia medieval que, de acordo com a visão romântica de Mann, dizem respeito às altezas.

A essas duas personalidades tão distintas — a da alteza, cuja nobreza provém de seu nascimento ou de suas características inatas, e a do self-made man, do aventureiro conquistador voltado para o pragmatismo do mundo palpável — correspondem, também, duas visões contrapostas do ser humano, duas visões de sociedade humana e, igualmente, duas visões de Estado.

A passagem das formas de organização do Estado baseadas nas tradições monárquicas, que atribuem aos soberanos um papel simbólico, de dimensões que poderiam ser consideradas sobre-humanas, para uma concepção moderna de Estado e de poder, vinculada não mais a valores transcendentes e impalpáveis, mas ao cálculo financeiro e econômico, é assim, igualmente, um tema central ao enredo de *Sua alteza real*. A decadência e o iminente desaparecimento da velha ordem imperial, na Europa de língua alemã, cada vez mais questionada ao longo do século XIX, ante o triunfo de uma concepção de mundo desencantada e pragmática, típica do capitalismo industrial, das sociedades de massas e do secularismo, encontram-se, portanto, da mesma maneira que a contraposição entre aristocratas europeus e milionários norte-americanos, no centro desta narrativa, escrita nos anos crepusculares da monarquia guilhermina.

Mann estabelece, assim, dois fulcros opostos em torno dos quais revolverá o enredo: de um lado, a decadente e enfastiada dinastia de Grimmburg, cujos membros vão sendo cada vez mais sufocados pelo ritualismo vazio de suas existências, pela representação repetida de um poder político de caráter teatral que, no entanto, vê-se ameaçado, cada vez mais, pelos imperativos inflexíveis de uma economia capitalista internacionalizada e pela própria decadência econômica; de outro, a família de Samuel Spoelmann, composta dele mesmo e de sua excêntrica filha Imma, nascidos nos Estados Unidos, representantes de uma nova mentalidade e de um novo tipo de poder. São plutocratas, titulares de uma avassaladora fortuna que, por meio de um casamento, acabará fluindo para os cofres monárquicos, de modo a salvar da decadência tanto a dinastia de Grimmburg quanto as próprias estruturas do Estado por ela governado.

O reformismo, o empenho por conciliação entre os valores da velha ordem, das tradições dinásticas decadentes, e as realidades de uma economia internacionalizada, fundamentada na indústria, no comércio internacional e no fluxo de capitais, estava, efetivamente, na ordem do dia nos estados imperiais da Europa de língua alemã do século XIX, isto é, a Alemanha governada pela Prússia e o Império Austro-Húngaro. O conservadorismo das antigas famílias imperiais mostrava-se cada vez mais alienado dos rumos tomados pelo capitalismo nos territórios por elas administradas, ao mesmo tempo que o repertório político e ideológico da antiga classe dominante se mostrava cada vez mais claramente irreconciliável com os valores da burguesia industrial e financeira emergente, ciosa de poder político:

> O mal tem sua origem no fato de os grão-duques serem gente do campo. Sua fortuna consiste em terras e seus rendimentos provêm dos lucros obtidos pela agricultura. Hoje em dia... eles ainda não foram capazes de se decidir a se tornarem industriais e financistas. Com lamentável teimosia, conduzem a vida por certos conceitos ideológicos fundamentais obsoletos como, por exemplo, os conceitos de fidelidade e de dignidade. (*Sua alteza real*, p. 22)

Olhando com simpatia para esse conservadorismo do povo e da nobreza, Mann contrapõe a selvageria do capitalismo industrial e financeiro, cuja legitimidade parece derivar unicamente da magia herética dos livros contábeis, e a moral duvidosa que impera numa sociedade de molde norte-americano, onde, afinal, tudo parece se traduzir em termos de valor monetário, a uma visão idílica das estruturas de poder tradicionais, fundamentadas nos aspectos verticais da existência, nos "conceitos de fidelidade e de dignidade", que são a base de sustentação do poder político das monarquias dinásticas, dos regimes políticos em que o carisma, as aparências e os rituais — e não as contas públicas e privadas — desempenham os papéis determinantes.

Em outras palavras, a narrativa trata do desparecimento do mito como estrutura fundamental da sociedade, do mito que passa a ser percebido como um embuste a ser desmascarado pela lógica da razão e do cálculo, e trata, igualmente, da estética que, dissociada do mito, torna-se puro deleite e ornamento, reservado às horas cada vez mais raras de ócio de uma classe voltada ao trabalho, às atividades e aos negócios. Ou seja, nessa narrativa, um universo de valores permanentes, herdados por meio de uma tradição multissecular, dá lugar ao triunfo do progresso horizontal, em que a transformação, a multiplicação, a expansão horizontal e a reprodução infinita dos capitais se tornam o norte do empenho humano, em contraposição às noções de permanência, retorno e verticalidade, centrais ao universo mítico e tradicional.

A absorção crescente no materialismo e na vida mundana, típica da modernidade laica, é contraposta ao encanto e à nobreza das velhas dinastias, cujo poder simbólico constela, à sua volta, uma espécie de transfiguração mágica. E Mann propõe um desfecho idílico e lendário para o conflito entre estas duas ordens opostas, criando uma espécie de utopia, de *wishful thinking*, em que a paixão amorosa acaba conduzindo a uma inesperada absorção, por parte do Antigo Regime e de suas estruturas obsoletas, aqui representado pela dinastia de Grimmburg, de uma polpuda herança que, produzida nos Estados Unidos, retorna, desafiando as leis do interesse pela multiplicação, à Europa tradicional na forma de um casamento que é também o resgate milionário de um Estado arruinado, ou seja, uma espécie improvável de happy end que representa a vitória, por meio do reformismo, da tradição sobre o caráter titânico dos novos tempos. A fortuna do enfermo Spoelmann é canalizada, por sua herdeira, para salvar as finanças públicas de um Estado dinástico arruinado e para o bem de sua população tão fiel e digna quanto politicamente ingênua — esse "povo loiro e atarracado, de olhos azuis e pensativos, e com os ossos da face largos e um pouco elevados demais, um tipo de gente sensata e íntegra, saudável e avessa a mudanças. Um povo que se apegava às florestas de seu país com a força da alma" (p. 37); esse povo que "era fiel e amava seu monarca como a si mesmo, permeado que era pela nobreza da ideia monárquica, e via nela um pensamento divino" (p. 40).

Mann foi, em sua juventude, um conservador e um defensor da "velha Alemanha", cujos valores, de raízes medievais, ele defendia contra o republicanismo raso de estados como a França e os Estados Unidos. O poder político, segundo a visão conservadora à qual ele dá voz em *Sua alteza real*, seria determinado por sua vinculação a uma origem e a uma natureza transcendentes, enquanto o exercício desse poder se daria por meio da representação, isto é, de maneira simbólica, de modo a constelar determinadas realidades inefáveis, de forma mítica. O termo *representação*, tantas vezes reiterado ao longo da narrativa, está ligado ao caráter teatral do exercício do poder pela aristocracia, ao caráter teatral das cerimônias e das solenidades da corte, que se oferecem aos espectadores como ritos simbólicos por meio dos quais se manifestam conteúdos indizíveis — e que são, portanto, ligados ao universo da forma, da estética e da arte.

O significado dessas pompas encontra-se nelas mesmas, a ritualística da corte é um exercício por meio do qual se representa o drama do poder em si mesmo e que faz parte de uma mitologia da vida cotidiana que não se submete, ao contrário da lógica capitalista dos balanços contábeis, aos parâmetros da racionalidade, mas que desempenha seu papel por meio de seus conteúdos estéticos e formais.

O mundo, conforme essa visão tradicional, torna-se palco para um espetáculo levado a cabo por forças de caráter sobrenatural e transcendente. O Ser possui qualidades estéticas intrínsecas e a realidade do poder não se submete à lógica, ao mesmo tempo que o culto à forma garante sua coesão. Mann descreve como as certezas intrínsecas a esse mundo são reafirmadas por meio dos trajes e das posturas físicas, das formas sancionadas para a expressão dos sentimentos, dos ritos apropriados. Não há discursos improvisados nem há textos improvisados: para tudo existe um modo e uma forma apropriada e qualquer desvio das normas é entendido não como originalidade mas como falta de gosto e de tato — como no caso dos trajes do sr. Spoelmann ou no gesto de Imma ao afrontar a guarda palaciana, que, no entanto, se torna singularmente atraente para Klaus Heinrich.

Como escreve o historiado da cultura Egon Friedell ao discutir as peculiaridades da alma barroca,

> A linguagem da vida cotidiana movimenta-se em torno de jogos de palavras artisticamente lapidados [...]. Toda a imagem mundana do tempo é um mosaico constituído de *perceptions petites* [...] e cada ser humano é uma mônada, encerrada em si mesma, sem janelas, isolada no lugar que lhe cabe, em meio a um cosmos meticulosamente separado em degraus onde tudo segue em seu passo mecânico preestabelecido e predeterminado, como num relógio — este é o melhor dos mundos.*

* FRIEDELL, Egon. *Kulturgeschichte der Neuzeit*. Londres: Phaidon Press, 1947, p. 142.

É especialmente por dominar e utilizar, com liberdade e desenvoltura, determinado repertório simbólico e estético, determinado conjunto de gostos, atitudes e gestos, que os membros da Casa Grão-Ducal e os demais aristocratas retratados no romance exercem uma forma de domínio político e de autoridade que não está sujeita nem aos parâmetros da utilidade, nem àqueles da racionalidade capitalista. Os burgueses que aparecem no enredo — especialmente os membros da incipiente burguesia local, com seus hábitos canhestros e sua horrível inveja da aristocracia — são representados como os detentores de um poder de caráter plutocrático, mas que, desprovidos de um repertório simbólico, estético e moral próprio, permanecem submissos, no campo abstrato, às altezas e a tudo o que elas representam.

A elevação dos pensamentos, a transformação, para melhor, em relação à vida cotidiana, é função de todo o contato com a nobreza, e esse contato, conforme propõe Mann, pode dar-se, para as pessoas comuns, por meio da contemplação dos nobres e de seus gestos e maneiras, o que proporciona uma espécie de catarse, de certa forma análoga ao que se vê no teatro:

> O costume das audiências livres fora estabelecido por um benevolente antepassado de Albrecht II e seus sucessores o conservavam com perseverança. Uma vez por semana, Albrecht, ou, em vez dele, Klaus Heinrich, ficava à disposição para falar com qualquer um. Fosse o requerente nobre ou não, fosse o assunto importante ou de caráter estritamente particular — bastava registrar-se junto ao sr. Von Bühl ou junto ao ajudante de ordens e tinha-se a oportunidade de apresentar o assunto em pauta à mais elevada das instâncias. Uma disposição bela e filantrópica! Pois dessa maneira o requerente não era obrigado a formular um pedido por escrito, tendo diante de si a triste perspectiva de que ess e pedido desaparecesse para sempre nos escritórios, mas se via diante da feliz certeza de que seu assunto chegaria diretamente à mais alta das instâncias. Era preciso levar em consideração que essa instância superior — Klaus Heinrich, neste momento — evidentemente não seria capaz de verificar o caso, examiná-lo detidamente e tomar uma decisão a seu respeito, mas o transmitiria aos departamentos competentes onde, então, "desapareceria" de modo conveniente. Mas, mesmo assim, tais audiências eram muito proveitosas, ainda que não no sentido da simples e banal utilidade. O cidadão, o requerente, vinha ao sr. Von Bühl com seu pedido para ser recebido, e então um dia e uma hora lhe eram designados. Em alegre antecipação, ele via aproximar-se a data marcada e, em sua mente, elaborava as frases por meio das quais apresentaria seu caso. Mandava

passar o paletó e o chapéu de seda, separava uma boa camisa e se preparava de todas as maneiras. Mas todos esses preparativos solenes já serviam para desviar os pensamentos da pessoa em questão das vantagens puramente objetivas que ambicionasse, transformando o encontro em si mesmo no objeto verdadeiro de sua excitada antecipação. (pp. 151)

Por meio da audiência livre, o homem do povo ganha acesso a uma esfera que, via de regra, lhe permanece inacessível, e por meio desse acesso, ao conhecer um novo âmbito, ele é capaz de enxergar de uma nova perspectiva os problemas que o perturbam: ocorre uma transfiguração, o que, segundo Mann sugere, contribui para a solução dos problemas.

A essa concepção acerca da ordem contrapõem-se, evidentemente, os valores fundamentais da sociedade burguesa e, em particular, o conceito revolucionário de igualdade entre os seres humanos. Mas o século burguês, na Europa de língua alemã, é marcado pelo fracasso da revolução liberal de 1848, pelo caráter tardio da implantação, em seu território, de uma economia capitalista e industrial e, sobretudo, pela incapacidade da burguesia de criar um repertório cultural e estético próprio e um Estado capaz de representar seus valores e de governar levando em consideração, primordialmente, seus interesses. Subserviente à aristocracia, essa burguesia amorfa mantém-se fiel ao fascínio despertado pelas pompas dos soberanos — algo que Mann não deixa de registrar, neste volume, por exemplo nas descrições que faz do "baile dos burgueses", cuja finalidade parece ser, precisamente, a de assinalar e perpetuar a infranqueável distância que separa os membros dessas duas castas e a permanência, no campo simbólico, de suas relações de suserania e vassalagem.

A suspensão provisória dessa distância, no baile, tem como propósito, também, reafirmá-la. E o baile se descarrila, precisamente, no momento em que o príncipe Klaus Heinrich é, por assim dizer, "puxado" para baixo pelos jovens membros da burguesia, em direção à sua condição inferior, de plebeus — situação que, como destaca o dr. Überbein, é absolutamente degradante e vergonhosa para uma alteza.

Pouco depois da meia-noite, quando, lamentavelmente um pouco atrasado, o dr. Überbein surgiu no limiar da porta que dava para a sala do bufê, viu-se a seguinte cena: seu jovem aluno estava sentado sozinho sobre um sofá de veludo verde junto à parede do lado esquerdo, com o fraque desmazelado e todo enfeitado. Várias flores, que antes ornavam o bufê dentro de dois vasos chineses, tinham sido enfiadas no decote de seu colete, nas casas dos botões de sua camisa e até em seu colarinho alto. A corrente de ouro que pertencia à jovem com as clavículas pendia de seu pescoço e, sobre a cabeça, equilibrava-se, como um chapéu, a tampa de metal de uma terrina de ponche. Ele murmurava:

— O que os senhores estão fazendo... O que os senhores estão fazendo...

Enquanto isso, todos os dançarinos davam-se as mãos, formando um semicírculo e dançavam à sua frente, em meio a gritos um tanto abafados de júbilo, risos, gargalhadas e "Ho, ho, ho". (p. 96)

Esse gesto de puxar Klaus Heinrich para baixo, isto é, de rebaixá-lo, corresponde ao ímpeto proibido da usurpação e é o oposto, em tudo, ao desfecho tão feliz quanto utópico do romance, no qual, em vez de rebaixar para seu âmbito o aristocrata, uma representante da burguesia é elevada ao estatuto aristocrático, trazendo consigo, evidentemente, sua fortuna e incorporando-a às combalidas finanças da corte.

Ao contrário dos burgueses locais, representados, por exemplo, pelo canhestro fabricante de sabão Unschlitt, os Spoelmann mostram-se indiferentes à natureza principesca de Klaus Heinrich. O sr. Spoelmann não hesita em expressar seu desprezo pelas pompas e cerimônias da corte a Klaus Heinrich de forma aberta e desinibida: "Cerimônias. Solenidades. Tudo para os olhos da multidão. Devo dizer que não compreendo essas coisas. Vou lhe dizer, *once for all*, que acho que seu ofício não vale nada. *That's my standpoint, sir*" (p. 206).

Com seu pragmatismo e sua objetividade, Spoelmann se torna o porta-voz de uma visão de mundo desencantada, governada pela lógica das finanças e das cifras. Imma Spoelmann, não por acaso, dedica suas horas de lazer aos estudos da álgebra, enquanto, a seu lado, numa situação de dependência absoluta, como uma espécie de mascote e de contrapartida humana ao perturbado cão collie Perceval, encontra-se a condessa Löwenjoul, cuja insanidade emblematiza, também, o esvaziamento do repertório aristocrático e seu desaparecimento.

A reflexão em torno da nobreza e da alteza — de sua origem e natureza, de sua realidade e de suas diferentes formas — essa nobreza que, necessariamente, é o atributo dos homens excepcionais, e não da maioria, ocupa, igualmente, um lugar destacado no desenvolvimento da narrativa. De um lado temos a nobreza hereditária, que vem da educação nobre e que constitui a legitimidade da dinastia de Grimmburg. E, de outro lado, está a nobreza que pode surgir na intimidade de uma pessoa que, desfavorecida pelo nascimento, por meio do empenho consciente consegue elevar-se de sua situação desvantajosa para se alçar a uma posição de destaque, representada, por exemplo, pela figura do dr. Sammet, o médico judeu que vê em sua origem, a princípio desvantajosa, uma motivação para dedicar-se com todo o afinco ao desempenho de suas tarefas, ao afirmar: "Uma pessoa não estará em situação de desvantagem em relação à maioria comum, à maioria acomodada, e sim em situação de vantagem em relação a ela, desde que veja, em sua excepcionalidade, um motivo a mais para alcançar feitos incomuns" (p. 32).

Essa mesma nobreza inata é parte da personalidade do dr. Überbein, esse personagem nietzschiano cuja vida inteira é uma busca por superação de si mesmo:

> E então se viu sozinho no mundo, um desastre desde o dia de seu nascimento, pobre como um pardal, presenteado por Deus com uma cara esverdeada e com orelhas de cachorro para se alegrar. Circunstâncias favoráveis, não? Mas essas circunstâncias, afinal, tinham sido boas, e assim foi definitivamente. Uma juventude miserável, solitária, sem qualquer alegria, sem a dádiva da sorte, que o levou a voltar-se exclusivamente e com toda a austeridade para o desempenho de suas tarefas e o enfrentamento dos desafios. (p. 77)

E, mais adiante, o próprio o dr. Überbein afirma:

> Mas além de toda a grandeza e de toda a vocação existe, ainda, aquilo que chamo de nobreza, formas de vida escolhidas e tristemente isoladas das quais é preciso aproximar-se com a mais delicada empatia. Aliás, a grandeza é forte, ela calça botas militares e pode prescindir dos serviços cavalheirescos da razão. Mas a nobreza é comovente — por todos os demônios, é a coisa mais comovente que existe sobre a Terra. (p. 81)

O caráter comovente, portanto irracional, inexplicável e inquestionável da nobreza é algo cuja realidade Mann reafirma nesta narrativa e cujo desfecho traz o triunfo da nobreza: é algo que, sendo capaz de conduzir quem dela participa e quem a contempla a esferas que se encontram bem além das pequenas questões da vida cotidiana, possui um poder percebido como sobre-humano, que humaniza e enobrece. A manifestação do poder da nobreza é percebida como um elemento constitutivo da realidade social, presente já nas histórias infantis:

Quando outras crianças ouviam aquelas histórias, com certeza olhavam para os príncipes dos quais nelas se falava com grande distanciamento, como quem olha para criaturas de estatura superior, cuja casta representa uma glorificação e uma transfiguração da realidade, criaturas que, quando se lida com elas, sem dúvida desencadeiam uma melhoria dos pensamentos e uma elevação acima da vida cotidiana. (p. 51)

Assim, a legitimidade do poder típica da sociedade burguesa, que repousa sobre os méritos, e a legitimidade do poder típica da sociedade aristocrática, que repousa sobre a nobreza de nascimento, coexistem, sem conflitos aparentes, na fantástica realidade política e social criada por Mann, assim como coexistirão, em seu desfecho, sem conflitos aparentes, o poder tradicional, dinástico, característico da sociedade feudal, e o poder monetário e financeiro, característico do capitalismo.

Conciliar o que é irreconciliável, harmonizar o que é, por natureza, conflituoso, fazer coincidir duas tendências que são, por si mesmas, díspares — eis a magia levada a cabo pelo enredo fabuloso de *Sua alteza real*, em que se vinculam os polos opostos da tradição e da modernidade, numa *coincidentia oppositorum* tão feliz quanto irreal. Há em Mann uma simpatia pela democracia, mas, ao mesmo tempo, há a esperança de que essa democracia possa ser reconciliada com as antigas estruturas imperiais, a esperança de que uma síntese entre monarquia e capitalismo possa ser alcançada, no contexto de um monarquismo reformista — que afinal se revelou impossível na História.

O conservadorismo político de Mann seguiu em estado de latência enquanto a sociedade alemã permanecia conservadora, nos anos finais da monarquia guilhermina. Mas a partir do momento em que essa sociedade passou a ser ameaçada pela Primeira Guerra Mundial, Mann tomou partido a favor da guerra e contra a França, passando a identificar-se totalmente com o Estado guilhermino, que lhe assegurara, até então, a proteção de sua interioridade criativa. Mann desprezou a política em prol da cultura, opôs-se, ferrenhamente, à politização da existência, e considerou que a arte fosse um assunto da cultura — e não da civilização. "A arte está longe de possuir um interesse genuíno pelo progresso, pelo esclarecimento, pelo conforto do contrato social, em resumo, pela civilização",* afirma em *Pensamentos durante a guerra*, ensaio de 1914.

* MANN, Thomas. *Gedanken im Kriege*, em *Schriften zur Politik*. Frankfurt-am-Main: Suhrkamp, 1978, p. 8.

Ele expressa-se, aqui, em favor da plena autonomia da arte e da estética, uma visão que, demonizada numa época em que artistas frequentemente recebem mais atenção por causa de suas opiniões políticas e de seus posicionamentos políticos do que por suas realizações artísticas propriamente ditas, merece, ao menos, ser reconsiderada.

CRONOLOGIA

6 DE JUNHO DE 1875
Paul Thomas Mann, segundo filho de Thomas Johann Heinrich Mann, e sua esposa, Julia, em solteira Da Silva-Bruhns, nasce em Lübeck
Os irmãos são: Luiz Heinrich (1871), Julia (1877), Carla (1881) e Viktor (1890)

1889
Entra no Gymnasium Katharineum

1893
Termina o ginásio e muda-se para Munique
Coordena o jornal escolar *Der Frühlingssturm* [A tempestade primaveril]

1894
Estágio na instituição Süddeutsche Feuerversicherungsbank
Decaída, a primeira novela

1894-5
Aluno ouvinte na Technische Hochschule de Munique. Frequenta aulas de história da arte, história da literatura e economia nacional

1895-8
Temporadas na Itália, em Roma e Palestrina, com Heinrich Mann

1897
Começa a escrever *Os Buddenbrook*

1898
Primeiro volume de novelas, *O pequeno sr. Friedmann*

1898-9
Redator na revista satírica *Simplicissimus*

1901
Publica *Os Buddenbrook: Decadência de uma família*, em dois volumes

1903
Tristão, segunda coletânea de novelas, entre as quais *Tonio Kröger*

3 DE OUTUBRO DE 1904
Noivado com Katia Pringsheim, nascida em 24 de julho de 1883

11 DE FEVEREIRO DE 1905
Casamento em Munique

9 DE NOVEMBRO DE 1905
Nasce a filha Erika Julia Hedwig

1906
Fiorenza, peça em três atos
Bilse und ich [Bilse e eu]

18 DE NOVEMBRO DE 1906
Nasce o filho Klaus Heinrich Thomas

1907
Versuch über das Theater [Ensaio sobre o teatro]

1909
Sua alteza real

27 DE MARÇO DE 1909
Nasce o filho Angelus Gottfried Thomas (Golo)

7 DE JUNHO DE 1910
Nasce a filha Monika

1912
A morte em Veneza
Começa a trabalhar em *A montanha mágica*

JANEIRO DE 1914
Compra uma casa em Munique, situada na Poschingerstrasse, 1

1915
Friedrich und die grosse Koalition [Frederico e a grande coalizão]

1918
Betrachtungen eines Unpolitischen [Considerações de um apolítico]

24 DE ABRIL DE 1918
Nasce a filha Elisabeth Veronika

1919
Um homem e seu cão

21 DE ABRIL DE 1919
Nasce o filho Michael Thomas

1922
Goethe e Tolstói e *Von deutscher Republik* [Sobre a república alemã]

1924
A montanha mágica

1926
Unordnung und frühes Leid [Desordem e primeiro sofrimento]
Início da redação da tetralogia *José e seus irmãos*
Lübeck als geistige Lebensform [Lübeck como modo de vida espiritual]

10 DE DEZEMBRO DE 1929
Recebe o prêmio Nobel de literatura

1930
Mário e o mágico
Deutsche Ansprache: Ein Appell an die Vernunft [Elocução alemã: Um apelo à razão]

1932
Goethe como representante da era burguesa
Discursos no primeiro centenário da morte de Goethe

1933
Sofrimento e grandeza de Richard Wagner
José e seus irmãos: As histórias de Jacó

11 DE FEVEREIRO DE 1933
Parte para a Holanda. Início do exílio

OUTONO DE 1933
Estabelece-se em Küsnacht, no cantão suíço de Zurique

1934
José e seus irmãos: O jovem José

MAIO-JUNHO DE 1934
Primeira viagem aos Estados Unidos

1936
Perde a cidadania alemã e torna-se cidadão da antiga Tchecoslováquia
José e seus irmãos: José no Egito

1938
Bruder Hitler [Irmão Hitler]

SETEMBRO DE 1938
Muda-se para os Estados Unidos. Trabalha como professor de humanidades na Universidade de Princeton

1939
Carlota em Weimar

1940
As cabeças trocadas

ABRIL DE 1941
Passa a viver na Califórnia, em Pacific Palisades

1942
Deutsche Hörer! 25 Radiosendungen nach Deutschland [Ouvintes alemães! 25 transmissões radiofônicas para a Alemanha]

1943
José e seus irmãos: José, o provedor

23 DE JUNHO DE 1944
Torna-se cidadão americano

1945
Deutschland und die Deutschen [Alemanha e os alemães]
Deutsche Hörer! 55 Radiosendungen nach Deutschland [Ouvintes alemães! 55 transmissões radiofônicas para a Alemanha]
Dostoiévski, com moderação

1947
Doutor Fausto

ABRIL-SETEMBRO DE 1947
Primeira viagem à Europa depois da guerra

1949
A gênese do Doutor Fausto*: Romance sobre um romance*

21 DE ABRIL DE 1949
Morte do irmão Viktor

MAIO-AGOSTO DE 1949
Segunda viagem à Europa e primeira visita à Alemanha do pós-guerra
Faz conferências em Frankfurt am Main e em Weimar sobre os duzentos anos do nascimento de Goethe

21 DE MAIO DE 1949
Suicídio do filho Klaus

1950
Meine Zeit [Meu tempo]

12 DE MARÇO DE 1950
Morte do irmão Heinrich

1951
O eleito

JUNHO DE 1952
Retorna à Europa

DEZEMBRO DE 1952
Muda-se definitivamente para a Suíça e se instala em Erlenbach, próximo a Zurique

1953
A enganada

1954
Confissões do impostor Felix Krull

ABRIL DE 1954
Passa a viver em Kilchberg, Suíça, na Alte Landstrasse, 39

1955
Versuch über Schiller [Ensaio sobre Schiller]

8 e 14 DE MAIO DE 1955
Palestras sobre Schiller em Stuttgart e em Weimar

12 DE AGOSTO DE 1955
Thomas Mann falece

SUGESTÕES DE LEITURA

BARBOSA, João Alexandre. "Uma antologia de Thomas Mann". In: ____. *Entre livros*. Cotia, SP: Ateliê Editorial, 1999.

BRADBURY, Malcolm. "Thomas Mann". In: ____. *O mundo moderno: Dez grandes escritores*. São Paulo: Companhia das Letras, 1989, pp. 97-117.

CARPEAUX, Otto Maria. "O admirável Thomas Mann". In: ____. *A cinza do purgatório*. Balneário Camboriú, SC: Danúbio, 2015. Ensaio. (E-book)

CHACON, Vamireh. *Thomas Mann e o Brasil*. Rio de Janeiro: Tempo Brasileiro, 1975. (Temas de Todo Tempo, 18)

DETERING, Heinrich. "Juden, Frauen und Litteraten". *Zu einer Denkfigur im Frühwerk Thomas Manns*. Frankfurt: S. Fischer Verlag, 2005.

DORNBUSCH, Claudia Sibylle. *Aspectos interculturais da recepção de Thomas Mann no Brasil*. São Paulo: FFLCH-USP, 1992. Dissertação (Mestrado em Letras).

FLEISCHER, Marion et al. *Textos e estudos de literatura alemã*. São Paulo: Edusp; Difusão Europeia do Livro, 1968.

GAY, Peter. *Represálias selvagens: Realidade e ficção na literatura de Charles Dickens, Gustave Flaubert e Thomas Mann*. São Paulo: Companhia das Letras, 2010.

HAMILTON, Nigel. *Os irmãos Mann: As vidas de Heinrich e Thomas Mann*. São Paulo: Paz e Terra, 1985. (Coleção Testemunhos).

HEISE, Eloá. "Thomas Mann: Um clássico da modernidade". *Revista de Letras*, Curitiba: UFPR, v. 39, pp. 239-46, 1990.

HOLANDA, Sérgio Buarque de. "Thomas Mann e o Brasil". In: ____. *O espírito e a letra: Estudos de crítica literária I e II*. Org., introd. e notas de Antonio Arnoni Prado. São Paulo: Companhia das Letras, 1996, pp. 251-6. v. 1.

MAYER, Hans. "Vida e obra de Thomas Mann". In: MANN, Thomas. *A morte em Veneza — Tristão — Gladius Dei*. Rio de Janeiro: Opera Mundi, 1970.

MIELIETINSKI, E. M. "A antítese: Joyce e Thomas Mann". In: ____. *A poética do mito*. Rio de Janeiro: Forense Universitária, 1987, pp. 354-404.

PRATER, Donald. *Thomas Mann: Uma biografia*. Rio de Janeiro: Nova Fronteira, 2000.

RICKES, Joachim. *Der sonderbare Rosenstock. Eine werkzentrierte Untersuchung zu*

Thomas Manns Roman "Königliche Hoheit". Frankfurt a. M./Berlim/Nova York: Peter Lang, 1998.

RÖHL, Ruth. "Traço estilístico em Thomas Mann". *Revista de Letras*, Curitiba: UFPR, v. 39, pp. 227-37, 1990.

ROSENFELD, Anatol. *Texto/ contexto*. 3ª ed. São Paulo: Perspectiva, 1976. (Debates, 76).

____. *Thomas Mann*. São Paulo: Perspectiva; Edusp; Campinas: Ed. da Unicamp, 1994. (Debates, 259).

THEODOR, Erwin. *O universo fragmentário*. Trad. de Marion Fleischer. São Paulo: Companhia Editora Nacional; Edusp, 1975. (Letras e Linguística, 11).